RELOJES DE CRISTAL

GARETH RUBIN

RELOJES
DE CRISTAL

Traducción de
Santiago del Rey

Rocaeditorial

Penguin
Random House
Grupo Editorial

Título original: *The Turnglass*

Primera edición: junio de 2024

© 2023, Gareth Rubin
Publicado por acuerdo con Simon & Schuster UK Ltd., a través de
International Editors' Co. Literary Agency / Yáñez.
© 2024, Roca Editorial de Libros, S. L. U.
Travessera de Gràcia, 47-49. 08021 Barcelona
© 2024, Santiago del Rey, por la traducción
Versos de *Romeo y Julieta* extraídos de *William Shakespeare, Obra Completa II, Tragedias*,
edición de Andreu Jaume, traducción de Josep Maria Jaumà, Barcelona, Penguin Clásicos, 2016

Printed in Spain – Impreso en España

ISBN: 978-84-19743-83-1
Depósito legal: B-7898-2024

Compuesto en Comptex&Ass., S. L.
Impreso en Unigraf
Móstoles (Madrid)

RE43831

A Phoebe

Tête-bêche (s.)
Un libro dividido en dos partes, impresas una tras otra en posición inversa.
Etimología: francés *lit.* «cabeza abajo».

He comprado hace poco un *tête-bêche*. Es algo fascinante. Dos historias impresas de forma invertida. Uno lee la primera, luego le da la vuelta al libro y lee la otra. Son historias entrelazadas y parasitarias. Fascinante y algo extraño, me parece.

Carta del conde HORACE MANN
20 de marzo de 1819

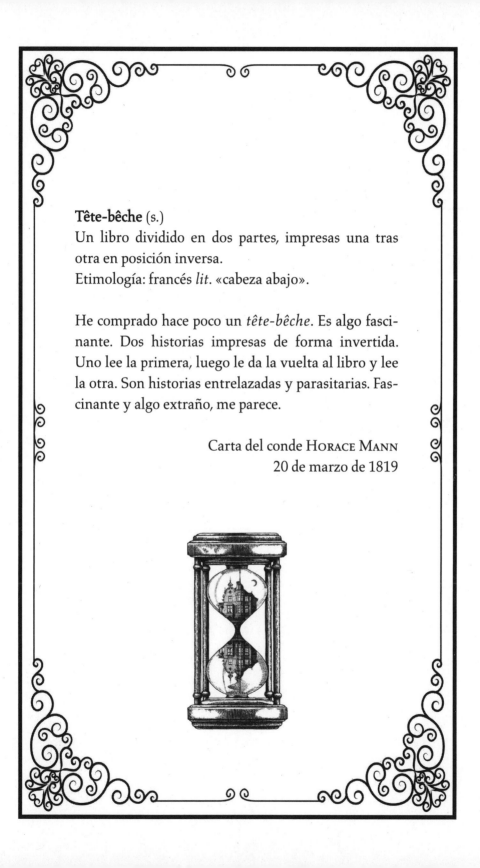

¿Quieres marcharte ya? Aún no es de día:
No era la alondra, sino el ruiseñor,
El que horadó tu oído temeroso;
Canta en aquel granado cada noche.
Créeme, amor, ha sido el ruiseñor.

Julieta, *Romeo y Julieta*, Acto III, Escena V

1

Londres, 1881

Los ojos grises de Simeon Lee asomaban por encima del pañuelo que llevaba atado sobre la cara para mantener a raya el hedor del cólera. El hedor de los cuerpos que se pudrían en las pensiones de mala muerte y en las morgues.

—El recaudador del Rey Cólera ha pasado por aquí —musitó.

—¿No podemos llamarlo de otra forma? —imploró su amigo Graham, que también llevaba un pañuelo húmedo sobre la nariz y la boca—. No me gusta ese nombre. Es como si le debiéramos algo. Y no es así.

—Pero igualmente va a cobrarse su impuesto.

—¿Crees que habrá otra epidemia?

—Espero que no. —No. Confiaba en que aquello solo fuera un brote local de la enfermedad.

Los dos amigos, que llevaban años formándose juntos para dedicarse a curar a los enfermos y tranquilizar a los sanos, siguieron por Grub Street, adentrándose en el antiguo corazón romano de la ciudad de Londres. Los edificios de esa calle estaban ocupados por el gremio de la prensa —los periódicos y gacetas que enumeraban las intrigas, placeres y pesares de la vida cotidiana—, de tal modo que la zanja que discurría por la mitad de la calzada iba cargada de tinta.

Simeon se quitó el pañuelo de la cara cuando llegaron al alojamiento que ambos compartían.

—Tenemos que encontrarle su punto débil —dijo. Pensaba en la enfermedad como en un animal, como si fuera un perro rabioso. Aunque demasiado diminuto para verlo, el bacilo tenía el suficiente vigor para llevarse a la tumba a oleadas de hombres, mujeres y niños. Un pequeño e insidioso asesino—. Cada enfermedad tiene un punto débil.

El doctor Simeon Lee, de facciones flacas y alargadas y complexión igualmente flaca y larguirucha, subió con agilidad la escalera que llevaba a sus habitaciones —una buhardilla, en realidad—, justo encima de una imprenta cuyas prensas atronaban sin parar las veinticuatro horas. Ese sitio le convenía, no obstante, porque allí podía trabajar mientras la mayoría descansaba. Además, era barato. Muy barato. En ese momento, meses después de que su investigación se hubiera estancado por falta de fondos, necesitaba ahorrar cada penique que pudiera.

—Debe tenerlo, lo presiento —prosiguió sin la menor pausa—. Maldita sea, si hemos sido capaces de protegernos contra la viruela durante un siglo, ¿por qué no del cólera? —Echó un vistazo por la mugrienta ventana abatible. La densa oscuridad de la niebla de diciembre le devolvió la mirada.

—Eso has dicho un montón de veces. Te estás poniendo un poco obsesivo. —Graham titubeó un instante—. No te estás volviendo muy popular en el hospital, ¿sabes?

—Me sorprendes. —A él le importaba un bledo lo que los ancianos bigotudos que dirigían el King's College Hospital pensaran de él. Que trabajaran en las casas de vecindad y los tugurios de los alrededores de Saint Giles y quizá verían las cosas de otro modo.

Su amigo se encogió de hombros zanjando el tema.

—¿Cómo pretendes encontrar tu cura milagrosa?

—¿Cómo? —Simeon casi se echó a reír—. Con dinero. Necesito dinero. Tengo que conseguir la beca Macintosh. —Se desató la corbata y se sentó sobre el banco medio quemado que habían rescatado de una acera de Marylebone—. Mientras tanto, la gente se muere en su casa como si se hubiera desatado la Peste Negra. —Se removió en el asiento chamuscado para encontrar una posición cómoda—. Un hombre pobre de esta calle tiene menos posibilidades de llegar a los treinta que yo de ser nombrado caballero. ¡Santo Dios, si Robertson y los demás se dignaran a escuchar, podríamos hacer algo! —Su amigo guardó silencio mientras él cogía carrerilla y despotricaba contra el profesorado de la facultad de Medicina del King's College, que había demostrado una y otra vez su absoluta incapacidad para producir una sola idea nueva—. Tiempo y dinero. Es lo único que hace falta para encontrar una cura. Tiempo y dinero suficientes.

Su rabia nacía de la frustración. Pocas cosas podían enfurecerle tanto como la idea de que todo su trabajo de tres años estuviera criando polvo en su escritorio. Cada mes, la comisión de becas de la facultad de Medicina daba largas a sus propuestas, y, entretanto, sucumbían más hombres, mujeres y niños a la enfermedad.

—¿Crees que conseguirás la beca?

—La cosa está entre Edwin Grover y yo. Él la quiere para su asunto de la analgesia.

—Es un tipo brillante.

—Sobre el papel, sí. En la práctica, es un cretino. Es todo demasiado teórico. Ni una sola idea sobre cómo vas a ponerle una aguja en el brazo a una modista. —Tamborileó con los nudillos sobre la mesa con irritación. Grover se pasaba la vida en sus aposentos de la última planta de una casa refinada de Soho Square. Raramente los abandonaba. No tenía ninguna necesidad de hacerlo. Ni tampoco interés, probablemente.

—¿Y si no la consigues?

—Entonces, amigo mío, saldré a barrer la calle para buscar monedas de medio penique. —Dio un tirón a su flequillo.

—Una perspectiva gélida.

—Sin duda.

Graham carraspeó.

—¿Y ese empleo en Essex? Eso sería una solución.

Simeon alzó las cejas con sorpresa.

—Dios mío, se me había olvidado por completo. —A decir verdad, se le había ido de la cabeza en cuanto había dejado el telegrama en un rincón el día anterior.

—Tu tío, ¿no?

—No exactamente. El primo de mi padre.

—Bueno, es un empleo remunerado.

Eso era cierto, pero no resultaba nada atractivo.

—¿Atender a un pastor rural que se ha convencido a sí mismo de que está a las puertas de la muerte, aunque seguramente se encuentra en tan buena forma como para aguantar diez rounds en el ring con Daniel Mendoza?

—Simeon, necesitas el dinero.

Él reflexionó. No cabía la menor duda al respecto. Pero la sola idea de tratar a un hombre que probablemente no necesitaba otra prescripción médica que «reducir el oporto y dar un buen paseo de vez en cuando» hacía que se sintiera como un vil mercenario. No obstante, ese dinero podría servirle para continuar sus progresos en la búsqueda de una cura.

—Es una opción —admitió—. Aunque Dios sabe cuánto podré sacarle. Un pastor rural no estará forrado precisamente.

—Cierto. ¿Al menos es un tipo agradable?

Simeon se encogió de hombros.

—Sin duda es uno de esos viejos pastores reservados que se pasan todo el tiempo leyendo tratados sobre los cálculos del obispo Ussher para demostrar que el mundo tiene seis milenios de antigüedad.

—Bueno, podría ser peor. ¿Vive solo?

—Ah. Verás. —Simeon rio entre dientes para sí mismo—. Ahí es donde la cosa se vuelve más bien… intrigante.

—¿En qué sentido?

—Es el escándalo de la familia.

—¿Un escándalo? Cuenta, cuenta.

—Ni siquiera conozco la mitad de la historia; mi padre no me contó los detalles. Según parece, al hermano del pastor lo mató su esposa en extrañas circunstancias. Uno de ellos estaba loco, creo. Debería averiguarlo. Cierto, cierto, una historia picante no dejaría de ser un respiro para compensar el aburrimiento de ese trabajo. Pero no, pongo toda mi fe en la Providencia y confío en que el comité Macintosh vendrá antes en mi socorro.

La tarde del día siguiente, Simeon se hallaba acomodado en un duro y lustroso banco junto a una sala del comité del King's College. Edwin Grover, primorosamente vestido, se había sentado en un banco idéntico situado enfrente.

—Todavía con el cólera, ¿no? —preguntó.

—Sí. Todavía.

Grover no hizo más preguntas.

Un viejo conserje abrió la puerta rechinante de la sala del comité.

—¿Doctor Grover? ¿Quiere pasar?

Grover lo siguió. La puerta se cerró con un golpetazo que resonó por todo el pasillo.

Transcurrió una hora antes de que saliera por fin, aparentemente muy satisfecho de sí mismo. Simeon soltó una maldición entre dientes al verlo así. Había llegado su turno.

Entró en la sala, ocupó una silla de madera ante un jurado de cinco miembros y expuso sus planes para curar una de las grandes enfermedades de la época.

—Doctor Lee, hemos estado examinando su solicitud y los documentos anexos —le informó uno de los jurados—. Y no ha dejado de surgir una pregunta en nuestras mentes.

—¿Qué pregunta, señor?

—¿Qué prueba tenemos de que vaya a llegar a alguna parte?

No era una pregunta amistosa.

—¿Puede precisar un poco más?

—Su expediente parece —dijo el jurado, bajando la mirada a una carpeta— intrascendente. De hecho, por lo que vemos, no ha salido nada tangible de él.

—No creo que...

—A diferencia, digamos, del expediente del otro candidato, en el que figuran dos artículos publicados en *The Lancet*. —En algún punto de las paredes, el aire atrapado de las cañerías gorgoteaba ruidosamente.

—Siento el mayor respeto por las publicaciones académicas...

—Y, sin embargo, lo único que vemos de su trabajo es una serie de solicitudes para obtener más fondos.

Simeon rechinó los dientes antes de responder.

—Estoy convencido de que los beneficios compensarán el capital, señor.

—¿Qué beneficios? ¿Y qué cantidad de capital?

—Creo que trescientas libras serían...

—¿Trescientas libras? ¿Para una enfermedad actualmente confinada en los barrios bajos? —Hubo murmullos de asentimiento entre el resto del comité—. Es algo a lo que están habituados quienes viven en tales lugares. Están abocados a ello de nacimiento. Y vivirán toda su vida en esas condiciones.

—Si usted pasara en su compañía tanto tiempo como he pasado yo, sabría que muchos salen mejor parados no viviendo en tales condiciones.

—¿Qué quiere decir? —preguntó el viejo doctor.

—Lo que quiero decir, señor, es que no podría precisarle la cantidad de niños menores de cinco años que he visto condenados a una vida breve y dolorosa. A veces, parecía tentador abreviar su vida en el acto, en lugar de presenciar su inevitable deterioro.

—Bueno, eso queda entre usted y Dios. Aquí estamos analizando su solicitud de una beca.

—Desde luego. Me disculpo por desviarme de la cuestión. Para responder a la pregunta en concreto que me ha hecho: no hemos sido capaces de identificar un material de procedencia humana apto para una vacuna. Mi argumentación es que quizá sería posible obtener el material que necesitamos de animales no humanos. Por ejemplo, si exponemos a nuestros parientes más cercanos, los gorilas, a la enfermedad, y les extraemos sangre, es posible que la consanguinidad pueda proporcionar protección contra el germen.

—O sea que ahora quiere que todos nos colguemos de los árboles —masculló uno de los jurados.

Cuando Simeon volvió a sus aposentos, vio una botella de vino tinto abierta sobre el baúl que usaban como mesa. Apuró los restos de la botella, echó un vistazo a su amigo, que roncaba suavemente en su cama, y luego miró por la ventana. La calle estaba tan silenciosa como una tumba.

Advirtió que la botella reposaba sobre un pedazo de papel: un telegrama. El día anterior había enviado un cable a su padre pidiéndole que le explicara con detalle los hechos criminales en los que habían estado implicados sus parientes de Essex dos años antes y que habían provocado crueles habladurías. Su padre le había respondido con prontitud. «Tu misión es estrictamente médica. Atente a ella y nada más. Por lo que yo sé, había sospechas de crímenes infames incluso antes de que se produjeran esos hechos violentos. Lo cual no me sorprende. La Casa del Reloj siempre ha tenido en sí algo corrupto y maligno. Dejémoslo en manos de Dios y de la ley».

Simeon no pudo dejar de observar que su padre —un hombre no muy dado a los vuelos de la fantasía poética— afirmaba que era la propia casa, y no la familia, la que tenía en sí «algo corrupto y maligno». Una afirmación curiosa.

Él nunca había conocido a esa rama lejana de la familia que residía en la Casa del Reloj. Se había criado a cientos de kilómetros al norte, en las calles empedradas de York, como único hijo superviviente de unos padres apenas interesados en su existencia, que lo habían enviado a estudiar lejos a los diez años. Su padre, un abogado con un polvoriento despacho dedicado a las necesidades de polvorientos aristócratas, aceptó la medicina como una profesión razonable; su madre, por su parte, suponía Simeon, habría preferido que se hubiera propuesto abrir una consulta distinguida en Harley Street y había mostrado su desagrado ante una carrera orientada a investigar y combatir las enfermedades infecciosas, pero ello no había aplacado en modo alguno los deseos de Simeon de seguirla.

«Habrá que ir a Essex, pues», se dijo.

La isla de Ray se encuentra en las marismas saladas de la costa de Essex. Es, o no es, una isla dependiendo de la marea, hallándose como se halla entre las bocas de los estuarios del Colne y del Blackwater. Con la marea alta queda prácticamente cercada, y la única casa que se asienta sobre ella parece aislada y como a la deriva. El agua del mar entre la isla y tierra firme está cubierta por una intrincada capa de sargazos que parecen los dedos de los muchos hombres allí ahogados. Las algas se deslizan a su vez a través de las ensenadas del estuario y llegan hasta el pueblo de Peldon, en tierra firme, donde la laguna frente a la taberna Peldon Rose ha constituido desde hace mucho tiempo un curioso depósito para quienes complementan sus ingresos como pescadores de ostras con la venta de brandy y tabaco llegados del continente sin pagar ruinosos aranceles. El fondo de la laguna es de madera y, al izarlo y escurrirse el agua, quedan a la vista los barriles cubiertos de brea escondidos. Esos barriles surten de vino a todas las tabernas de Colchester y de telas de encaje a todas las mercerías.

En efecto, apenas se recauda un penique de aranceles en Essex, pese a que la cuarta parte de los bienes sujetos a impuestos del país se importan a través de ese condado. Y no debe suponerse que los recaudadores no están al tanto de ese comercio, pero desde que veintidós de ellos aparecieron una mañana en un bote, años atrás, con el gaznate rebanado, sus compañeros se mostraron más bien reacios a interferir en las actividades de los comerciantes locales.

Junto a Ray se encuentra la isla de Mersea, que es diez veces más grande y alberga unas cincuenta casas y una playa de guijarros conocida como The Hard. El hinojo marino dorado y la lavanda de mar morada decoran ambas islas, que tienen una base de grava apelmazada de barro que atrae a las aves limícolas y a las flotantes, como los ostreros y las tadornas.

Sin embargo, los visitantes de estas islas deben andarse con cuidado.

Al bajar la marea, aparece a la vista entre las aguas en retirada una estrecha pasarela, el Strood, que parte de tierra firme hasta Ray, cruza el kilómetro y medio de la isla y llega a Mersea. Los que la recorren deben asegurarse de haber examinado el calendario de las mareas. El peligro no consiste solo en quedarse varado en Ray, con su oscura y única casa. Más de uno se ha quedado atrapado en el propio Strood mientras ascendía el agua salada, corriendo el riesgo de ser engullido por los sargazos. Casi cada año, desde que los romanos poblaron Ray por primera vez, al menos un hombre o una mujer ha acabado enredado entre las algas. Se quedan allí flotando, sin hacer ruido ni emitir una queja, mientras sus manos se juntan lentamente.

Simeon percibió en el aire el olor de la lavanda de mar cuando una carreta lo dejó frente al Peldon Rose. El cochero había alardeado entre risas del comercio poco legal que funcionaba en la zona, y él echó un vistazo a la laguna, pero solo vio una turbia agua salina. El aire mismo sabía a sal y le ardía un poco en la garganta, y tuvo que tragar saliva dos o tres veces para librarse de esa sensación.

Luego se dijo que pronto se acostumbraría a ella como si formase parte del paisaje.

—Buenas tardes, señor —oyó que le decían. El tabernero, un tipo enjuto de enormes patillas, estaba plantado en el umbral fumando en una larga pipa—. ¿Va a entrar?

—Sí, con mucho gusto —repuso Simeon alegremente, echándose al hombro su bolsa de viaje y sujetando con la otra mano su maletín médico de cuero negro.

—Muy bien. No me extrañaría que quiera algo de comer y una jarra de cerveza.

—Suena perfecto. —Simeon miró el edificio. Era una amplia taberna rural de un solo piso cuyos muros encalados adquirían un tono gris apagado bajo la mortecina luz invernal. Estaba hambriento, y la perspectiva de un plato de comida caliente le había confortado durante el trayecto de una hora desde la estación de Colchester para ir a ver y tratar al pastor Oliver Hawes: al doctor Hawes, de hecho, pues ese caballero era doctor en Divinidad.

—Pase, pues, joven.

Él aceptó gustosamente.

En el interior de la taberna había siete u ocho tipos con ropa de pescador. Todos fumaban en una pipa blanca larga y delgada, idéntica a la del tabernero. Simeon se preguntó si serían capaces de distinguir la suya de las de sus compañeros. Había también tres mujeres en un rincón que parecían formar un trío de Parcas y que lo examinaron en silencio.

—Pase, joven —repitió el tabernero—. Bienvenido al Rose. Deje la bolsa. Eso es. ¡Jenny! ¡Jenny! Un poco de pan y doce…, no, dieciséis ostras. El caballero parece hambriento. Deprisa, muchacha. —El hombre no se molestó en preguntar si ese pedido satisfacía los deseos de su nuevo cliente. En cuestión de segundos, Jenny, una niña de unos diez años, apareció con pan y un montón de ostras. El tabernero le tendió una jarra de cerveza ligera y le indicó que comiera de pie en la barra. Todo el mundo parecía esperar a que empezara a comer o anunciara qué lo traía por allí. Simeon decidió empezar por la comida. Pero, si esperaba que se reanudaran las conversaciones mientras comía, se equivocaba. El ambiente se mantuvo silencioso, dejando aparte el ruido que hacía él mismo o algún otro al beber la cerveza. Al cabo de diez minutos, había terminado su comida.

—Serán cuatro chelines, tres peniques y una historia —le informó el tabernero.

Simeon se echó a reír.

—¿Y qué historia sería?

—Queremos que nos cuente qué ha venido a hacer aquí.

Parecía una petición totalmente amistosa, no una especie de advertencia, así que no tuvo empacho en responder.

—Soy médico. Voy a cuidar a un pariente mío.

—¿Y quién es, si puede saberse?

Simeon se preguntó cómo se dirigían o referían a su casi-tío.

—El doctor Hawes.

—¡El pastor Hawes! —Las cejas del tabernero se alzaron de golpe y un sordo murmullo recorrió la taberna—. Así que usted es pariente suyo.

—Es primo de mi padre.

—¿De veras? Nunca había pensado que el pastor tuviera familia en ninguna parte salvo aquí.

—De hecho, yo no lo conozco personalmente.

—No, claro. Si no es usted de Mersea o Peldon no lo habrá conocido. He oído que está enfermo. —Hubo otro murmullo general, pero el tabernero era obviamente el portavoz de todos los demás.

—Lo averiguaré esta noche cuando lo vea.

El patrón pareció inquietarse.

—Espere hasta mañana. La marea está subiendo.

—Muchas gracias, de verdad —respondió Simeon—. Pero debo llegar esta noche. El doctor Hawes me espera.

—Morty, ¿quieres llevarlo? —preguntó el tabernero a uno de los hombres que estaban escuchando la conversación sin el menor disimulo.

—Yo soy el barquero —dijo Morty. Era un tipo menudo de más de sesenta años, pero se le veía tan fornido como debe estarlo un hombre que rema por las ensenadas y el mar de la zona de Essex—. El barquero, ese soy yo.

—Pues parece uno bueno.

—Pero ahora me vuelvo a casa. Me voy en un momento.

—¿El Strood es seguro ahora? —preguntó el tabernero.

—Seguramente. No por mucho tiempo, pero podrá cruzar.

—Bueno, por mí suena perfecto —dijo Simeon, que quería ponerse en marcha—. ¿Quiere señalarme el camino?

Todos los parroquianos de la taberna miraron por la ventana. No llovía, pero ya pasaban de las seis y reinaba una completa oscuridad invernal.

—Necesitará una lámpara —dijo el tabernero, como si dudara que a un joven de ciudad (probablemente de Londres) se le hubiera ocurrido traer un objeto semejante.

—Tengo una.

—¿Botas altas?

—No sabía que iba a necesitarlas. Ya me las arreglaré —dijo él, bajando la vista a sus botines de cuero. Bueno, en cualquier caso habían conocido tiempos mejores.

—Fíjese. Es todo derecho en esa dirección. El camino se convierte en el Strood. Una vez en Ray, no tiene pérdida. La Casa del Reloj es el único edificio de la isla.

Simeon asintió, satisfecho.

—Un extraño nombre. ¿Cómo llegó a adquirirlo?

—Mire la veleta cuando llegue y lo verá. —El tabernero titubeó ligeramente, como decidiendo si abordar un tema delicado—. No es un mal tipo, el pastor Hawes. Un poco peculiar a veces. Pero se ha portado bien con su cuñada después de…, bueno, ya me entiende. —Parecía estar sondeándole para ver qué sabía.

El escándalo de la familia. Aquella gente sin duda sabía más del asunto que él. Valía la pena seguir hablando, pensó Simeon.

—Sí, sé que ella mató al hermano del pastor.

El tabernero pareció aliviado al ver que estaba enterado.

—Bueno, mejor así. No quería que se asustara al enterarse.

—No, ya lo sabía. —Su padre le había relatado los hechos desnudos, pero no había precisado con exactitud cómo había matado Florence a su marido, James, el hermano de Oliver—. Pero desconozco lo que sucedió exactamente.

—Lo desconoce, ¿eh? —dijo el patrón con un tono pensativo y algo escéptico—. Pregúntele a Morty.

Morty le dirigió una mirada aviesa a Simeon.

—¿Así que no lo sabe?

—No, la verdad es que no.

Morty se encogió de hombros.

—Bueno, se trata de su familia. Es asunto suyo. —Resultaba curioso pensar que el hombre tenía razón: era asunto suyo, aunque él nunca hubiera conocido a las personas implicadas. La familia, pensó, podía ser una fuente de extrañas conexiones—. Yo saqué el cuerpo de la casa…, el de su tío James o como lo llame usted. Estaba en un estado terrible. —Simeon sintió curiosidad, tanto profesional como humana—. La cara hinchada. Amarilla. Gangrenada. —Hizo una pausa—. Infección, como lo llaman ustedes —añadió el hombre, pronunciando con cuidado la palabra.

—¿Qué infección? ¿Qué sucedió?

Morty se encogió de hombros, como si estuviera relatando una historia que ya conocía todo el mundo.

—Ella le destrozó la cara. Le tiró a la cabeza una licorera de cristal que se rompió en pedazos. Ahí empezó la gangrena. La carne se le puso negra por aquí, amarilla por acá. —Se señaló el pómulo y la mandíbula—. Todo hinchado como un cerdo.

Así pues, Florence le había causado a James un corte lo bastante profundo como para que el envenenamiento de la sangre lo matara. Debía de haber sido un impacto tremendo.

—Era un chico apuesto, antes de eso —apuntó una de las tres Parcas—. El más guapo del condado.

—¿Por qué lo hizo? —preguntó Simeon. Era curiosidad morbosa, pero, si todos los demás lo sabían, ¿por qué no podía saberlo él?

Morty meneó la cabeza tristemente.

—No lo pregunté. Mala cosa que ocurriera aquí. No quise indagar demasiado. Simplemente metí el ataúd en el bote, remé hasta Virley y lo llevé a Saint Mary's. Ahora está a dos metros bajo tierra. Vaya y pregúntele usted lo que quiera.

—Morty —lo amonestó la Parca.

—Bueno. —El hombre dio un sorbo a su bebida pensativamente. Tras una pausa, todos los demás hicieron otro tanto—. ¿Sabe dónde está ahora la señora Florence?

—No —dijo Simeon.

Morty recorrió con la vista a sus compañeros, que le devolvieron una torva mirada.

—Lo sabrá muy pronto.

2

Con las últimas palabras de Morty resonando aún en sus oídos, Simeon dio las gracias a todos por su ayuda y pagó la cuenta. Al salir y emprender la marcha por el camino que había de convertirse en el Strood, notó otra vez el escozor de la sal en el fondo de la garganta. Ahora, con la taberna a su espalda, se sintió completamente solo bajo el cielo nocturno y saboreó ese lapso de soledad.

El suelo se volvió más blando, anunciando que entraba en las marismas, y la hierba de los márgenes del camino se transformó en una masa húmeda y oscura en cuya superficie destellaban las luces del Peldon Rose. Los destellos, que saltaban de aquí para allá, le recordaron a Simeon las señales de los faros. Enseguida llegó al Strood propiamente dicho, que era justo lo bastante ancho para que pasara un hombre. Al fondo, distinguió una ancha masa oscura en la que no se veía ningún destello: la isla de Ray, donde le aguardaba su pariente.

A cada paso se hundía más en el lodo. El agua vidriosa y reluciente a cada lado de la pasarela parecía burlarse de su laborioso avance, y sus talones, luego sus pies y sus tobillos, se iban empapando. Empezaba a temer que acabaría hundido hasta las rodillas y quedaría atrapado allí hasta que la marea se elevara por encima de sus hombros. Pero decidió confiar en la afirmación de Morty de que la pasarela era lo bastante sólida y apretó el paso. Poco a poco el suelo se fue endureciendo y, finalmente, notó que pisaba tierra firme.

Ray: la isla cuya existencia quedaba al albur de las mareas.

Encendió la llama de su lámpara de aceite y el haz de luz iluminó un gran trecho del camino. Se la había comprado a un comerciante de efectos navales que le había asegurado que daba una luz más intensa que ninguna otra: tan intensa como para que los barcos pudieran verse a una milla de distancia.

Era un lugar desolado el que iluminaba la lámpara. Mortalmente desolado. «¿Por qué se habrá instalado alguien aquí?», se preguntó.

Alzó la vista. El cielo estaba salpicado por un puñado de tenues estrellas, salvo en un sector vacío del horizonte, donde quedaban tapadas por una mole oscura que se elevaba del suelo encharcado. La Casa del Reloj, el único edificio de Ray.

No había otra señal de que la casa estuviera habitada que una sola ventana iluminada en la parte más alta.

Al acercarse y enfocar el edificio con la intensa luz de la lámpara, Simeon descubrió que tenía tres pisos y era tan ancho como una mansión de Londres. Al lado, había algo parecido a un pequeño establo. Una residencia muy espaciosa para un párroco de pueblo, aunque incluso en el día primaveral más reluciente la vista debía de resultar lúgubre y sombría.

La Casa del Reloj. Recordó que el tabernero le había dicho que mirase la veleta para entender ese nombre. Escudriñó el tejado e, inclinando la lámpara todo lo que pudo, divisó una veleta verdaderamente insólita. Tenía forma de reloj de arena, con un reguero de este material que caía de una ampolla a otra; pero, en lugar de ser metálica, estaba toda hecha de cristal y relucía bajo la luz de la lámpara. Debía de ser de cristal de plomo para resistir la acción del viento y de la lluvia que la azotaban constantemente. Mientras la contemplaba, la veleta giró lánguidamente con un gemido. El viento debía de estar cambiando.

Al llegar a la casa, Simeon vio una anticuada campanilla que sobresalía de la pared de ladrillo. Tiró de ella con fuerza y en el interior sonó un tañido y luego un ruido de pasos y cerrojos. «¿Para qué cerrar tu puerta en Ray? —se preguntó—. ¿Quién va a presentarse inesperadamente?».

—¿Doctor Lee? —Una rolliza y jovial ama de llaves abrió la puerta y se hizo a un lado. Simeon sintió la oleada de calor que salía del amplio vestíbulo.

—Sí.

—¿Quiere pasar, señor?

Él obedeció gustosamente.

La casa parecía haber sido decorada cien años atrás. A lo largo de una pared se alineaban bustos de poetas muertos hacía mucho, y por encima de la escalera había un enorme óleo de una cacería. El cuadro más llamativo, sin embargo, era un retrato colgado sobre la chimenea que mostraba a una mujer muy hermosa de espesa cabellera castaña que posaba de pie frente a una casa resplandeciente.

—Yo soy Tabbers, señor. Eliza Tabbers.

Simeon dejó su bolsa de viaje en el suelo.

—¿Hay otros sirvientes aquí?

—Sí. Está Cain, Peter Cain. Es lacayo, jardinero y todo lo que usted quiera. Ambos vivimos fuera, señor. En Mersea. Yo llego justo después del amanecer para encender los fuegos y suelo marcharme a las siete. Cain está aquí de ocho a cinco.

Sí, no debía de ser fácil atraer a alguien para vivir en un lugar semejante, situado a solo un kilómetro y medio del pueblo más cercano y, sin embargo, tan remoto y aislado por el mar.

Le dio su abrigo a la mujer. Ella lo colgó en un perchero junto al que había una mesa cubierta de un revoltijo de lámparas y llaves de hierro herrumbrosas.

—¿Quiere llevarme, por favor, ante el doctor Hawes?

—Ahora mismo.

El ama de llaves lo guio por la escalinata y luego por un pasillo en el que todas las superficies estaban cubiertas de alfombras, cortinas y colgaduras. Eso reforzaba la peculiar atmósfera reinante, en la que el aire parecía inmóvil y las pisadas no producían ni un murmullo. A lo largo del pasillo, observó Simeon, había tres puertas acolchadas de cuero coloreado: verde, rojo y azul. Al fondo había otras dos de madera.

Se detuvieron frente a la de color verde y el ama de llaves llamó: tres golpes suaves y tres fuertes. Un doloroso gemido le respondió desde dentro. Al oírlo, la mujer hizo pasar a Simeon.

El panorama que se encontró era asombroso. Una oscuridad tan densa como la de una iglesia de noche se veía atravesada por los hilos de luz de la lámpara de aceite parcialmente cerrada que había sobre la mesa octogonal del centro de la habitación. En la pared había lámparas de gas, pero no estaban encendidas. Los haces de luz que partían de la mesa de latón mostraban que aquello era una biblioteca, pero una muy distinta de las que Simeon había visto incluso en las casas más distinguidas a las que le habían invitado.

La estancia se alzaba a una altura de dos pisos, casi hasta el tejado, y contaba con una doble hilera de ventanas. Las escaleras de mano distribuidas en derredor daban acceso a los libros que se alineaban por las paredes desde el suelo hasta el techo. Simeon dedujo que la escalinata por la que había subido solo llegaba al primer piso, de manera que la casa debía de haber sido construida así, con un nivel superior de dos alturas: un paraíso para los bibliófilos, un infierno para quienes aborrecían la palabra escrita.

En la penumbra se distinguían las siluetas de mesas de lectura y escritorios cubiertos de libros apilados. Para consumir las páginas de todos aquellos volúmenes, se habían escogido unos profundos sillones colocados en una especie de círculo. En el centro, junto a la mesa octogonal y la lámpara, había un sofá en el que se había quedado dormido un hombre flaco y medio calvo de cuarenta y tantos años. El otro extremo de la estancia estaba totalmente sumido en las sombras, aunque los destellos parpadeantes de la lámpara, similares a los que relucían afuera en el agua oscura, sugerían que había allí un amplio panel de cristal.

—Doctor Hawes —murmuró el ama de llaves.

Lentamente, los párpados del hombre se abrieron tras unos gruesos anteojos cuadrados.

—¿Hola? Ah. —La voz del hombre sonaba vacilante—. Ah, usted debe de ser el chico de Winston.

—Así es, señor.

—Me alegro de que haya venido. Me alegro mucho. Adelante, adelante. —Hablaba con un tono amable y trató de indicarle a Simeon que se acercara, pero su mano se dio por vencida a medio camino.

Simeon se acercó y le tendió la suya. El paciente la tomó y la estrechó débilmente.

—¿Quiere que empiece examinándolo, señor? —preguntó Simeon, que sentía curiosidad por ver qué encontraba, ya fuera una enfermedad o mera hipocondría—. Podemos hablar mientras tanto.

—¿Examinarme? Ah, sí, sí, claro.

—¿Enciendo las lámparas de gas?

—Lo lamento, pero su luz me daña la vista. Prefiero la lámpara de aceite.

—Por supuesto. —El ama de llaves se retiró mientras Simeon abría su maletín para sacar el estetoscopio—. Bien, ¿quiere decirme por favor cuál es el problema?

—Ah, me temo que tal vez me esté muriendo —susurró el pastor—. El corazón, ¿sabe? Y me entran sudores y unos dolores tremendos. Por todo el cuerpo. Dolores en las articulaciones, en los órganos. En la cabeza. Y me castañean los dientes. Aunque, por otra parte, yo siempre he sido friolero.

Simeon pensó que la casa estaba caldeada. La chimenea no estaba encendida; el calor debía de proceder de uno de esos sistemas para hacer circular aire caliente por medio de conductos distribuidos por toda la casa.

—Primero voy a auscultarle el corazón; luego haremos un historial —explicó. El paciente se abrió la camisa obedientemente. Desbaratando las expectativas que tenía Simeon de una dolencia imaginaria, las condiciones de ese músculo eran cualquier cosa menos saludables. Durante unos segundos latía al galope, después palpitaba de forma vacilante y, finalmente, emitía unos golpes sordos y profundos. «Mala señal», se dijo—. ¿Y cuándo empezó todo esto?

—Eh, déjeme pensar. Sí, fue el jueves. Por lo general, soy fuerte, pese a los escalofríos que me entran. Pero, en cuanto me levanté ese día, noté un martilleo en la cabeza. Me volví a la cama, pensando que sería solamente un fuerte resfriado. Pero hoy estoy mucho peor: los dolores me matan y no puedo levantarme ni tampoco dormirme.

Llevaba, pues, cinco días enfermo. Ciertamente parecía algo peor que una infección común. Si hubieran estado en la ciudad, Simeon habría señalado inmediatamente al Rey Cólera. Pero en aquella costa apenas poblada habría sido algo prácticamente insólito. ¿Malaria? El terreno era cenagoso, pero esa enfermedad había sido erradicada hacía mucho de aquellas regiones.

—¿Ha comido algo inusual? ¿Tal vez una carne poco cocida?

—No. De hecho, apenas como carne. Encuentro que me altera demasiado la sangre.

—Entiendo. ¿Puede ser que su ama de llaves le haya preparado unos hongos poco corrientes?

—No, en absoluto. Solo pan, queso, pescado o cordero de vez en cuando, y verduras corrientes. Nada más. Y la señora Tabbers y Cain comen los mismos platos que yo; somos tan pocos aquí que no tiene sentido preparar comidas separadas.

—¿Toma usted alcohol?

El pastor pareció algo avergonzado.

—Suelo tomar una copita de brandy para dormir, pero no he tenido estómago para ello desde que me sentí enfermar. —Señaló un pequeño barril que había en una esquina. Al lado había un cacillo plateado, listo para sacar la bebida. Al parecer, en esas tierras que los recaudadores de impuestos temían pisar, hasta los pastores bebían directamente de un barril.

—Creo que lo mejor será que se abstenga del alcohol por ahora —dijo Simeon—. Así que basta de copitas.

Un ruido —un ligero crujido— le hizo volver la cabeza hacia el extremo en sombras de la estancia.

—Si usted lo dice.

Simeon repasó todas las causas posibles de la enfermedad del párroco que era capaz de recordar de sus estudios y su práctica médica. No encontraba nada evidente. Una comida o bebida en mal estado seguía siendo la causa más probable, sin embargo, así que calculó que pasaría allí un par de días mientras el paciente se recuperaba. Luego regresaría a Londres, donde se encontraría unas guineas más cerca de reanudar su investigación.

—Le voy a dar un reconstituyente que esperemos que lo vuelva a tener en pie pronto —anunció con confianza.

—Si usted lo dice. Después de todo, es quien está cualificado.

Simeon sonrió ante los agradables modales del pastor. Sacó un frasco de su maletín y vertió en un vaso una medida del reconstituyente. Al beberlo, el hombre chasqueó ligeramente la lengua por su gusto amargo.

—Me encargaré personalmente de supervisar la preparación de sus comidas. Quizá hay algo que se le ha escapado a su ama de llaves.

—Me ha sido leal durante veinte años más o menos —dijo el párroco—. No habrá sido deliberado.

Simeon frunció la frente.

—No, estoy seguro de que no. —Por un momento, se preguntó por qué se le habría ocurrido al doctor Hawes esa posibilidad.

—Londres debe de ser una ciudad muy excitante para un joven —comentó el pastor con tono informal.

Simeon creyó detectar una pizca de envidia en su voz.

—Desde luego es estimulante. Aunque a veces uno desearía una vida más tranquila.

—Ray y Mersea no podrían calificarse de estimulantes, me temo —dijo el párroco—. Pero espero que se quede unos días.

—Hasta que usted se encuentre mejor, por supuesto. —Otro crujido procedente del extremo de la biblioteca le hizo preguntarse si habría alguna mascota oculta entre las sombras. Volvió a mirar hacia allí, pero no distinguió nada.

—Y no hemos hablado de sus honorarios. ¿Cinco guineas al día serán suficientes?

—Eso sería muy generoso. —Simeon recorrió con la mirada los estantes que los rodeaban—. Dígame, ¿cuántos libros tiene aquí?

—¿Cuántos? Unos tres mil, diría yo.

—Una buena cantidad para una biblioteca. Yo... —Se interrumpió, sobresaltado, al oír un ruido más fuerte procedente de las sombras—. ¿Qué es eso? ¿Tiene un perro?

—¿Un perro? No, cielo santo. —El pastor Hawes escrutó a su pariente con perplejidad—. ¿No lo sabe? Ah, yo creía que le habrían informado en el Peldon Rose, si no antes. —La taberna era evidentemente el centro local de las habladurías—. Bueno, será mejor que coja la lámpara y lo vea por sí mismo. —Con cierta suspicacia ante esa ambigua manera de informarle, Simeon cogió la lámpara de aceite de la mesa. Su cerco de luz amarillenta, que no abarcaba más allá de dos metros, iluminó los montones de libros y una serie de alfombras, turcas o persas, de excelente calidad. Avanzó hacia el extremo oscuro de la estancia—. Pero vaya con cuidado, muchacho —le advirtió el hombre. Mientras caminaba, Simeon volvió a ver que el haz de luz destellaba en una superficie reflectante semejante al agua negra del estuario. Cristal. Al final de la biblioteca había, en efecto, un enorme panel de cristal y la luz de la lámpara parecía revolotear sobre su pulida superficie. Otro ruido, esta vez una especie de frufrú, salió de allí. En el panel oscuro vio su propio reflejo, como en un espejo, avanzando con la lámpara en la mano.

Al acercarse, la luz cayó primero al pie del cristal y luego ascendió con rapidez hasta abarcar toda su altura. Y lo que revelaba parecía verdaderamente extraño. El panel no era la pared del fondo de la estancia, sino una partición transparente entre la parte ocupada por el párroco Oliver Hawes, con sus tres mil volúmenes, y otra sección más pequeña completamente aislada del resto.

—Esto es bastante insólito —dijo Simeon.

—Es necesario. Con semejante furor.

«¿Qué furor?», se preguntó él, examinando el turbio panel.

Bruscamente, algo, una mancha de color pálido, apareció detrás del cristal: un disco alunado que se retiró hacia la oscuridad hasta desaparecer. Y algo verde destelló cerca del suelo. ¿Qué era lo que acababa de ver? ¿No podría ser…? Tuvo una idea, pero parecía absolutamente demencial.

Alzó la lámpara para asegurarse. El haz de luz no lograba atravesar el espejo oscuro, pero él la pegó a su superficie y entonces la luz sí se filtró hasta el otro lado. La escena que iluminó le dejó helado. Pues encerrados detrás de la partición de cristal había un escritorio, una mesa preparada para cenar, una sola silla, una chaise longue y unos estantes llenos de libros. E inmóvil en la chaise longue, con un vestido de color verde claro, vio a una mujer con el pelo oscuro y con unos ojos aún más oscuros que se clavaban en los suyos silenciosamente.

Simeon la observó. Su mirada fijada en la suya; su pecho ascendiendo y descendiendo casi imperceptiblemente al respirar; sus labios separados, como a punto de hablar.

—¿Sabía lo de mi cuñada? —La voz del pastor Hawes parecía venir de muy lejos. Los labios de la mujer volvieron a cerrarse y dibujaron una sonrisa torcida, sardónica. Luego ladeó la cabeza, volviendo la mirada hacia el pastor. Así que se trataba de Florence, la que había matado a James, el hermano del pastor, arrojándole una licorera a la cara con tal ferocidad que se había roto en pedazos y le había provocado una infección, envenenándole la sangre—. Estamos a salvo, no puede salir de ahí. —Eso era evidente. Aquello era una celda, una celda con una pared de cristal y muebles excelentes, pero una celda de todos modos—. ¿Está bien, muchacho? —preguntó el pastor Hawes.

La sonrisa no desaparecía. A Simeon se le quedó grabada.

—No tenía la menor idea de esto.

La mujer debía de tener quizá diez años más que él, y la curva de su mentón y su pómulo la distinguía como una rara belleza. En el campo, pensó Simeon, donde los hombres eran claros y directos, y no se inclinaban ante los encantos de la estirpe, ella debía de haber sido consciente de su belleza. Tal vez la había utilizado. Y era una belleza que él había visto antes, pues aquella mujer era sin la menor duda la del retrato colgado sobre la chimenea del vestíbulo.

—Veo que le sorprende su presencia.

—¿Sorprenderme? Me deja estupefacto —dijo él, volviendo en sí—. ¿Qué hace ahí dentro? ¿Cómo puede permitirse algo así?

—Era aquí o en el manicomio —declaró el pastor con un deje de irritación, como si le molestara la insinuación que entrañaba la pregunta—. Después de que matara a James, el juez estaba decidido a encerrarla. He hecho todo lo que he podido para mantenerla a salvo. Pero, si usted cree que estaría mejor con una camisa de fuerza en Bedlam, dígamelo, por favor.

La voz del párroco se extinguió de nuevo mientras Simeon volvía a mirar a Florence. Era una mujer impresionante, eso estaba claro. Y le sostenía la mirada sin la menor inquietud, como si fuese él quien estaba aprisionado tras aquel panel.

—Entonces ¿ella vive ahí dentro?

—Tiene una alcoba y un aseo detrás. ¿Ve ese dintel? —Había

una estrecha abertura en la parte trasera de la celda—. Dispone de privacidad, por si la necesita. Y su comida es la misma que comemos nosotros.

—Entiendo… —La mente de Simeon era un torbellino. Ningún ser humano debería estar encerrado como un espécimen del jardín zoológico. Y, sin embargo, ella había matado a un hombre, y vivir en Bedlam habría sido mucho peor. Como parte de su formación, él había tenido que entrar en aquel terrible manicomio: los internos estaban encadenados a la pared día y noche, meciéndose hasta enloquecer; otros gritaban que estaban sanos, pero te habrían desgarrado la garganta con sus propios dientes si hubieran podido. Muy de vez en cuando, algún paciente era liberado tras haber sido curado de su dolencia mental, pero eso era muy raro, y solo en el caso de los pacientes más leves. No, mejor mantenerla lejos de Bedlam, a ser posible. Por cruel que pareciera, ella salía mejor librada estando ahí.

—No ha sido fácil. Ha requerido un difícil equilibrio —continuó Hawes. Ahora la irritación dio paso a una especie de arrepentimiento—. Difícil para todos nosotros. —Con cierto esfuerzo, se secó la frente con un pañuelo.

Simeon deseaba hablar con Florence, pero ella no daba signos de querer hacerlo.

—¿Cómo le pasan la comida?

—Por la trampilla que tiene usted a sus pies. —Simeon bajó la vista. En el cristal había un panel rectangular que podía levantarse y que era lo bastante amplio para permitir el paso de una bandeja, pero poco más.

—Debe de haber alguna salida.

—No. Con el fin de garantizar una completa seguridad, que es lo que requiere, no la hay. Está totalmente emparedada. Para mantener la limpieza, se le cambia la ropa semanalmente a través de la trampilla. El agua entra y sale de sus aposentos, pero, aparte de eso, no hay ningún movimiento de entrada o salida. Ha de ser así para satisfacer a las autoridades legales.

«Malditas sean las autoridades», pensó Simeon.

—Florence —dijo en voz alta. Y tuvo la seguridad de que las pupilas de la mujer habían cambiado al oír su nombre—. ¿Me oye? Soy pariente suyo; pariente político. Soy el doctor Simeon Lee. —Aguardó una respuesta, pero ella permaneció inmóvil. El cambio en sus ojos fue el único que pudo apreciar—. Estoy aquí para tratar al doctor Hawes de una enfermedad. —¿No vio entonces una ligerísima alteración en su rostro? Tal vez las comisuras de su boca se habían torcido un poco hacia arriba. Pero la luz era escasa, así que probablemente lo único que había visto había sido un desplazamiento del destello de la lámpara.

—Dudo que le responda —le dijo Hawes—. Habla cuando se le antoja, pero no con frecuencia.

Simeon siguió mirándola fijamente.

—¿Quiere hablarme, Florence? ¿Una palabra? ¿Una sola palabra?

—No lo hará esta noche.

—¿Cómo puede saberlo?

—Porque ella también se ha tomado su copita.

Simeon se volvió.

—¿Qué quiere decir? —Detectaba algo amenazador en esas inocentes palabras.

—Los médicos que la examinaron dijeron que padecía un exceso de azúcar en la sangre. Y que la mejor manera de calmarla era con un poco de láudano día y noche.

La tintura de láudano —opio disuelto en brandy— era una prescripción corriente para quienes tenían una naturaleza excitable. Simeon, en efecto, la había visto utilizar beneficiosamente para calmar a aquellos cuyo cerebro estaba demasiado caldeado, pero no estaba seguro de que fuese un procedimiento ético en ese caso.

—¿Ha tomado su dosis esta noche? —preguntó.

—La cantidad habitual. Ese vaso que tiene al lado.

Por primera vez, Simeon observó que en la pequeña mesa octogonal, gemela de la del otro lado, había un vaso vacío volcado. Y también vio que ella bajaba la vista para mirarlo. Indudablemente, estaba siguiendo la conversación. Así pues, su mente estaba despierta, aunque tuviera el cuerpo aletargado. «Claro —pensó—, esa es quizá la jugarreta más cruel que se le puede hacer». Estar apresada tras un cristal era una cosa. Estarlo en un cuerpo paralizado era cien veces peor.

—¿De dónde saca el láudano?

El pastor señaló el gran secreter con cerradura de la esquina y se sacó una llave del bolsillo.

—La botella está a buen recaudo, se lo aseguro.

Simeon trató otra vez de comunicarse con ella.

—Florence, soy médico. ¿Puedo hacer alguna cosa para ayudarla? —No tenía muchas esperanzas de obtener una respuesta, pero aguardó de todos modos. No hubo ninguna.

—Es usted un buen muchacho, Simeon. Su corazón le honra. Pero algunos ríos no pueden cruzarse.

Simeon reflexionó.

—¿Cuánto tiempo ha estado ahí dentro?

—Desde poco después de que matara a James. Hace casi dos años.

—¿Y no ha salido desde entonces?

—No desde hace poco más de un año. Durante un tiempo estuvo más calmada y parecía seguro que saliera. Había entonces una puerta que daba al pasillo y, por las tardes, yo la dejaba sentarse aquí un rato conmigo. Pero después… le sobrevino un cambio y me pareció mejor sellar esa puerta.

«Mejor para usted —pensó Simeon—. Pero ¿para ella?».

Una chispa saltó de la lámpara y su reflejo ascendió por el espejo oscuro. Florence siguió su progreso; luego volvió la mirada a Simeon. Él deseaba conocer toda la historia, saber cómo habían descendido sus parientes a ese extraño estado de cosas.

—Doctor Hawes —dijo.

—Oh, también puede llamarme «tío». Ya sé que no es del todo exacto, pero facilitará las cosas.

—Tío —dijo Simeon, volviéndose para mirarlo—, solo sé que ella mató a su hermano. ¿Puedo saber por qué?

El pastor se hundió más en el sofá, al parecer abrumado por los recuerdos.

—Ella sospechaba que James había incurrido en una conducta improcedente. Esto es lo único que estoy dispuesto a decir. —Un ligerísimo rubor apareció en sus pálidas mejillas.

—Entiendo. —Pero la respuesta, en lugar de saciar su curiosidad, la avivó aún más.

—Dudo que lo entienda —lo reprendió Hawes—. Mire, muchacho, Ray y Mersea son lugares remotos. Más remotos de lo que podría deducir mirando un mapa. El aislamiento se engendra en el espíritu. —Se removió en el sofá—. ¿Sería tan amable de servirme un vaso de agua? —Simeon se alejó de la mujer de detrás del cristal, aunque todavía sentía su presencia, tal vez incluso con más intensidad por el hecho de no verla. Se acercó al secreter, donde había varias botellas. El agua parecía lo bastante limpia y le tendió un vaso al párroco—. Gracias. Estaba hablándole del espíritu de este rebaño humano. Mire, tengo cuarenta y dos años. Mi hermano es…, era, seis años menor. Florence está entre ambos. Su padre es el terrateniente y magistrado de la región, el señor Watkins. Un excelente caballero. Dadas nuestras edades y el hecho de que los únicos jóvenes en muchos kilómetros a la redonda eran hijos de pescadores y de…, bueno, ¿cómo decirlo?

—¿De contrabandistas? —apuntó Simeon.

—Digamos que de hombres ajenos a las leyes arancelarias —admitió Hawes—. Yo, como clérigo, exijo siempre que todo lo que entra en mi casa haya sido sometido a los debidos impuestos. —Simeon miró el pequeño barril de brandy, con el cacillo plateado al lado. Dudaba mucho que fuera de origen totalmente legal—. Así pues, entablamos una estrecha relación desde niños. James y Florence eran, me atrevo a decirlo, chicos más alocados que yo.

—Continúe.

Simeon era todavía consciente de que una de las personas aludidas estaba escuchando atentamente, aunque fuera sumida en la niebla del opio.

Riendo entre dientes ante sus recuerdos, el pastor prosiguió.

—Recuerdo una vez en la que yo estaba leyendo a mis anchas. Historia de Roma probablemente, que era una de mis grandes pasiones. Todavía lo es. Ellos estaban en la casa de los Watkins en Mersea, donde recibían clases de francés. En cuanto el maestro les dio la espalda, saltaron por la ventana, bajaron corriendo a la playa The Hard, se quitaron las prendas exteriores y nadaron por las ensenadas hasta el Rose. Aparecieron allí, en pleno día, solo con sus prendas íntimas y completamente empapados. Entonces tuvieron la osadía de pedirle a Morty que los llevara de regreso con su barca, prometiéndole que mi padre le pagaría. —El pastor volvió a reírse suavemente—. Unos pequeños bribones.

—Eso parece.

—Ah, pero podían llegar a ser salvajes. Feroces. Una vez, cuando James tenía dieciséis años más o menos, estaban en la feria del condado, y él empezó a prodigarle toda clase de atenciones a una campesina. Florence reaccionó con ferocidad y le puso un ojo morado a la chica. Un gesto no muy refinado, pero, en fin, eran muchachos. Simples muchachos. —Un recuerdo más reciente pareció asaltar al párroco, que se volvió hacia el lado oscuro de la estancia donde se hallaba Florence.

—¿Por qué permanece sentada en la oscuridad? ¿No tiene una lámpara?

—Tiene una. A veces la enciende. Y a veces prefiere la penumbra, supongo. Es ella quien lo decide. —Hawes suspiró—. Ahora estoy muy fatigado. Creo que iré a acostarme, aunque dudo que duerma. Le voy a mostrar su habitación. —Se incorporó trabajosamente. Simeon hizo ademán de ayudarle, pero fue rechazado con delicadeza—. No, ya puedo yo, muchacho —dijo, arrastrando los pies hacia la puerta.

Simeon lo siguió de mala gana, alejándose de la celda que ocupaba su pariente lejana y que, ya sin los reflejos de la luz, volvió a sumirse en las sombras. Sin embargo, sentía que Florence seguía observándole.

—La puerta roja es la de su habitación. Espero que duerma bien —le dijo Hawes en el rellano, mientras se dirigía penosamente a la suya.

Simeon le dio las buenas noches y entró en la habitación del fondo. Era lo bastante acogedora, le pareció, aunque algo enmohecida y anticuada. «Como la palabra "contrabandista"», se dijo. Se desvistió, se metió en la cama y, tapándose con una manta, repasó todo lo que había oído aquella noche. Era consciente de que debería haber estado pensando en la causa de la dolencia del pastor Hawes, pero solo podía pensar en la mujer que estaba detrás del cristal.

3

Cuando Simeon despertó, una bandada de gaviotas graznaba afuera, revoloteando ruidosamente y buscando alguna presa en la tierra o en el mar. Después de lavarse en una jofaina, se dirigió a la planta baja. Al pasar por el vestíbulo de la entrada, reparó de nuevo en el retrato colgado encima de la chimenea y lo examinó más de cerca. Era de Florence, ahora lo sabía con certeza. La cabeza y los hombros se recortaban sobre un cielo muy brillante: tan brillante que difícilmente podría tratarse de Inglaterra. No, tenía que ser de otro sitio. Llevaba un vestido de seda de radiante tono amarillo, y el retrato debía de haberse pintado diez o doce años antes, cuando Florence tenía la edad actual de Simeon, frente a una casa de lo más insólita, construida exclusivamente con cristal. El pintor había demostrado un gran talento, porque había algo casi inquietante en el vívido realismo del cuadro.

La señora Tabbers estaba comiendo pan y queso en la cocina junto al criado, Cain, un hombre robusto con unos mechones rojos que le brotaban aquí y allá, de la cabeza, la nariz y las orejas.

Mascaba y mascaba el mismo bocado durante tanto tiempo que Simeon lo miró pasmado.

—Buenos días.

—Buenos días, señor —respondió la señora Tabbers.

—¿Está despierto el doctor Hawes?

—Sí, así es. —Pasaban unos minutos de las ocho, según el reloj colgado de la pared.

—Quiero asegurarme de que come bien. Le llevaré yo mismo el desayuno, si le parece.

A la señora Tabbers pareció divertirle la idea.

—Vaya y sírvale usted, señor. Está en la biblioteca. He tenido que ayudarle a llegar hasta allí —dijo, mientras preparaba una bandeja con pan y leche.

—Es posible que el doctor Hawes haya comido algo en mal estado.

—Mis platos son muy buenos, señor —replicó ella con sequedad—. El pastor me lo dice a menudo.

—Estoy seguro de que así es. —Simeon no deseaba ofender a la mujer por el hecho de llevarle el desayuno a Hawes y cogió un pedazo de pan para demostrarlo—. Es posible, sin embargo, que algo haya llegado inadvertidamente a su comida. ¿Usted come lo mismo que él?

—Exactamente lo mismo. Nosotros dos. No tiene sentido preparar la comida dos veces, ¿no?

—No, claro —convino él—. Y el agua y la leche, ¿tienen la misma procedencia?

Cain intervino.

—La misma —dijo, como si creyera que les estaba acusando de algo y se sintiera ofendido.

—¿Y el vino?

—Raramente hay que pedir —dijo la señora Tabbers—. Durante las Navidades. Y el vino de la comunión, claro. Pero eso es muy poco y lo bebe toda la congregación.

Simeon vio que no estaba llegando a ninguna parte.

—¿Qué me dice del brandy que él toma de noche?

Ella se encogió de hombros.

—Es solo un dedo la mayoría de las veces. Terminó un barril un día o dos antes de caer enfermo.

—¿Qué día exactamente?

—Él se enfermó…, déjeme ver…, el jueves. El primero de mes.

—Eso coincidía con lo que había dicho el pastor.

—Deberíamos probarlo —respondió Simeon. La secuencia era interesante. No resultaba inconcebible que esa fuera la fuente de la enfermedad del clérigo, aunque el continuado agravamiento de su estado indicaba que era poco probable—. Pero no sé quién va a estar dispuesto a probarlo.

—Yo lo probaré —dijo Cain.

—¿Cómo?

—El brandy. Yo lo probaré. Para comprobar que puede beberse sin riesgo.

La señora Tabbers soltó un bufido.

—Vaya un cuáquero que está hecho, bebiendo alcohol. ¿Qué hay del juramento que tuvo que hacer? —masculló.

—Cállese, mujer —replicó él—. Es por razones médicas.

Simeon intervino.

—Entenderá que podría ser peligroso.

—Primero se lo daré a mi perro, Nelson. A él le gusta un traguito de brandy. —Era increíble la cantidad de riesgos que algunas personas estaban dispuestas a correr por una copa. Cain miró el reloj—. Lo haré hacia las nueve. Antes tengo que ir a ver a ese potrillo —añadió, dirigiéndose a la señora Tabbers.

—¿Qué potrillo? —preguntó Simeon.

Cain se metió más comida en la boca y contestó mientras masticaba.

—Uno cojo. Nacido hace unas semanas de la yegua del pastor. Voy a ver si está mejor. Si no…, bueno.

—¿Bueno… qué?

—Es una sangría, ¿sabe? Cuesta un buen dinero. Y no le sirve al pastor ni me sirve a mí. No queremos un animal cojo.

—Entiendo.

—Una mala señal, un potro cojo. —Cain siguió masticando lentamente la comida.

Simeon pensó que la gente de campo le daba mucha importancia a la salud de los animales, y que hacía muchos augurios a partir del estado del ganado. Así que un potro cojo era, en efecto, una maldición.

—¿Usted es de Mersea?

—Nacido y criado allí —contestó Cain con un gruñido—. Nunca he estado a más de quince kilómetros.

Eso podía resultar útil.

—Así que usted conoce todos los secretos de la región —dijo Simeon jovialmente. Después de ver a Florence la noche anterior, había sin duda algunos secretos que le intrigaban.

Cain dejó su vaso sobre la mesa.

—Si tiene algo que preguntar, pregúntelo.

La reacción fue más agresiva de lo que Simeon había esperado; aun así, era absurdo ocultar su curiosidad.

—¿Qué sucedió entre Florence y James?

Cain cortó un trozo de pan, lo untó de mantequilla y se lo comió, al parecer tratando de ganar tiempo para medir bien sus palabras.

—Dicen que el señor James estaba involucrado en ciertas cosas.

—¡Peter! —lo amonestó la señora Tabbers.

—Bueno, es la verdad.

—¿Qué clase de cosas? —preguntó Simeon.

—Ya basta de chismorreo —dijo el ama de llaves con firmeza.

—Señora Tabbers…

—No. Ya basta. —La mujer se sirvió una taza de leche de una jarra y la plantó sobre la mesa como poniendo punto final a la conversación.

Simeon pensó que era mejor retirarse sin presionarlos más por ahora. Era más fácil atrapar moscas con miel que con vinagre, así que salió de la cocina y llevó la bandeja para el pastor a la biblioteca.

Al entrar, mantuvo la vista fija en su paciente. Hawes estaba en el mismo sofá que la noche anterior, tapado con una manta.

—Buenos días —musitó.

Mientras depositaba la bandeja sobre la mesa, Simeon ya no pudo contenerse más y volvió lentamente la cabeza para mirar hacia el otro lado de la estancia. Estaba sentada, observando en silencio, con el mismo vestido verde. Tal vez era el único que le permitían llevar. Tal vez se había pasado allí toda la noche. ¿Acaso dormía? A Simeon no le habría sorprendido descubrir que ese placer, ese alivio, le era desconocido.

Pero ahora tenía que atender a su paciente, que estaba en peor estado que la noche anterior. Tenía la piel pálida y, cuando le tomó el pulso, lo encontró más rápido y apagado, lo que indicaba un agravamiento de su dolencia.

—Muchacho —dijo el párroco—, me siento como si tuviera un ejército desfilando en la cabeza. Un ejército entero.

Simeon bajó con delicadeza la muñeca de su tío.

—Lamento saberlo. Desayune un poco; le resultará beneficioso. —El pastor comió y bebió un poco; luego empezó a estremecerse y volvió a derrumbarse sobre el sofá—. Es cierto que está un poco peor, señor. Pero estoy seguro de que se recuperará. —Mentía. Sus constantes vitales eran mucho más débiles que el día anterior. No le habría sorprendido que se desvaneciera en aquel mismo momento—. Si pudiera…

—¡Alguien me está envenenando! —exclamó Hawes de pronto, arqueando el cuerpo y luego desmoronándose otra vez.

Simeon tardó unos instantes en salir de su asombro.

—Santo cielo, ¿por qué piensa eso? —preguntó.

Hawes jadeó y pareció recuperarse un poco.

—No carezco de enemigos.

Otra afirmación asombrosa. Aquel hombre era un párroco de pueblo, no un pachá turco.

—¿Enemigos? ¿Quiénes? —Pese a su escepticismo, una candidata se perfilaba inevitablemente por sí misma. Simeon se volvió hacia la celda de cristal. Ella seguía observando, imperturbable—. ¿Se refiere a Florence?

—A ella. A otros.

Las dudas de Simeon reaparecieron ante la insinuación de que hubiera toda una camarilla de asesinos en la isla de Ray.

—¿Y son capaces de envenenarle?

—Más que capaces. Más que capaces —repitió el pastor—. Debe averiguar qué me han dado. Tiene que haber una cura.

No era insólito que los pacientes delirasen durante unas fiebres, achacando su enfermedad a algún fantasma. Lo más probable era que el clérigo sufriera una dolencia estrictamente orgánica o una intoxicación posiblemente accidental. Y, sin embargo, la vehemencia de su afirmación, la historia del homicidio de la Casa del Reloj y el extraño encarcelamiento subsiguiente de la cuñada del pastor suscitaron una duda insidiosa e indefinida en la mente de Simeon.

Fuese cual fuese la causa, lo mejor sería calmar al paciente.

—Debo decir que, si ha ingerido un veneno, sea accidentalmente o por la acción deliberada de alguien, se trata de un extraño veneno cuyos efectos continúan agravándose seis días o más después de la ingestión. No conozco ninguno que actúe de ese modo —dijo—. Y la comida y la bebida que ha tomado también la han consumido sus criados. Ellos no han sufrido siquiera molestias estomacales. —Se acercó al barril nuevo de brandy—. Usted ha bebido de este barril, ¿no?

—Lo trajeron el día antes de que me asaltara esta enfermedad. No he vuelto a beber desde entonces.

—En ese caso es muy improbable que contenga alguna sustancia dañina, aunque Cain está dispuesto a probarlo.

—Ah, que lo haga. ¿Por qué no?

Dicho lo cual, exhausto por la conversación, Hawes se dio la vuelta en el sofá y se quedó dormido. Simeon lo observó un rato y, sin otra cosa que hacer, se tomó un momento para deambular por los anaqueles de la biblioteca. Se trataba de una colección llamativamente variada: desde temas religiosos hasta historia natural y prosa de ficción. Ahí estaban las *Vidas de los doce césares*; allá una antología de la poesía de Donne.

Toc. Toc. Toc. Alzó la mirada. Era un lento y ligero tintineo de cristal contra cristal y procedía del otro extremo de la estancia. Florence estaba golpeando con un vaso la partición que había entre ambos.

—¿Florence? —dijo Simeon—. ¿Quiere algo? —Ella extendió un dedo. Él se giró y vio que estaba señalando la mesa octogonal del clérigo. Sobre ella, había un libro que parecía haber sido consultado recientemente. Fue a cogerlo y descubrió que era una delgada novelita. *El campo dorado*, se titulaba, con letras apropiadamente doradas—. ¿Quiere leer este libro? —preguntó, mostrándoselo—. ¿Quiere que lo lea yo? —Ella bajó la mano y volvió a su silla.

Simeon pasó las páginas resecas.

Voy a contarles una historia. No es una historia bonita, ni tampoco una realmente desagradable. Es una historia verdadera, sin embargo, y puedo jurarlo con la mano en el corazón porque yo estaba allí.

Probablemente nunca han oído hablar de mí. Pero quizá hayan oído hablar de mi padre. Si son de California, seguramente habrán escuchado su nombre cada vez que hayan ido a comprar whisky, no digamos si han ido a comprar cristales para sus ventanas. No creo desvelar ningún secreto familiar si digo que la prohibición de bebidas alcohólicas fue un regalo del cielo para su cuenta bancaria. Antes de que el Congreso decidiera que todos debíamos abstenernos del alcohol, él era un hombre de negocios al que le iban bien las cosas. Pero el hecho de tener un primo en la ciudad de Vancouver (esto es, en la Columbia Británica, por si no lo saben) y su propia disposición natural para ganar dinero por cualquier medio implicaron que durante los años veinte los barriles llegaran en barco descendiendo por el Pacífico y que papá los intercambiara por dinero. Por mucho dinero.

Lo primero que compró papá fue un traje nuevo. Lo segundo una esposa. Lo tercero una casa hecha de cristal.

No toda entera, claro. Había vigas y marcos metálicos y suelos de madera. Pero las paredes eran casi completamente de cristal. Lo cual la volvía calurosa en verano y fría en invierno. Mi padre se la compró a un hombre que la había construido y que luego perdió todo su dinero en un fraude bursátil: un fraude que, según papá, tendría que haber visto venir. El vendedor le dio las gracias por quitársela de las manos, como si le hubiera hecho un gran favor, aunque la verdad era que mi padre había divisado una carroña en la pradera y había descendido en picado para devorarla.

Y ahora empieza la historia. Porque tiene que empezar. Empieza en febrero de 1939.

Simeon cerró el libro, dejando el pulgar entre las páginas, y lo examinó con más atención. Florence quería que lo leyera, así que debía tener algún significado que él aún no vislumbraba. No era más largo que la típica novelita barata, pero estaba primorosamente encuadernado en cuero carmesí veteado. ¿Quién era el autor? Miró el lomo. Llevaba el nombre «O. Tooke». Fuese quien fuese, estaba escribiendo sobre el futuro, pero describiéndolo en pasado. Volvió a abrir las páginas.

Había nevado el día anterior. Es algo que no vemos a menudo en la costa, donde estaba nuestra casa, solo cada pocos años. En la época en que la mayor parte de California no tenía nombre, ni siquiera un nombre indio, alguien llamó Point Dume al promontorio donde vivíamos. Cuando yo era niño, la nieve caía en la playa y, allí donde las olas lamían la arena, se formaba una extraña capa blanca que ascendía y descendía, como una piel albina extendida sobre las costillas de un dragón.

Deben ustedes saber quién vivía allí en aquel entonces. Los personajes principales, además de mí mismo, son mi hermana,

Cordelia, y nuestro abuelo. Y luego estaba mi padre. Mi madre había fallecido en Francia cinco años antes. Yo había llevado su ataúd.

Solíamos cenar tarde, al estilo francés, es decir, a las nueve y media. A esa hora, naturalmente, la mayoría de nosotros estábamos medio muertos de hambre. Los que estaban mejor alimentados en toda la casa eran los criados, que cenaban tres horas antes que nosotros, los supuestos amos y señores.

Esa noche, bajé por la escalera y vi a mi hermana deslizándose en el comedor con un vestido de estilo chino provisto de centellantes fibras doradas.

—Sé lo que estás pensando —dijo por encima del hombro, cuando la seguí por las baldosas ajedrezadas.

—¿Qué estoy pensando? —repliqué.

Ella se detuvo, aguardó a que le diera alcance y, cogiéndome del brazo, me susurró al oído:

—Estás pensando que solo quedan unas cuantas cenas más como esta antes de que puedas volver a Harvard, junto a esa chica que te envía unas poesías tan malas que deberían estar prohibidas, pero que tú lees y relees porque tiene una sonrisa bonita.

Tosí. A veces, sus observaciones eran tan penetrantes que te llegaban a lo más hondo.

Fue justo entonces cuando el mayordomo carraspeó, lo cual era su manera de llamar nuestra atención sin pedirla explícitamente.

—¿Sí? —dije.

—Una carta para usted, señor. —Y me la ofreció en un platillo de zinc. La carta estaba sellada por todas partes con cinta adhesiva y llevaba mi nombre delante con una letra que no reconocí. Parecía como si la hubieran escrito a toda prisa: la tinta estaba corrida y los sellos habían sido pegados en un ángulo disparatado. Había muchos, porque eran británicos: la carta había recorrido todo el trayecto desde Inglaterra. Y contenía algo que se deslizaba de aquí para allá al mover el sobre.

Sin saber qué podría ser, lo desgarré y saqué una pequeña tarjeta. El mensaje era muy breve:

«Le diré lo que le ocurrió a su madre. Estación de ferrocarril

Charing Cross, Londres. Bajo el reloj. El 17 de marzo a las diez de la mañana».

Y dentro del sobre había un colgante de plata con un pequeño medallón. Al abrirlo, encontré un diminuto retrato de mi madre sonriendo. Conocía bien ese colgante. Mi madre lo llevaba la noche en que su carruaje se había salido de la carretera durante una violenta tormenta. Nadie había llegado a saber a dónde se dirigía esa noche. Pero ahora resultaba que alguien lo sabía. Alguien que no había firmado con su nombre.

Así que se trataba de una búsqueda. Una búsqueda de la verdad oculta en la historia de una familia. Algo no muy distinto de lo que Simeon estaba viviendo en ese mismo instante. Pese a que las palabras eran bien sencillas y la historia —de momento— no entrañaba nada amenazador, no dejó de sentir una creciente inquietud. Como si estuvieran arrastrándolo a otro lugar, a otra época, al mundo de otra persona.

—Florence, ¿qué significa este libro para usted? —preguntó—. ¿Por qué quiere que lo lea? —Ella no respondió, ni con palabras ni con gestos. Simeon abrió el libro más adelante. La escena le resultó extrañamente familiar.

El pub parecía cerrado, pero golpeé la puerta con una fuerza y una insistencia suficientes como para despertar a los muertos. Y finalmente el dueño vino a abrir con el aspecto de ser uno de ellos. Así que era allí donde los contrabandistas se reunían. Había algunos dentro con pistola en la chaqueta.

Simeon saltó al final de la historia, que, curiosamente, estaba hacia la mitad del libro. Luego solo había páginas en blanco.

Así que allí estábamos, él y yo. Y no había entre nosotros otra cosa que un odio que ardía como un ascua incandescente. Podría haberle hundido un cuchillo en las costillas y haber dirigido una oración de gracias al Altísimo mientras lo hacía. Pese a todas sus declaraciones de amor y piedad, él me habría hecho lo mismo en un abrir y cerrar de ojos. La cuestión era: ¿quién de nosotros tenía el plan, y quién las agallas para ponerlo en práctica? Al final, fui yo.

—Florence, ¿qué es esto? —preguntó Simeon.

Ella miró el libro que él sostenía; luego se levantó de su asiento y se acercó a sus propios anaqueles. Sacó un grueso volumen, lo hojeó hasta encontrar la página que buscaba y cogió una pluma de su escritorio. Después de rodear con un círculo varias palabras, acercó la página al cristal. Las palabras rodeadas con tinta negra eran: «Advertencia», «Revelación», «Premonición». La última estaba marcada con dos círculos. Luego volvió a dejar el libro en el anaquel y se recostó en su chaise longue sin dejar de mirarle.

4

Aunque no quería reconocerlo ante sí mismo, Simeon se sintió aliviado cuando cerró la novelita de cuero carmesí y la colocó en la estantería más alta. Notó mientras lo hacía que la mano le temblaba. Solo entonces miró a Florence a través del cristal. Ella no parecía decepcionada o enfadada por el hecho de que no la hubiera leído de cabo a rabo. Más bien parecía satisfecha, como si de momento le bastara con haber logrado que *El campo dorado*, con sus paisajes americanos y esa historia que abarcaba de un extremo a otro del océano, entrara a formar parte de la vida de Simeon. Habrían de salir más cosas de todo aquello, de eso estaba seguro.

Como su paciente estaba dormido, poco podía hacer en ese instante, aparte de confiar en que Hawes se recuperase. Desde luego, podía llevarlo al hospital de Colchester, ¿pero de qué serviría? Solo para exponerlo a la mugre y los gérmenes que inundaban esos hospitales provinciales. No, estaba mejor ahí, donde él podía supervisar su estado.

—¿Quiere que hablemos, Florence? —preguntó. Ella hundió

aún más su rostro en la palma de la mano—. ¿Hay algo que yo pueda hacer o que pueda conseguirle para que se sienta más a gusto? —Ella sonrió, aunque para sí misma, pensó él, como si compadeciera a ese hombre que trataba de incitarla a una conversación que no iba a producirse—. Bueno, si en algún momento se le ocurre algo, estaré encantado de proporcionárselo. —Simeon se metió las manos en los bolsillos—. ¿Le gustaría hablarme de sí misma?

—Nada. De forma impulsiva, algo más provocativo salió de sus labios—. ¿Le gustaría hablarme de James? ¿Contarme lo que hizo usted y por qué lo hizo? —No sabía qué reacción esperar, solo que deseaba arrancarle alguna—. ¿Usted le amaba o le odiaba?

Y, entonces, ocurrió. Sin gritos, sin lágrimas. Simplemente se incorporó hasta erguirse por completo, alzando la cara hacia el cielo invisible, como si estuviera tomando el sol, y luego suspiró, con todo un mundo de palabras encerrado en ese único suspiro. Después se retiró a su alcoba privada, situada en la parte trasera, para quedarse a solas. La emoción que había sentido… ¿era arrepentimiento?, ¿vergüenza?, ¿añoranza?, ¿rabia? Podían ser todas ellas o ninguna.

Justo cuando Florence desapareció, Cain entró en la biblioteca con un plato de pan, un poco de carne salada y una taza de leche en una bandeja que depositó en el suelo, frente a la pared de cristal. Alzó la trampilla y empujó la bandeja a través de ella de tal forma que la taza se volcó, derramando la leche sobre la comida. Luego se retiró sin mirar atrás.

—¡Cain! —gritó Simeon, indignado.

—Debe perdonar los bruscos modales de Cain. —Hawes se había despertado y había presenciado lo que había hecho su criado—. Estaba muy apegado a mi hermano.

—¿Y eso justifica esa conducta?

—Hay que tratar de entender la ira de los demás.

Poco podía hacerse, pues. Pero todavía había que probar el brandy. Simeon cogió el pequeño barril, lo llevó abajo y llamó a Cain. El hombre compareció con una hosca expresión en la cara hasta que vio el barril.

—Bien, ha llegado su oportunidad —dijo Simeon, irritado. Deseaba castigar al criado por su conducta, pero no era prerrogativa suya—. Haga que lo pruebe primero su perro.

No hizo falta que se lo pidiera dos veces. Cain salió de la casa y regresó con un sabueso de feo aspecto.

—Este es Nelson —masculló el hombre, y llenó un cuenco con una mezcla de brandy y agua. El perro se la bebió a lengüetazos. Simeon se preguntaba si realmente le gustaba el alcohol, tal como había dicho Cain. Aguardaron veinte minutos y entonces el perro empezó a tambalearse y se desplomó de bruces sobre el suelo de la cocina, aunque siguió respirando.

—Brandy de primera —dijo Cain, y se sirvió un vaso hasta arriba de la bebida.

—Debería esperar hasta mañana para comprobar si Nelson sufre algún cambio.

Cain se encogió de hombros y se llevó el vaso a los labios. Los hombres de aquellos lares debían de estar habituados a la bebida. Cain la sorbió primero con cautela, chasqueando los labios pensativamente, y luego la apuró de un trago.

—De primera —confirmó.

Simeon confiaba en no acabar teniendo entre manos a dos pacientes agonizantes y un perro muerto.

—Espere un rato aquí para que le observe.

—Si así lo desea.

Mientras aguardaba, pensó en lo que haría si Cain daba señales de envenenamiento. Un purgante sería lo mejor. Tenía un frasco de agua con semillas de mostaza machacadas capaz de hacer vomitar a un hombre en cuestión de segundos todo lo que hubiera ingerido. Pero esperaron en silencio treinta minutos y no se produjo ningún cambio en la tez o el pulso de Cain, y Simeon llegó a la conclusión de que ya era suficiente.

El criado le dio las gracias y se retiró, llevándose el barril con lo que quedaba de brandy y también al can paralizado.

Simeon salió afuera, siguiendo los pasos de Cain. Hacía una

mañana desagradable, con una lluvia casi horizontal que le acribillaba la cara. Sobre el mar, vio que estaba formándose una gran niebla: esa niebla helada capaz de envolver ciudades enteras y convertirlas en pozos de bruma.

Caminó por el terreno cubierto de lavanda marina, decidido a no dejarse amilanar por el clima. La Casa del Reloj ocupaba la única parte sólida de Ray, en el extremo occidental de la islita, rodeada de ciénagas y situada a unos cientos de metros del Strood. Pero, aun así, estaba expuesta a todo lo peor que podían arrojarle el mar del Norte y sus fantasmas vikingos. Al mirar hacia el nordeste, más allá de la población vecina de Mersea, hacia los países que habían engendrado a aquellos hombres salvajes con sus alargados barcos de guerra, no le costó admitir que había algo maligno en aquel paisaje, algo presto a surgir bruscamente y arrastrar a un hombre a la muerte.

Por un instante, mientras miraba en esa dirección, algo brilló en el barro. Un destello bajo los débiles rayos del sol que duró apenas un instante y volvió a desaparecer, dejando únicamente aquel panorama de tierra anegada. Escrutó el punto de donde había partido el destello, pero ya no había nada.

El canal que separaba Ray de Mersea estaba muy revuelto; el agua se agitaba, abalanzándose hacia la pasarela y amenazando con desmoronarla, y se retiraba de nuevo cuando le fallaban las fuerzas. Y alguien venía por allí, por el Strood, desde Mersea: un chico de unos doce años, cargado con dos cestas, que avanzaba rápidamente con la agilidad que da la práctica. Simeon miró cómo se acercaba, bajaba de la pasarela y dejaba en el suelo una de las cestas, que contenía varios paquetes envueltos con papel y cordel.

—¿Eres el chico de la carnicería? —le gritó. El muchacho asintió levemente con aire suspicaz—. ¿No llevas la carne hasta la casa? —añadió él, señalándola con el pulgar. No era un trecho tan grande como para que no pudiera recorrerlo entero. El chico meneó la cabeza de un lado a otro—. ¿Por qué? —insistió Simeon.

Pero el chico permaneció totalmente inmóvil, como un pájaro mirando a un gato—. Venga, dime.

Tras un titubeo, el muchacho esbozó una especie de sonrisa maligna y entonó una desafinada rima infantil. «Corre hacia delante, corre hacia atrás. De la dama en el cristal te tienes que guardar. Tanto si eres un zorro como un ave del corral, a los que viven en la Casa debes evitar». Se quedó unos instantes en su sitio, como para saborear su arrojo; luego dio media vuelta y volvió corriendo a Mersea. Simeon miró cómo desaparecía, chapoteando por el agua que invadía la pasarela. La señora Tabbers salió de la casa y recogió la cesta, al tiempo que le dirigía un gesto de saludo. Aquello era, al parecer, un ritual cotidiano en la desolada isla.

Cuando volvió adentro, encontró al ama de llaves preparando el almuerzo con la carne que había traído el chico. Sin nada más que hacer, observó cómo trajinaba la mujer hasta que ella le dijo que dejase de mirarla. Se fue, frustrado, a su habitación, y estuvo leyendo una revista médica hasta la noche. Solo abandonó la estancia para comer o examinar a su paciente y echar un vistazo a la celda del fondo de la biblioteca. Seguía vacía, y él se preguntaba por qué no aparecía Florence.

Simeon se despertó tiritando. Al principio tenía la mente completamente en blanco y no sabía dónde estaba ni quién era. Lo único que sabía era que tenía calambres en sus miembros helados. Lentamente, perfilándose en la oscuridad bajo la luz de la luna, aparecieron algunas siluetas —una vela en un candelabro junto a la cama, el abrigo sobre una silla— y dedujo que estaba en su dormitorio. Se desplomó de nuevo sobre la almohada, momentáneamente agotado por el esfuerzo.

Y, sin embargo, no era solo el frío lo que lo había despertado. Un traqueteo en la ventana le dijo que se había soltado del pestillo y que oscilaba bajo los embates del viento. Se restregó los ojos, notando una fina capa de cristales de hielo en los párpados, y se obligó a levantarse de la cama. El aire gélido lo despertó entonces por completo, e, incluso después de cerrar la ventana, ya no pudo volver a dormirse. Mientras yacía en la cama, sus sentidos se fueron adaptando a la noche y su oído captó un rítmico crujido de madera, como el de un buque en el mar. Era demasiado regular para tratarse de algo natural. Más bien hacía pensar en unos pasos humanos.

Inmediatamente, cogió el candelabro, encendió un fósforo contra el colchón y la habitación se llenó de un resplandor anaranjado. Un viejo reloj sobre la repisa de la chimenea indicaba que pasaban de las dos de la madrugada. Era demasiado tarde para que el pastor estuviera levantado y demasiado temprano para que la señora Tabbers hubiera empezado a encender los fuegos. La casa era solitaria pero no remota, así que no podía descartarse un robo. Simeon cogió el atizador de hierro de la chimenea.

El ruido de las olas —inaudible durante el día, cuando las personas y los animales estaban en movimiento— se colaba por las grietas de la casa cuando se asomó al pasillo. Todo estaba inmóvil y oscuro.

Todo, salvo una línea de luz bajo la puerta de la biblioteca.

Aguzó el oído. Ya no se oía el crujido de pisadas. Quienquiera que fuese, se había detenido en seco. Tal vez había oído sus movimientos y ahora estaba esperándole. Con cautela, Simeon caminó sin ruido hasta la puerta. Se detuvo para comprobar si se oía algo dentro, pero no captó nada. Con el corazón palpitante, alzó el atizador, dispuesto a descargarlo con fuerza sobre el cráneo de cualquier intruso, y entró.

La estancia que encontró era una extraña inversión de la que había visto la primera vez. Entonces, la parte principal estaba iluminada y la celda, sumida en la oscuridad. Ahora, en cambio, era la prisión translúcida la que brillaba con la luz de una lámpara, mientras que el resto estaba en penumbra, cubierto de sombras que se extendían como tentáculos desde el mobiliario y los estantes de libros.

Los pasos que había oído eran los de Florence, pues ella estaba allí, totalmente despierta, con su vestido de siempre. Pero Simeon solo la veía de espaldas, porque estaba inclinada sobre su mesita, garabateando en una hoja de papel que tenía delante. Su mano ejecutaba largos trazos por la página, seguidos de otros más breves, de ida y vuelta, como si estuviera haciendo un dibujo. Absorto ante aquella visión nocturna, bajó el atizador y observó.

De repente, la mano de Florence se detuvo. Su cuerpo se quedó paralizado y empezó a erguirse lentamente como el de una serpiente. Sus manos se deslizaron por el vestido, alisándolo. Una de ellas se posó sobre la hoja, recorrió su superficie hasta el borde y la levantó de la mesa.

En ningún momento se volvió a mirarlo. Se acercó a la trampilla de la pared de cristal, se agachó y empujó la hoja por la abertura; luego apagó la lámpara. Inmediatamente, se desvaneció en la oscuridad y el cristal se convirtió en un espejo en el que Simeon vio su propio reflejo, iluminado por el candelabro, devolviéndole la mirada. Oyó el crujido del vestido de Florence. «Espere», dijo, deseando escuchar su voz. El frufrú se interrumpió; pero cuando Simeon dio unos pasos, volvió a sonar, cada vez más amortiguado, y él dedujo que se había ido.

Se agachó para examinar la hoja que ella había dejado. En efecto, había estado dibujando. La luz parpadeante de la vela mostraba una casa al borde de un acantilado. Los trazos eran amplios, audaces. Una casa en lo alto de un acantilado, al final de una gran llanura. Pero el paisaje no era el de Ray, sino de un lugar lejano. Era el del retrato colgado sobre la chimenea del vestíbulo.

5

A la mañana siguiente, Simeon decidió que un poco de aire fresco podría resultar beneficioso para su paciente, y Hawes consintió en ser llevado afuera con una silla de ruedas, arropado como un bebé. El ambiente era fresco, sin duda. «¿Quiere llevarme allí, muchacho?», le pidió el pastor, señalando el borde de las marismas. Entre Cain y Simeon llevaron la silla en volandas por encima del terreno desigual y la depositaron en un punto desde donde el clérigo pudiera mirar el mar. Las olas iban y venían; las aves volaban en círculo y descendían rápidamente para atrapar a los peces escurridizos. Simeon volvió a especular sobre cuál podría ser la causa de la enfermedad del pastor. Necesitaba sus textos de medicina, pero, para su gran frustración, los había dejado en Londres. Entonces se le ocurrió una idea: la biblioteca estaba repleta de tratados de una gran variedad de materias. ¿Tal vez tendría la suerte de encontrar algo útil allí? Le bastaría con el manual de Hagg sobre las dolencias intestinales, o el de Schandel sobre…

Sus pensamientos se vieron interrumpidos cuando atisbó con el rabillo del ojo a un pequeño grupo de personas reuniéndose en el Strood: siete u ocho adultos y el chico de la carnicería que había visto el día anterior. Incluso desde donde él estaba, a unos cincuenta metros, distinguió la maliciosa sonrisa que tenía el muchacho en la cara. Sus labios se movían, y Simeon tuvo la seguridad de que estaba entonando la misma rima infantil de la otra vez.

Los adultos iban toscamente vestidos; eran pescadores y jornaleros con sus esposas. Todos los observaban como si fueran animales encerrados en una jaula.

—¿Qué quieren? —preguntó Simeon.

Insólitamente, fue Cain quien respondió.

—Les damos miedo. Creen que nos los vamos a comer vivos. —De su garganta salió un breve gruñido gutural que apenas podía interpretarse como una risotada.

—Me apena decir que Cain tiene razón —dijo Hawes—. Mi rebaño no siempre ha sido el más acogedor y complaciente del mundo. Es bien sabido que la desconfianza de algunos ha llegado hasta el extremo de… —Se interrumpió.

—¿De qué? —le instó Simeon.

—De no poder descartar la violencia.

Simeon se mordió el labio pensativamente. Había rechazado la idea de que su tío hubiera sido víctima de un envenenamiento deliberado, pero tal vez había llegado el momento de considerar esa hipótesis más seriamente.

—¿Cree que la enfermedad que sufre podría deberse…?

—Me están envenenando, ya se lo dije. ¿Podría ser la mano siniestra de una de esas personas aparentemente inofensivas? Lo considero por completo factible.

Ciertamente había algo en las expresiones de esos lugareños que indicaba que la violencia maléfica no era algo inaudito por aquellos lares.

—¿Hay alguno del que sospeche particularmente? ¿Alguien que esté resentido con usted?

Hawes entornó los ojos.

—Ese del extremo —dijo, señalando con un dedo macilento—. Charlie White. Solo tiene veinte años, pero hace mucho que he detectado en él la presencia del Diablo. Desenfreno en la bebida, uso de las mujeres para sus propios fines... Le he instado incluso desde el púlpito a que ponga fin a esas costumbres lascivas. Pero mis palabras han caído en saco roto. Creo que disfruta acudiendo a cada servicio para oír qué habrá reservado para él.

—¿De veras?

—Sí. Se regodea haciéndolo. Su pecadora rebeldía le proporciona placer. Y mi repugnancia hace que aún disfrute más. Pero no disfrutará de los tormentos eternos. ¡No, ya lo creo que no! Y no tiene el juicio suficiente para evitarlo.

—¿Qué quiere decir?

—Ay, hace falta juicio para escapar de los fuegos del infierno. Y él no tiene ninguno. Arderá.

Simeon tomó nota de aquella afirmación.

—¿Hay alguien más de quien sospeche?

Hawes titubeó. Limpió los cristales empañados de sus anteojos cuadrados y volvió a colocárselos en la nariz.

—Ahí. Mary Fen —dijo, señalando a una mujercita achaparrada con el pelo hasta la cintura—. Esa mujer ha tenido cinco hijas en cinco años. Ninguna sobrevivió más de un mes. ¿Desidia, dirá usted? Sí, tal vez. O quizá algo peor. No sería la primera en esta región que le administra a una niña recién nacida una dosis de algo para no tener que criarla. Y ella conoce mis sospechas. —Soltó un gruñido—. Esos dos no solo están sometidos a juicio ante mí, sino también ante Dios. Pero, bueno, podría ser cualquiera de ellos. El demonio está en todas partes. Tal vez ha poseído a alguno o a todos ellos. —La idea pareció reafirmarse en su interior, impregnando sus palabras de furia—. Sí, uno de ellos está poseído por el Enemigo. Son esas manos diabólicas las que mueven las suyas, las que me están poniendo algo en la comida —añadió, señalando acusadoramente con un dedo esquelético al grupo de curiosos.

El pastor Oliver Hawes, doctor en Divinidad, era un párroco de pueblo, y ese tipo de párrocos tendían a tener ideas muy rígidas sobre el demonio y el mal. Estos, para los hombres de su índole, no eran simples conceptos abstractos, sino realidades corpóreas con las que uno podía tropezarse en cualquier callejón maloliente. Pero Simeon no dejaba de recordar las palabras del cable de su padre: «La Casa del Reloj siempre ha tenido en sí algo corrupto y maligno. Dejémoslo en manos de Dios y de la ley». Se volvió hacia el grupo y sostuvo la mirada del chico, que seguía recitando la rima infantil una y otra vez.

Después del almuerzo, Simeon se puso a buscar en la biblioteca algún tratado médico que pudiera resultarle útil. Algo sobre toxicología habría sido perfecto; tal vez encontrara incluso un compendio práctico de remedios populares, o una guía botánica que describiera los hongos venenosos y sus síntomas. Pasó casi dos horas buscando; al principio, sacando los libros con cuidado y volviendo a colocarlos en su sitio; luego, a medida que crecía su exasperación, tirándolos a un lado con rabia. Durante todo ese tiempo, observó las dificultades de su tío para comer. Habían instalado al pastor junto a la chimenea, cuyas llamas caldeaban débilmente la estancia, con un chal sobre las rodillas. Su estado había empeorado desde la mañana. Después de mucho buscar, Simeon se dio por vencido y se desplomó sobre un sillón orejero. Florence estaba en el aposento privado de su celda. Él miró la chaise longue vacía.

—Tío, ¿Florence hace dibujos?

Hawes alzó las cejas mientras se llevaba a los labios una cucharadita de avena cocida con leche.

—¿Dibujos?

—Paisajes, ese tipo de cosas.

El pastor dejó caer la cuchara en el cuenco de peltre.

—En algunas ocasiones, según tengo entendido —dijo con cierto esfuerzo.

—¿Los hace de noche?

—¿Por qué habría de hacerlos de noche? —Hawes se quedó pensativo un momento—. Le concedo tiempo de sobra durante el día para sus pasatiempos. ¿Por qué de noche?

—No lo sé. —Simeon no podía colegir la causa mejor que el pastor.

—¿Es que… la ha visto?

El joven médico no quería que Hawes supiera que había estado merodeando por la casa después de medianoche. Habría parecido una indiscreción.

—No. Pero he encontrado esto esta mañana —dijo, sacando del bolsillo el dibujo de la noche anterior y depositándolo en las rodillas de su tío. Al principio, el pastor no reaccionó. No hubo en su expresión la menor señal de que reconociera el paisaje. Luego una nube oscura pareció extenderse por su rostro. Su labio inferior empezó a temblar. Cogió la hoja, la examinó con la misma atención que si encerrara una gran verdad bíblica y, acto seguido, la estrujó y la arrojó al fuego. Simeon observó atónito aquella reacción ante un simple dibujo a tinta.

—¿Por qué ha hecho eso? —preguntó.

—Es una necedad. Cosas de locos. Y yo quiero comer en paz —farfulló Hawes—. Ni una palabra más.

Simeon no dio crédito a semejante explicación. Había habido una rabia demasiado ardiente en su gesto.

—Tío, si quiere que averigüe qué es lo que provoca su enfermedad, debe permitirme que indague. Ese dibujo obviamente significa algo para usted. Explíqueme por favor qué es.

La reacción fue instantánea. El párroco plantó sus manos esqueléticas sobre los reposabrazos y, con un terrible esfuerzo, logró impulsarse fuera del sillón, cayendo de rodillas. Simeon intentó ayudarle a incorporarse, pero él, enseñando los dientes furiosamente como un perro, le apartó la mano con brusquedad. Luego, igual que una criatura, empezó a corretear a gatas por el suelo, apartando los muebles y demás obstáculos que se interponían en su camino.

—Esta es mi casa. ¡Mi casa! ¡Yo daré aquí las órdenes que me plazcan! —bramó. Tras volcar una mesita cargada de libros, llegó a la pared de cristal y empezó a golpearla con los puños—. ¡Sal! ¡Sal de ahí! —chilló—. ¡Sé que me oyes!

—¡Tío! —gritó Simeon, acercándose para apartarlo de la celda.

—¡Sal de ahí! —Los puños del pastor aporrearon otra vez el cristal.

Y entonces, con un frufrú de su vestido de seda verde, Florence salió de su alcoba. Parecía divertida e intrigada ante el espectáculo que ofrecía Hawes a cuatro patas, rugiendo frente a la celda que él mismo había hecho construir. Al verla, el pastor dejó de gritar y empezó a balancearse. A Simeon aquello le hizo pensar en una cobra cuando hipnotiza a su presa antes de lanzarse sobre ella. Pero aquella serpiente estaba agotada y se desplomó, golpeándose la cabeza contra el suelo. Se había quedado inconsciente.

Atónito, Simeon examinó si tenía alguna herida y, al no encontrar ninguna, lo colocó boca arriba y le dio unas palmaditas en las mejillas hasta que empezó a balbucear.

—Necesita reposar —dijo, y lo llevó a un sillón orejero. Con el rabillo del ojo, vio que Florence sonreía tranquilamente, disfrutando del espectáculo. Estaba seguro de que ella guardaba secretos que explicaban por qué su guardián había reptado furioso por el suelo para ir a aporrear con los puños su celda dorada. Y él quería conocer esos secretos. Ya empezaba a perder la paciencia.

Observó también que habían quedado unos restos del dibujo que había provocado aquella conmoción. En el borde de la chimenea, algunos trozos chamuscados se habían salvado de las llamas. Fue a recogerlos. Correspondían a los márgenes del paisaje que ella había representado. No había más que lo que ya había visto antes —menos, de hecho—, pero aquella escena imaginaria dibujada con tinta negra cobraba ahora mayor importancia. Fuese lo que fuese, había tenido el poder de desatar la violenta indignación del pastor Hawes. Pero ¿por qué?

Mientras sostenía uno de los pedazos, que le iba dejando los dedos llenos de carbonilla, oyó que el clérigo trataba de hablar.

—Ese mundo —susurró—. Les dije que no era real. ¡Deberían vivir bajo la ley de Dios!

«¿Y cómo iban a vivir de otro modo?», se preguntó Simeon.

6

A la mañana siguiente, la señora Tabbers sirvió de desayuno sal-
chichas de cordero y pan negro.

—Me gustaría conocer Mersea un poco —le comentó Simeon
mientras se ponía a comer con entusiasmo.

—No le costará mucho —farfulló Cain con la boca llena, masticando una y otra vez.

—¿Ahora puedo llegar a pie por el Strood?

—Sí, señor.

Eso tal vez resultara útil. Seguía sin encontrar en la casa una
causa orgánica de la dolencia del pastor, pero se le ocurrió una idea:
tal vez la causa había que buscarla en otra parte de la vida de
Oliver Hawes. Era concebible que estuviera en el otro lugar donde él pasaba buena parte de sus horas. Simeon no quería permanecer demasiado tiempo lejos de su paciente, pero bien podía de-
dicar una hora o dos a visitar la iglesia de Saints Peter and Paul
de Mersea.

Esperaba que a su regreso todavía tuviera un paciente al que atender, porque al levantarse esa mañana había encontrado a Hawes gimiendo en su sofá, con una temperatura lo bastante alta como para hervir agua. Estaba peor, mucho peor, que el día anterior.

—La cabeza me palpita como si me fuera a estallar —había musitado el clérigo. Simeon tuvo que limpiarle un hilo de baba amarilla que le colgaba de los labios.

Así pues, tras terminar su desayuno, emprendió la marcha bajo la llovizna de un cielo encapotado. Mersea era con diferencia una isla más importante, eso lo descubrió enseguida. El pueblo quedaba a un kilómetro y medio, acurrucado en la costa sur. El sólido chapitel de la iglesia se alzaba hacia el cielo, con cuatro o cinco docenas de casas apretujadas a su alrededor. Eran, en su mayor parte, casas de pescadores de aspecto robusto y achaparrado: sin duda como sus inquilinos.

La iglesia era una construcción medieval de estilo románico inglés. En su interior, la piedra y el mortero estaban a la vista, salvo en algún trecho cubierto de estandartes militares, que debían de corresponder a las tropas estacionadas en la isla durante las guerras con los franceses de principios de siglo. Simeon empezó a deambular por el templo, con la débil esperanza de reparar en algo que pudiera ser la causa de la enfermedad del párroco.

Recorrió la nave y la sacristía; inspeccionó la fuente bautismal, el altar elevado y el armario cerrado que debía contener el vino de la comunión. No parecía haber nada inapropiado y acabó desplomándose en un banco con desánimo.

—Buenos días —dijo una voz.

Procedía de un hombre que acababa de entrar en la nave. De unos sesenta años, iba elegantemente vestido; mucho más, sin duda, de lo que habría podido soñar cualquier pescador.

—Buenos días. —Simeon aguardó para ver si la conversación proseguiría a partir de ahí.

—Soy William Watkins. Magistrado de la región —dijo el hombre, tomando asiento junto a él. Al parecer, no había por allí mucha compañía disponible y había que aprovechar cualquier ocasión que se presentara. El magistrado se expresaba con un estilo anticuado que sugería una forma de pensar anticuada.

—Simeon Lee. Médico.

—Ah, ¿ha venido a atender a Hawes?

—En efecto. —No le sorprendía lo más mínimo que allí todo el mundo supiera quién estaba sano y quién enfermo.

—¿Vivirá?

—Eso esperamos. —Evitó decir que podían rezar para que así fuera. En aquellos lugares remotos, una frase semejante sería tomada seguramente como una invitación a hacerlo, no como una simple expresión. Su jornada estaba prácticamente vacía, pero eso no quería decir que quisiera pasarla en buena parte arrodillado en la iglesia.

—Sí, eso esperamos. Y luego de vuelta a Colchester, ¿no?

—A Londres.

—¡Ah, Londres! Dios mío. Yo pasé un tiempo allí, cuando era un joven gallardo. —Rio entre dientes para sí mismo—. Espero que usted también lo esté disfrutando. Sí, ya lo creo. Una gran ciudad, Londres. —Parecía perdido en sus recuerdos juveniles.

—Usted es el padre de Florence.

—Ah, sí, sí. Florence. —Su voz cobró ahora un tono apagado—. ¿Cómo está? No voy allí tanto… como solía.

Simeon sospechó que debía de haber un motivo para ello. No era un trayecto tan largo y, por otra parte, debía de haber muy poca cosa en Mersea de la que tuviera que ocuparse un juez de paz. No, probablemente Watkins se sentía más bien incómodo al ver a su hija en aquel extraño confinamiento.

—Me ha parecido en buen estado de salud cuando la he visto. Allí donde está. —Simeon decidió no mencionar el desprecio que bullía bajo la acción diaria del láudano—. No es fácil para ella, ¿sabe?

—No, no. Por supuesto. —Watkins bajó la cabeza. Sus labios temblaron mientras trataba de encontrar las palabras. Simeon aguardó. Sus años de experiencia con pacientes le habían enseñado que en esos casos, cuando alguien quería hablar, lo mejor era esperar un poco—. Esa caja de cristal —dijo al cabo de un rato—. Yo nunca quise algo así, ¿sabe?

—Estoy seguro. —Pocos padres desearían que un hijo suyo estuviera encerrado como un espécimen. Probablemente el magistrado no era mala persona, solo un hombre débil.

—Era eso o el manicomio. Así lo dijo el juez.

—Entonces indudablemente ella está mejor donde está.

—Oh, sí. —Watkins pareció animarse, como si hubiera encontrado un defensor—. Con toda seguridad. Yo la habría tenido en casa conmigo si el juez me lo hubiera permitido. Pero no fue así. Temía que la dejara suelta, supongo.

Simeon se detuvo a reflexionar, preguntándose hasta qué punto era verídico afirmar que la decisión se tomó a instancias de cierto juez no identificado.

—¿Lo habría hecho usted?

—¿Lo habría hecho? —Watkins pareció preguntárselo, como si no conociera la respuesta—. No puedo decirlo, francamente.

«¿No puede o no quiere?», pensó Simeon.

—El doctor Hawes se encuentra gravemente enfermo, pero la causa no está clara y yo estoy tratando de averiguarla. ¿Usted mismo ha estado indispuesto? ¿O alguna otra persona que conozca de los alrededores?

—¿Indispuesto? No, en absoluto. Todo el mundo está sano.

La presencia de Watkins le ofrecía al menos a Simeon la posibilidad de informarse sobre los extraños hechos acaecidos en la Casa del Reloj durante los dos últimos años: hechos que ya habían acabado con un hombre muerto y una mujer encarcelada, y que ahora tal vez estaban relacionados con la desconcertante dolencia del pastor. Pero era mejor ganarse un poco la confianza del magistrado antes de sondearlo.

—Me gustaría ver un poco la isla —dijo—. Para hacerme una idea. ¿Qué me sugiere que visite?

—No hay gran cosa, señor. Y se lo dice un hombre que considera esto su hogar. —Watkins estaba haciendo un esfuerzo para animarse—. Sí, es un viejo rincón inhóspito. Pero venga, podemos ir a mi casa a tomar un poco de… té —propuso titubeando. Simeon sospechó que, a causa de su profesión médica, el magistrado no se decidía a ofrecerle algo más fuerte.

—Muchas gracias.

Caminaron diez minutos hasta la única casa grande de la zona. Era de estilo moderno, con los chapiteles y torreones de un castillo alemán.

—Vamos a la azotea —dijo Watkins—. No importa la lluvia. Aquí tenemos temporales mucho peores. —Recorrieron la casa, que resultaba más confortable por dentro de lo que sugería su aspecto exterior, subiendo por varias escaleras y cruzando finalmente una trampilla que daba a la azotea. Una vez allí, Watkins le mostró animadamente un telescopio y le invitó a mirar a través de él.

—Si está de suerte, puede verse la costa de Holanda. Si no hay suerte, se ve el condado de Kent. —Aguardó a que su malicioso chiste surtiera efecto.[*]

Simeon no veía nada, salvo un mar tempestuoso.

—La verdad es que aquí me siento como un intruso, a pesar de que mi familia, o una rama de ella, esté firmemente arraigada en estas tierras —dijo.

—Sí, claro, uno puede sentirse así. Pero nosotros somos gente acogedora —repuso Watkins amigablemente, aunque no con demasiada exactitud.

—Para decirle toda la verdad, yo nunca había visto al doctor Hawes antes de venir aquí. No sé nada de él, en realidad.

—Ah, no hay mucho que saber. Un pastor rural digno de confianza. Simplemente.

* Entre los condados vecinos de Essex y Kent existe una gran rivalidad. *(N. del T.)*.

—Todo el mundo tiene un pasado, señor —replicó Simeon—. ¡Deduzco que usted fue un joven pletórico en su día!

Aquello complació de tal modo a Watkins que le arrancó una sonrisa radiante.

—¡Ja, ja! En efecto. Qué tiempos aquellos. Ya lo creo.

—Pero el doctor Hawes debe de haber sido más bien un joven estudioso.

Watkins carraspeó ligeramente.

—Bueno, sí. Pero, claro, él no siempre fue un clérigo.

—Ah, ¿no?

—No, no. Aunque yo suponía que estaba destinado a serlo. Por temperamento, ¿entiende?

—Ah, ¿sí? —Simeon fingió estar solo levemente interesado.

—El padre, el coronel Hawes, un hombre estricto e inflexible, quería que su primogénito entrara en el ejército. No en la Iglesia.

—Y, entonces, ¿cómo es que no fue así?

—No, no. Fue así. Durante un breve periodo de tiempo —le informó Watkins.

—No comprendo.

Watkins se sentó en el pretil que bordeaba la azotea.

—El coronel estaba decidido a comprar una comisión militar para el joven Oliver. Yo se lo dije, ya lo creo. Le dije: «¡Su hijo no está hecho para el campo de batalla, Henry!», pero él deseaba que su primogénito fuera soldado y no hubo más que hablar. Al final, solo pudo conseguir que lo admitiera un regimiento del ejército indio.

—Bueno, tampoco está tan mal.

—Ah, ¿eso cree? —respondió Watkins, cada vez más envalentonado—. «Destituido por cobardía».

—¡No! —exclamó Simeon con auténtica sorpresa.

Watkins parecía muy satisfecho de sí mismo. Por mucho que le gustara presentarse como un agradable magistrado de pueblo, también le gustaba el chismorreo.

—Tal como se lo digo. En la brigada de fusileros, creo. Lo enviaron a combatir en la guerra de Bután. Por lo que yo sé, y no es fácil conocer los detalles, como comprenderá, tuvieron que sacarlo a rastras de la carreta y, en cuestión de días, había abandonado su puesto. Hubo que enviar a un equipo de búsqueda para encontrarlo. Lo cual, naturalmente, implicó que perdiera su comisión y no pudiera venderla. Volvió convertido en un cobarde endeudado.

Así pues, pensó Simeon, la Iglesia debió de parecer una profesión más adecuada para él.

—¿Y qué me dice de James?

El magistrado se puso rígido, como si sufriera un repentino acceso nervioso, cosa que no le pasó desapercibida a Simeon.

—Yo... yo... —El hombre miró por el telescopio para rehuir su mirada.

—¿Se encuentra bien?

Watkins se separó del ocular con timidez.

—James era..., bueno, era diferente de Oliver, claro. Muy diferente. Un irresponsable, pensaba su padre... —Se interrumpió. Había algo en su mente que no se decidía a expresar.

—¿Qué es lo que no me está contando?

El magistrado desplazó su peso de un pie a otro como un colegial.

—Yo... no deseo hablar mal de los muertos.

—Señor Watkins, me gustaría saberlo. —Cada vez eran mayores sus sospechas de que la dolencia de su paciente se debía a los extraños tejemanejes de aquellas islas..., de que ahí estaba la clave de su curación.

Para seguir evitando su mirada, Watkins volvió al telescopio y se agachó para mirar.

—Veo Holanda —dijo—. Sí, estoy seguro de que es Holanda.

Simeon se interpuso frente a la lente.

—Señor Watkins, debo saberlo. Podría indagar en otra parte, cosa que provocaría cierto escándalo.

El magistrado se apartó del telescopio.

—James estaba involucrado... en una actividad ilegal.

Cain había insinuado algo semejante.

—¿Quiere decirme en qué tipo de delito?

—Disculpe. Ya he hablado demasiado. Ahora debo volver… a mi trabajo. —Se dirigió nerviosamente hacia la trampilla por la que habían accedido a la azotea—. ¿Quiere venir por aquí?

—¿No va a responder a mi pregunta? —Watkins seguía vuelto hacia la trampilla—. Entonces le haré otra. —No aguardó a que el hombre se negara—. ¿Cuáles fueron las circunstancias precisas de la muerte de James? Y no pienso irme de aquí sin una respuesta.

Al oír esto, Watkins pareció desinflarse por completo.

—James… —musitó, meneando la cabeza.

—Continúe.

—¡Es un asunto muy doloroso, señor!

—Lo comprendo. Pero hay más cosas que podrían depender de esto sin que ninguno de los dos lo sepamos ahora mismo. El doctor Hawes cree que alguien está intentando matarlo.

—¿Qué? ¿Quién? —Watkins parecía genuinamente asombrado.

—Eso no lo sabemos.

—¡No es Florence! —exclamó el magistrado—. Sé lo que está pensando, pero ella no mataría a un hombre a sangre fría. La muerte de James fue un accidente.

—En ese caso, no tendrá objeción en explicármelo.

Watkins estaba aturullado y empezó tres veces una frase antes de lograr completarla.

—Fue… fue… fue una noche hace un par de años. Florence y él se pelearon. Les oyeron discutir. No por primera vez. En absoluto. —Alzó la mirada—. Bueno, esa discusión era, al parecer, sobre una mujer. No sabría decir quién…, alguna mujerzuela de James, supongo. Florence es celosa. Apasionada. Nunca conseguí aplacarla cuando le hervía la sangre. Me di por vencido antes de que cumpliera los diecisiete. Ella…

—La discusión —lo alentó Simeon.

—Sí, sí. Bueno, los dos gritaron. Él lo negó todo, por lo que me han contado, y entonces Florence le arrojó una botella o algo así. Creo que Florence había estado bebiendo.

—¿Lo hizo expresamente?

—¿Cómo voy a saberlo?

—Bueno, ¿estaba orgullosa de lo que había hecho?

—¿Orgullosa? No lo creo, señor. Más bien se mostraba desafiante. Sí, desafiante.

Simeon notaba que el magistrado le ocultaba algo.

—Señor Watkins, como médico, me sorprendería que una mujer fuera enviada a Bedlam solo por un acto semejante. Creo que hay muchas cosas que no me está contando.

Watkins bajó la cabeza de nuevo. Estaba derrotado.

—Después de la muerte de James, Florence empezó a actuar de un modo muy extraño. Reconoció que lo había matado, pero afirmó que había una especie de conspiración contra ella. Luego huyó a Londres, donde se deshonró por completo, y, de no haber sido porque un magistrado de policía asumió su custodia, Dios sabe qué habría acabado haciendo. Tuve que pedirle a Hawes que tomara un carruaje para ir a recogerla y traerla a casa.

Bueno, aquello era un añadido sustancial a la historia.

—¿Por qué envió al doctor Hawes, en lugar de ir usted?

—¿Por qué? Porque no quería ver a mi propia hija traída a rastras con una escolta de policías. —Se tapó la cara con las manos—. Y sí, fue una vergüenza para mí. Me avergonzó que fuera hija mía, que no la hubiera sabido criar mejor.

Simeon lo entendía. Indudablemente, la vergüenza parecía estar consumiéndolo por dentro.

—¿Qué pasó después? ¿Un juicio? No se guarde nada.

Watkins asintió.

—Un juicio. En el Tribunal de Justicia del condado. Ella no estaba en condiciones de asistir. Se pasaba la mitad del tiempo delirando, solo la calmaba el láudano, y entonces no era capaz de hablar. El fiscal dijo que debía ser recluida. Pero yo conocía al juez

Allardyce y, tras hablar con él, conseguí que en lugar de enviarla al manicomio accediera a que fuera recluida aquí.

—En una celda de cristal —dijo Simeon. Aún no estaba convencido de que su inaudito encarcelamiento (cualquier encarcelamiento, de hecho) fuese necesario.

—¡Bajo vigilancia, señor! ¡Bajo vigilancia! Yo ofrecí mi propia casa, pero ni siquiera Allardyce estuvo dispuesto a permitirlo. «Con su corazón de padre, no sería un guardián fiable», dijo. Entonces Hawes se ofreció y Allardyce dio su autorización. Así que Hawes hizo que construyeran el aposento de Florence. Fue la mejor solución que pudimos encontrar.

Simeon tenía mucho que objetar a esa afirmación, pero se abstuvo de hacerlo. Debía ir a ver cómo estaba su paciente, al que no quería dejar durante más de dos horas seguidas. Así pues, Watkins lo acompañó a través de la casa y lo despidió en la puerta.

—Salude de mi parte a Hawes… Y también a Florence —añadió con cierta desazón.

7

Simeon cruzó el pueblo y volvió por el Strood a Ray, pasando por las marismas que descendían hacia el canal situado entre ambas islas.

Al acercarse a la Casa del Reloj —lúgubre bajo la lluvia, con la curiosa veleta en forma de reloj de arena girando en lo alto—, contempló las extensiones de lodo arcilloso de las que Cain le había advertido que debía mantenerse alejado. Estaban infestadas de insectos y surcadas de regueros de agua cenagosa. Pero Simeon siempre había tenido una vena inconformista, y la advertencia de Cain tuvo como resultado que se decidiera a examinar aquellas marismas lo más de cerca posible.

Caminó hasta el borde. Eran tan fétidas como el Estigia que describía Dante. Podía imaginarse perfectamente a Morty, el barquero, en el papel de Flegias, transportando a las almas a través del quinto círculo del Infierno. Ya iba a seguir su camino cuando algo le llamó la atención: algo metálico que lograba destellar bajo aquel cielo sombrío. Era sin duda el mismo objeto sobre el que se habían reflejado los rayos de sol el día anterior, pero que luego había desaparecido de su vista.

Avanzó con cautela, tanteando el suelo hasta encontrar tierra sólida. Situado a cinco metros, el objeto parecía ensartado en un palo corto y delgado rebozado de lodo y arrastrado desde Dios sabía dónde. Al acercarse más, el metal adquirió la forma de un anillo de peltre. Extendiendo el brazo, sus dedos se cerraron sobre él. Tiró para desprenderlo, pero el palo estaba clavado en el lodo. Obviamente se extendía por debajo de la superficie, porque no había forma de sacarlo. Cambió de posición para alcanzarlo y tiró con más fuerza. Y sin previo aviso, sin una señal de advertencia venida del lodo o del cielo, descubrió que no estaba asiendo un palo de madera, sino el dedo índice helado y mugriento de la mano de un hombre.

Retrocedió y miró lo que había sujetado. Enterrado en el lodo había una parte, o todo el cuerpo, de un hombre. Era una imagen repugnante incluso para alguien como él, que veía muertos y agonizantes todas las semanas. Pero aun así se dominó. Un cadáver era un cadáver, tanto si estaba sobre una mesa de autopsias como si se hallaba hundido en un lodazal. Además, alguien, en algún lugar, debía de estar esperando noticias de su hermano, de su hijo o su padre.

Preparándose con más firmeza, calculando el peso de lo que yacía sumergido en el lodo y reprimiendo cualquier sentimiento de horror implícito en la escena, Simeon se dispuso a extraer el cadáver oculto. Lo sujetó de la mano, como si estuvieran dándose un amigable apretón, y tiró de ella.

Con poco esfuerzo, primero los dedos, luego la muñeca, salieron a luz. A continuación, empapado y chorreante de barro, emergió el puño de una camisa, una caricatura metonímica de la vanidad humana. Sí, parecía que el cuerpo entero de aquel pobre diablo estaba ahí abajo.

Simeon asió la tela de la camisa y volvió a tirar, apalancándose contra la tierra blanda sobre la que estaba arrodillado. Y sin embargo, pese a todos sus esfuerzos, no pudo conseguirlo. Tampoco podía ir a buscar ayuda, sin embargo, porque la mano podía sumergirse de nuevo y el cuerpo deslizarse hacia las profundidades, o acabar arrastrado hacia el canal, de tal modo que no fuera posible volver a encontrarlo. No tenía otro remedio que acercarse más.

Así pues, tumbado sobre el pecho, se deslizó desde la tierra sólida hasta la acuosa masa embarrada, sintiendo que esta envolvía su cuerpo y engullía sus piernas extendidas. Era consciente de que estaba hundiéndose unos centímetros a cada paso. Si calculaba mal, podía acabar enterrado en la misma tosca tumba que el hombre que yacía allí. Con todo cuidado, pues, se hundió más en el lodo, junto al bulto de su cuerpo, hasta que localizó unos hombros. Ahora la lluvia caía con fuerza y le empapaba la espalda, pero él se negó a dejar que su carga desapareciera otra vez.

Se preparó de nuevo. Empleando todas sus fuerzas, empezó a tirar. Centímetro a centímetro, el cadáver iba moviéndose. Cuanto más ascendía, más se hundía él, hasta que al fin ambos quedaron abrazados en el lodazal. Debía de haber ahí unos ojos vacíos, una garganta llena de barro, pero Simeon ya solo pensaba en sacar aquel cuerpo helado a la luz.

Siguió tirando y retorciéndose hasta que, con un grito y un último resto de energía, logró arrastrar su propio cuerpo y su carga mortal hasta la tierra sólida. Se derrumbó, jadeante. Se limpió con la mano el lodo de la cara y escupió el agua marrón. Y entonces vio por primera vez el rostro del hombre.

Cubierto todavía de barro, no parecía apenas el de un ser humano, sino el de una criatura primigenia. Pero ahí estaba la frente, una gruesa nariz y un mentón prominente. Un hombre fornido y musculoso que en su momento debía de haber respirado, trabajado, comido, reído y maldecido. Simeon contempló el cadáver que había rescatado de la marisma y dejó que la lluvia se llevase una parte de la mugre.

«¿Quién eres, amigo mío? —pensó—. ¿Te ahogaste? ¿Tu corazón se detuvo mientras paseabas? ¿Te han echado en falta y te han buscado, o nadie ha advertido tu ausencia?».

La carne estaba casi totalmente intacta. Había algún trecho podrido aquí y allá, pero poca cosa. O bien la muerte había sido reciente, o bien el lodo arcilloso lo había preservado, como si lo hubieran guardado en hielo. Simeon le retiró los párpados. Los ojos, de color verde, se veían nítidos y despejados. Los dientes eran recios, aunque estaban coloreados por el tabaco. Uno de los pescadores de la zona, tal vez.

Reflexionó sobre lo que debía hacer. Estaba solo a unos centenares de metros de la Casa del Reloj. Si había llegado hasta ahí, bien podía arrastrar el cuerpo por sí solo. Así pues, con un supremo esfuerzo, se cargó el cuerpo a hombros y recorrió lentamente el trecho que le separaba de la casa.

Cuando la señora Tabbers vio lo que la aguardaba en el umbral, abrió la boca en un grito silencioso.

—Tranquilícese —le dijo Simeon al ver que retrocedía tambaleante—. Está muerto.

Pasó junto a ella y se dirigió al salón posterior, sin preocuparse por dónde pisaba en el pasillo.

Había una mesa rebosante de libros religiosos que arrojó al suelo empujándolos con el brazo para depositar su carga boca arriba. El agua sucia no dejaba de gotear sobre la alfombra.

—¿Qué es esto, por el amor de Dios? —susurró el ama de llaves, recuperando la voz.

—Un hombre, señora Tabbers. Un hombre muerto.

—¿Quién es?

Simeon advirtió que se santiguaba disimuladamente. Sin duda el pastor habría tenido algo que decir acerca de ese rasgo papista.

—Usted tendría que saberlo mejor que yo —repuso él, cogiendo un jarrón de flores. Tiró las flores, vertió el agua sobre la cara del cadáver y fue secándola a medida que caía con el tapete del propio jarrón. A través de los restos de arcilla, aparecieron unas mejillas hinchadas.

—John White. Es él. —Las palabras procedían de Cain, que acababa de entrar en el salón, atraído por el alboroto.

Simeon estaba abriendo la camisa del hombre para proceder a examinarlo. Al oír ese nombre, se detuvo.

—¿John White?

—Sí.

El día anterior, cuando los lugareños se habían apostado en el Strood frente a ellos como una bandada de cuervos, Hawes había señalado a un joven llamado Charlie White al que atribuía muchas fechorías.

—¿Es el hermano de Charlie White?

—Era el primo de Charlie. Pero ya no. Ahora está muerto. Mírelo. —Cain se restregó la mandíbula.

—¿Era de aquí, de Mersea? —preguntó.

—Sí, de Mersea. Desapareció hace un año o dos.

—Bueno, ahora sabemos por qué.

—Sí. —Cain se acercó. La señora Tabbers se mantenía a mayor distancia. Si era por respeto o por temor al muerto, Simeon no lo sabía. Él, como médico, no sentía apenas ni una cosa ni otra. Para él, un cadáver era básicamente una prueba del fracaso de la medicina.

—¿A qué se dedicaba?

La señora Tabbers y Cain intercambiaron una mirada furtiva.

—Era pescador de ostras.

—Entiendo. ¿Y qué más? —Aguardó un momento. Cain le devolvió la mirada a Simeon—. Me está ocultando algo, ¿verdad?

—Yo no oculto nada.

Simeon lo miró fijamente.

—Guárdeselo por ahora; pero lo averiguaré. —Ya tenía suficientes sospechas a esas alturas. Parecía que toda la población estaba metida en el comercio ilegal de la zona.

—Sí, hágalo.

Simeon volvió a concentrarse en el cuerpo, que había dejado

sobre la alfombra un charco oscuro, y se dispuso a arrancarle la ropa.

—Tráigame unas tijeras, trapos y un cubo de agua caliente con jabón —le ordenó a la señora Tabbers—. Y harán falta unas sábanas para envolverlo.

—¿Despierto al doctor Hawes? —preguntó la mujer.

—No. Se lo diré yo mismo más tarde.

El ama de llaves se retiró a toda prisa para buscar el agua.

—Hábleme más de este hombre —le dijo Simeon a Cain.

—¿De John? Un tipo callado. Fuerte —dijo el criado con un tono todavía hosco. Evidentemente, pensaba que aquello no era asunto de un extraño. En todo caso, si lo describía como «callado», debía de querer decir que era prácticamente un lerdo.

—¿Cómo desapareció?

—Fue en verano, hace dos años. Encontraron su bote volcado y encallado en la playa de Hard. Sin él. Todo el mundo pensó que se había ahogado en el mar. Por lo visto, se ahogó en el barro. —Echó un vistazo por la ventana con los ojos entornados—. No sería el primero.

—¿Tenía familia?

—Su madre murió hace unos meses. Tenía una hermana, Annie, pero se marchó.

—Entonces ¿Charlie es su pariente más cercano?

—Supongo que sí.

Simeon le arrancó al cadáver la ropa de la parte superior. Estaba empapada de lluvia y lodo. La señora Tabbers reapareció con el agua caliente y las sábanas y él se lavó y se secó; luego limpió los restos de barro del cuerpo tendido sobre la mesa.

La piel estaba toda amarillenta y escoriada en algunas zonas. Pero, cuando le cortó el chaleco, la carne de su torso pareció explotar hacia fuera. La señora Tabbers soltó un chillido

Simeon examinó los desgarros.

—Algo lo ha estado devorando. —Cain masculló un juramento—. Hay que informar al señor Watkins.

—Ya voy yo —dijo Cain.

—Gracias. —Se le ocurrió algo—. Pero no se lo diga a Charlie White. De eso me encargaré yo.

Cain entornó los párpados.

—Como guste.

Simeon aseó todo un poco, subió a su habitación y se puso una camisa limpia. Había llegado el momento de decírselo al pastor.

Al entrar en la biblioteca, se encontró a Hawes tendido en el sofá, gimiendo. Con un solo vistazo comprobó que la partición del fondo estaba vacía; su inquilina debía de estar en la alcoba.

—Tío —dijo.

La voz del hombre no pasaba apenas de un susurro.

—Ay, Simeon, muchacho. Tengo unos tremendos escalofríos. —El joven le puso la mano en la frente. Efectivamente, estaba muy frío—. No me queda mucho en este mundo.

Por una vez, un paciente iba a acertar tal vez sobre la gravedad de su estado.

Simeon había perdido pacientes otras veces, claro, pero eran siempre desconocidos. Sin embargo, no soportaba la idea de que la vida de su pariente se le escapara de las manos, porque este se hallaba bajo su estricta responsabilidad.

—No se dé por vencido, tío. Estará recuperado y pronunciando sermones ante su grey antes de lo que imagina.

El hombre consiguió esbozar una débil sonrisa.

—No estoy tan seguro —resolló.

—¿Quiere que avise a alguien?

Hawes alzó los ojos con esfuerzo.

—Nadie. No hay nadie. Su padre es mi pariente más cercano. Si yo muero, esta casa será para él y, con el tiempo, para usted, ¿sabe? —Abrió más los ojos—. ¿Qué hará usted con ella?

¿Qué haría con ella? Entre todos los extraños pensamientos que la Casa del Reloj había suscitado en él durante los últimos días, la idea de heredarla no se le había ocurrido en ningún momento. ¿Qué podría hacer con ella? Inmediatamente pensó en su investigación atascada por falta de fondos. Si de algún modo pudiera convencer a su padre para que le transfiriera la casa inmediatamente —al fin y al cabo, había manifestado una profunda aversión al lugar—, podría venderla y reanudar su trabajo sin tener que andar mendigando un empleo remunerado o una beca. ¡Podría invertir en ello todo su tiempo y sus esfuerzos!

—La usaré para ayudar a descubrir una cura para el cólera, tío —dijo. Era consciente de que se trataba de una declaración algo pomposa, pero pensó que al párroco sin duda le reconfortaría saber que algo bueno habría de salir de su muerte.

—Ah, sería una forma excelente de utilizarla. Sí. Pero debo ponerle una condición.

—¿Cuál?

—Si yo muero, usted debe hacerse responsable de Florence. —Simeon miró la celda de cristal del fondo de la estancia—. Es por su propio bien. Si fuera puesta en libertad, sería apresada inmediatamente y enviada al manicomio.

Simeon no tenía el menor deseo de convertirse en el carcelero de Florence. Y, sin embargo, pensó que el pastor tenía razón al afirmar que Bedlam era la única alternativa. Bueno, si aquello llegaba a suceder, él haría todo lo que estuviera en su mano para tratarla de un modo justo. Lo cual implicaría seguramente un periodo para tenerla en observación y decidir el mejor tratamiento o la mejor forma de proceder. Si ambos tenían suerte, su libertad sería factible. Así pues, le dio su palabra a su tío de que haría lo que le pedía.

Dicho esto, ya no podía esperar más para ponerle al corriente de su hallazgo.

—Ha ocurrido algo que debo explicarle.

—Ah, ¿sí?

—He encontrado un cadáver en las marismas.

El pastor alzó la cabeza con cierta sorpresa.

—Santo Dios, ¿de quién?

—Creo que su nombre era John White.

—¿John White? Ah, es un joven de por aquí. Así que fue eso lo que le ocurrió. Pobre muchacho. Es algo que sucede a veces, ¿sabe?, incluso a la gente que vive en este lugar. Pobre muchacho. —Alzó la mirada al cielo y musitó una silenciosa oración—. ¿Necesita mi ayuda para organizarlo todo? —graznó, medio adormilado.

Simeon dudaba mucho que su tío pudiera estar pronto en condiciones de ayudar en nada.

—Yo me encargaré. Cain puede echarme una mano.

El cuerpo de White permanecería en la casa hasta entonces. Decidió decirle a Cain que lo trasladara al establo. A la señora Tabbers no le gustaría tenerlo tendido indefinidamente sobre la mesa del salón posterior.

Tras la aparición del cuerpo de John White, Simeon deseaba hablar inmediatamente con su primo, Charlie White, a quien el pastor había descrito como uno de los malhechores de Mersea. Hawes pasaría inconsciente un buen rato, así que le pidió indicaciones a Cain para llegar a la casa de White. Después, le haría una visita a la otra persona de Mersea que el pastor había señalado como una posible asesina, Mary Fen, la mujer que había perdido cinco hijas recién nacidas. Como el propio Hawes había dicho, no sería la primera madre en la indigencia que le ponía a su hijo un cáustico en la bebida para no tener que alimentar otra boca. Y las llamadas «granjas de niños», esas viviendas particulares de las poblaciones depauperadas, donde las mujeres podían dejar permanentemente a sus hijos no deseados pagando una suma para su sustento, eran famosas por ese tipo de crímenes: el caso de Margaret Waters, de Brixton, que envenenó a muchos niños bajo su custodia antes de ser apresada y colgada en la cárcel del condado de Surrey, aún estaba presente en la memoria de todos.

White vivía en una casita separada del casco principal. Resultaba pintoresca en un estilo bucólico, con glicinas alrededor de la puerta y los marcos de las ventanas pintados de verde. Y sin embargo, aunque Simeon no podía precisar de qué se trataba, había algo turbio en aquella casa, como si las raíces de las glicinas estuvieran podridas.

White vivía allí solo, tras haberla heredado hacía poco de una pariente suya, según le había contado la señora Tabbers. En cuanto abrió la puerta, Simeon dedujo que la pulcra apariencia de la casita había que atribuirla a su difunta pariente y que no habría de durar mucho. White era joven y apuesto. Pero, aunque su rostro fuese agradable —la mandíbula recia y la tez clara—, Simeon no pudo librarse de la impresión de que, al igual que en la casa, había en el conjunto algo rancio.

—¿Es usted Charlie White?

—Si ha venido a mi casa, ya sabe quién soy. —Había un deje desdeñoso en cada palabra.

De vez en cuando, en el curso de su trabajo, Simeon había tenido que lidiar con la actitud agresiva de algunos individuos como White, así que no le incomodaba.

—Tiene razón.

—Y yo sé quién es usted.

—Me alegro. El doctor Hawes…

—El doctor Hawes —repitió White con una risita despectiva.

—Sí, está enfermo.

—Entonces que rece.

—Seguro que lo está haciendo. Él cree que usted quizá sepa algo sobre su enfermedad.

—¿Cómo? —White soltó una risotada gutural—. Yo no sé nada sobre los achaques del pastor. —Se echó hacia delante—. Pero sí sé lo que desean los que viven en esa casa. —En ese momento dejó de reírse—. Lo que quieren y lo que hacen para conseguirlo.

Parecía haber un sentido detrás de aquella frase confusa.

—Dígame a qué se refiere.

White titubeó.

—Pregúntele a la mujer. A la loca que mató al hermano del pastor. Si alguien lo sabe es ella, ahora que su maridito está muerto y acabado. Ustedes dicen que los White no merecen ni un sorbo de justicia. Bueno, pues parece que nosotros podemos tomárnoslo de todos modos. —Hizo un ruido con los labios, como saboreando un trago, y empezó a cerrar la puerta. Simeon la sujetó con la mano.

—Ha aparecido el cuerpo de su primo.

—¿De mi primo?

—Sí, de John White. Había desaparecido, ¿no?

White entornó los párpados.

—Así es. ¿Dónde lo han encontrado?

—En las marismas. Ahora está en la Casa del Reloj.

White resopló desdeñosamente.

—¿Dónde, si no, iba a estar? —Apartó la mano de Simeon y cerró de un portazo.

Él reflexionó sobre las palabras de White. Desde luego, la Casa parecía el centro de todos aquellos extraños acontecimientos. La afirmación de su padre de que había algo maligno en ese lugar se volvía cada vez más verídica. Bueno, pensaría en ello mientras iba a hacer la otra visita.

Mary Fen vivía en una casa pequeña pero de razonables proporciones, descubrió Simeon. Al verlo en el umbral, parpadeó con sorpresa antes de pedirle que pasara: no debía de recibir muchas visitas, y menos aún con ropas tan limpias. Su marido, una especie de artesano especializado en objetos metálicos, alzó la vista desde su mesa de trabajo y luego reanudó su tarea sin el menor atisbo de interés.

Simeon echó un vistazo alrededor. La casa estaba bastante bien arreglada. Unos cuantos muebles sencillos. Una tosca alfombra sobre las tablas de madera.

—Señora Fen —ella parpadeó con fuerza—, soy el doctor Lee. Estoy cuidando al pastor Hawes. La vi hace un par de días en el Strood, observándonos cuando habíamos salido de la casa.

—Aguardó alguna reacción, pero no hubo ninguna salvo aquellos repetidos parpadeos—. ¿Por qué hizo eso?

—No pretendía nada, señor. La verdad.

—Entonces ¿por qué hacerlo?

Ella respondió farfullando

—Al pastor no le gustamos.

Simeon observó que el marido vertía una pequeña cantidad de metal en polvo en un cuenco de madera y lo mezclaba con otro compuesto. Luego extrajo una amalgama con una cucharilla de cristal.

—¿Y usted por qué cree que es?

—No lo sé —respondió ella tímidamente.

Simeon ya veía que esa conversación iba a ser menos franca que la anterior. Charlie White había disfrutado burlándose del clérigo.

—¿Sabía que el doctor Hawes está indispuesto?

—Algo había oído.

—¿Qué había oído?

—Que estaba enfermo.

—¿Sabe cómo enfermó?

—No, señor.

—¿Sabe algo sobre la gente de la casa?

—No. Yo no, señor.

Simeon cambió de tema y le preguntó qué sabía de John White. La mujer parpadeó con más fuerza que nunca. Lo conocía, claro, pero no eran amigos. ¿Y de su primo Charlie? Ella no tenía nada que ver con él. Etcétera, etcétera.

—¿La gente de por aquí habla de lo que ocurre en la casa del pastor? —preguntó Simeon finalmente.

—Hablar… sí hablan.

El marido empezó a extender la amalgama con un pincel por los mangos de unos cuchillos de acero que tenía en una caja sobre la mesa. Simeon se distrajo un momento mirándolo.

—¿Y qué dicen?

—Dicen que esa mujer, como se llame…

Él dedujo a quién se refería.

—Florence.

Había algo intrigante en lo que estaba haciendo el marido.

—Esa misma. Que mató a su marido.

¿Qué estaba aplicando el hombre sobre el acero?

—Eso es de dominio público. Lo que quiero saber… ¡Un momento! —Simeon se levantó y se acercó a la mesa de trabajo. El marido alzó la mirada ante aquella interrupción—. Esos cuchillos —dijo Simeon, señalándolos—. Usted está revistiéndolos de plata. —El hombre parpadeó con fuerza, tal como hacía su esposa. Parecía un tic familiar. Simeon meneó la cabeza. No podía creer que la causa de la desgracia de la familia fuese algo tan trágicamente sencillo. Le puso la mano en el hombro al artesano—. Ustedes han perdido a un montón de hijas —dijo en voz baja. El hombre dio un profundo suspiro—. Y eso los ha convertido en sospechosos de haberlas envenenado, ¿no es así? —Lamentaba formular esa acusación con tanta crudeza, pero no había otro modo de hacerlo.

—Alguna gente…

—Bueno, lo lamento, pero usted realmente las ha estado envenenando. —Simeon cogió uno de los cuchillos todavía no tratados—. La amalgama que está usando —dijo, dando unos golpecitos con el cuchillo en un lado del cuenco de madera— es de plata y mercurio, ¿verdad?

—Sí.

—La plata en polvo es inofensiva, pero el mercurio…

—¡Nosotros no dejamos que las criaturas lo tocaran! —dijo Mary.

Simeon suavizó su tono con comprensión.

—Estoy seguro, pero el mercurio es un metal incontrolable. Ahora sabemos que puede impregnar el aire que uno respira. —Miró a la mujer—. Lamento decirle que usted lo estuvo inhalando incluso mientras estaba encinta y que el metal podría haber pasado a través de su sangre a sus hijas todavía no nacidas. Así que ya habrían salido de la matriz envenenadas.

—Ellas… —empezó el marido, pero se interrumpió, abrumado.

—Lo lamento, señor. Los adultos podemos tolerar ese nivel de veneno en el aire, pero las posibilidades de sobrevivir de sus hijas habrían sido nulas —dijo Simeon, poniéndole otra vez la mano en el hombro y confiando en que ese descubrimiento le aportara algún consuelo. Sus palabras quedaron flotando en el aire. El hombre y la mujer se miraban, incapaces de hablar—. Si quieren intentar tener otro hijo, yo puedo aconsejarles cómo deben hacerlo sin riesgo.

Bien, las sospechas del pastor sobre Mary Fen parecían infundadas. Pero estaba claro que Charlie White albergaba oscuras intenciones.

De vuelta en la casa, Simeon encontró a su tío sentado, con una carta pegada al pecho y una pluma tirada en el suelo a su lado. El pastor se negó a decirle cuál era el contenido de esa carta.

—Voy a traerle un reconstituyente —dijo Simeon, tras tomarle el pulso. Fue a su habitación y preparó un vaso del tónico, aunque no era muy optimista sobre su capacidad curativa. Pese a las afirmaciones de sus profesores, él siempre había estado convencido de que el efecto de ese brebaje era más mental que orgánico.

Al regresar unos minutos después, el pastor tenía los ojos cerrados y musitaba para sí mismo.

—Bébase esto, tío —dijo Simeon, acercándole el vaso a los labios.

Bruscamente, Hawes abrió los ojos y apartó la bebida de un manotazo, rompiendo el vaso en pedazos.

—¡Maldita sea! ¡Alguien me está envenenando! —gritó—. Me están matando. ¡Tiene que ser ella! —Sus brazos se agitaron violentamente en el aire y Simeon forcejeó para sujetarlo. La repentina energía del pastor resultaba asombrosa después de la postración que presentaba unos minutos antes. A Simeon le vinieron a la cabeza los últimos estertores de un tigre.

—Ella no puede acercarse a usted —dijo—. Ha estado encerrada detrás de ese cristal durante más de un año. Si alguien está envenenándole, tiene que ser otra persona.

—¡Entonces averigüe quién es! —rugió el pastor—. ¡Averígüelo! No me presentaré ante mi creador en este estado. —Susurró algo que Simeon no oyó. Luego volvió a alzar la voz—. Si me muero, no la deje suelta. El juez dijo que no se le debe permitir salir; de lo contrario, será enviada al manicomio. Júreme que no se lo permitirá. Al menos hasta que así lo hayan decidido Watkins y las autoridades.

—Tío…

—Debe jurarlo.

—¿Debo?

—Sí. Piense solamente en lo que sucedería si se la dejara suelta contraviniendo las condiciones impuestas por el juez.

A Simeon le desagradaba verse obligado a hacer semejante juramento, pero acabó cediendo. Su tío probablemente tenía razón al insistir en que debía seguirse el proceso debido; de lo contrario, él se vería excluido de las decisiones que se tomaran ulteriormente.

—Lo juro.

—Me alegro. Mire. Encárguese de que esta carta sea enviada —dijo, poniéndosela en las manos—. Puede leerla, si quiere.

La misiva iba dirigida al obispo.

Señor obispo:

Le ruego la mayor indulgencia en un asunto privado. Creo que soy víctima de un crimen impío. Alguien cuya identidad ignoro me está llevando a la muerte mediante un veneno repugnante.

Un veneno, mi señor. No quiero andarme con rodeos. Le ruego que envíe a un inquisidor capaz de descubrir la identidad del demonio. Me consta que la mujer que está bajo mi custodia alberga un furioso rencor hacia mí, debido a mi posición como guardián, pese a que yo la asumo como un deber para mantenerla alejada del manicomio. Si no se trata de ella, entonces podría ser uno de mis criados o alguna de las personas que han cultivado en su corazón un odio secreto hacia mí. Mi sobrino, el doctor Simeon Lee, sabe quiénes son aquellos que tienen más razones para desear mi desgracia.

Quedo, como siempre, a sus órdenes, mi señor, como el más humilde servidor de la Iglesia.

OLIVER HAWES, doctor en Divinidad

—¿Quiere que envíe esto? —preguntó Simeon, turbado.

—Sí. Y mande a buscar al alguacil. Quiero que esa gente sea interrogada. Deben revelar sus secretos repugnantes o sufrir *peine forte et dure*.

¿Tortura? No estaban en el siglo XIV.

—No creo que haya suficiente base para tal cosa.

—Tiene que haberla. Hay que enviar la carta.

La señora Tabbers entró en la biblioteca.

—He oído que se rompía algo, señor —dijo, vacilante.

Hawes se inclinó hacia un lado y devolvió. La mujer corrió a limpiar el vómito con un trapo que sacó de su delantal, mientras el pastor, con la mirada ardiente, se iba recuperando.

—Entiendo, tío —dijo Simeon. Tenía grandes dudas sobre las instrucciones que había recibido, pero no era momento de discutir. Trató de comprender qué había detrás del sentimiento de persecución del pastor: no era infrecuente que el cerebro de un agonizante tomara derroteros excéntricos, incluso paranoides. Pero si en el entorno de Hawes había realmente alguien responsable de su enfermedad, era evidente que no podía ser Florence. Ella estaba donde siempre.

Y, no obstante, Simeon debía admitir que el veneno parecía después de todo una explicación plausible. Si se trataba de una infección, no era nada que él hubiera visto antes ni de lo que mostrara signos nadie que hubiera estado en contacto con el pastor Hawes. Podía ser una lesión o enfermedad interna, pero no habría forma de saberlo sin abrir al hombre en canal.

—Señora Tabbers, ¿tendría la amabilidad de quedarse esta noche en la casa? Creo que el doctor Hawes requiere una vigilancia constante.

—Por supuesto, señor.

—¡Tyrone! —ladró el pastor—. Vaya a buscar a Tyrone. Él averiguará quién me está haciendo esto. —Se arrancó los anteojos de la cara y los arrojó lejos como si le quemaran.

—¿Quién? —preguntó Simeon al ama de llaves con perplejidad. Nunca había oído ese nombre, pero pensó que alguien en su lecho de muerte no llama a un desconocido.

—No lo sé, señor —respondió ella, que seguía concentrada en la limpieza.

Simeon se inclinó hacia el pastor.

—¿Quién es Tyrone? ¿Es alguien importante? ¿Él sabe quién está… envenenándole?

—¡He dicho que él lo averiguará!

—Entonces dígame cómo encontrarlo.

Pero el clérigo siguió mirando al vacío furiosamente; luego se recostó y cerró los ojos con fuerza. Su pecho se hundió, como si toda su energía se hubiera evaporado de nuevo. Su arrebato había sido algo asombroso.

—¿La señora Hawes sabrá quién es ese hombre? —le preguntó Simeon al ama de llaves.

—No lo sé, señor.

Simeon se acercó a la fría pared de la celda de Florence y se plantó frente a ella. Sus dedos se extendieron como por voluntad propia hacia el cristal reflectante.

Como si hubiera estado esperándole, ella salió de su alcoba y le sostuvo la mirada. La suya parecía más profunda y vehemente que otras veces. Como si estuviera volviendo en sí.

—¿Usted sabe qué le ocurre al doctor Hawes?

Ella sonrió, pero no dijo nada. Las ocasiones anteriores le habían enseñado a Simeon a esperar una respuesta semejante. Pero aquella sonrisa ¿denotaba conocimiento o ignorancia? No podía saberlo.

Probó de otro modo.

—¿Quién es Tyrone? El doctor Hawes quiere que venga aquí.

La mujer de detrás del cristal rio suavemente para sí misma, alzando la cabeza, y él reparó en la larga y bella silueta de su garganta. Luego giró en redondo y regresó a su aposento, acompañada por el leve frufrú de la seda verde.

8

—¡Por favor, señor! ¡Venga deprisa!

Simeon sintió que lo sacudían y recobró confusamente la conciencia. La cara del ama de llaves apareció ante sus ojos bajo esa claridad azulada que solo se produce un poco después del alba.

—Señora…

—El doctor Hawes. ¡Creo que se está muriendo!

Simeon se levantó tambaleante de la cama y, sin molestarse en ponerse algo sobre su camisa de dormir, cogió su maletín.

Las lámparas de gas de la pared de la biblioteca estaban encendidas, aunque con la llama baja, confiriéndole a la estancia un apagado tono amarillento. A Simeon le bastó una mirada a su paciente para saber que estaba al borde del precipicio entre la vida y la muerte.

—¡Tío! ¡Doctor Hawes! —gritó. Le dio unos cachetes en las mejillas grises sin rasurar—. ¡Despierte! —Le levantó los párpados y observó la reacción de la pupila a la luz que acercó la señora Tabbers. No hubo ninguna reacción. Probó a ponerle sales bajo la nariz, insufló aire hacia sus pulmones y le sacudió con fuerza el pecho para reanimar su corazón.

Fue en vano. Porque, pese a todos los procedimientos prescritos en sus libros de texto, Simeon comprendió que su paciente había expirado. El color ya se retiraba de sus labios; no tenía pulso ni en la muñeca ni en el cuello. No, ya no saldría ningún sonido, ningún otro acceso de furia del clérigo.

Extenuado, ordenó a la señora Tabbers que fuese a buscar a Cain a su casa de Mersea y luego se desplomó pesadamente en un sillón. Con una punzada de rabia, barrió de un manotazo todos sus instrumentos de la mesa octogonal. Los depresores linguales, el estetoscopio ya inútil, el pesado frasco de reconstituyente que no había surtido efecto rodaron tintineando por el suelo.

Así que en ese momento había dos muertos en la casa. Ahí, un sacerdote que debería haber pronunciado su sermón dominical esa misma mañana; y afuera, en el establo, John White, tan frío como el lodo de donde lo había rescatado. La Casa del Reloj se había convertido en una morgue.

—No se apene, Simeon.

La voz que resonó por la biblioteca parecía venir de todas partes a la vez. Sonaba amortiguada, como si la hubieran traído el agua negra y los sargazos de las ensenadas. Y tan gélida como aquellas aguas. Finalmente, esa voz.

—Florence —dijo para sí, no para ella. Miró el cristal oscuro. No veía nada detrás, pero ella estaba allí, no le cabía duda.

Y entonces la voz volvió a envolverle por todas partes.

—Él siempre soñó con ser llevado al Cielo. Y ahora…

Hubo un destello en la oscuridad cuando ella encendió su lámpara de aceite. El resplandor iluminó la celda, dibujando su sombra en el suelo. Simeon se levantó y se acercó. Ahora vio su reflejo dos veces: en el cristal y en los ojos de Florence.

—Creía que nunca hablaría.

—Y ahora lo he hecho. —Por debajo del tono refinado de la hija de un magistrado, su voz tenía el deje desafiante del acento de la región. Como las algas enmarañadas bajo la superficie lisa del agua.

Él se volvió hacia el cadáver del sofá.

—Ahora que él está muerto.

Un largo silencio flotó en el aire opresivo.

—Sí. Ahora que está muerto, he recuperado la voz.

—¿Usted sabe qué es lo que lo ha matado?

Ella ladeó la cabeza, divertida.

—El médico es usted. —Evidentemente, disfrutaba de ese juego de evasivas.

—¿Tiene alguna idea?

—¿Aquí dentro, Simeon? —Movió la mano en derredor—. ¿Cómo podría tener alguna idea aquí dentro?

Él se preguntó si eso era cierto.

—Entonces ¿por qué está hablando ahora?

Ella se sentó y miró la llama de la lámpara.

—Creo que porque quiero. Porque quiero oírme a mí misma.

—Yo deseo ayudarla, Florence.

—Usted vino a ayudar a Oliver, Simeon. Y la cosa no ha ido demasiado bien —dijo con una sonrisita suficiente.

—Mi formación médica solo llega hasta un cierto punto.

—Ah, eso ya lo sé. Hicieron falta dos médicos para encerrarme detrás de este panel. —Se inclinó hacia delante y dio unos golpes al cristal con la lámpara—. Unos hombres tan instruidos. Toda esa formación necesitaron para concluir que lo mejor era encerrarme aquí para que no me pusiera en peligro a mí misma, o a ellos, o a cualquier otra persona.

Simeon se preguntó dónde estaría la señora Tabbers, a cuánta distancia vivía Cain y cuánto tardarían en regresar.

—Lo hicieron lo mejor que pudieron, estoy seguro. Lo que la gente es capaz de hacer… es algo que no se aprende en una sala de conferencias.

Ella miró al pastor muerto.

—Ah, sí, eso es cierto. La gente a veces resulta asombrosa. Lo que yo he hecho, lo que han hecho otras personas que vivían en este lugar dejado de la mano de Dios… Jamás habría podido preverlas. En modo alguno.

Simeon frunció la frente. Había muchas cosas que ella se reservaba.

—¿A qué se refiere, Florence? Si sabe algo, dígamelo. —Ella no reaccionó—. ¿Quién es Tyrone? —preguntó—. El doctor Hawes quería que viniera aquí.

—Estoy segura de ello.

—Entonces ¿usted lo conoce?

—Digamos que nos hemos visto.

—¿Puede indicarme dónde encontrarlo? El doctor Hawes dijo que él averiguaría quién estaba envenenándole. —Esa información llegaría tarde para un doctor en medicina, pero a tiempo para un juez y para la soga.

Florence volvió a sentarse en su chaise longue azul intenso.

—No quiero volver a verle. Si supiera lo que me ha hecho, usted tampoco querría verle.

Eso le dio que pensar a Simeon, pero aun así insistió.

—¿Sabe dónde está?

—Sí.

—Entonces dígamelo, por el amor de Dios.

En lugar de responderle, ella empezó a cantar para sí misma un himno dulce y triste.

—«Quédate conmigo; rápidamente cae el atardecer. La oscuridad se vuelve más profunda; Señor, quédate conmigo. Cuando otros auxilios fallan y no hay consuelo, ayuda al desamparado, oh, quédate conmigo».

Aquello no le servía de nada a Simeon; parecía una burla. ¿Cómo podría convencerla?

—El doctor Hawes fue bueno con usted. Evitó que la internaran en Bedlam.

—¿Se ha parado a pensar que ese es el lugar que me corresponde?

Aunque estas palabras eran sorprendentes, Simeon no tuvo

duda de que las decía en serio. Y en cierto modo explicaban por qué no había exigido que la pusieran de inmediato en libertad tras la muerte de Hawes.

—No sabe lo que está diciendo.

—¿Por qué?

—Yo he estado en ese lugar repugnante. No puede ni imaginarse cómo es. —La actitud que ella adoptaba estaba empezando a irritarle.

—Ilumíneme.

—¿Que la ilumine? —La irritación dio paso a la rabia—. En nombre del demonio, vaya si voy a iluminarla. He visto a hombres que se quitaban la vida bebiendo el vitriolo empleado para limpiar el suelo. ¿Le gustaría saber cómo sonaban sus alaridos? —No esperó su respuesta—. He visto a mujeres dando a luz y ofreciendo a sus hijos a cambio de que sus vigilantes las dejaran salir de allí. Dios mío, preferiría mendigar por las calles que enviar a alguien a ese lugar. Así pues, no, me niego a verla a usted, o a cualquier otro ser humano, degradada de ese modo.

Simeon deambuló por la biblioteca y acabó deteniéndose ante el cuerpo de Hawes. Había perdido la paciencia, pero eso redoblaba su determinación de averiguar la causa de la muerte de aquel hombre. Recordó sus clases y pensó en un viejo profesor que instaba a los jóvenes y ávidos estudiantes a «considerar el entorno» cuando buscaran una causa. ¿Había algo allí que se le había escapado? Hawes estaba seguro de que estaban envenenándole. ¿Y si fuese cierto, aunque no por mano humana? Las toxinas podían infiltrarse fácilmente en una casa: el arsénico del papel pintado, por ejemplo, o el mercurio en los mangos de los cuchillos.

Revolvió de arriba abajo la biblioteca.

Mientras le llegaban risas de la celda de cristal, puso las sillas patas arriba, sacó libros de los anaqueles y apartó las alfombras.

—¿Qué está buscando? —dijo ella con tono burlón.

—Lo que ha matado a su cuñado.

—Dudo que lo encuentre bajo una alfombra india.

Media hora más tarde, se frotó la espalda dolorida. Nada. ¿Era la casa la que estaba ocultándole algún secreto? ¿O era el propio Hawes? Su mirada tropezó con el secreter cerrado.

El pastor le había mostrado la llavecita de hierro que guardaba en el bolsillo. Bueno, ya no podía seguir guardándola. La extrajo del cadáver y la introdujo en la cerradura del secreter. Al descender el panel frontal, vio una serie de cajones y encontró en ellos el surtido habitual de útiles de escritura, tinta y demás. Era una pieza de mobiliario espléndida, con adornos de latón trabajado en forma de pájaros, frutas y armas, mientras que el panel horizontal que sustentaba la serie de cajones estaba decorado con una pintura en relieve de un hombre coronado, dormido bajo una reluciente Estrella Polar, con su nombre estampado al pie: «Arturo». El arte del fabricante de poco servía, en cualquier caso, pues las esperanzas de Simeon de hallar allí algo revelador se vieron frustradas.

Siempre observado por la mujer de detrás del cristal, volvió a registrar la biblioteca buscando algún elemento tóxico. Examinó de nuevo el papel pintado, el cuero de los sillones y la alfombra, pero no había nada fuera de lo corriente.

Y entonces su mirada se detuvo de nuevo en el secreter. Había algo en ese panel pintado que le seguía intrigando. El rey Arturo durmiendo. Era una leyenda que conocía cualquier colegial: Arturo no estaba muerto, sino durmiendo en Avalon, una isla oculta a la vista de los hombres.

Se levantó del sillón del pastor y examinó el panel del secreter, golpeándolo con los nudillos. ¡Sí, sonaba hueco! Así que había una cavidad debajo. Y una cavidad en un secreter solo podía significar que había un compartimento secreto.

Esa idea no se vio recompensada con un hallazgo, sin embargo, pues la hora casi entera que pasó buscando un mecanismo para abrir el panel le demostró que aquello era más fácil de decir que de hacer. Ya iba a ir a buscar al establo un hacha para partir la madera sin más contemplaciones cuando volvió a deslizar los dedos por los adornos de latón. Tal vez ocultaban un resorte. Fue apretando y tirando hasta que por casualidad empujó dos de las pequeñas figuras a la vez.

Sonó un clic y el panel descendió.

Una voz dijo a su espalda:

—Buen trabajo, Simeon.

Por lo visto, el clérigo tenía un secreto al fin y al cabo. Pues en el interior de la cavidad encontró algo que lo llenó de asombro. Se trataba de un utensilio para fumar compuesto por una pipa larga y recta de marfil y terracota adosada a un cuenco cuadrado, también de terracota. Ah, él había visto pipas de ese género y sabía para qué servían. Esa en particular era muy notable, sin embargo: el marfil estaba delicadamente trabajado con flores entrelazadas, convirtiendo aquel feo objeto en una pieza extremadamente refinada.

—Oh, sí. Buen trabajo, Simeon.

—Gracias, Florence —respondió él con la misma ironía que rezumaban las palabras de ella.

—Creo que eso merece una recompensa.

Él alzó la mirada.

—¿A qué se refiere?

—A algo que, en cierto modo, va junto con el objeto que acaba de encontrar.

—Continúe.

Ella se tumbó en la chaise longue y señaló el estante más alto.

—Ese libro que empezó a leer.

Simeon recordó la extraña novelita roja de letras doradas, *El campo dorado*, escrita por «O. Tooke», sobre un hombre que cruzaba el Atlántico en 1939 en busca de su madre. La novelita que Florence le había definido sin hablar, mostrándole una página con varias palabras rodeadas con un círculo, entre ellas «premonición». Después de hojear aquella extraña historia que saltaba en el tiempo, Simeon la había dejado gustosamente en el anaquel que ahora le estaba señalando ella.

—¿Qué tiene ese libro?

—Lo dejó demasiado pronto.

—¿Qué quiere decir? —Simeon lo bajó del estante y lo abrió por la mitad.

No hubo ningún barco para Nueva York durante una semana. Me sentaba en los bares del puerto confiando en que apareciera de la nada algún buque imprevisto que ofreciera una rápida travesía. Tamborileaba con los dedos sobre la mesa un día sí y otro también, escrutando el horizonte y enviando cada mañana a preguntar a la capitanía del puerto si había habido un golpe de suerte. No lo hubo, naturalmente. Así que tuve que sacar pasaje en el viaje programado del Floating City. Era un barco enorme, con camarotes suficientes para albergar a más de un millar de personas mientras se deslizaba sobre las olas con sus gigantescos esquís de zinc.

Tenía menos deseos de relacionarme con mis compañeros de viaje de los que pueda tener un asesino de relacionarse con los fantasmas de sus víctimas. Permanecí en mi litera todo el tiempo que pude, aventurándome fuera solo para las comidas y para deambular una hora por la cubierta con el fin de que no se me atrofiaran los músculos. Eso lo hacía después de la puesta del sol para reducir al mínimo las oportunidades de hablar con alguien. No debería haberme preocupado: la ceñuda expresión que dominaba mi rostro ahuyentaba a todo el mundo. Estaba deseando subirme a un tren aéreo para volar a California y enfrentarme al demonio.

—No, más adelante —dijo Florence.

Simeon pasó al final de la historia, que concluía a poco más de la mitad del libro. El resto eran páginas en blanco.

Así que allí estábamos, él y yo. Y no había entre nosotros otra cosa que un odio que ardía como un ascua incandescente. Podría haberle hundido un cuchillo en las costillas y haber dirigido una oración de gracias al Altísimo mientras lo hacía. Pese a todas sus declaraciones de amor y piedad, él me habría hecho lo mismo en un abrir y cerrar de ojos. La cuestión era: ¿quién de nosotros tenía el plan, y quién las agallas para ponerlo en práctica? Al final, fui yo.

—Está en blanco a partir de aquí.

—¿De veras? Dele la vuelta. —Florence le indicó con un gesto cómo hacerlo.

Simeon le dio la vuelta al libro. La contraportada, de cuero rojo, estaba vacía. Pero, al abrirla, halló la portadilla, manuscrita con tinta azul con refinada caligrafía, de un libro muy distinto.

El diario de Oliver Hawes, doctor en Divinidad

—¿Por qué no me ha hablado de esto hasta ahora? —le dijo, enojado—. Podría haber sido importante para investigar la enfermedad del pastor.

—Quizá precisamente por eso.

A él no le gustó esa insinuación.

—Pero ¿por qué demonios lo escribió en la parte posterior de este libro? —preguntó.

—Porque era el mejor sitio para ocultarlo. —Simeon comprendió que ella tenía razón. De no habérselo señalado Florence, él no lo habría encontrado en cien años.

—Su diario —musitó para sí mismo.

—Él me lo leía por las noches. Para mantenerme entretenida. —Pronunció las palabras con infinito desdén, como si apestaran—. Me lo había estado leyendo el día que usted lo encontró. Y ahora ha llegado el momento de que lo lea usted; voy a dejarle para que pueda hacerlo. —Dicho eso, se retiró a su aposento privado.

Él echó una ojeada a las palabras del clérigo. La mayor parte eran registros triviales de días pasados en oración o en la administración de los asuntos parroquiales. Pero algunos resaltaban entre los demás.

16 de abril de 1879

Hoy he recibido una monografía de lo más interesante. Procedía de la Sociedad de Correspondencia de la Comunión Anglicana y describía la antigua práctica del «comepecados». Esta costumbre estuvo ampliamente extendida en su momento en las regiones orientales de Inglaterra y sobrevive en algunas zonas. El patrón general es que en el funeral de una persona de posición se paga a un hombre o una mujer pobre para que asista a la ceremonia. Se preparan pequeños pasteles y se colocan sobre el cuerpo del finado, y entonces el comepecados coge dichos pasteles y los engulle. Al hacerlo, asume los pecados del muerto y responderá por ellos el Día del Juicio en lugar de hacerlo este. Estos comepecados son evitados por sus vecinos como si fueran leprosos, pues llevan en su cuerpo tanta maldad como el Enemigo. Han empeñado su alma eterna para salvar su cuerpo viviente. Mal negocio.

19 de abril de 1879

James me inquieta enormemente. Ha estado jugando de nuevo. Se va a Londres, se aloja en algún club de dudosa reputación —o peor— y derrocha el dinero que padre le dejó. Se niega a confesarme cuánto ha perdido —estoy seguro de que está perdiendo, no ganando; al fin y al cabo, ¿quién gana nunca a la banca?—, pero debe de ser una cantidad considerable. Esta tarde lo he sorprendido quemando una carta en la chimenea. Había un emblema en el encabezamiento y sospecho que era del banco Westminster, donde tiene su cuenta. Rezaré por él.

3 de mayo de 1879

Estoy muy agitado. Son las tres de la madrugada y James ha llegado a casa hace media hora. Sus pantalones estaban empapa-

dos, a pesar de que no ha llovido, y olían a mar. Debe de haber estado vadeando entre las olas. ¿Por qué vadea de noche entre las olas un hombre en esta región? Solo por un motivo.

Le he hecho frente.

—No te preocupes por mí, hermanito mayor —ha dicho con ese tono infantil que adopta en estas ocasiones.

—Me preocupo enormemente por ti. Por tu cuerpo mortal y tu alma inmortal —he respondido.

—Ah, bueno. En cuanto a mi alma inmortal debes entender una cosa. —Yo estaba muy asustado, debo admitirlo. Tenía un presentimiento, como si supiera lo que iba a decirme. Albergaba la esperanza de que nunca llegara a pronunciar esas palabras, de que al menos se las guardara para sí—. Tu Cielo, tu Dios, son tonterías. ¿Es que no lo ves? Vivimos, morimos y se acabó. ¡A eso se reduce todo! Muertos y bien muertos.

En realidad, siempre había sospechado que James era un ateo. Pero oírle pronunciar esas palabras me ha dejado helado. El Señor, desde luego, siempre ha sabido lo que tenía en el corazón, de manera que el pecado no es mayor que antes. Y, no obstante, ¡con qué arrogancia las ha pronunciado!

—¿Y qué hay entonces de la parte mortal? —he replicado—. Si no te importa la ley de Dios, ¿qué me dices de la ley de la Reina?

—¿De qué me hablas? ¿Del viejo Watkins y sus recaudadores? Esos no serían capaces de encontrar sus propias piernas.

—¿Y si te encontraran a ti? —he insistido—. ¿Y te sorprendieran con tus mercancías, o como sea que las llames?

—Remesas. Las llamamos remesas, por si quieres saberlo. Bueno, si llegan a tropezarse con nosotros (y no es probable, somos muy cuidadosos con las horas y los lugares), si lo hacen, entonces siempre tengo esto. —Se ha abierto la chaqueta y he visto una pistola cargada metida en su cinturón. Le he exigido allí mismo que se la llevara de esta casa.

—¿Por qué? ¿Temes que la use contigo?

—No bromees con el asesinato —le he advertido. Me sentía furioso, lo cual es en sí mismo un pecado mortal, pero creo que estaba bastante justificado.

Él me ha sonreído con suficiencia y ha subido a su habitación. Y me gustaría poder decir que ha sido lo último que he oído esta noche de él. Pero mientras estoy escribiendo en este diario, los ruidos que me llegan de sus aposentos son demasiado fuertes para ignorarlos. Los crujidos, las risas. Los ruidos de fornicación. No puedo evitar oírla a ella también.

5 de mayo de 1879

Apenas me había sentado a escribir la entrada de hoy cuando James ha aparecido medio borracho. Solo he tenido un momento para cerrar este libro y darle la vuelta, de manera que quedara a la vista la portada de su extraña fábula futurista. He logrado hacerlo, pero James ha captado mi movimiento furtivo y me lo ha arrancado de las manos. «Ajá, hermano, ¿qué tenemos aquí?», ha dicho riendo. Y, para mi consternación, se ha sentado y ha empezado a leer la historia. Durante todo ese rato, yo temía que fuera a darle la vuelta y descubriera mi diario, aunque tampoco es que contenga nada de lo que deba avergonzarme, pero uno prefiere que sus pensamientos privados sigan siéndolo, y por eso los preservo aquí con toda discreción. Después de todo, aun si los consignara en un diario normal y los tuviera a buen recaudo, sé que James se las arreglaría de algún modo para apoderarse de la llave y curiosear. No, este ingenioso sistema los mantiene mucho más seguros que cualquier cerradura. Y el hecho de que James haya leído El campo dorado entero en una sentada de tres horas, sin advertir que estos pensamientos se hallaban registrados en las últimas páginas del libro, me ha demostrado la eficacia de mi método. Al llegar al final de la historia, estaba un poco más sobrio.

—¿Tú crees que algún día podremos volar por el aire de esa manera? —me ha preguntado, refiriéndose a las máquinas voladoras mencionadas en el libro.

—Si Dios quiere —he contestado.

—Ah, sí, siempre «si Dios quiere». —A mí no me ha gustado su tono burlón—. ¿Y qué opinas de la historia misma? Una historia de venganza en realidad, ¿no?

—«Mía es la venganza, dice el Señor» —he dicho, citando las

Escrituras—. Lo cual significa que no es algo que nosotros, pobres pecadores, debamos contemplar.

—Es indudable que tenemos derecho a desquitarnos de cualquiera que nos haya hecho daño. Tal como hace aquí el héroe —ha dicho James, esgrimiendo el libro. Como si El campo dorado tuviera la misma autoridad que el Deuteronomio—. Pasa todo un infierno para averiguar la verdad sobre su madre. Merece obtener venganza. La tiene al alcance de la mano. Eso es lo que deduzco de estas páginas. ¿Acaso el objetivo de la lectura no es hacernos reflexionar sobre estas cosas?

—Esa historia es un divertimento. Yo valoro el mensaje de un libro más sagrado.

James ha puesto los ojos en blanco de un modo sumamente indignante.

—¿Por qué diantre te molestas en leer cualquier libro que no sea la Biblia? Tú ya has tomado partido.

Ante lo cual le he pedido que se fuera. Pero su observación me ha hecho pensar: sí, el autor de esta extraña obrita sin duda parece ser de la opinión de que la venganza es un derecho que tienen aquellos que han sido agraviados. Me pregunto qué grado de flexibilidad hay en las palabras de la Biblia respecto a la autoría de una venganza. Por ejemplo, ¿puede un hombre ser el instrumento de Dios para reclamar la venganza debida? Me pregunto si el autor de este volumen —«O. Tooke»— tenía la semilla de una grandiosa idea, oculta entre sus descripciones de los ardientes paisajes de California y de esas casas hechas de cristal. Tendré que considerar la cuestión más a fondo.

En comparación, los hechos anteriores ocurridos esta mañana, aquellos que me disponía a consignar, palidecen en su importancia de tal forma que no voy a molestarme en anotarlos.

9 de mayo de 1879

He pasado una agradable jornada ocupado en asuntos diocesanos en Colchester. El obispo necesitaba consejo sobre cuestiones administrativas y yo se lo he dado gustosamente. He cenado solo y regresado hacia las ocho de la noche.

10 de mayo de 1879

Hoy estaba en la iglesia componiendo un sermón sobre la codicia. Confiaba en sacudir con él la conciencia de James. Aunque sea un ateo y esté condenado por ello, quizá conserve aún cierto sentido moral. Lo estaba escribiendo en el púlpito, como a mí me gusta, pues así puedo calibrar mejor cómo resonarán desde allí las palabras, cuando reparé en un hombre sentado en la parte trasera de la nave. No estaba rezando; permanecía sentado en silencio. No le di más importancia hasta que, casi una hora después, alcé la mirada y descubrí que seguía allí. Continué puliendo la argumentación del sermón y, al cabo de un rato, cuando escribí las últimas palabras, el hombre aún estaba en el banco, de manera que se había pasado allí casi dos horas sin moverse.

Me acerqué y lo abordé. Después de todo, ya es bastante insólito ver a un desconocido en Mersea, no digamos a uno que se sienta en la iglesia durante dos horas sin decir una sola oración.

—Soy el doctor Hawes, el pastor de esta parroquia.

—He oído hablar de usted, pastor —respondió con una voz áspera.

—¿Qué ha oído?

—Ah, cosas muy buenas. Muy buenas de verdad. Es usted toda una inspiración.

—¡Oh, en absoluto! —dije. Sus palabras eran halagadoras, pero el orgullo siempre precede al pecado, y yo siempre he procurado evitar tales pompas.

—¡No, no! —insistió él—. He oído hablar en todas partes de su devoción. Por eso he venido aquí.

—¿Puede decirme su nombre, señor?

—¿Mi nombre?

—Sí, señor.

—Tyrone.

—Ah, ¿como el condado de Irlanda?

—Exactamente igual.

—Estuve allí de niño.

—¿De veras?

—Mi padre entró en la administración del gobierno después

de dejar el ejército. Nos llevó allí durante tres años para supervisar la recaudación de impuestos. Disfruté mucho aquella época.

Continuamos hablando un poco más, sobre el señor Tyrone —aunque no recuerdo lo que dijo— y sobre mi ministerio religioso. Él aprobaba todo lo que yo estaba haciendo.

—Bueno, pastor —dijo al fin—. Debo irme a casa.

—¿Dónde vive?

—En Colchester.

—¿Ha hecho todo este camino solo para conocerme? —pregunté, algo sorprendido y, debo admitir ante el Señor, no poco complacido.

—Así es. —Se levantó y recogió su sombrero—. Y el viaje ha valido la pena.

12 de mayo de 1879

Hoy he oído cómo susurraban James y Florence. He logrado captar alguna que otra frase y me ha sorprendido descubrir que estaban hablando de El campo dorado. *Me ha parecido muy extraño, pero no le he dado más importancia. He acompañado a la señora Tabbers al mercado de Colchester para comprar algunos artículos domésticos. Son unos ladrones allí, no cabe duda. El precio de la ropa de cama está por las nubes.*

14 de mayo de 1879

A instancias de James, Florence ha estado pintando de un modo muy curioso. Ha compuesto imágenes inspiradas precisamente en el volumen en el que yo escribo a escondidas.

Uno de los lienzos ha aparecido inexplicablemente sobre la chimenea del vestíbulo. Casi me trastabillé al verlo colgado allí, en lugar de la bucólica escena de caza que ha ocupado ese lugar desde la época de nuestro padre. «En nombre del demonio, ¿qué ha pasado aquí?», exclamé, perdiendo el dominio de mí mismo. Florence, que estaba observando cómo entraba en casa tras mi breve paseo por Ray para tomar el aire, estalló en lo que solo puedo describir como una risa maniaca. «Jamás imaginé que pronunciarías esa frase, cuñado. ¿Te gusta?», me preguntó desde lo alto de la escalera. Noté que me sonrojaba y no pude hacer otra cosa que seguir mirando el cuadro durante un buen rato. Era un retrato de ella —sin duda se trataba de ella—, pero enmarcado en un escenario claramente reconocible de El campo dorado. *Pues su figura se hallaba delante de una gran casa construida casi enteramente de cristal y encaramada sobre un acantilado. El sol brillaba con fuerza, como sucede en California, donde el clima es más parecido al de las Indias que al nuestro. Y las ropas que llevaba revelaban su silueta de un modo que nadie salvo su doncella tendría ocasión de contemplar normalmente. Yo estaba atónito.*

«Ni me gusta ni me disgusta», dije, porque no quería ser grosero. Era algo que debía de significar mucho para ella, supuse, y quería complacerla.

Simeon leyó estas palabras y cerró el diario pensativamente. Bajó las escaleras y contempló el cuadro. La luz de California se reflejaba en las paredes de cristal de tal modo que toda aquella casa imaginaria relucía como un faro. Permaneció un rato allí, perdiendo la noción del tiempo. El paisaje parecía en cierto modo más real que el que se extendía más allá de la puerta. Sintió como si tuviera las fuerzas suficientes para saltar a través del marco, llegar al acantilado e iniciar la búsqueda de una mujer perdida.

Cuando su ensoñación se desvaneció, volvió a la biblioteca y se sentó de nuevo con el diario. Había más entradas triviales; y luego otra no tan trivial.

17 de mayo de 1879

Esta noche no he podido soportar más la desazón de esperar sentado, a ver qué desgracias va a atraer James sobre nuestra casa. He permanecido en mi habitación hasta pasada la medianoche sin encender ni una vela para que creyera que estaba dormido. Entonces he oído que se acercaba a mi puerta y se detenía fue-

ra. He contenido el aliento. El crujido de las tablas del suelo se ha alejado y lo he oído salir de la casa.

Primero me he deslizado con sigilo a su aposento para comprobar que Florence estaba bien dormida. Así era. Al cabo de unos minutos, me he apresurado a salir yo también. James llevaba una lámpara, de manera que he podido seguirle fácilmente.

Hemos recorrido todo el Strood hasta llegar a The Hard. Él ha bajado a la playa y ha esperado. Yo me he ocultado detrás de un árbol para seguir espiándole. Había un barco anclado frente a la costa y, mientras yo observaba a James, han aparecido siete u ocho hombres. Han pasado justo por mi lado y...

Y entonces, sin previo aviso, se hizo una oscuridad total. Simeon ya no veía el libro ni la mano con que lo sostenía. Las lámparas de gas de las paredes se habían apagado.

Sus textos médicos le habían ilustrado en su día sobre ese rasgo peculiar de la naturaleza en virtud del cual, cuando uno de los sentidos queda desactivado, otros son capaces de compensarlo. Y así, al quedarse sin visión, su oído se volvió más agudo. Ahora oía los latidos de su propio corazón —más acelerados de lo normal, más fuertes también—, que enviaba más sangre oxigenada a sus músculos para luchar o huir.

Pero no era su corazón lo único que oía.

—¿Qué sucede, Simeon? —preguntó Florence con calma a través de la oscuridad.

—Se ha cortado el gas, solo eso. —Por supuesto, no era solo eso, se dijo. Si había una fuga, correrían un grave peligro de envenenarse o de sufrir una explosión que volaría la casa entera por los aires. Se levantó y avanzó a tientas hacia donde creía que estaba la puerta, pero tropezó con algo de madera, cayó y se golpeó la cabeza con una mesa. Sintiendo cómo le palpitaba, se puso en cuclillas y esperó a que se le pasara el dolor. Luego oyó un ruido nuevo: la puerta de la biblioteca abriéndose. Y unos pasos. Alguien estaba entrando.

—¿Cain? —gritó Simeon—. ¿Señora Tabbers? —El que hubiera entrado, en vez de responder, abrió de golpe el obturador de una lámpara, la apuntó hacia él y lo cegó por completo—. ¿Se ha ido el gas? —preguntó. Pero el recién llegado permaneció en silencio. El haz de luz barrió la estancia y cayó sobre el atril. Simeon se protegió los ojos con la mano. Empezaba a irritarle aquel silencio—. ¡He preguntado si se ha ido el gas!

En cuanto lo dijo, la luz se apagó y todo quedó sumido de nuevo en las tinieblas. El que sujetaba el farol empezó a moverse por la biblioteca. Simeon se incorporó, vacilante.

—Cain, ¿va a responderme?

Lo único que oyó fue un ruido de pasos arrastrados por la estancia. Luego la luz de la lámpara volvió a destellar sobre su rostro desde muy cerca, apenas a unos centímetros, y el dolor que le abrasó los ojos le obligó a retroceder, tambaleante. Extendió los brazos para agarrar al portador de la lámpara, ahora ya seguro de que no albergaba buenas intenciones, pero sus manos se agitaron en el aire. Entretanto, el otro se escabulló de la biblioteca hacia las escaleras.

—¡Le encontraré! —gritó Simeon, persiguiéndolo. Vislumbró otro destello de luz cuando el intruso dio con la puerta principal y salió disparado. Simeon se vio otra vez rodeado de una densa oscuridad. Aquel individuo había apagado el gas, obviamente, y él no tenía la menor idea de dónde estaba la llave principal. Lo mejor que podía hacer era bajar a tientas las escaleras hasta el vestíbulo, en cuya mesa sabía que había una lámpara de aceite. La encontró en la oscuridad, la encendió y se apresuró a salir afuera.

Lo único que vio fue el Strood siniestro y solitario, y las gaviotas que volaban en lo alto. Rodeó la casa y echó un vistazo en el establo, pero tampoco allí encontró nada.

De vuelta en el vestíbulo, estuvo buscando hasta encontrar la llave de las lámparas de gas, la volvió a abrir y las encendió.

—¿Quién era, Simeon? —preguntó Florence en cuanto entró en la biblioteca.

—No lo sé —dijo él, restregándose la coronilla. Pronto tendría un chichón del tamaño de un huevo.

—¿Sabe lo que quería?

Simeon se acercó al sofá. Tenía una idea. Y en efecto, la desaparición del diario de Oliver Hawes se la confirmó.

—Sí, lo sé. Lo que no sé es por qué. Al menos, todavía. —Se sentó con cuidado—. Extraña comunidad la que tiene usted aquí. Ladrones que roban libros. Hombres que encierran a las mujeres tras un cristal. Pastores que mueren sin motivo. No entiendo por qué habría de desear uno vivir en otra parte.

—Ray, Mersea… Nosotros somos diferentes de ustedes.

—Empiezo a llegar a la misma conclusión. —Se incorporó, hizo otra mueca ante el dolor que le recorría el cráneo y se dirigió hacia la puerta.

—¿A dónde va ahora?

—¿Ahora? A la cama.

—¿Va a dejar que ese hombre siga por los alrededores?

—En primer lugar, no sabemos si era un hombre; y en segundo lugar, sí, eso voy a hacer.

Pero de repente vio algo en el suelo. El desorden provocado antes con su búsqueda lo había ocultado parcialmente. Era una hoja azul de papel de carta que había quedado atrapada bajo el atril. La recogió.

La hoja, encabezada con un sello —«Magistratura de la Policía Metropolitana, Bow Street, Londres»—, era una carta dirigida a Oliver Hawes. Debía de haber estado entre las páginas del diario y había caído al suelo cuando lo habían robado.

14 de diciembre de 1879

Apreciado doctor Hawes:

Han transcurrido seis meses desde que puse a la persona de su cuñada bajo la custodia del señor Watkins y de usted mismo.

Como no tengo la dirección del señor Watkins, le agradecería mucho que le transmitiera esta comunicación. Para que conste en nuestros archivos, me gustaría conocer cuál es la situación actual respecto a esa mujer. ¿Ha sido sometida a un juicio criminal, o bien, como usted sugirió en su momento, ha sido internada en un sanatorio mental? (¿Y qué hay de la otra mujer, Annie White, con la que ella estaba?).

Agradeciéndole su atención,

Sir Nigel Gant, KBE, JP

¿Annie White? Ese nombre le sonaba. Cain había dicho que John tenía una hermana, Annie, que había abandonado Mersea hacía un tiempo. ¿Qué diantre significaba todo aquello?

—Nigel Gant. Magistrado de policía —dijo Simeon, mirando a Florence.

Los labios de ella temblaron un instante, pero enseguida recuperó la compostura.

—No conozco ese nombre.

Simeon la observó. Era casi como presenciar los síntomas de un paciente: una serie sucesiva de coloraciones y movimientos.

—No la creo.

Ella no dijo nada más.

Esa noche volvió a despertar de un sueño. Mientras arrastraba a John White por el lodo, los ojos del cadáver se abrían de golpe y su boca empezaba a emitir sonidos que parecían palabras. Acusaciones. Confesiones. Condenas. A quién acusaba y a quién condenaba, Simeon lo ignoraba, pues las palabras parecían proceder de la lengua de Babel: de cualquier idioma y de ninguno. Solo una tenía sentido, y aparecía y desaparecía entre aquella ciénaga de sonidos. «Florence».

Simeon apartó las mantas y se levantó de la cama. Tenía que volver a la biblioteca.

Caminó descalzó hasta lo que había sido el sanctasanctórum del pastor. Como la otra vez que se había aventurado hasta allí en plena noche, había una luz que salía de la estancia. Y, como en aquella ocasión, ella estaba sentada dándole la espalda. Pero esta vez habló antes de que él lo hiciera.

—Buenas noches, Simeon.

—Buenas noches, Florence.

—Ninguno de los dos duerme esta noche. —Se volvió para mirarlo.

—Usted ha estado dibujando de nuevo —dijo él, mirando la hoja y los lápices que había sobre la mesa. Ella ladeó la cabeza—. ¿Qué ha dibujado?

—Otra casa de otra época.

El extraño palacio de cristal encaramado sobre el océano: el de *El campo dorado*.

—¿Por qué dibuja siempre ese lugar?

—¿Por qué tiene usted pesadillas?

Simeon se detuvo un momento.

—Me gustaría que me dijera cómo sabe que las tengo.

—¿Por qué otro motivo iba a levantarse en mitad de la noche? ¿Para verme cuando aquí no hay nadie? ¿Cuando nadie puede molestarnos?

—Usted está insinuando algo, Florence.

—¿Qué debería insinuar, Simeon?

9

Tras el desayuno, Simeon escribió a su padre, ofreciéndose a encargarse de los preparativos del funeral de su tío y de la venta de su patrimonio. Watkins, informado por Cain de la triste noticia, acudió para hablar de todo ello.

—Una cosa a considerar —señaló Simeon— es la situación respecto a su hija.

—¡No debe dejarla en libertad! —dijo Watkins con firmeza—. Al menos todavía, señor. Hasta que la ley lo autorice.

—La ley…

—Sí, señor. Si Allardyce llega a enterarse de que está suelta, mi acuerdo con él quedará anulado. La prenderán y la llevarán al manicomio.

Aquello era, de hecho, lo que Simeon le había prometido al pastor, pero confiaba vagamente en que Watkins revocara esa promesa. En todo caso, ella había pasado dos años tras el cristal; solo habría que aguardar unas semanas, pensó, para que pudiera cambiar su situación.

Le disgustaba mantener las cosas así, pero bien podían esperar ese tiempo.

—Si insiste… Debemos hablar también de John White —le dijo Simeon.

—Sin duda.

Fueron al establo, donde el cadáver yacía sobre un par de cajones de madera, aguardando la visita del sepulturero. Simeon había realizado un examen completo del cuerpo esa mañana y después lo habían lavado y envuelto en un sudario, pero ahora ya empezaba a apestar.

—Hay algo extraño aquí —dijo.

—¿A qué se refiere?

—Bueno, para empezar, John era un joven de la zona. Que se perdiera y acabara ahogándose en el canal de Ray parece un poco improbable.

—Ah, sucede a veces, señor —dijo Watkins—. Sucede a veces.

—Estoy seguro; y por ello lo catalogué como un terrible accidente. Pero luego descubrí algo más. Mire. —Simeon retiró el sudario y señaló el torso del muerto. Watkins pareció turbado al ver la carne desgarrada—. Debo insistir en que observe cuidadosamente este desgarro.

—Dios mío, ¿tengo que hacerlo?

—Me temo que sí. —Simeon sacó una pluma de una cajita que llevaba en el bolsillo, apartó los bordes del orificio que tenía White en lo alto del estómago y señaló su interior. Watkins, con aire indispuesto, atisbó hacia donde le señalaba—. Mire sus costillas. ¿Qué ve?

—Pues sus costillas, ¿qué otra cosa, si no?

—Pero ¿en qué estado están?

—A fe mía, señor, ¿cómo podría saberlo?

—Mire aquí y aquí. —Había una serie de profundas muescas en el borde inferior de las dos costillas que él señalaba con la punta de la pluma. El extremo de una tercera costilla faltaba por completo; debía de haber caído por el interior del torso o haberse perdido en la marisma—. Estos cortes.

—Alguna roca oculta entre el lodo, sin duda.

—Imposible. Si hubiera caído violentamente sobre una roca, el impacto podría haberle roto las costillas, pero no haberle dejado estas marcas. Esto es obra de un cuchillo. De una recia hoja clavándose tres o cuatro veces por lo menos.

El magistrado lo miró atónito.

—¿Está seguro?

—Soy médico en la ciudad de Londres. Veo heridas de cuchillo todas las semanas. Dígame, señor Watkins, ¿John White estaba involucrado en el contrabando? —Watkins retrocedió aturdido y se sentó pesadamente sobre un bebedero.

Bueno, eso lo confirmaba. No solo el yerno de Watkins estaba metido en el contrabando, sino también el muerto que yacía en el establo. La conexión saltaba a la vista.

—Supongo que sí —musitó el magistrado, tras una pausa significativa—. Todos lo están.

—Gracias por su tiempo —dijo Simeon.

Dejó que Watkins se retirase y él fue a la cocina, donde encontró a Cain y a la señora Tabbers comiendo de una rueda de queso de oveja. Las marismas de los alrededores eran tierras de ovejas y cabras; las vacas no medraban allí.

—Tengo que preguntarles una cosa —dijo. Cain se puso rígido, como si presintiera una pregunta incómoda—. Sé que hay contrabandistas en esta zona.

—Ah, ¿sí? —rezongó Cain.

—¿Dónde trabajan? ¿Cuándo?

—Nosotros no tenemos nada que ver, doctor —dijo la señora Tabbers nerviosamente.

—Estoy seguro. No obstante, señora Tabbers, necesito saberlo.

—Pues busque a alguien que lo sepa —masculló Cain.

Simeon sintió una creciente irritación.

—No me haga perder el tiempo. —Se hizo un largo y opresivo silencio—. John White estaba involucrado en ello, ¿no?

La señora Tabbers se afanó en retirar los platos. Cain movió la mandíbula de un lado a otro.

—Supongamos que sí. ¿Qué importancia tiene?

—Ese hombre está muerto, Cain.

—Ahogado. Es algo que ocurre en el lodo.

—Apostaría a que no les sucede a los hombres nacidos aquí. ¿Acaso usted se ahogaría? No lo creo.

—No entiendo qué quiere decir. —El criado lo miró desafiante.

—Creo que sí me entiende. Y, para dejarlo bien claro, White fue acuchillado. Esa fue la causa de su muerte. No el lodo ni el agua, sino un cuchillo. —Ambos miraron el que tenía Cain en la mano para cortar el queso—. No estoy de humor para oír afirmaciones absurdas que pretendan que su muerte fue un accidente. Ese hombre fue asesinado y era un contrabandista. Así pues, ¿dónde puedo encontrarlos?

—Muy bien —refunfuñó Cain—. No soy testigo de cargo, así que nada de nombres. Pero quizá haya algo esta noche.

—¿Cuándo?

Cain volvió a refunfuñar.

—Pasada la medianoche, después de la marea. A los cuatro toques. —Alzó la mirada con rabia—. O sea, a las dos de la madrugada para usted.

—¿En The Hard?

—¿Dónde si no?

A las dos de la madrugada; bueno, él se había quedado levantado hasta mucho más tarde cuando trabajaba de noche en el hospital.

Salió de la cocina y fue a la biblioteca. Cuando entró, la prisionera estaba mirando la hilera de ventanas que quedaba fuera de su alcance. Simeon se preguntó qué pensamientos la asaltaban. No tenía mucho que hacer, aparte de darles rienda suelta.

Había algo nuevo sobre su mesa: algo que debía de haber sacado de su aposento privado. Era una pequeña y perfecta reproducción de la casa, pero hecha toda de cristal, igual que la que aparecía en el libro y en el cuadro. Tal como en la realidad, las habitaciones de la planta superior tenían puertas de colores: verde, azul, rojo. Y detrás de cada una había una figurita humana del tamaño de una pieza de ajedrez. Esas figuritas parecían esperar con paciencia a que empezara la partida, a que se jugara el gambito y el rey fuera capturado.

—¿Tiene usted a alguien en Londres, Simeon? —preguntó ella sin más.

—¿A alguien? —Él entendió a qué se refería, pero no quiso reconocerlo aún. De momento quería dejar que siguiera jugando.

—Ah, ya sabe lo que quiero decir. —Adoptó entonces una expresión que él no había visto ninguna vez en ella. Una expresión tímida y coqueta, como la de una muchacha de dieciséis años en su primer baile. Acercándose a la partición, abrió la boca y echó el aliento sobre el frío cristal, empañando su superficie. Luego se lamió un dedo y trazó un tosco corazón en la capa de vaho. Solo duró unos segundos; enseguida se desvaneció.

Él decidió ser sincero con ella. Pero no abierto. No quería que se introdujera en su interior.

—No —dijo.

—¿Y alguna vez en el pasado?

—Sí.

—Cuénteme.

—Prefiero no hacerlo.

—¿Le da vergüenza?

—En absoluto, pero usted no tiene por qué saberlo. No le sirve de nada.

Ella sonrió con suficiencia.

—O sea que usted me interroga sobre mi pasado y, en cambio, el suyo es un misterio.

—He venido a decirle que voy esta noche a The Hard a observar. Cain me ha dicho que va a llegar una remesa de mercancías de contrabando.

—Ah. Todavía está pensando en John White y en su papel en nuestra historia.

—Así es.

—Pues buena suerte, mi valiente caballero. —Se llevó los dedos al corazón y empezó a cantar otra vez aquel himno. «Ayuda al desamparado, oh, quédate conmigo». Y Simeon comprendió por qué lo cantaba una y otra vez: él mismo pudo distinguir la melodía flotando en el viento. Debía de proceder de las campanas de la iglesia de Mersea. Era un himno lastimero, una canción resignada.

—Florence, mi tío Oliver está muerto. Y, aunque usted no haya podido matarlo, la culparán de ello. La consideran una mujer tan loca como para tenerla encerrada en una jaula de cristal. La condenarán a un asilo para lunáticos, en el mejor de los casos, o a la soga, en el peor. ¿No se da cuenta?

—Me doy cuenta —admitió ella.

—Y, sin embargo, no me ayuda a descubrir la verdad. ¿Por qué, por el amor de Dios?

Su rostro se nubló, pensativo.

—Porque he decidido no hacerlo, Simeon. Es mi vida la que está en juego.

—¡Y la perderá! Bedlam o la horca. ¡En cualquier caso la perderá!

—Pues que así sea.

Nadie en aquella casa sabía mejor que ella lo que había ocurrido, de eso Simeon estaba seguro. ¿Cómo podía soltarle la lengua? Se puso a pensar. Había fracasado tratando de engatusarla o de amedrentarla sobre su futuro. Pero tal vez podía negociar con ella. Sí, un trato. Necesitaba algo que poder intercambiar. Pero ¿qué?

10

Poco después de medianoche, Simeon se abrochó hasta el cuello su abrigo negro y se puso unos pantalones de color azul marino. No se arriesgó a llevar un farol. Esa noche debía pasar desapercibido, aunque estaba lloviendo y no había signos de que fuera a parar, lo cual le daba más posibilidades.

Salió de la única casa de Ray y caminó hacia el Strood. La marea estaba subiendo y amenazaba con cubrir la delgada pasarela, la única ruta para entrar o salir de la isla. Simeon llevaba una semana en Ray, lo que no era ni mucho menos suficiente para conocer las pautas del avance y la retirada de las aguas que dejaban rodeadas estas islas.

El terreno que atravesaba era cenagoso, y una o dos veces se desvió de la senda más firme y se hundió hasta las rodillas. Tardó una hora en recorrer una distancia que le habría llevado solo quince minutos a la luz del día. Pero finalmente llegó a Mersea y pasó junto a la mole oscura de la iglesia.

Durante todo ese tiempo, trató de descifrar los acontecimientos de los últimos días y el papel cambiante que Florence desempeñaba en ellos. Y no dejaba de pensar en aquella novelita, *El campo dorado*. ¿Por qué se había convertido en una obsesión para ella y para James? ¿Por qué Florence se había dedicado a realizar cuadros y modelos de una Casa del Reloj americana de cristal?

Ahora la lluvia azotaba la isla, empapándole la ropa. Acabó renunciando a secarse los regueros de agua que le corrían por la cara y dejó que siguieran su curso sin inmutarse. Hacía una noche de perros, pero él apenas lo sentía, concentrado como estaba en un peligro mucho mayor.

Había criminales de muchos tipos y no tenía ni idea de si estos hombres estaban forjados con un molde asustadizo o brutal. Pero teniendo en cuenta el asesinato de John White, cuyo cadáver yacía en el establo, no pensaba cometer ninguna imprudencia. El que había acabado con White, fuese quien fuese, podía muy bien ser el hombre —o la mujer— que había irrumpido en la casa, apagado las lámparas de gas y robado el diario del pastor. En tal caso, ese malhechor estaba desesperado y no dudaría en llegar al asesinato.

The Hard era una franja de playa de guijarros. Con la marea baja, podías adentrarte a lo largo de casi un kilómetro de arena y lodo, pero ahora las olas cubrían la orilla. Era un paraje desolado y solitario, y solo un par de escolleras de madera que se internaban entre las olas permitían guarecerse del viento. Se agazapó tras una de ellas, abrazándose a sí mismo para entrar en calor. Únicamente confiaba en no tener que pasarse allí toda la noche en vano.

Para cuando hubo transcurrido una hora, ya había perdido la sensibilidad en los pies. Permaneció en su sitio, sin embargo, decidido a quedarse allí toda la noche si hacía falta. Al cabo de otra hora, tuvo que sacudir sus miembros para mantener la circulación de la sangre.

Pero, al fin, cerca de las tres de la madrugada, empezó a distinguir a lo lejos unas siluetas oscuras que se aproximaban rápidamente. Y las oyó también: un murmullo lejano de caballos. Se oían sus bufidos, pero no sus cascos: debían llevarlos envueltos en trapos. Se agazapó aún más detrás de los maderos podridos de la escollera, confiando en que los caballos y sus jinetes se detuvieran al otro lado.

En cuestión de segundos, aparecieron en la orilla. Eran cinco. Se bajaron de sus monturas y uno de ellos dio un fuerte silbido. Desde otro lado de la playa —el mismo donde él estaba escondido— llegó el ruido de un trote. Simeon se pegó al suelo rocoso y vio una hilera de cinco o seis ponis cargados de fardos, encabezada por un sexto hombre. Detrás, otros dos ponis tiraban de una carreta.

Bajo la lluvia, la luz de la luna no permitía distinguir las caras de los hombres, sino apenas unos atisbos aquí y allá, pero uno de ellos parecía estar al mando y fue el primero en hablar.

—Muy bien, muchachos. Vamos allá. —La voz le resultó conocida, aunque no fue capaz de identificarla. Los hombres empezaron a desatar los fardos de los ponis, y los fueron alineando sobre la playa. Uno de ellos encendió una antorcha envuelta con un trapo empapado de aceite y la mantuvo en alto. Simeon supuso que un bote vendría a recoger la mercancía. Enseguida se demostró que acertaba.

Una gran barcaza emergió de la oscuridad, en dirección a la orilla. Todos los hombres guardaron silencio mientras se aproximaba. Los fardos de los ponis estaban en el sendero de la playa, unos veinte metros por detrás del grupo. La barcaza tardaría probablemente un minuto en llegar a tierra, calculó Simeon, ahora lleno de curiosidad. Con mucho sigilo, se incorporó y se deslizó por el suelo de guijarros. Los hombres seguían dándole la espalda y él aprovechó la ocasión para abrir uno de los fardos. Lana. Sin duda con destino a Francia u Holanda sin pagar aranceles. Y la mercancía enviada a cambio debía de consistir en licor y tabaco.

Volvió a su escondite y observó al cabecilla del grupo, situado de espaldas a la antorcha. Simeon necesitaba saber quién era, porque podía ser la clave para explicar la muerte violenta de John White. Finalmente, hubo un momento en el que se volvió hacia sus secuaces y su rostro quedó iluminado por la llama. Simeon se quedó atónito al ver que lo reconocía. Pues era la cara de Morty, el barquero que le había hablado en el Peldon Rose el primer día, la que apareció claramente, encendida de rojo como la del demonio.

Así que era ese hombre quien dirigía la banda de la que habían formado parte John White y James Hawes. Él tenía que saber por fuerza algo sobre sus muertes. Y, por muy sorprendente que resultara, aquello era una grata revelación, porque Morty podía ser arisco y gruñón —y Simeon debería andarse con cuidado con él igualmente—, pero no parecía un tipo capaz de clavarle a alguien un cuchillo y enterrarlo en el lodo.

Lo observó atentamente mientras dirigía la descarga y la carga de la barca, cosa que se hizo rápidamente y sin apenas ningún ruido. Luego la embarcación volvió al agua y el grupo se afanó en preparar sus monturas.

—Nos vemos todos en el Rose —rezongó Morty. Mientras los otros se alejaban, él mismo se encargó de la lenta recua de ponis, llevándolos a pie a lo largo del sendero de playa. Era la ocasión que Simeon esperaba. En cuanto los demás desaparecieron en la noche, siguió con cautela al cabecilla de la banda. Habían avanzado unos centenares de pasos cuando el barquero dejó a los ponis, se acercó a la orilla y, desabrochándose los pantalones, empezó a hacer sus necesidades.

Simeon aprovechó para acercarse a los ponis y examinar los fardos que llevaban. Estaban llenos de botellas de licor, tal como había supuesto. Sacó una y la destapó: brandy. Con cierto escrúpulo, la estrelló adrede contra el suelo de guijarros.

Morty se giró en redondo. Sus manos, que estaban aún abotonando los pantalones, se quedaron paralizadas a medias.

—¿Qué es esto? —farfulló.

—¿Va armado? —preguntó Simeon.

—No. —El hombre parecía completamente desconcertado.

—No debería habérmelo dicho —replicó Simeon, y sacó otra botella y la arrojó al suelo, donde se partió en pedazos.

—¡Pare! —El barquero dio unos pasos hacia él, pero vaciló. Era un hombre de sesenta y tantos años, no especialmente fornido, y estaba solo.

—No tiene que preocuparse, Morty —dijo Simeon—. No soy de la policía ni un recaudador de impuestos.

—Entonces ¿quién demonios es? —La débil claridad de la luna no lograba atravesar la llovizna, y menos aún iluminar bien la cara de un hombre.

—Me conoció la semana pasada. Soy el médico que vino a atender al pastor.

—¿El médico?

Simeon se le acercó lo justo para que la luna iluminase las caras de ambos. Pero se mantuvo a unos pasos, por si acaso.

—No estoy interesado en la evasión de impuestos. Me tiene sin cuidado lo que hay en esos fardos.

—Entonces ¿qué quiere?

—He encontrado algo. Enterrado en las marismas de Ray.

—¿Qué ha encontrado?

—El cuerpo de John White.

Esas palabras provocaron un cambio. Morty bajó la cabeza.

—¿Cómo estaba? —preguntó.

Era absurdo mentir.

—Nada bien.

—Bueno, es lo que tiene el lodo.

Ahora Simeon debía jugar su único as.

—No fue el lodo lo que lo mató.

—¿Que no fue el…?

—No se ahogó en el lodo ni en el canal. Fue acuchillado.

Hubo un silencio que llenaron el viento, la lluvia y las olas. La voz de Morty se convirtió en un gruñido.

—¿Cómo lo sabe?

—He visto las heridas. Alguien quería matar a John y lo hizo a conciencia.

—¿Quién?

—No lo sé. Pero quiero averiguarlo. Si me ayuda, podemos atrapar al responsable. ¿Tiene alguna idea? —dijo Simeon.

—¿Idea? Oh, sí, la tengo —le soltó el barquero. Se acercó lo bastante como para que Simeon viera la mueca que le provocaba esa idea.

—¿Quién?

—¿Debo decírselo? —Su voz estaba llena de desprecio.

—A menos que prefiera contárselo al señor Watkins.

Morty reflexionó. Luego respondió, alargando cada una de las sílabas.

—James Hawes.

Esa afirmación no cogió a Simeon del todo por sorpresa. Sin la menor duda, había mucho rencor acumulado en aquella isla.

—¿Por qué lo cree así? —preguntó.

—Unos días antes de que desapareciese —rezongó Morty—, John dijo que James pertenecía a una familia de traidores.

—¿De traidores? ¿Acaso los estaba vendiendo?

—No sé qué quiso decir exactamente. Pero desde aquel momento, yo estuve vigilando a James Hawes.

—¿Y?

Morty se encogió de hombros.

—Nunca vi nada raro.

«Lo cual quizá solo significa que era un hombre astuto, además de poco fiable», pensó Simeon.

—Luego John desapareció y yo le dije a James que ya no lo queríamos en el negocio. Que se mantuviera alejado.

Eso no debía de haberle gustado a James.

—¿Qué fue lo que dijo John exactamente?

Morty titubeó; luego pareció decidir que la verdad le beneficiaba.

—Estábamos en el Rose, almacenando una remesa que acababa de llegar. Le dije a John que James venía de camino para echar una mano. John soltó una maldición y escupió en el suelo. Le pregunté qué pasaba y él me dijo que la familia de Hawes no era el tipo de gente que nos convenía en el negocio. Pero no quiso decir nada más, por mucho que insistí. A mí esa conversación me puso los pelos de punta. Me dije a mí mismo lo que usted está pensando, doctor. Que James estaba yéndose de la lengua con el señor Watkins. O peor. Que quizá estaba planeando pegarnos a todos un tiro por la espalda para quedarse el negocio. Un tipo listo, James. Y yo no confío en los tipos listos. No señor.

Un tipo listo. ¿Y también violento? ¿Realmente era cierto que James Hawes había traicionado a sus compinches y asesinado a John White? Esa conjetura solo se basaba en la palabra de un muerto. E, incluso si fuese cierta, únicamente explicaba la muerte de uno de los dos hombres cuyos cadáveres reposaban ahora en la Casa del Reloj.

11

El sepulturero llegó al día siguiente con una carroza fúnebre, colocó respetuosamente en dos ataúdes los cuerpos de John White y Oliver Hawes y se los llevó de la casa en compañía de Simeon.

—Un pequeño cambio de planes —dijo este, cuando ya estaban en camino. El otro lo miró sin comprender—. ¿Quiere llevarnos por favor al Royal Hospital de Colchester?

El sepulturero protestó, pero finalmente accedió a cambiar de trayecto y, al cabo de unas horas, los dos cuerpos se hallaban tendidos sobre una losa de porcelana, provista de desagües para recoger la sangre y demás fluidos que suelta un cadáver al ser diseccionado.

Simeon sujetó el escalpelo. A su espalda estaba uno de los médicos veteranos del hospital, un tal doctor Bristol, de grandes barbas, que debía supervisar el examen *post mortem*. Simeon no había puesto ninguna objeción a ello, porque, de hecho, sería útil contar con una segunda opinión.

La hoja entró en la carne del primer cadáver, el del primo de su padre, sin dificultad. A Simeon siempre le sorprendía lo frágil que llegaba a ser el cuerpo humano cuando se empuñaba el utensilio adecuado. La delgada hoja atravesó la epidermis y la dermis con tanta facilidad como si estuviera hundiéndose en un bloque de mantequilla.

Para Simeon, la muerte era una parte de la vida, y tan fascinante como la etapa que venía antes. Cortó, separó y extrajo las vísceras del pastor Hawes; pero el examen concienzudo de las mismas mostró que aquellos eran los órganos normales de un hombre cuarentón. Ninguna torsión en el intestino, ninguna mancha en los riñones, nada insólito que pudiera explicar sus síntomas, y menos aún su muerte. Observó de pasada una cicatriz fruncida en el hombro, pero era algo demasiado antiguo para tener relevancia.

Luego se centró en el contenido de su estómago. El pastor estaba convencido de que era víctima de un envenenamiento continuado y, aunque Simeon difícilmente podía comprobar cada posible compuesto, había algunos que sí podía descartar. Recogió una masa de vegetales a medio digerir y un líquido caldoso del interior del estómago y los disolvió en un matraz lleno de ácido clorhídrico; después insertó una tira de cobre en esa fétida solución y aguardó.

—¿Qué espera encontrar así? —preguntó Bristol.

—Una capa plateada es señal de que hay mercurio; una película oscura indica arsénico o tal vez antimonio, aunque sería más bien raro encontrar esta toxina en la zona rural de Essex. —Retiró la tira de cobre y la observó a la luz—. Y de hecho, está totalmente limpia.

—¿Es este el resultado que esperaba?

—Bueno, es un resultado.

Sacó de su maletín un pequeño tarro sellado que contenía un líquido de color rojo parduzco.

—Es una muestra de brandy que saqué del estudio del paciente

—explicó—. No creo que haya nada en él, pero vale la pena comprobarlo. —También arrojó un resultado negativo.

—Existen muchas otras toxinas —le advirtió Bristol.

—Por supuesto. Pero las pupilas del paciente no estaban dilatadas como para sugerir atropina. Si se trataba de un compuesto de cianuro, habría muerto en cuestión de segundos, no de días. No se presentaron las convulsiones típicas de la estricnina. ¿Algo extraído de una planta? —meditó en voz alta—. Tal vez, pero quien se lo administró habría tenido que tomarse muchas molestias, cuando bien podría haber comprado arsénico a cualquier boticario aduciendo que tenía un problema de ratas. Pero sí, estoy de acuerdo, deberíamos ser exhaustivos.

Así pues, durante horas hicieron pruebas de una gran cantidad de compuestos tóxicos sin hallar nada fuera de lo normal. Finalmente, agotados, coincidieron en que, si había algún veneno en el cuerpo, debía tratarse de uno poco conocido.

—Vamos a examinar al otro hombre —sugirió Simeon.

Se centraron en el cadáver de John White. Simeon lo abrió del mismo modo. Apartando la piel y los músculos, dejó a la vista las costillas, ahora de un amarillo sucio a causa del tiempo que habían pasado en el lodo. Examinó las muescas de la superficie ósea con una lupa.

—¿Ve estos cortes en diagonal en las tres costillas inferiores? —preguntó.

—Sí, en efecto —dijo Bristol.

—Observará que son más profundas en la base y que se van desvaneciendo a medida que ascienden. El arma entró hacia delante y hacia arriba. El que la empuñaba estaba detrás.

—Cobarde.

—Ya lo creo. —Simeon levantó la piel del cuello—. Sí, eso pensaba. Mire, tiene el cuello roto a la altura de la tercera cervical —dijo señalando una de las vértebras más altas.

—Ya lo veo.

—Probablemente el agresor lo sujetó por detrás, rodeándole el cuello y fracturándoselo, y le clavó el cuchillo tres o cuatro veces hacia arriba en la caja torácica. Debía de tratarse de una hoja bastante recia, diría yo, porque las costillas parecen sólidas y, sin embargo, llegó a partir el final de esta. —Apartaron más la piel para examinar los pulmones, que habían quedado bien preservados en el lodo. El izquierdo había sido perforado claramente por el cuchillo después de atravesar las costillas—. Esta es la causa de la muerte.

—Sin duda. ¿Cómo fue encontrado este hombre?

—Sumergido en una ciénaga. Supongo que las mareas desplazaron los bancos de lodo, dejándolo a la vista. De lo contrario, quizá nunca habría aparecido. Pero no se trató de una trifulca de borrachos que se desmandó: el que lo mató tenía la intención de hacerlo, contaba con el arma adecuada y la utilizó con destreza. Estamos buscando a alguien que o bien planeaba matarlo esa noche, o bien lleva encima siempre un cuchillo y está dispuesto a utilizarlo.

—Mal asunto —dijo Bristol, acariciándose la barba.

En el camino de vuelta a Ray, Simeon volvió a reflexionar. Indudablemente, Florence era depositaria de alguna información crucial. ¿Cómo convencerla para que hablara? Necesitaba algo con lo que poder negociar. Y, entonces, la imagen mental que tenía de ella, siempre en aquella penumbra de la biblioteca, le sugirió una idea.

En cuanto entró en la casa, echó un vistazo al autorretrato colgado sobre la chimenea y subió apresuradamente las escaleras. En la planta superior estaban las tres puertas revestidas de cuero de colores que le habían llamado la atención el primer día: la de su habitación, la del pastor y la de la biblioteca; y luego las puertas de madera de otras dos habitaciones. Pero tenía que haber otra más. Avanzó pegado a la pared. Y ahí estaba: una estrecha y discreta abertura disimulada en los paneles de olmo y una diminuta cerradura para abrirla.

—¡Señora Tabbers! —gritó con excitación desde lo alto de la escalera. Ella subió jadeando y resoplando.

—¿Qué sucede ahora?

—Esta debe de ser la entrada de la buhardilla, ¿no?

—Sí, señor.

—Me gustaría subir.

—¿Por qué? —La mujer sonó más desconcertada que suspicaz.

—Un capricho mío.

Ella volvió a resoplar y sacó un manojo de llaves del bolsillo de su delantal. Metió una muy delgada de hierro en la cerradura, la giró y se hizo a un lado. Simeon cruzó la puerta y subió por una pequeña escalera de caracol a los aleros del tejado.

La buhardilla estaba llena de cajas, de polvo y excrementos de pájaro. Unos estorninos posados en un rincón graznaron, sobresaltados, al verlo.

—Sí, sí —les respondió—. No tardaré mucho. —Empezó a abrir cajas y baúles. Estaban llenos de cachivaches domésticos, utensilios rotos y ropa blanca desechada. Y luego encontró una caja llena de prendas de vivos colores. Cerró la tapa, la bajó por la escalera y la llevó a la biblioteca.

—John White fue asesinado —dijo al entrar, arrastrando la caja.

—Quizá —repuso Florence. Estaba sentada en su chaise longue, esperándole.

Simeon dejó de lado su evasiva.

—¿Quién lo mató?

Ella alzó la mirada hacia las ventanas.

—Ojalá pudiera tener una ventana aquí. No es solo por la luz, ¿sabe?, sino por el aire. El aire que respiro me llega ya viciado; ha entrado y salido de sus pulmones, y también de los de la señora Tabbers y Cain. Me gustaría tener el aire fresco y puro del cielo.

—Yo no puedo hacer nada al respecto.

—No —dijo ella con tristeza—. Pero algún día… —Cogió un lápiz que reposaba junto a una hoja sobre su mesa. Con la punta del dedo en la mina, lo deslizó por la hoja varias veces; luego admiró el resultado. Satisfecha, se acercó a la trampilla de la base del cristal y empujó la hoja a través de ella.

Simeon reconoció la escena en el acto. Era la casa de cristal de California, la casa por la que Florence y James habían desarrollado aquel ardiente interés que había enfurecido al pastor. A diferencia de lo que ocurría en el autorretrato de Florence, la mansión se hallaba esta vez en medio de una tormenta de nieve que se arremolinaba sobre ella. Los trazos eran finos, grises o negros, y sin embargo tenían la virtud indescifrable de hacer que Simeon sintiera que podía alcanzar a través de aquella hoja otro mundo poblado por hombres y mujeres reales, un mundo en el que un hombre andaba buscando la verdad sobre el destino de su madre.

Esa imagen de ensueño se desvaneció finalmente y él volvió al aquí y ahora. Florence se había empolvado la cara y tenía los labios más rojos que el día anterior.

—Estaba pensando en lo que encontré escondido en el secreter de Oliver —dijo Simeon, refiriéndose a la insólita pipa de marfil y terracota que tanto le había llamado la atención—. Es una pipa de opio. He tenido que lidiar con sus efectos, y no son agradables. Era un objeto que el doctor Hawes quería que nadie viera.

—Ah, sí. Haría bien en averiguar de dónde procede —dijo ella burlonamente, aprovechándose de lo que sabía.

—¿Quiere iluminarme?

—¿Por qué habría de hacerlo?

El crudo nihilismo de la pregunta impresionó a Simeon.

—Porque a cambio de contarme más, yo le haré un regalo.

Florence alzó las cejas.

—Aquí dentro tengo todo lo que necesito. ¿No se lo dijo Oliver? —Había una soterrada malicia en su voz.

—Estoy seguro de que hay más cosas que desea —dijo él, levantando la tapa del baúl. El brillo de la seda amarilla se reflejó en la pared de cristal que lo separaba de ella—. Ha vivido usted durante más de un año con la prenda que lleva ahora —dijo.

Alzó el vestido amarillo, el que Florence llevaba en el retrato del vestíbulo, sintiendo en las manos su calidez. Debajo, había otro de color melocotón, y luego otro carmesí.

Las comisuras de los labios de ella se torcieron hacia arriba.

—¿Le gustaría que me vistiera para usted, Simeon? —Miró el regalo y volvió a sentarse en la chaise longue—. Bueno, mi valiente caballero. Haremos un trato. Yo conseguiré ropa y usted información. —Hizo una pausa con aire pensativo—. Debería volver a Londres y presentarse en Limehouse. Es una casa en la orilla del río, con un farol rojo. No conozco la dirección, pero estoy segura de que podrá encontrarla.

Simeon dobló el vestido y lo deslizó por la trampilla del cristal. Florence cogió la prenda de seda amarilla un segundo antes de que él la soltara, y las yemas de los dedos de ambos se rozaron antes de que ella lo retirase.

12

Desayunó un sustancioso pastel de cordero que la señora Tabbers había sacado del horno. Ella pretendía servirlo en el almuerzo, dijo, pero, ya que el doctor se iba a Londres a pasar el día, bien podía comérselo en ese momento. Simeon le dio las gracias profusamente.

Después de rebañar los restos de la espesa salsa con un trozo de pan, Simeon se puso su abrigo de viaje y se preparó para emprender el camino a la capital. Acababa de salir al aire fresco cuando, sin previo aviso, algo sacudió las paredes de la casa. Una tremenda explosión que primero no parecía venir de ninguna parte, pero que luego retumbó tres o cuatro veces en un lado del edificio. Desconcertado y con el estómago encogido, giró en redondo.

—¡Señora Tabbers! —gritó—. ¡Cain!

El criado apareció en el umbral del establo, sujetando una escopeta de dos cañones.

—¿Qué? —preguntó.

Simeon se acercó corriendo.

—¿Qué ha sido eso?

Una sonrisa taimada iluminó el rostro de Cain, dejando a la vista cinco dientes marrones con huecos negros entre ellos.

—¿Eso? Venga a verlo. —Con cierta inquietud, y sin quitar los ojos de la escopeta, que aún tenía un cañón cargado, Simeon lo siguió al interior del establo—. Ahí lo tiene. —Había dos estrechas cuadras cubiertas de paja. Una, aquella en la que había yacido John White, estaba vacía; en la otra estaba el cuerpo del potrillo tendido en el suelo, sin la mitad de la cabeza—. Cojo de nacimiento. Era lo mejor para él —dijo Cain—. Los animales cojos no sirven de nada.

Por la sonrisa con que lo dijo, saltaba a la vista que estaba burlándose del hombre de ciudad.

—Tenga cuidado con esa escopeta —masculló Simeon. Abandonó la macabra escena y se dirigió con paso enérgico hacia el Strood.

Llegó muy deprisa al Rose, donde alquiló una carreta para que lo llevara a la estación de ferrocarril de Colchester. Una vez allí, tomó el tren rápido a Londres y, a primera hora de la tarde, estaba en el juzgado de Bow Street.

—Quiero ver al magistrado de policía, el señor Gant —le dijo al conserje, que estaba clasificando la correspondencia en varios montones.

—Su Excelencia no preside hoy.

—¿Puede decirme cuándo presidirá?

El conserje consultó un listado.

—El lunes.

Faltaban cinco días para el lunes, mucho más de lo que Simeon estaba dispuesto a esperar. Gant era el magistrado que le había escrito a Oliver Hawes sobre Florence y la hermana de John White, Annie, indicando que había puesto a Florence bajo la tutela del pastor tras ciertas complicaciones legales en Londres.

—Es un asunto de la mayor importancia. ¿Podría darme su dirección?

—¡Su dirección! Por Dios, ¿cree que nosotros damos las direcciones de los magistrados para que todas las criaturas desesperadas de estos juzgados vayan a llamar a su puerta en mitad de la noche? No, señor, no puedo darle su dirección del mismo modo que no puedo entregarle las llaves del Banco de Inglaterra.

Esa respuesta no resultaba nada sorprendente. Gant debía figurar tal vez en el *Who's Who*, con la dirección de un club al que enviarle una carta, pero probablemente eso no sería más rápido que esperar hasta el lunes. Simeon reparó, sin embargo, en un letrero fijado en la pared que indicaba los distintos tribunales y oficinas, y eso le sugirió una estrategia distinta.

Mientras el conserje volvía a concentrarse en la correspondencia, él siguió a hurtadillas una de las direcciones del letrero y se deslizó hacia unas escaleras que descendían a las profundidades del edificio.

Los departamentos de archivos, según había descubierto con los años, siempre estaban en los sótanos. Tal vez se debía a que la temperatura bajo tierra contribuía a preservar los documentos, pero la explicación más probable era que quienes trabajaban en un archivo no solían ser el tipo de personas que se quejan por falta de luz natural. La mayoría seguramente lo prefería.

El ambiente era frío a medida que descendía, y tan húmedo que la condensación se acumulaba al pie de los muros de ladrillo pintados de color crema. Dejó atrás un par de cuartos llenos de cubos y fregonas, un aseo de caballeros y otro de damas, y, al final de todo, vio una puerta de cristal esmerilado. «Archivos», decía un rótulo blanco toscamente pintado. La cerradura, observó, era una moderna de resorte provista de pestillo, que garantizaba que la puerta no quedara sin cerrar accidentalmente. Aparte, a media altura, tenía un pomo. En ese momento la puerta estaba entornada y Simeon entró.

Había albergado la disparatada esperanza de que la habitación estuviera vacía, lo que le habría dado carta blanca, pero entre el laberinto de estantes abarrotados un hombre inmensamente gordo iba empujando un carrito con ruedas y colocando carpetas atadas con cinta blanca en el lugar adecuado. Al verle, se detuvo y parpadeó con sorpresa.

—Estoy buscando al señor Godfrey —le dijo Simeon.

—¿A quién?

—¿No es usted? —El otro negó con la cabeza—. Perdone, ¿usted quién es? —Sin que el hombre lo viera, puso la mano sobre la cerradura, giró el pomo para retirar el resorte y apretó el pestillo para que este quedara inmovilizado.

—Harrison.

—Disculpe —respondió Simeon, retirándose.

Salió del edificio y subió por Long Acre, donde encontró una oficina de correos. Desde allí, envió un telegrama deliberadamente confuso al señor Harrison, en el juzgado de Bow Street, diciéndole que se había producido un accidente en su casa y que lo necesitaban con urgencia. Volvió tranquilamente al juzgado, esperó media hora hasta que el repartidor entró corriendo, otro minuto para que el funcionario saliera precipitadamente, y bajó al cuarto de los archivos, donde el resorte trabado le permitió la entrada. Tras cruzar la puerta, soltó el pestillo para que se cerrase.

El funcionario debía de vivir en las afueras —en Stockwell o Clapham, quizá—, lo cual le daba una buena hora y media para hurgar entre los expedientes y descubrir cómo y por qué Florence y Annie White habían sido puestas bajo la tutela del pastor Hawes por un magistrado de policía. Pero, si Harrison vivía cerca, no tendría tanta suerte. Se puso enseguida a trabajar.

Los expedientes estaban ordenados según los distritos donde se había cometido el delito y según la fecha en la que se había producido. Pero, aun suponiendo que en efecto hubiera habido un delito en el que hubieran estado implicadas Florence o Annie, no tenía apenas idea de dónde podría haber sido. El mejor indicador con el que contaba era la fecha. La carta de Gant decía que habían transcurrido seis meses desde que había puesto a Florence y Annie bajo la custodia del pastor, y presumiblemente debió de ser poco antes cuando tuvo lugar el delito. O sea, alrededor del mes de junio de 1879.

Revisó montones de cajas, examinando los expedientes de ese mes. Al fin, tras cuarenta minutos de búsqueda, cuando el tiempo empezaba a apremiar, lo encontró.

> Florence Emily Hawes. Hallada la fugitiva del magistrado local Watkins, juez de paz. Sospechosa de homicidio de su legítimo esposo, James Hawes, Casa del Reloj, Ray, Mersea, Essex.

Aquello era interesante. Watkins había declarado fugitiva a su hija y había pedido ayuda para encontrarla. Él no le había contado nada de eso. Un hombre débil, ese Watkins; un hombre que ni siquiera era capaz de justificar sus propios actos.

> Florence Emily Hawes, también conocida…

El ruido de una llave al entrar en la cerradura lo alertó de golpe. Volvió a tapar la caja, la colocó en su sitio en el estante y se guardó el expediente en el abrigo. El funcionario entró deprisa, evidentemente irritado y sin aliento. Su casa debía de estar cerca. Por el momento, Simeon aguardó escondido tras una fila de estanterías, pero no pensaba permanecer allí mucho tiempo. No tenía más remedio que echarle descaro.

Harrison estaba quitándose aún su gabán cuando Simeon se acercó con paso enérgico.

—¿Por qué ha dejado la puerta abierta? —preguntó, airado. El hombre se giró en redondo, atónito ante su presencia y sin saber qué decir—. ¡Como representante del señor Gant, haré un informe completo de esta negligencia! —le advirtió gravemente mientras iba hacia la salida—. Por el amor de Dios, asegúrese de que cierra la puerta la próxima vez. —Salió dando un portazo y cruzó a toda prisa el pasillo.

Oyó que el hombre se asomaba a su espalda y le llamaba: «¿Señor?». Pero no hizo caso, subió las escaleras y se escabulló rápidamente por una salida lateral. Encontró una estrecha calleja que daba al mercado de Covent Garden y zigzagueó entre la multitud para asegurarse de que no pudieran seguirle o abordarle. Al cabo de un rato se detuvo, miró atrás y vio que estaba a salvo. Entonces se instaló en un café iluminado con lámparas de gas de Floral Street. Abrió el expediente.

—¿Puedo ofrecerle algo, caballero? ¿Algo agradable? —Una mujer lo miraba con expresión lasciva. Señaló con un gesto hacia un rincón. Dos chicas jóvenes tiritaban bajo unos vestidos alquilados que dejaban a la vista unos escotes famélicos.

—Café, por favor —respondió él—. Nada más.

La mujer se encogió de hombros y fue a buscarlo.

Simeon bajó la vista al párrafo en el que se había quedado. Había solo unas pocas líneas más.

Florence Emily Hawes, también conocida por haber instigado y colaborado en la fuga de una conocida prostituta del lugar de asilo decretado por el señor Gant con anterioridad. Nombre de la prostituta, Annie White.

Extraño. ¿Por qué Florence habría «instigado la fuga» de la hermana de John White? Su mente bullía con todo tipo de explicaciones, pocas de las cuales tenían sentido, pero las acalló para seguir leyendo.

Florence Emily Hawes y Annie White confiadas a la custodia del doctor Oliver Hawes, clérigo, para que sean devueltas a su distrito natal y sometidas a juicio.

Aquello era frustrante. El expediente no explicaba los motivos por los que Florence había huido a Londres y sacado a Annie White de un «lugar de asilo» sin especificar, «decretado por el señor Gant».

Alzó la mirada hacia las dos prostitutas del rincón. Una estaba pálida y tenía los ojos medio muertos. Probablemente la sífilis. La invitó a acercarse con un gesto. Ella se puso en movimiento, pero la dueña del local apareció en el acto.

—La chica no vendrá gratis. Una corona —exigió. La joven prostituta pareció avergonzada.

Simeon deslizó la moneda por encima de la mesa y la alcahueta, satisfecha, se retiró detrás de una barra provista de pasteles de carne cubiertos de moscas.

Él apartó una silla y la chica se sentó.

—¿Cómo se encuentra? —preguntó Simeon.

—Bien, gracias, señor. —Era una respuesta más formal de la que normalmente le habría dado a un cliente.

—Parece enferma.

—Estoy limpia, señor. Certificado.

Simeon conocía perfectamente los anuncios que aparecían en los periódicos de burdeles en los que una de las habitaciones estaba ocupada por un médico que examinaba a las chicas antes de la visita de cada cliente. Sabía con certeza que ese empleo sería más rentable que su propia práctica médica. Esos establecimientos eran frecuentados solo por caballeros adinerados: con frecuencia, de hecho, por los propios jueces y comisarios de policía que se habían pasado el día cerrando los burdeles de baja estofa de la competencia.

—Soy médico. —Ella se puso rígida—. ¿Qué ocurre?

—Le pido disculpas, señor, pero no creo que yo sea la chica adecuada para usted.

—No, no. No quiero ser su cliente. Creo que usted está enferma y deseo ayudarla.

Ella se levantó y volvió al rincón, desde donde su compañera lo miró agresivamente. La dueña se acercó a la mesa.

—¿Qué ha pasado? —preguntó.

—Le he dicho que soy médico y que creo que está enferma.

—¿Médico?

—Sí.

La expresión de la mujer se endureció.

—Entonces no es bienvenido aquí.

Simeon primero sintió sorpresa; luego, curiosidad.

—¿Por qué? —preguntó.

—Algunos tipos malos son médicos.

—Lo sé, he conocido a más de uno. Pero ¿a qué se refiere?

Ella lo miró con rabia unos momentos.

—Algunos rajan a las chicas.

—¿Qué demonios está diciendo?

Ella se irguió.

—Justo al final de la calle. Dicen que era médico. Un tipo hábil con el cuchillo. Se divirtió así, dicen. —La mujer se sorbió la nariz y luego volvió a dejarle su moneda delante.

—Dígale a esa chica que se presente en el Royal Free Hospital. Allí la tratarán —dijo él. Conocía a los médicos de ese hospital. La atenderían lo mejor posible sin exigir ningún pago.

La mujer volvió a mirarle con rabia.

Simeon cogió el expediente y salió del café. Una vez fuera, echó un vistazo a la calle donde, según la mujer, habían «rajado» a algunas chicas. Estaban justo al lado del mercado de las flores. Semejante belleza y semejante fealdad a solo un paso la una de la otra.

Era demasiado pronto para dirigirse al lugar que Florence le había dicho que podía proporcionarle alguna clave sobre los secretos que albergaba la Casa del Reloj, así que tenía que matar un poco el tiempo. Echó a andar a través del mercado. Había puestos que vendían cada una de las flores y las especias que podían obtenerse a lo largo del Imperio, las últimas en cestas repletas de polvo dorado, pardo o verde intenso. Cayó en la cuenta de que era la primera vez que pasaba por Covent Garden y se detenía realmente a observar el mercado. Desde allí, deambuló a lo largo de Floral Street. También había chicas en esa calle, algunas haciéndole señas, pero él se concentró en los artículos expuestos en los escaparates.

Sus pasos lo impulsaron espontáneamente a doblar hacia el este, hacia el King's College Hospital. Recorrió el Strand, pasó junto a su casa en Grub Street, bajo la sombra de la severa cúpula de San Pablo, y se detuvo en Paternoster Square a comprar un refresco con gas que se bebió apoyado en las barandillas de hierro. Alzó la mirada hacia una ventana donde estaba seguro de que su rival para la beca de investigación, Edwin Grover, debía de estar enfrascado en sus cuadros y sus cálculos. El trabajo de Grover no carecía por completo de mérito, pero no tenía aplicación práctica. Simeon tiró los restos de la bebida y siguió hasta el hospital.

Tras veinte minutos recorriendo sus pabellones, encontró a Graham, su compañero de alojamiento, entre las camas de los pacientes con fracturas. Estaba examinando la pierna de un hombre, un viticultor a juzgar por su cara rubicunda, que no dejaba de hacer muecas de dolor. Graham, sin embargo, apenas le prestaba atención.

—¡Simeon, viejo amigo! —exclamó, soltando la pierna sobre la sábana. El hombre pareció sentir un gran alivio—. ¿Cómo has vuelto tan pronto?

—Solo a pasar el día. Tengo que averiguar algo.

—Ah, más investigación.

—Así es.

—¿Y cómo están las cosas en Essex?

Simeon le resumió la extraña situación. Su amigo pasaba de la estupefacción al espanto.

—Dios mío —dijo—, creía que solamente se trataba de un pastor enfermo. —El hombre de la cama se había quedado boquiabierto de asombro.

—Ah, ojalá fuera solo eso. Pero me temo que hay detrás algo mucho peor.

—Bueno, ve con mucho cuidado. Da la impresión de que estás hurgando en rincones peligrosos.

Simeon asintió y ambos siguieron charlando un rato hasta que fue lo bastante tarde para seguir su camino.

Hacía una noche lúgubre en Londres cuando salió del hospital. El humo de diez mil casas se había mezclado con la niebla que se alzaba del Támesis. Esa mezcla tenía un repulsivo tono verdoso: como la sopa de guisantes, bromeaban los londinenses mientras escupían densos esputos. Algunas siluetas aristocráticas, engalanadas con chisteras y pasadores de corbata, avanzaban vacilantes a través de la niebla por la senda apenas visible que los barrenderos iban despejando para ellos entre la bosta de caballo.

Simeon paró un carruaje y le dijo al cochero que lo llevara a Limehouse.

—¿Está seguro, señor? —preguntó el hombre—. Aquello es un sitio muy bronco para un caballero como usted.

—Gracias. Sé lo que me hago.

—Si usted lo dice.

El cochero fustigó a los caballos, que empezaron a trotar a través de la niebla cargada de humo. Simeon metió la mano en el bolsillo de su abrigo de viaje y sacó la pipa tallada con flores que había encontrado en el secreter de la casa. Preparándose para la tarea que le esperaba, la partió en dos.

13

En el interior del carruaje, Simeon se tapó la cara con una bufanda con la esperanza de no aspirar tanto la fétida niebla. No valía la pena mirar por la ventanilla, porque apenas podía distinguir el otro lado del vehículo. Durante el trayecto, pensó en las enseñanzas de los nuevos psicólogos, algunos de los cuales creían que los bajos instintos luchaban en cada uno de nosotros contra nuestra conciencia moral. Nunca había creído en la maldad tal como hacían los hombres religiosos como su tío. Pensaba que los actos eran buenos o malos, desde luego —¿quién no pensaba tal cosa?—, pero no que dejaran una marca indeleble en el carácter de una persona.

—Hasta aquí llego, señor —gritó el cochero.

—No tengo ni idea de dónde estamos —repuso él.

—Pues ya somos dos. Solo que ya no me atrevo a seguir más adelante porque podemos acabar en el río. No veo mi propia mano aunque la tenga delante de las narices.

Simeon cedió, abrió la puerta y saltó afuera. Los haces de luz de los faroles del carruaje iluminaban la niebla, volviéndola amarilla, pero sin penetrar más allá. Resultaba extraño acabar en los muelles de Londres. Algunas veces había tenido que acudir allí: no era su zona habitual, pero en ocasiones le habían llegado noticias de un caso particular que podía ser útil para su investigación. Esta vez no acudía como médico, sino bajo la apariencia de un cliente de la peor clase de establecimiento.

En alguna parte, no muy lejos, oyó a dos mujeres discutir.

—¡Devuélvemelo, zorra! ¡Devuélvemelo!

—¡Es mío! ¡Él me lo ha dado a mí!

—¡Devuélvemelo o te mato!

Simeon volvió la cabeza hacia el lado contrario.

—¿Seguro que quiere quedarse aquí, señor? —gritó el cochero por última vez.

—Seguro.

—A ver si sale vivo.

Simeon confió en que esa frase fuese solo una manera de hablar, no un presagio. En Limehouse podía ocurrir cualquier cosa. Le dio su dinero al hombre, que se tocó el sombrero con el látigo a modo de saludo y desapareció.

Los pies de Simeon chapotearon sobre un trecho inundado. Algo se escabulló por encima de su bota y soltó un chillido cuando él lo apartó de una patada. Sentía que había infinidad de criaturas a su alrededor. Tan depravadas como invisibles. Bueno, se dirigía a un lugar donde los pecados recientes borraban los antiguos.

Muchos londinenses habían sucumbido a la pipa de opio. Por supuesto, la mayor parte del opio se cultivaba en ese momento en el Imperio británico, en India, y era enviado a China para su consumo, pese a la oposición del emperador chino; no obstante, eran chinos quienes regentaban los fumaderos de Londres.

Pese a que ya había transcurrido una década desde que la Ley de Farmacia había prohibido la venta de opio a todo el mundo, desde los barberos a los ferreteros, la moda de la época no había permitido que se convirtiera en un fenómeno del pasado: había una docena de fumaderos entre aquella calle y la siguiente. Simeon llamó a una puerta tras otra. En tres o cuatro, sin embargo, le dijeron educadamente que no vendían pipas; en otras, que sí las vendían, pero ninguna como aquella; y uno de los encargados no admitió una sola pregunta y le instó a marcharse de inmediato.

Tras este último rechazo, avanzó con paso vacilante por los húmedos adoquines, vislumbrando de vez en cuando alguna mole oscura que se deslizaba a través de la niebla del río. Enormes vapores de hélices con destino a Cantón o California. California: esa tierra que había ocupado los pensamientos de los habitantes de la Casa del Reloj. Él mismo, de hecho, había pensado a veces en ir a ese estado. La fiebre del oro que se había desatado treinta años atrás había vuelto ricos a algunos hombres y avariciosos a todos los demás, pero lo que California representaba para Simeon era una oportunidad sin las sofocantes limitaciones impuestas por la clase médica o por la estrechez de miras. Una oportunidad era lo que deseaba por encima de todo. La posibilidad de dejar su propia huella.

Y entonces encontró el lugar que estaba buscando.

Parecía haber sido en tiempos un refugio de marineros. Su tejado rojo se inclinaba sobre un edificio achaparrado de deformes ladrillos amarillos, con dos hileras de estrechas ventanas. La amplia entrada se hallaba flanqueada por dos marineros negros que lo saludaron como si estuvieran cruzándose en la calle con un conocido. Por encima de ellos colgaba un farol rojo, tal como Florence había dicho.

Incluso antes de que solicitara entrar, un diminuto malayo le instó a pasar adentro, entusiasmado al parecer por el hecho de tener un cliente, y lo llevó a través de una puerta interior hasta una gran sala abierta. A lo largo de las paredes se alineaban literas ocupadas por hombres de rostro macilento. Una densa niebla azulada salía de sus bocas y de las pipas que bullían sobre pequeñas lamparillas.

Los rasgos de la mayoría de esos hombres demacrados indicaban que ya habían pasado de la mediana edad, pero Simeon sabía muy bien que el opio envejecía enormemente, de manera que había que restarle diez años al aspecto de un fumador para calcular su edad real. Ni la pobreza, ni la guerra ni la enfermedad podían desgastar tanto a alguien como el opio. Sus rostros adquirían una apariencia animal, como si se hubieran convertido en monos cuyos dientes no dejaban de castañear, como si ya no conservaran ningún rasgo humano.

—Noooo… Yo… yo… pagaré. Tengo… —farfulló una de las escasas mujeres mientras la sacaban de su camastro. Su mirada se clavó en Simeon cuando lo vio pasar—. Señor, no me prestaría… Prestaría un… —Cayó de rodillas frente a él.

Simeon se agachó y le tomó el pulso.

—Cálmese —dijo. Sus latidos eran lentos pero regulares. Sacó de su bolsillo dos monedas y se las dio al malayo—. Una para usted y otra para un carruaje que la lleve a la pensión más cercana.

El malayo cogió las monedas con una inclinación y empujó a la mujer hacia la salida. Simeon pensó que debía empezar a cuidar un poco más su bolsillo; la expedición estaba volviéndose bastante costosa.

La amplia estancia se hallaba escasamente caldeada. Todo el calor procedía de una débil chimenea situada al fondo, en torno a la cual una docena de hombres yacían dormitando o inconscientes. Uno o dos estaban calentándose antes de salir al exterior, después de haber dejado exhaustos sus bolsillos y sus propias personas. Uno se alejó tambaleante, musitando para sí: «¿Quién soy ahora? ¿Quién soy ahora?». Acabó derrumbándose en un camastro libre, donde agarró la pipa, se la llevó a los labios y aspiró con fuerza, sin advertir que estaba fría y vacía. Apareció un tipo vestido solo con unos pantalones, lo sujetó por los tobillos y lo arrastró fuera del camastro. «Mi pipa», gruñó él con un acento imposible de identificar.

Simeon reparó en otro hombre tendido en una litera. A diferencia de los demás, no estaba fumando opio, sino sorbiendo de una botella verde. Tenía un labio leporino, por lo que el líquido le resbalaba por la barbilla.

—¿Quiere probar un poco, señor? —preguntó, sonriendo y dejando a la vista una boca desprovista de dientes. Su acento, sin embargo, era distinguido. Un universitario, cabía suponer—. A la gente de baja estofa de este establecimiento le gusta perseguir al dragón. Yo prefiero ahogarlo en brandy.

—Ya veo —repuso Simeon—. Pero el láudano es igual de adictivo, debería saberlo.

—Ah, no hace falta que me lo diga, señor. Soy miembro de pleno derecho del Colegio Real de Cirujanos.

Simeon suspiró. Ya había conocido a otros colegas que sucumbían a sus propias drogas. Resultaba especialmente trágico ver a un hombre capaz de prever su funesto destino y de caer en él de todos modos.

—Entonces le aconsejo que se cuide, que utilice su formación y considere los peligros del opio, además de sus placeres.

—Ya me cuido —replicó el hombre con más energía.

—¿Y cómo lo hace?

El envilecido cirujano estaba más aturdido de lo que había parecido en un principio, advirtió Simeon.

—¿Cómo? ¡Pues así! —Sacó una larga cuchara de su camisa mugrienta, la introdujo en la botella y agitó la bebida con energía—. Hay que revolver bien. De lo contrario, el opio queda en el fondo y la dosis aumenta a medida que consumes la botella. Es necesario hacerlo así. —Dio otro trago y se la ofreció—. Venga, señor, pruébelo.

—Gracias, pero no. —Simeon se quedó apesadumbrado durante un momento. Aquel hombre debería haber estado curando a los seres medio muertos que lo rodeaban, no uniéndose a ellos. Si fuera posible sacarlo de aquel lugar infernal, tal vez podría librarse de la adicción y volver a su antigua profesión. Aunque sufriría temblores y sudores espantosos a medida que el opio abandonara ese territorio conquistado—. ¿Hay alguien con quien le gustaría que me ponga en contacto de su parte? ¿Familiares, amigos? Tal vez alguno de sus colegas podría ayudarle.

—¿Ayudar? ¿Cómo? —El hombre pareció alarmarse—. Yo soy más que feliz, señor, se lo aseguro. ¡Estoy delirando! ¡Quiero seguir así! ¡Quiero quedarme aquí! —Agarró a Simeon de la camisa y él tuvo que apartarle los dedos con delicadeza.

—Puede quedarse si lo desea, señor.

—¡Lo deseo! ¡Debo quedarme!

No tenía sentido discutir con quien ya estaba muerto, se dijo Simeon con desaliento.

—Usted no es como la mayoría de mis clientes. —Era una voz joven y femenina la que había hablado. Con acento chino. Se giró y vio a una joven con hábito de monja.

—Y usted no es como la mayoría de las mujeres de Limehouse —respondió.

—¿Se refiere a esto? —La joven se tocó la cofia—. Me educaron las Hermanas de la Penitencia en Cantón, señor. Mi corazón siempre permanecerá con ellas. Puedo traerle una pipa.

—Ya tengo una, pero está rota y me gustaría reemplazarla por otra igual —dijo él, sacándola del bolsillo y mostrándosela.

Ella cogió la pipa y examinó atentamente las dos mitades.

—La combinación de marfil y terracota es insólita. La mayoría prefiere las de porcelana. —Lo miró a los ojos—. El humo resulta más cálido, esa es la razón.

—¿Había visto alguna vez esta pipa?

Ella respondió con voz meliflua.

—La hice yo misma. Era mía. Ahora es suya.

—¿La reconoce? —Ella recorrió con el dedo la pipa, el mango con flores talladas, y torció el gesto al llegar al punto donde el marfil se había quebrado. Luego asintió lentamente—. Entonces debe de ser este el lugar al que venía mi hermano —dijo Simeon.

—Debe de serlo.

—¿Tal vez lo recuerda?

—Recuerdo a muchos hombres.

—Él es diferente. Es un pastor. Oliver Hawes.

Ella reflexionó, musitando el nombre en silencio.

—No lo conozco. Pero conozco esta pipa. La compró alguien con otro nombre.

—¿Quién? —Ella permaneció inmóvil un instante; luego lo guio hasta una habitación de la parte trasera. Estaba toda decorada al estilo de su tierra natal. Había sedas rosadas sobre las banquetas y diminutas figuras de animales de porcelana alineadas sobre la repisa de la chimenea. El ambiente estaba impregnado de aroma a jazmín—. ¿Quién? —volvió a preguntar Simeon, depositando una reluciente guinea sobre la mesa. Sí, debería vigilar su bolsillo.

La mujer abrió una caja de jade verde que contenía una ordenada hilera de cigarrillos. Cada uno llevaba una alargada marca marrón hacia la mitad del papel que indicaba que contenía algo más que tabaco.

—Gracias, pero no.

Ella cogió uno y lo encendió, dejando que el humo se elevara hacia el techo; luego abrió otra caja que estaba llena de materiales de dibujo, y extrajo un frasco de tinta morada colocado junto a tres plumas ordenadas con toda pulcritud según el grosor de la punta. Escogió la más pequeña y, después de sumergirla en la tinta, trazó una curva en una hoja de papel. Simeon aguardó. Ella volvió a mojar la pluma y a trazar otra línea curvada. Fue añadiendo tinta y dibujando hasta que apareció una cara. Era un hombre europeo de ojos redondeados y nariz prominente, aunque aparecía con los ropajes de un emperador oriental. A Simeon, no obstante, aquel rostro le resultaba familiar.

—Este es el hombre que está buscando —dijo la mujer.

—¿Cuál es su nombre?

—Se llama Tyrone, señor Tyrone.

Simeon volvió a oír a su tío llamando a gritos a Tyrone en sus últimos estertores.

—¿Qué sabe de él?

—¿Qué sé? Nosotros no hacemos muchas preguntas a nuestros clientes —dijo ella.

—Estoy seguro. Pero aun así tiene que haber algo.

Ella extendió la palma, vagamente coloreada de rosa entre el amarillo de las llamas de aceite y el anaranjado del fuego. Simeon depositó su última corona en aquella mano, que se cerró en torno a la reluciente moneda.

—A muchos de nuestros clientes se les nota que les falta algo —dijo la mujer—. El señor Tyrone me pareció un hombre al que le faltaba todo. ¿Entiende lo que quiero decir?

—Creo que sí.

—Con frecuencia mis clientes me dan lástima. Pero no creo que el señor Tyrone pudiera darme lástima por ningún motivo. No puedes compadecer a un hombre que está vacío.

Un hombre vacío. Simeon había tratado a pacientes así. Hombres al final de una vida dura y espinosa que parecían muertos desde hacía mucho, como si ya únicamente subsistiera y respirase su cuerpo. Ese tal Tyrone, que estaba en el corazón de todo lo que le había acontecido a Florence y a la familia Hawes, era de esa clase de hombres.

—Me gustaría conocerle.

—Es un hombre capaz de causar problemas. ¿Por qué debería ayudarle a encontrarlo?

—Porque usted no desea que él vuelva aquí.

Ella se quedó callada un momento; luego sacó una campanilla y la sacudió. Una parte de la pared empapelada de rosa se deslizó hacia un lado —una entrada deliberadamente oculta a los no iniciados— y apareció un hombre moreno y fornido. Sin dejar de mirar a Simeon, la mujer se dirigió a él.

—¿Cuándo fue la última vez que viste al señor Tyrone? —le preguntó.

—¿A Tyrone? —El hombre tenía un acento tan irlandés como el nombre que había mascullado—. Ese bastardo aún me debe dinero por unos servicios que le presté. No lo he vuelto a ver desde hace un año o más.

—¿Qué clase de servicios? —preguntó Simeon.

La mujer le indicó a su ayudante que podía responder.

—Envié a un hombre para ayudarle a recuperar algo de su propiedad en Saint George's Fields. Parecía algo bastante fácil, por lo que él dijo. Resultó ser una encerrona de la peor especie. Si llega a verlo, dígale que Frank, del Farol Rojo, no se ha olvidado de él.

—Me parece que esto es lo único con lo que podemos ayudarle —dijo la mujer.

Al salir del fumadero, Simeon echó a andar en busca de un carruaje. Por su mente desfilaban pensamientos sobre Tyrone, sobre la pipa de opio, el cadáver de John White, *El camino dorado* y Florence encerrada tras la pared de cristal. Todos esos pensamientos iban cayendo como los granos de un reloj de arena: el de la veleta de la Casa del Reloj.

Pasó junto al borde del muelle. Distinguió en el agua el reflejo de una casa situada a su espalda. El reflejo ondeaba con la corriente. Mientras contemplaba cómo se movía, cómo se desintegraba y volvía a ensamblarse, sintió el brusco impacto de una idea. Era un descubrimiento abrumador, una súbita revelación sobre lo que había matado al doctor Oliver Hawes. Había estado indagando sobre esa muerte desde un ángulo erróneo: reflejada, en efecto, en el espejo oscuro que limitaba un extremo del dominio repleto de libros del pastor. Ahora Simeon sabía cómo había muerto.

14

Volvió rápidamente a Ray con la mente convertida en un teatro tumultuoso. Los actores parecían correr por el escenario gritando palabras confusas, muriendo apuñalados con cuchillos de madera y reapareciendo con otros atuendos.

Ya en la casa, la señora Tabbers fue a buscarlo al salón para preguntarle si quería un guiso de pescado. Él, sin hacer caso de la pregunta, le planteó otra a su vez.

—¿Cuánto tiempo tardaba el pastor en agotar uno de sus barriles de brandy?

—¿Un barril entero? Oh, no era un gran bebedor, señor. Podía tardar un año fácilmente.

—Eso he pensado —repuso Simeon—. Probablemente yo tardaría lo mismo. No me apetece un guiso, gracias.

Ella lo miró perpleja y se retiró. Él contempló por la ventana el paisaje salvaje de Ray, iluminado por la luz de gas de la casa. Su mente empezaba a serenarse y, sin embargo, la verdad que ahora conocía resultaba tan lúgubre como ese paisaje.

«¿Y es esto lo que lo generó todo? —se preguntó a sí mismo—. Hombres y mujeres en una tierra maldita. ¿Acaso un lugar así no trastornaría a cualquiera?».

Llamó a Peter Cain. El criado llegó con las manos sucias, sujetando una pala.

—Estaba enterrando a ese potro. No sirve de nada un animal cojo. ¿Quiere ayudarme a enterrarlo? —dijo con insolencia. Simeon lo envió a buscar a Watkins de inmediato y luego subió a la biblioteca. Florence estaba sentada ante la pequeña mesa octogonal, sobre la que reposaba el modelo en miniatura de la casa que los albergaba a todos, con sus tres figuritas humanas aguardando tras las puertas de colores, como actores preparados para interpretar su papel. Había fuego en la chimenea, y el resplandor de las llamas rojas bailaba por el vestido de seda amarilla que Simeon había escogido para ella. Florence canturreó una vez más un fragmento del himno: «Ayuda al desamparado, oh, quédate conmigo».

Obedeciendo a un impulso, Simeon cogió un atlas de las estanterías y buscó un mapa de las Américas. Puso el dedo índice en California y dio unos golpecitos sobre un promontorio que no llevaba ninguna leyenda, pero que él sabía que un día sería llamado Point Dume.

—No vaya, Simeon —dijo ella en voz baja.

—¿Por qué no?

—No acabará bien. Una tragedia para usted y para su familia. —Deslizó las manos por el modelo de cristal que ella misma había hecho.

—¿Y cómo sabe que acabará mal?

—Ay, Simeon, ambos lo sabemos. Está todo en *El campo dorado*. No hará falta gran cosa: un poco de ambición por aquí, una chispa de ira por allá. Los pecados se amontonan hasta que toda la casa arde en llamas. Es el polvo que flota en el aire; emponzoña la sangre.

Cuando Watkins llegó por fin, en torno a las diez, Simeon le ofreció una bebida, que él aceptó.

—Bueno, señor Watkins, ¿podría darme el libro?

—¿Qué libro? —El magistrado bajó la vista a sus pies.

Florence cogió las tres figuritas del modelo en miniatura de la Casa del Reloj y las colocó, una a una, delante.

—Usted sabe muy bien de qué libro hablo. Del diario de Oliver Hawes.

—No tengo la menor idea…

—Por favor, señor, no me haga perder el tiempo. Sé que usted se lo llevó. Y sé por qué.

Watkins aún parecía avergonzado, pero logró recomponerse.

—¿De veras, señor? Entonces explíqueme cómo ha llegado a esa conclusión.

—Se lo explicaré. —Simeon hizo una pausa para ordenar sus pensamientos—. He llegado a comprender cómo se produjo la muerte de Oliver Hawes. —Florence derribó una de las figuritas, que rodó por el tablero de la mesa—. Podría haber sido una infección, pero, de ser así, ¿cuál? Ninguna que yo supiera reconocer. Y nadie más parecía sufrirla. Todos ustedes son de naturaleza robusta. Y tampoco había signos de una dolencia interna grave cuando realicé la autopsia. No, al final coincidí con la hipótesis del propio doctor Hawes: que lo habían envenenado durante el último mes. —Sin hacer caso de la aparente consternación de Watkins, prosiguió—. Pero una vez más, la cuestión de cómo lo habían envenenado me tenía completamente desconcertado. Él comía lo mismo que Cain y la señora Tabbers, y ninguno de los dos presentaba ningún síntoma. Podría haber sido uno de ellos, desde luego, pero resultaba difícil entender por qué iban a querer quedar desamparados asesinando a quien les daba trabajo. E, incluso si lo hubieran hecho, había otros métodos más sencillos: podrían haberlo asfixiado mientras dormía y nadie habría llegado a enterarse.

Parecía como si Watkins quisiera formular alguna objeción, pero no se le ocurriera ninguna. Simeon continuó.

—Había una sola cosa entre su comida o su bebida que únicamente consumía el doctor Hawes: su copita de brandy antes de acostarse. Se abrió un barril nuevo el día antes del inicio de la enfermedad, pero su estado se fue agravando durante más de una semana después de dejar de beberlo a instancias mías; y, además, probamos el brandy de ese barril en el perro de Cain: aparte de dejar ebrio al pobre chucho, no tuvo ningún efecto. Yo mismo lo analicé más tarde en el Colchester Royal y comprobé que era inocuo. No, el barril no había sido envenenado. De hecho, nadie envenenó a Oliver Hawes durante el último mes.

—¿A dónde quiere ir a parar, entonces? —preguntó Watkins, saliendo al fin de su estupor.

—Es muy sencillo, señor.

—¡Pues dígamelo!

—Alguien lo envenenó hace un año —dijo Simeon, sin sentir ninguna euforia. Le enfurecía pensar que al final todo se redujera a eso.

—¿Hace un año? Imposible. ¿Quién?

—Su hija, señor Watkins. —Era un alivio decirlo en voz alta y poder mirarla a ella mientras lo hacía.

—Florence —musitó Watkins sin aliento. El juego, al parecer, había concluido.

Ella tiró las tres figuritas al suelo de un manotazo, dejando solo indemne la casa transparente.

—Sí. Florence. —Sus ojos permanecían fijos en ella—. Fue ella quien envenenó a Oliver Hawes hace más de un año, la última vez que la dejaron salir de su celda de cristal.

Watkins se hundió en su sillón.

—Pero ¿cómo podría…? —Su voz se apagó.

Lentamente, con un compás fúnebre, ella alzó las manos y dio unas palmadas.

—Bravo, Simeon. Es usted tan agudo como un puñal. —Su voz sonaba precisamente así, como una hoja aguzada—. Me pregunto qué más ha sabido o adivinado.

Él la miró.

—Ya que lo pregunta, tengo una fuerte sospecha respecto a la muerte de John White y a la implicación en ella de los habitantes de esta casa. También respecto al papel de James en esa muerte. Y luego está la hermana de John, Annie, a quien usted fue a buscar a Londres. ¿Dónde se encuentra ahora? Es una cuestión que debemos aclarar.

Watkins explotó de nuevo.

—¿Acaso cree que también a ella le sucedió algo funesto?

Simeon no apartó la mirada de la mujer de detrás del cristal.

—Sí, lo creo. ¿Usted no, Florence? —dijo Simeon, sin explicar por qué lo pensaba. Watkins siempre iría tres pasos por detrás de su hija—. ¿Qué ocurrió después de que la encontrara? —Ella le dirigió una sonrisa—. Está todo en el diario de Hawes, ¿verdad? —Se dirigió a Watkins—. Y por eso lo robó usted. Para proteger a su hija. Cosa que no había hecho anteriormente. Porque el contenido de ese diario me habría llevado a la conclusión de que Florence es culpable de asesinato. —Watkins dejó escapar un gemido y apuró su vaso de un trago. Su hija se rio suavemente. Pero la mente de Simeon seguía fija en el diario—. Supongo que ella le habló de su contenido tras la muerte de Oliver. —El magistrado no protestó esta vez—. Así pues, terminemos con esta farsa, por el amor de Dios. ¡Deme el diario!

—Yo...

—Yo digo que se lo demos, padre —dijo ella. Ahora su voz sonó menos amortiguada por el cristal que otras veces—. ¿Qué te importa ya? ¿Qué me importa a mí? —Agitó la mano con despreocupación.

—Envíe a Cain a buscarlo a su casa —le ordenó Simeon.

—No hace falta —murmuró Watkins—. No ha salido de aquí.

—¿Cómo? —exclamó Simeon, enfurecido. ¿Aún seguía allí? Y pensar en todo el tiempo que había pasado especulando sobre su paradero.

Watkins se secó el sudor de la frente.

—Temía que usted me atrapara cuando saliera corriendo. Así que lo puse a buen recaudo en la oscuridad para que no pudiera encontrarlo.

Simeon se tomó un momento para asimilar aquello. Watkins lo había escondido en la biblioteca, pero ¿dónde podía haberlo dejado para que él no pudiera encontrarlo ni por casualidad? Ah, solo en un lugar. Se volvió hacia la pared de cristal.

—Deme el diario, Florence —dijo—. Quiero leer la segunda vida de Oliver Hawes.

Ella puso la mano sobre la miniatura de la casa de cristal que estaba sobre la mesa, inclinándola hacia un lado.

—¿Cree usted que somos dueños de nuestro propio destino, Simeon? Ah, ya veo que sí. Pues está equivocado. No somos más que juguetes en manos de otros. —Su voz volvía a sonar débilmente, como envuelta entre los sargazos una vez más—. Una segunda vida, lo llama usted.

—Sí. Es lo que era, ¿no?

—Tal vez.

Florence fue a los anaqueles alineados en la pared del fondo de su celda y, alzando el brazo, deslizó el dedo por el más alto hasta detenerse en un delgado volumen rojo con letras doradas en el lomo. Habría podido llevárselo a su aposento privado, donde habría quedado completamente fuera de la vista, pero obviamente había disfrutado pensando que Simeon lo había tenido todo el tiempo ante sus ojos y, sin embargo, no lo había visto en ningún momento. Lo sacó del anaquel, se acercó a la trampilla por donde le pasaban la comida —sin duda había sido así como Watkins se lo había hecho llegar— y su pálida mano lo empujó a través de ella. Por segunda vez, las yemas de los dedos de ambos se rozaron y permanecieron en contacto un momento; luego, lentamente, ella se retiró a su propio mundo.

—¿Por qué me lo ocultó? Antes quería que lo leyera.

—Fue cosa de mi padre. Él vino y me suplicó que le ocultara a usted todo lo sucedido. Era más para salvar su propia reputación que mi cuello, pero acabé cediendo. —Watkins pareció encogerse aún más en su sillón.

Simeon pasó esto por alto. Se moría de ganas de conocer el contenido del diario, la parte que aún no había leído. Le dio la vuelta al libro y abrió la contraportada para enfrentarse de nuevo al diario secreto de Oliver Hawes. Continuó por donde lo había dejado.

19 de mayo de 1879

Ese buen hombre, Tyrone, me encontró esta tarde. Yo estaba en el Bricklayer's Arms, en Colchester, a donde había ido a hablar con el deán sobre cuestiones financieras. Estaba tomándome una sopa de puerros y leyendo un tratado sobre la pobreza en la Iglesia.

—Hola —dije, levantando la vista. Había muchas otras personas en el salón y yo tenía la certeza de que la mayoría debían de haber estado en el pub.

—He andado buscándole —me dijo.

—Ah, ¿por qué motivo?

Él se sentó.

—Estoy muerto de hambre —declaró. A continuación cogió la cuchara de mi mano y tomó un poco de mi sopa—. Porque he estado ocupado, por eso.

—¿Ocupado en qué? —Me había irritado que me quitara la cuchara, pero lo dejé pasar porque intuía que tenía algo importante que decirme.

—Comprobando. Investigando. Y le diré algo, amigo mío, creo que nos falta, es decir, que a usted le falta una clave importante.

—¿A qué se refiere?

—Algo me dice que usted no es un hombre libre.

—¿Que no soy libre? Absurdo —respondí. Debo reconocer que estaba algo irritado por la insolencia de su tono—. Mire mis muñecas, ¿ve unas cadenas? Mire esa puerta, ¿está cerrada? ¿Acaso no puedo levantarme y salir y montar en mi caballo para volver a casa?

—No, no lleva cadenas en las muñecas. —En ese momento se inclinó y capté algo cadavérico en su aliento—. Y sin embargo... —Se arrellanó en el tosco banco. Supuse que iba a decir algo más. Pero él esperó. Y me di cuenta en el acto de que él estaba tocando, en efecto, un problema que ha confundido mi mente durante demasiados años. Una pregunta sobre el libre albedrío que nos ha concedido nuestro Padre Celestial.

—¿Y sin embargo? —lo animé a continuar.

—Y, sin embargo, usted no puede ser libre. Porque eso va contra todo lo que nos dicen las Escrituras. —Y esa era, en efecto, la cuestión.

—Siga. —Aparté el cuenco de sopa. Ya no me interesaba.

—Usted desea lo que yo tengo.

—No parece un hombre rico.

—¡Maldito sea mi dinero! —gruñó él—. Usted desea lo que tengo de verdad: la libertad de coger lo que se me antoja. La libertad de divertirme como quiero.

Parecía cada vez más entusiasmado con el tema.

—¿Y qué le hace pensar que yo consentiría tales cosas en mi vida?

—Le he visto leer las Escrituras un día sí y otro también.

—Yo no le he visto —dije, algo sorprendido.

—Me sentaba en el fondo de la iglesia.

—Entiendo. —No sabía si creerle.

—Y cada vez he captado algo en sus ojos o en el rictus de su boca. Por cada uno de esos pecados mortales o mandamientos, había...

—¿Qué?

Eludió la pregunta de forma exasperante.

—He navegado por todo el mundo. Usted tiene la expresión de un marino que se aproxima a una tierra nueva: esa ansia desesperada de saltar a la orilla y saborear todo lo que pueda.

Di un sorbo a mi jarra de cerveza ligera y lo observé por encima del borde.

—¿De veras? —Me relajé—. Ay, está burlándose de mí, un pobre pastor rural.

—¡Pobre! ¡Ja! Podemos ponernos fácilmente de acuerdo en que no es nada de eso. Un pastor rural, sí, pero pobre, ah, no, eso no puedo admitirlo.

Sí. Aquello era una carga de profundidad. Me levanté y salí del salón. Sabía que él me seguiría.

—Encuentro interesante su discurso. No es que vaya a actuar de acuerdo con él, pero por ahora siento curiosidad sobre la conclusión de su argumentación.

—Enseguida la conocerá —me dijo él con un tono algo críptico—. Hay algo que he querido mostrarle desde hace un tiempo. Ahora ha llegado el momento.

—Soy un hombre ocupado. No puedo perder el tiempo en fruslerías.

—Cierto, cierto —admitió él—. Pero con esto saldrá beneficiado.

Observé que habíamos caminado hasta una parte opulenta de la ciudad que solo había pisado una o dos veces, por invitación del deán o de otras eminencias. Yo iba con mi abrigo de viaje y me lo ceñí aún más para mantenerme abrigado. Siempre he estado expuesto a las enfermedades ajenas.

Tyrone iba por delante y se dirigió a una casa en la que se veían luces encendidas. A su llamada, salió a abrir un mayordomo con librea completa.

—¿Sí? —preguntó el hombre.

—He oído hablar de esta casa —le dijo Tyrone. Aquello me pareció una conducta muy extraña y ya me disponía a disculparme por la rudeza de mi compañero.

—Ah, ¿sí? ¿Y qué ha oído?

—Venga, apártese, hombre —le ordenó Tyrone. Yo estaba un poco sorprendido. Había creído que era la casa de algún amigo suyo. Incluso los hombres como él (y sospechaba que su moralidad era más bien cuestionable, pese a que asistiera regularmente a la Sagrada Comunión) tienen amigos.

—Solo me haré a un lado cuando me diga quién le ha enviado —insistió el mayordomo.

—¿Enviado? ¿Enviado, dice? Este caballero me ha enviado. —

Tardé un momento en comprender a qué se refería: se metió la mano en el bolsillo y sacó una guinea. ¡Tan sobrados de dinero andan algunos hombres! El viento soplaba con fuerza y ahogó en parte lo que decía Tyrone, pero fueran cuales fueran las palabras que pronunció, el mayordomo retrocedió y cruzamos el umbral.

Qué panorama más asombroso nos aguardaba en el interior. Parecía la residencia de un príncipe. Había por todas partes sillones de cuero afelpado —mucho mejores que los de mi biblioteca—, sofás de dos plazas y tiestos con plantas. Y una amplia escalinata de mármol que ascendía a la planta de arriba.

—Bueno, no se quede ahí con la boca abierta como el estuario del Colne —me dijo Tyrone. Y se echó a reír—. Venga. Probaremos estas delicias.

Había bebidas, desde luego, porque vi botellas y copas en las mesas, pero a qué más podía referirse no lo sabía.

Se acercó a una de las mesas y cogió una licorera de algo que parecía jerez.

—Esto no ha pagado aranceles, diría yo —musitó.

—Estoy seguro de que acierta.

Y entonces algo me hizo alzar la vista hacia la escalinata: unas pisadas sobre el mármol. Tres mujeres jóvenes bajaban con agilidad, encabezadas por una dama de más edad. Iban vestidas como para una velada de ópera o algo semejante, las tres muy bellas y embellecidas. Un poeta las habría comparado con aves de gran hermosura.

—Buenas noches, caballeros —dijo la mayor. Llevaba piedras preciosas alrededor del cuello y su vestido realmente flotaba mientras caminaba.

Tyrone se sentó en un banco y me indicó que hiciera lo mismo. Me sentía un tanto inseguro, pero obedecí.

—Buenas noches, madame —dijo—. Me gustaría un poco de diversión.

—Eso podemos ofrecérselo —respondió la mujer, mirándome y examinando mi atuendo clerical. No la turbó en modo alguno. Creo que quizá incluso le resultó divertido. Luego señaló con la mano a las damas más jóvenes.

—Isabella, Clarice y Amelia son nuevas en esto, pero estoy segura de que sabrán proporcionarles placer.

—¿Nuevas en esto? —exclamó Tyrone—. ¡Ja! Esta sí que es buena. Tuve a la rubia el mes pasado y estaba en perfectas condiciones de uso. Volveré a quedarme con ella, me parece. —Y entonces se levantó y se acercó a la joven de detrás.

—¿Y para usted, señor? —La mujer se dirigió a mí sin mi título divino, despojándome del sacerdocio.

Antes de que pudiera responder, Tyrone lo hizo por mí.

—Yo voy en su lugar —la informó.

La mujer me miró arqueando sus delicadas cejas. Permanecí callado, cosa que ella tomó como una señal de asentimiento.

—Como deseen, señores. Ve con el caballero, Isabella.

La joven empezó a subir las escaleras. Tyrone la siguió, pero de repente se detuvo.

—Espere —dijo—. No me gusta el nombre Isabella.

—Ah, ¿no, señor? —preguntó la madame.

—No. Quiero que se lo cambie.

—¿Cómo le gustaría que se llamase?

Tyrone no respondió, pero me miró.

—Florence —dije.

—¿Florence, señor? —preguntó la joven. Tenía un acento suave, del norte del país.

—Sí —repuse—. Usted tiene que llamarse Florence.

15

Simeon hizo una pausa y levantó la vista. Qué extraño era aquello. Florence pareció leer sus pensamientos.

—Un diario oculto, un hombre oculto —dijo.

—En efecto —repuso él, y continuó leyendo.

25 de mayo de 1879

Los asuntos de la parroquia me han vuelto a llevar a Colchester y he comido en el Bricklayer's Arms. Cuando llegué, Tyrone estaba allí. Era el único cliente en el establecimiento.

—Doctor Hawes —dijo alegremente. En efecto, estaba más alegre y vivaz que de costumbre. E intuí por qué. Una de las chicas de nuestro pueblo, Annie White, la hija de un pescador de ostras, estaba sirviéndole su cerveza. Es una chica vulgar, en mi opinión, pero estoy seguro de que sirve para lo que la querrían la mayoría de los hombres de estos lares.

—Seguro que conoce a Annie.

—Claro. ¿Cómo está, Annie?

—Estoy bien, pastor. Gracias por preguntar.

Con frecuencia, encuentro irritante el carácter obsequioso de la gente pobre: forma sin sustancia.

—¿Y su madre está bien?

—Sí, señor.

—Bueno, tomaré un poco de estofado de cordero.

—Justo ahora estaba diciéndole a Annie lo bien que lo haría en un escenario —continuó Tyrone. Yo estaba seguro de que así era. No cabe duda de que cualquiera de estas mujeres groseras podría ganarse la vida, si quisiera, exhibiéndose ante un grupo de hombres tan mugrientos como ellas—. ¿A usted no le gustaría verla subida a un escenario de Colchester? En el Teatro Real. ¡O en Londres!

La mirada de la muchacha se volvió vidriosa. Me di cuenta de que estaba soñando con una vida muy alejada de The Hard.

Sonreí con indulgencia.

—Como hombre de fe, tales cosas quedan más allá de mi esfera —dije. Y, bajando la voz, añadí dirigiéndome a ella—: La Iglesia más bien frunce el ceño ante tales lugares, pues los considera un semillero de todo tipo de prácticas irreligiosas.

Ella soltó una risita.

Tyrone y yo ocupamos una mesa y hablamos de cosas intrascendentes: la gente de la taberna, mis planes de tomarme unas pequeñas vacaciones en la costa del sur. Luego él llevó la conversación hacia la casa que visitamos en la ocasión anterior.

—Es como cenar en la mesa de Dios —dijo—. Y no es ningún pecado, estoy seguro.

—¿De veras? —repuse con cierto escepticismo.

Sin embargo, por extraño que parezca, él insistió con argumentos religiosos genuinos para demostrar que así es. Según señaló, la Biblia se empeña en explicar cómo los patriarcas de los hebreos gozaban con muchas de sus mujeres. ¿Acaso no constituyen un modelo para nuestra conducta, a falta de otras exhortaciones más directas de nuestro Salvador?

—Pero tales relaciones están dentro del matrimonio santificado —objeté.

—Ah, pero ¿quién ha sido delegado por Dios para santificarlo? Su representante en la tierra. —Se refería a mí, por supuesto—. El sacerdote es el hombre mortal que declara el matrimonio, ¿verdad? Así que la facultad de santificar está en su mano. Nada le impide otorgar esa facultad a otros sacerdotes (¿acaso no le exhorta el Señor a hacerlo?) y nada le impide tampoco santificarse a sí mismo.

No me complacía ser instruido por un hombre de quien, de hecho, como he reflexionado, ni siquiera sabía cuál era su profesión: algo así como un marino mercante, creía yo. Pero lo cierto era que su argumento tenía fuerza teológica.

—Cierto; sin embargo, un clérigo debe obedecer también a las grandes autoridades.

—Ah, pero tales autoridades ¿cómo se convirtieron ellas mismas en autoridades? Pues bien, considerando y probando —replicó él.

Reflexioné de nuevo. Una vez más, su argumentación tenía fuerza. Salimos de la taberna para seguir hablando.

—Hay muchos rufianes por aquí esta noche —dijo Tyrone, mirando atrás y escudriñando los portales.

—¿Más de lo normal?

—Sin duda. He visto esta noche cómo molían a palos a un hombre hasta dejarlo casi muerto.

—¿Por qué motivo? —pregunté, sorprendido.

—Por nada. Por mirar mal a otro hombre. Vivimos unos tiempos criminales.

—Eso seguro. —Yo mismo me había sentido inquieto tras leer en los periódicos frecuentes noticias de brutalidad innecesaria.

—Sí, de hecho, estaba pensando que debería usted llevar esto —me dijo. Bajé la vista y vi que sostenía con la mano abierta un puñal de aspecto maligno. Me quedé boquiabierto.

—¿Para qué necesito eso? —le pregunté—. No voy a derramar la sangre de ningún hombre.

—Pero tiene que estar preparado para impedir que otro derrame la suya. Y hay muchos hombres por aquí capaces de tener el deseo y la oportunidad de hacerlo.

Suspiré con tristeza. Una vez más, él tenía razón. Y la propia preservación no es ningún pecado: de hecho, puesto que el suicidio es el voluntario e ingrato desprecio de la vida que Dios nos ha concedido, no debemos tener reparo en defendernos cuando hay otros dispuestos a rebanarnos el pescuezo. Así pues, a regañadientes, cogí el cuchillo. Era un objeto reluciente, largo y estilizado, pero con un filo aguzado. No le pregunté qué uso le había dado anteriormente. Me lo guardé en el abrigo, en un bolsillo en el que entraba cómodamente.

14 de junio de 1879

Me he encontrado con Tyrone en The Hard. Habían pasado más de dos semanas desde la última vez que le vi y había estado deseando proseguir nuestra conversación. Había algunos puntos que quería discutir en su argumento de que los patriarcas hebreos deberían constituir nuestro modelo en relación con las mujeres cuando no hay ninguna exhortación más directa del mismísimo Cristo Jesús. Estábamos volviendo a mi casa y acabábamos de salir del Strood.

—¡Pastor! —oí que decía alguien a nuestra espalda. No era frecuente que me llamaran por mi título mientras me acercaba a mi casa. Y no lo habían gritado de un modo amigable—. ¡Pastor! —volví a oír.

Miré a Tyrone. Él me devolvió la mirada con expresión sombría.

—Ocúltese —dijo.

—No voy a hacer tal cosa.

—Muy bien, maldito idiota —gruñó—. Seré yo el que se oculte.

Seguí adelante sin detenerme, como si no hubiera oído al hombre que me llamaba. Tyrone se apartó del camino y bajó por la orilla de un riachuelo a las marismas. Su ropa negra jaspeada lo volvía casi invisible en el crepúsculo para cualquiera que ignorase que estaba allí. Incluso yo mismo, más que verlo, sentía su presencia.

El retumbo de los pasos de mi perseguidor se volvió audible.

No hice caso. Fuese quien fuese —y, de hecho, me hacía una idea de quién podía ser—, acabaría dándome alcance, y entonces le haría frente según lo requiriese la ocasión. Si a los sacerdotes nos llaman «padre» es por un motivo. Es porque, como un buen progenitor, con frecuencia debemos reconvenir en la misma medida que debemos guiar.

Cuando ya no pude resistir más el ruido irregular de sus pasos brutales, me detuve y aguardé a que apareciera.

—¡Pastor! —gritó él. Lo miré de arriba abajo. Un becerro con cuerpo humano: pesado y estúpido. Poco me importaba lo que tuviera que decir, así que no me molesté en invitarle a hablar. Cuando finalmente me dio alcance, jadeaba y resoplaba como si fuera a desmayarse. Luego, cuando se recuperó un poco (un tiempo durante el cual esperé con paciencia para ver qué clase de estupidez iba a salir de sus labios), se irguió y me miró a la cara—. Mi hermana —gruñó. Me había equivocado, no era un becerro, sino un perro callejero—. ¿Qué le ha hecho a mi hermana?

—Yo no le he hecho nada a su hermana —contesté. Y era la pura verdad. Lo que se le haya hecho a la hermana de ese hombre (ahora estaba claro a quién se refería), fue cosa de Tyrone, y sin la menor instigación por mi parte. Mi conciencia estaba limpia.

—Annie… Iba a casarse.

—Pues que se case —dije—. Yo mismo celebraré la boda gustosamente.

—Ahora ya no puede. ¡No está limpia!

Empezaba a cansarme la conversación.

—Eso raramente es un obstáculo para la mayoría de la gente. Probablemente está cinco veces más «limpia» que cualquier novia de estos lares. Y ahora, si me disculpa, tengo un sermón que escribir.

Y fue entonces cuando cometió su mayor error. Me agarró de la levita cuando ya reanudaba mi camino y me retuvo de un tirón. Casi me derribó con su fuerza. En esta región, los hombres han sido criados para trabajar la tierra y sacar del mar una buena captura, lo cual se refleja en su complexión, no en su cerebro.

—¡Cómo se atreve a atacar a la Iglesia de esta manera! —lo

reprendí. Desconcertado por mi indignación, detuvo su ataque a mi persona. Yo percibía que su mente entorpecida estaba recordando todas las veces que había estado sentado en los bancos de la iglesia mientras yo mismo u otros hermanos en el sacerdocio le enseñaban a distinguir el bien del mal a los ojos de Dios.

Pero después reapareció su mueca animal.

—No, pastor. Usted la ha arruinado.

Y entonces se sacó algo del chaleco. Un papel arrugado, con huellas grasientas. Era un pedazo arrancado de alguna parte. Examiné la breve y casi ilegible misiva garabateada en él.

«Señor. Estoy mui triste. Yo kería que usted fuera mi amor. Ahora ya no balgo para ningun hombre. Creia que usted seria mi marido. Annie».

Sé que tendría que haberme compadecido de la pobrecilla, pero debo confesar que sencillamente estallé en carcajadas.

—A ella le gusta la vida en el campo, ¿no? Y usted ha pensado... ¡que la puerca de su hermana sería una buena esposa para un pastor! Ay, querido amigo, me ha alegrado usted el día con su insensatez. Pero me temo que ahora debo dejarle. —Traté de alejarme, pero él me rodeó con sus brazos, atrapándome y estrujándome como si quisiera exprimirme hasta extraerme la vida. Mis manos estaban libres, pero eran prácticamente inútiles frente a su fuerza bruta.

—No, pastor. No. —Ahora volvía a gruñir como un perro—. Ella ha bebido algo. Algo que la ha dejado dormida. Y no se despierta.

Yo notaba que el aire abandonaba mi pecho y, cada vez que espiraba, él estrechaba su abrazo para que no pudiera inspirar más. Creo que realmente pretendía asfixiarme. Mientras miraba alrededor buscando ayuda, capté en sus ojos un odio tan grande que apenas advertí que su torso se aflojaba sobre el mío. Pero, al cabo de un instante, todo cambió. Si antes su cuerpo estaba abrumando el mío, de repente fue el mío el que mantenía derecho el suyo. Algo caliente se derramó sobre mis manos. Bajé la vista y advertí que era sangre, una sangre que rezumaba de varias heridas en su costado causadas por la hoja que Tyrone tenía en la mano. White se tambaleó, y Tyrone, como una Furia, lo sujetó del cuello por detrás y le hundió la daga dos veces en la espalda. El cuerpo de mi atacante se derrumbó en el suelo.

Me quedé totalmente inmóvil, todavía estupefacto. Pero al cabo de un momento me recobré. Gracias a Dios que no había nadie a la vista.

—Le advertí que llevara un cuchillo —me dijo Tyrone—. Ahora ya ve por qué lo necesita. —Escupió al hombre que tenía a sus pies. Me di cuenta con consternación de que White aún se movía, respirando trabajosamente entre estertores—. No tema. Yo me encargo de él —musitó Tyrone. Retrocedí unos pasos, para dejarle hacer. Ante mis ojos, la vida se fue escapando de mi agresor y finalmente lo abandonó—. No diga nada —señaló Tyrone, anticipándose a mi reacción—. Esto es cosa mía, y seguirá siéndolo. Apártese.

Se agachó, levantó el cuerpo exánime y lo arrastró por las caderas hacia el riachuelo embarrado. Advertí que tenía una cantidad considerable de sangre sobre mi persona que debería ocuparme de limpiar. No podía entregarle esas ropas a mi ama de llaves. Observé como Tyrone arrastraba el cadáver por el lodo hacia las partes que son como arenas movedizas, donde cualquier cosa se hunde por completo. El abrigo de Tyrone los tapaba a ambos, pero me pareció ver cómo se sumergía la mano de John. Y eso fue lo último que se habrá visto de él.

Tyrone volvió a mi lado y soltó una risotada.

—Necesitará esto más adelante —dijo, y me plantó en el pecho la carta, si así puede llamarse, que había escrito la muchacha—. Me encargaré del bote de este hombre para que parezca que ha zozobrado.

—Vaya con cuidado —le dije. Me había puesto la carta justo en un punto de mi camisa manchado con la sangre de mi atacante, y ahora esa sangre estaba impregnando el borde de la carta. Me apresuré a limpiarla. Ya intuía cómo pretendía Tyrone que utilizara esa misiva, y se demostró que acertaba cuando me resumió su plan. Un plan ingenioso, debo reconocerlo. Y en ningún momento tendría yo que incurrir en el pecado de presentar un falso testimonio, de eso me he asegurado.

Sí, doy gracias al Señor por la intervención de Tyrone, por habérmelo enviado justo cuando lo necesitaba. Verdaderamente, el poder benéfico de nuestro Gran Pastor es algo admirable.

Cuando Tyrone terminó, yo desanduve mi camino para dirigirme a Mersea, a la casa de la muchacha, y comprobar lo que dijo su hermano respecto al estado físico y mental en el que se encontraba. Me aboroné el abrigo y así logré ocultar la mancha de sangre por completo.

Cuando llegué a la hermosa casita, una vieja ciega —toda esta gente parece tener la misma madre— me llevó al lecho donde yacía su hija. No soy médico, pero me pareció que Annie se encaminaba hacia el mismo lugar al que su hermano ya había llegado. Le puse la mano en la frente. Estaba húmeda y muy fría. Observé cómo los botones de sus pechos ascendían y descendían a través de una tenue camisa de dormir. Es tremendamente penoso que abandone este mundo una muchacha tan joven, con tanto que ofrecer todavía, pero tal es el plan del Todopoderoso.

La bendecí y me fui. Estaba en manos de Dios. Que se reuniera con Él en el Cielo o sufriera los tormentos del Infierno sería únicamente decisión Suya. Pero me alegraba de haber hecho la visita, porque así el resto del plan de mi amigo sería tanto más previsible.

Siempre suele haber uno o dos inútiles rondando por la playa de The Hard confiando en conseguir una jornada de trabajo. De dónde salen no tengo ni idea, pero aparecen por allí, se quedan unos días y vuelven a desaparecer; y hoy podía resultarme útil uno de ellos.

Me metí el alzacuello en el bolsillo y le hice señas a uno para que se acercase. Él se apresuró a venir, animado sin duda por la perspectiva de ganar unos chelines.

—Lleva esta carta de inmediato a la casa de Ray y dásela al ama de llaves —le dije, tendiéndole la nota arrugada de Annie y una pequeña suma para que se la gastara en el Peldon Rose. Le señalé el Strood y él se alejó a buen paso. Luego me senté en la orilla para esperar una hora antes de volver a casa. Sentía que el Espíritu Santo me llenaba de júbilo.

En cuanto pisé el vestíbulo una hora más tarde, los oí gritar como desaforados.

—¿Quién es esa mujer, maldito seas? —Era la voz de Florence. Era poco frecuente, aunque no insólito, que gritase lo bastante fuerte como para sacudir toda la casa de aquel modo.

—¿Es que has perdido del todo el juicio? —le estaba gritando James a su vez.

Tyrone realmente sabe lo que se hace, pensé.

—¡Si lo perdí fue cuando consentí en casarme contigo!

Me fui al estudio mientras ellos proseguían en la misma vena violenta, y me cambié la camisa.

No llevaba más de cinco minutos leyendo un tratado sobre las misiones en el sur de la India cuando mi hermano irrumpió en la estancia. Se sujetaba un pañuelo sobre la mejilla y era evidente que la tela estaba empapada de rojo. Lo cual me recordó que debía deshacerme de mi camisa antes de que Tabbers fuera a lavarla.

—Maldita sea, Oliver, no tengo ni idea de a qué se refiere Florence —dijo James, al tiempo que se derrumbaba en un sillón.

—¿Quieres explicarme qué sucede?

Él soltó un quejido.

—Me ha estado interrogando sobre una muchacha de la que se supone que he abusado.

—¿Abusaste de ella?

—Apenas conozco a esa chica, la hermana de John White. Flo dice que ha llegado una nota horrible en la que se afirma que yo abusé de esa chica, prometí casarme con ella y luego la dejé tirada como un trapo. Una absoluta locura. —Dio una patada a una mesita auxiliar—. Nunca me ha gustado esta mesa. Sería más útil como leña para el fuego —dijo.

—¿Qué ha ocurrido después?

—Flo me ha lanzado una licorera y toda la ginebra se ha derramado por el suelo. Una ginebra excelente que traje de Flandes el mes pasado. Una verdadera lástima.

—¿Y tu mejilla?

—Bueno, el cristal se ha roto justo en mi cara. En fin, sobreviviré. —Intentó quitarse el pañuelo, pero parte de la sangre se había secado y lo había pegado a la piel.

A veces resulta difícil mantenerse en el lado justo de la línea divisoria de la moral. Pero después de examinar mi conciencia, tengo la convicción de estar impoluto. No he dicho ninguna falsedad.

15 de junio de 1879

Un día más tranquilo. He pasado la mañana revisando las cuentas. He pedido a la diócesis más fondos para contratar a un sacristán, pero he recibido una respuesta negativa. Al parecer, tendremos que aplazar las reparaciones del tejado de la iglesia. James se queja de que le arde la piel de la herida.

16 de junio de 1879

Le he hecho compañía a James un rato. Está dolorido y se siente enojado por ello, pero estar así no le hace ningún bien. Se ha negado a cenar. He terminado el breve tratado sobre ecumenismo en las Colonias que me envió la Sociedad de Correspondencia de la Comunión Anglicana. Era muy instructivo.

17 de junio de 1879

Mucho calor hoy. James ha enfermado. La piel se le está poniendo amarilla alrededor de la herida que le causó Florence. Bueno, está en las manos de nuestro Señor y nosotros debemos inclinarnos ante Su voluntad. Tiene delirios. He vuelto a solicitar un sacristán, exponiendo más motivos para justificar su necesidad.

18 de junio de 1879

Han pillado a un gitano robando en el Rose. Harán que comparezca ante la próxima sesión trimestral del Tribunal de Justicia del condado. James empeora. Su estado parece grave.

19 de junio de 1879

No hay maldad en la alegría. No hay pecado en una ventaja no buscada. Yo no soy Caín; no he asesinado a ningún hermano. Y, sin embargo, él ha sido asesinado. Todavía respira, pero ya no por mucho tiempo, estoy seguro. ¿Y el criminal? Su esposa. La herida que sufrió de la mano de Florence ahora está verde y supura un líquido repulsivo. La carne de alrededor está negruzca y corroída. Se ven a través de ella los dientes y el hueso. El médico que mandamos a buscar —un tipo borracho de la zona, apenas un poco mejor que el herborista del pueblo— no sabe qué hacer, aparte de recomendar que recemos y mantengamos la esperanza. Yo, desde luego, he estado rezando. James sufre alternativamente sudores y escalofríos, y tiene los labios resecos y cuarteados. Grita de vez en cuando, pero por suerte sus palabras no tienen sentido.

Cuando he ido a verle y le he cogido con fuerza la mano, él se ha vuelto hacia mí.

—Oliver —ha murmurado—. Sé bueno con ella.

—Así lo haré —he respondido.

Mañana o pasado, estoy seguro, depositaré a mi hermano en la cripta familiar, poniéndolo en las manos de Dios.

Han llegado también noticias del pueblo. Annie White se ha recuperado. En cuanto pudo caminar, abandonó la casa de su madre diciendo solo que se iba a Londres y que escribiría cuando pudiera. Dios ha impedido que se pusiera a contar historias. Gracias le sean dadas.

16

Simeon volvió la página y vio que no había nada más. El resto del libro estaba en blanco a partir de ahí. Pero, cuando lo examinó más de cerca, descubrió que entre medias habían quedado los restos de una serie de hojas arrancadas.

—¿Dónde están las páginas que faltan, Florence? —preguntó.

Ella levantó la miniatura de cristal. Debajo, había un montoncito de hojas. Como el propio diario, las había dejado prácticamente ante sus ojos durante días. Debía reconocérselo: estaba llevando su juego con mucha habilidad.

—¿Me las va a dar?

—Tal vez.

Su intención era evidente.

—Pero usted quiere algo a cambio.

—¡Qué perspicaz que es usted, Simeon! Está hecho todo un psicólogo.

—Y, si no satisfago su deseo, ¿qué? ¿Las quemará con la llama de la lámpara?

—Es posible.

—Bueno, ¿cuál es el precio?

—El precio es ese retrato mío colgado sobre la chimenea del vestíbulo.

Él se quedó sorprendido.

—¿Quiere un cuadro? —Era una petición extraña, pero poco costosa.

—Así es.

El pequeño retrato de encima de la chimenea, en el que Florence aparecía con unos años menos en un paisaje imaginario bañado por el sol de América, resultó fácil de descolgar de la pared. Cain, que estaba cruzando el vestíbulo con un cubo de carbón, lo miró fijamente, pero Simeon fingió que no se daba cuenta y llevó la pintura a la biblioteca.

—Ah —suspiró ella, al verlo regresar—. Es usted de fiar.

Él le deslizó el cuadro por la trampilla y Florence contempló aquella imagen más joven de sí misma. Luego fue a su mesa auxiliar, cogió un vaso y lo estrelló contra el tablero de madera, rompiéndolo en pedazos. Cuando recogió del suelo uno de los trozos más grandes, Simeon temió que fuera a utilizarlo para agredirse a sí misma. Pero lo que hizo fue clavarlo en el margen de la pintura, junto al marco, y desprender todo el lienzo.

—¿Qué está haciendo?

—Ahora lo verá.

Detrás del lienzo, Simeon vio entonces lo que ella estaba buscando: un montón de cartas.

—¿Qué son esas cartas?

En ese momento observó que ella tenía lágrimas en los ojos.

—¿Estas cartas? Son las misivas que James me escribió. Cuando éramos jóvenes. Hice que las pusieran aquí para…

—… para recordar siempre dónde estaban —dijo él, completando su pensamiento.

Dicho esto, sintiéndose como un entrometido, salió de la biblioteca para dejar que ella leyera a solas sus viejas cartas de amor.

No podía liberarla, pero sí podía permitir que se recreara con su pasado, con sus pensamientos y con el amor que había sentido por su marido.

Al cabo de una hora, volvió a la biblioteca. Ella estaba en un lado de su celda, apoyada en una librería, mirando la hilera de ventanas que quedaban fuera de su alcance.

—Gracias —dijo.

Simeon asintió, aceptando su gratitud. Sin mirarlo, Florence deslizó las páginas restantes del diario por la trampilla y él reanudó la lectura de la historia secreta de Oliver Hawes.

20 de junio de 1879

Hoy he enterrado a James. Formábamos una triste procesión. A mí mismo me entristecía que las cosas hubieran acabado así. Pero somos instrumentos del Señor y no debemos cuestionar su voluntad.

Mientras permanecíamos en negra reunión en el salón posterior, donde estaba expuesto su cuerpo, recordé la monografía que leí sobre los «comepecados» de esta parte del país: esos miserables que cobraban por comerse los pasteles colocados sobre el cuerpo del finado para asumir todos sus pecados. A los ojos de Dios y del Tentador, esas manchas negras eran transferidas del registro del muerto al del «comepecados», que debería responder por ellas el Día del Juicio, mientras que el hombre que acababa de morir entraría en el Cielo sin ningún impedimento. Indudablemente, es una profesión propia de ateos. Se llevarán una terrible sorpresa cuando sus ataúdes se abran y sus almas sean llamadas ante el Juicio Final.

Cumplí bien mis deberes sacerdotales, creo, pronunciando palabras de profundo consuelo para todos, incluida Florence. Si hubiera dependido totalmente de mí, le habría concedido un tiempo para hacer el duelo. Pero Tyrone me señaló con razón que los momentos posteriores al funeral serían los más indicados para que actuáramos con eficacia.

Con este fin, unas horas después yo estaba leyendo en mi bi-

blioteca bajo las luces de gas. Florence había salido a dar un paseo para despejarse. Tyrone permanecía en un rincón, arreglándose las uñas de un modo desagradable.

Rara vez había visto una lluvia semejante incluso en estas tierras tan húmedas. ¡El mismísimo Noé se habría arredrado si hubiera llovido con un poco más de fuerza! Tyrone no era el único hombre presente en la biblioteca. Yo había invitado a cenar a Watkins, que ahora estaba dormido en el rincón, roncando como una fiera africana. Me había encargado de darle vino en abundancia y le había sugerido que echara una cabezada antes de volver a Mersea. A los criados los había enviado a casa.

—Una noche de perros —musitó Tyrone—. ¿Cómo cree que reaccionará ella?

—Nada bien —respondí, alzando la vista de un volumen de comentarios al Pentateuco—. Está en un estado muy frágil, no cabe duda.

—De eso puede estar jodidamente seguro.

—Deseo que modere ese lenguaje tabernario mientras permanece en esta casa —le amonesté—. Hay un tiempo y un lugar para ello, pero no es ni aquí ni ahora.

—Disculpe —rezongó él, volviendo a concentrarse en sus uñas—. ¿Cuánto tiempo ha pasado? —preguntó al cabo de un rato.

Miré el reloj de la esquina.

—Casi una hora. Ya no puede tardar mucho. Debe de tener el frío metido en los huesos. —Cerré el libro y me quité los anteojos para poder concentrarme mejor. El sonido de los lamentos de Florence me llegó de nuevo. Primero fueron airados, luego quejumbrosos; ahora eran abiertamente amenazadores.

—¡Abrid la puerta u os arrancaré la piel, hijos de puta! —gritaba desde abajo. Algunos guijarros se estrellaron contra la ventana, pero por lo visto no pudo encontrar nada más contundente que arrojar; nada con lo que romper el cristal. Y, bajo el fragor de aquel diluvio bíblico, yo apenas oía el impacto.

—No es una dama muy refinada, ¿no? —comentó Tyrone—. Parece una de esas chicas de tres chelines de Londres. ¡Podría contarle cada historia de algunas de ellas! Había una llamada Jessie que disfrutaba de todas las maneras. Una vez...

Estampé el libro sobre la mesa, enojado.

—Ya le he dicho que se guarde esas historias infames. ¡Si va a comportarse así, salga de esta casa!

—Ah, cierre el pico —masculló—. Usted me necesita tanto como el aire que respira.

—¡De ningún modo!

No me gusta la actitud descortés que ha adoptado conmigo últimamente. Empiezo a sospechar que, después de ocuparme de Florence, tendré que ocuparme de Tyrone. Es algo muy peligroso que el lacayo se crea el amo.

—Por qué demonios tiene tantos miramientos con esa arpía, nunca lo entenderé —masculló Tyrone.

—Quiero impedir que empeore —le informé—. El oficio divino es anatema para usted, ¿no?

—Ah, el oficio divino. Eso es lo que usted desea de ella. ¡Ja! —Me lanzó una mirada obscena—. Me voy. Me tiene sin cuidado lo que pretendan hacer usted y ella. Por mí, puede tratarla como los marineros a Jessie. —Y dicho esto, partió airado. Watkins se removió un poco en su sillón, pero no se despertó.

Y entonces, con un tremendo estrépito, el cristal de la ventana estalló hacia el interior. Una roca lo había atravesado volando y había cruzado la estancia hasta la chimenea. Watkins se despertó con un grito, porque le llovieron encima un montón de cristales. Lo lamenté, porque la roca había resquebrajado las losas que rodean la base de la chimenea. Fue un incidente de lo más desagradable.

Sin la separación de la ventana entre nosotros, pareció como si la voz de Florence inundara y sacudiera la biblioteca.

—Abrid la puerta, bastardos. ¡Abridla o la tiraré abajo!

Palabras seguidas por una nueva salva de guijarros a través del hueco de la ventana. Algunos le dieron a Watkins, llenándolo de espanto.

—¿Qué sucede? —exclamó.

Fingí estar tan atónito como él.

—Creo… creo que es la voz de su hija —le dije.

—¿Florence? ¡Dios mío, creo que sí lo es!

Nos acercamos con cautela al marco de la ventana. La lluvia entraba con fuerza, agitando las cortinas. De nuevo me acordé de Noé en medio del Diluvio, zarandeado por las olas y rezando por la supervivencia de su raza.

—Abrid la puerta, animales. ¡Os retorceré el cuello! ¡Con la ayuda del demonio os retorceré el cuello!

—Por el amor de Dios, ¿qué le ocurre? —preguntó Watkins. Atisbamos a través del cristal roto. Ella estaba abajo, tan empapada como si se hubiera caído en el mar espumeante con todas sus ropas. Y nos devolvía la mirada con todo el odio de un demonio.

—¡Os estoy viendo! —gritó—. ¡Os mataré con mis propias manos! ¡Abrid la puerta! —Esas manos con las que nos amenazaba se alzaban hacia lo alto, como para cumplir la promesa de estrangularnos. Y luego, por increíble que parezca, dejaron de agitarse en el aire y empezaron a agarrarse de los bloques de piedra de la casa. Estaba intentando trepar por las paredes y entrar por la ventana como un mono. Sin embargo, solo logró subir un trecho, ayudada por las enredaderas aferradas a la piedra, y luego cayó sobre la tierra empapada.

Watkins y yo retrocedimos. Florence parecía una de esas criaturas semihumanas de las historias de marineros de Tyrone.

—¡Nunca la había visto así! —fue lo único que Watkins logró decir. Hablaba con la lengua trabada, pues el temor ante el estado de su hija se veía agudizado por el alcohol que aún confundía su cerebro.

—Ojalá yo pudiera decir lo mismo —respondí en voz baja.

—¿Quiere decir que esto ya ha ocurrido otras veces? ¿Florence ha estado así en el pasado? —No respondí con palabras, sino soltando un profundo suspiro y dejando que nuestro estimado magistrado sacara su propia conclusión. Parecía tremendamente turbado—. Creía que el incidente con su hermano había sido la única ocasión.

—Ojalá fuera ese el caso —dije con tono apesadumbrado, tal como Tyrone me había aleccionado—. Pero voy a bajar a abrirle.

—¿Es seguro hacerlo? —preguntó él, atemorizado. Solo luego comprendió la absurdidad que representaba un hombre asustado de su propia hija—. Es decir, claro que debe abrirle. Yo me encargaré de calmarla.

Bajé a la puerta principal. El viento se colaba por los resquicios de las paredes y sonaba como si la casa misma aullara angustiosamente.

Florence golpeaba la puerta con la fuerza suficiente para derribarla. Aunque sea de grueso roble, pensé que pronto la astillaría con la vehemencia de sus golpes. No entendía cómo podía aporrearla de tal modo con las manos desnudas. Pero no tuve que esperar mucho para entenderlo, porque, en efecto, la madera empezó a astillarse ante mis ojos. Aparecieron grandes grietas y detuve mis pasos, completamente pasmado. Entonces el utensilio que estaba empleando atravesó la puerta. Era un trozo enorme de pedernal que debía de haber arrancado del jardín y que en sus manos se había convertido en un hacha. Durante un segundo me pregunté si mi vida realmente corría peligro: si su mente se había hecho añicos como la puerta, entonces quizá James no iba a ser el único miembro de la familia en morir por su mano.

Sin embargo, vi a Tyrone en la entrada de la cocina, y una mirada furiosa suya bastó para darme coraje. Me apresuré a desatrancar la puerta.

En cuanto giré la llave en la cerradura, el viento la abrió violentamente, estampándola contra la pared y permitiéndome un primer atisbo de la Florence transformada.

¡Qué estampa ofrecía! Ah, ojalá pudiera decir que no me afectó, pero la verdad es que me turbó enormemente. Tenía la ropa pegada al cuerpo y el tono rosado de su piel se transparentaba a través de la tela blanca con tanta nitidez como si estuviera descubierta ante mis ojos. Esa belleza tan delicada y silvestre nunca estuvo hecha para permanecer oculta.

—¡Dios Santo, pobrecilla! —exclamé—. ¿No te has llevado una llave?

—¿Por qué iba a llevármela? —replicó, al tiempo que arrojaba a un lado el trozo de pedernal. Estaba manchado de gotas de sangre, pues se había hecho un corte en la palma de la mano mientras golpeaba la puerta una y otra vez. Me apartó de un empujón y entró rápidamente en el vestíbulo.

—He enviado a los criados a casa —le expliqué.

—Tú me has oído gritar. Llevo una hora ahí fuera.

—La tormenta era muy ruidosa.

—¿La tormenta? Al infierno la tormenta —exclamó; se despojó del vestido y se quedó en ropa interior—. Puedes mirar o no mirar. ¡Me tiene sin cuidado lo que hagas! —dijo. Y empezó a quitarse los tirantes que mantenían en su sitio las exiguas prendas que la cubrían.

—¡Florence! —se oyó gritar desde arriba. En lo alto de la escalera, su padre estaba presenciando aquel aparente intento suyo de exhibir todo su cuerpo ante mí, su cuñado, su pastor—. ¡Detente! ¡Vuelve a ponerte la ropa! ¿Qué demonios te ha entrado?

—Ay, Santo Dios, padre —farfulló ella con irritación—. Salgo de una tormenta y me tropiezo con tus gritos. Esta es mi casa, y me quedaré como la mismísima Eva si quiero. Tú me viste así en algún momento, ¿no? —Él pareció aturullarse y tropezó al empezar a bajar la escalera—. Aunque a veces me asombra que yo haya sido concebida siquiera. Madre debía de estar tan borracha como lo estás tú ahora.

—¿Cómo te atreves? —gritó él, tropezando otra vez. Tuvo que agarrarse de la barandilla para evitar una caída funesta—. Cúbrete. La muerte de James nos ha afligido a todos, pero…

—A ti no te ha afligido una centésima parte de lo que me ha afligido a mí —replicó ella con un bufido—. Al fin y al cabo, tú… ¿qué? ¿Lo conocías? ¿Habías estado a su lado en una taberna cuando él pagaba las bebidas y contaba sus historias? ¿Qué es eso comparado con lo que era para mí? Tú puedes olvidarlo y buscar a otro hombre que se tome una cerveza contigo y te hable de las mujerzuelas que ha conocido. Yo no. Así que no me digas cómo tengo que llorar la muerte de mi esposo ni cómo debo comportarme entre estas cuatro paredes.

Y, dicho esto, corrió a su aposento. Una noche de perros, pero con un desenlace satisfactorio.

21 de junio de 1879

Me he llevado una sorpresa esta mañana (ojalá el Señor no me envíe tantas en el futuro) cuando Tyrone irrumpió en mi habitación para despertarme a sacudidas e informarme de que Florence se había ido para tomar el tren de la mañana a Londres. A mí me viene inquietando que este advenedizo empiece a desarrollar ideas por encima de su posición. No debo permitir que haga el papel de Casio ante mi César.

—¿A dónde cree que ha ido? —preguntó con un gruñido.

Reflexioné un momento.

—A buscar a Annie White, supongo —respondí—. Y estoy de acuerdo, es algo tremendamente molesto.

—¿Y qué vamos a hacer?

—La seguiremos a Londres: no para detenerla, sino para que nos lleve hasta la presa. Encontraremos a Annie y nos encargaremos de que no salga nada inconveniente de sus labios —le expliqué. Y me parece que mi resolución lo dejó impresionado.

Hice los preparativos y pronto estábamos esperando el tren de mediodía de Colchester a Londres.

Mientras permanecíamos en el andén, saludé al jefe de estación, que es originario de Mersea y le conozco un poco.

—Buenas tardes.

—Buenas tardes, pastor.

—Estoy siguiendo a mi cuñada a Londres. Se suponía que iba a decirme dónde pensaba alojarse allí.

—Y se le olvidó decírselo, ¿no? —dijo riendo.

—Así es.

—Mujeres, pastor. Se olvidan de su propio nombre.

—Ya lo creo. ¿Se lo ha mencionado a usted por casualidad? ¿O le ha dicho algo que pueda servirme para localizarla?

—No, señor, no. —Meneó la cabeza y yo empecé a alejarme—. ¡Ah, espere! Hay una cosa. Verá, cuando me preguntó en qué estación de Londres paramos, le dije que en Liverpool Street...

Yo suponía que la historia debía proseguir, pero en ese momento pareció como si, para él, vaciar su apestosa pipa golpeándola contra su tacón fuese de la mayor importancia.

—¿Y?

—Entonces me preguntó —continuó lentamente, todavía concentrado en su pipa— a qué distancia quedaba eso de Covent Garden. —Me sentí complacido. ¿Aún habría más tal vez? En efecto—. «¿Va a ver a los polichinelas?», le pregunté. «No», contestó. «Voy a buscar a alguien». Y yo le dije que solo son veinte minutos con un carruaje de alquiler.

«Voy a buscar a alguien». Di gracias al Señor por su Providencia.

Y, sin embargo, ¡menudo viaje tuvimos, por Dios! Aunque normalmente disfruto mis estancias en la capital, el traqueteo del tren me deja siempre tan maltrecho que acabo jurando en cada ocasión que no volveré más. Y esta vez no fue mejor.

Al fin llegamos y, al parar en Liverpool Street a media tarde, me dirigí a la oficina de correos de la estación. Tenía que poner en práctica una estratagema. Encontré allí a un hombrecillo mugriento y le di instrucciones y un billete de una libra.

Después fuimos al mercado de Covent Garden. Teníamos el temor de que Florence nos viera antes que nosotros a ella, así que me vestí con ropas corrientes y me puse un sombrero de ala ancha. Tyrone se envolvió la parte inferior de la cara con un pañuelo negro. De ese modo quedaba bien disfrazado y apenas llamaba la atención en aquella cueva de ladrones. Con todo, si hay una cosa que detesto de Londres es la niebla, y en ese momento cubría la ciudad entera, atravesada a duras penas por la luz de los faroles.

Así que Florence estaba buscando a Annie en Covent Garden. Era evidente por qué una muchacha como Annie podía sentirse atraída hacia ese lugar: las mujeres que rondan por allí de noche son legendarias en toda Europa. Y apenas limitan a la noche su lasciva actividad. «¡Aquí, señor!», «¡Yo le complaceré!». Un pecado tan vulgar y tan barato. Mientras Tyrone y yo caminábamos, fuimos objeto de infinidad de llamadas e invitaciones procedentes de mujeres pintarrajeadas de todas las edades: desde chicas de doce años hasta algunas mujeronas de cincuenta, por lo que deduje cuando me acerqué lo bastante para distinguirlas.

«¡Más tarde, señoras! —respondió Tyrone—. Vayan preparándose, porque vengo muy cargado». Una salida que fue recibida con un coro de risotadas. Él estaba bien dispuesto a descender a los bajos placeres que le ofrecían, pero primero hicimos un rápido recorrido por el mercado y las callejas aledañas. Ni Annie ni Florence estaban por ninguna parte. Eso habría sido mucho pedir. Así que pasamos buena parte de la tarde deambulando y haciendo discretas indagaciones. Pero no surgió nada y nos retiramos a un hotel cercano.

22 de junio de 1879

Reanudamos la búsqueda y caminamos durante horas hasta que sucedió algo.

—¿Está buscando a una mujer? —No fue una voz femenina esta vez la que me susurró desde un portal. Al acercarme, distinguí en la penumbra a un hombre flaco, con la cara más picada de viruelas que he visto jamás: era asombroso que aún siguiera vivo con todos aquellos orificios y erupciones en la carne, y me cuidé de no aproximarme mucho, por temor a que su aliento pudiera contagiarme.

—No —dije, manteniendo las distancias y esperando a ver qué decía.

Su rostro siniestro se descompuso en una sonrisa ante mi respuesta y su tono cambió, como si de algún modo supiera algo de mí.

—Ya lo sé. Usted está buscando a dos mujeres. De una región lejana. —Y, sin añadir más, desapareció en las sombras del portal.

Titubeé, sin saber si debía seguirlo al interior de su guarida.

—Venga, vamos —me dijo Tyrone.

—No sabemos quién es —respondí.

Él me miró con una mueca de desprecio.

—¿Cómo? ¿Sigue siendo un cobarde?

—¡Cállese! —le solté.

—No se moleste. Ya voy yo —dijo—. Usted espere aquí.

Su mano se deslizó hacia el bulto bajo su chaleco donde llevaba el cuchillo con el que había acabado con el hermano de Annie. Yo sabía que estaba deseando usarlo también con ella.

En esta ocasión, consideré prudente acceder a su sugerencia y me fui hacia el otro lado de la calle.

—Suba, señor —oí que le decía el proxeneta a mi amigo mientras yo me retiraba.

Permanecí en la angosta callejuela, justo lo bastante ancha para dar paso a los carros de verduleros y floristas. Los adoquines estaban húmedos, sin duda porque los limpian con agua del Támesis para llevarse toda la porquería que se acumula a diario. Miré hacia el segundo piso del edificio. La ventana tenía la persiana bajada, pero se veía detrás la luz de una vela. Seguramente habían subido ahí.

Al final de la calleja había una chica bajo un farol.

—¡Solo tres chelines, señor! —me gritó—. Acostados. Dos, de pie.

—Cállate, puta —le ordené.

Esperé medio congelado durante dos minutos hasta que Tyrone salió disparado del portal.

—¡Debemos irnos! —gruño, agarrándome del abrigo y arrastrándome por la calleja.

—¿Qué ha ocurrido? —pregunté.

—No hay tiempo. —Lo miré atentamente. La luz de gas iluminaba sus ojos de tal modo que parecía que llamearan. Me zafé de él y corrí hacia el portal. No iba a permitir que nadie me dijera lo que podía o no podía hacer.

Subí rápidamente por la escalera y entré en la única habitación de arriba. Esperaba encontrar un tosco dormitorio, un lugar de trabajo para el proxeneta y su rebaño de bestias, pero lo que encontré fue un matadero.

Sobre la cama, con la garganta cortada, había dos putas callejeras. Llevaban las ropas de su oficio, lascivamente dispuestas para enseñar toda la carne posible. Estaban tiradas de cualquier modo sobre el jergón, y su sangre no solo embadurnaba el suelo, sino también las paredes. Ninguna de las dos guardaba el menor parecido con Annie o Florence.

Pero alguien seguía con vida.

—Dios, Dios... —oí gemir. El proxeneta estaba desplomado contra un taburete. Extendía una mano hacia mí, mientras con la otra parecía sujetarse las entrañas que salían de su torso—. Por favor... —Su voz se había convertido en una especie de silbido, como el de una serpiente, lo que resultaba muy apropiado, porque indudablemente el Diablo mismo estaba en aquella habitación.

—Le he dicho que debíamos irnos.

Esa voz sí la conocía. Tyrone me había seguido y estaba ahora a mi espalda.

—En el nombre del Cielo, ¿qué clase de locura le ha entrado? —pregunté.

—Baje la voz —me ordenó con severidad—. Yo me encargo de estos asuntos.

—Yo... Agua. Cirujano. —El proxeneta aún vivía y seguía gimiendo. Tyrone me miró a los ojos. Me volví y me acerqué al hombre derrumbado en el suelo. No pronunció una palabra más.

—Yo me encargo de estos asuntos —repitió Tyrone. Oí un ligero murmullo, como si estuviera limpiando la hoja del puñal con un trapo.

Volví a contemplar la escena. Sería digna de aparecer en las gacetillas de sucesos de a penique. Una carnicería como sacada de una historia del Antiguo Testamento. Aunque eso tenía sentido, claro. La mano de Dios estaba allí, como lo estaba en la antigua Israel.

Pero, aun así, Tyrone me había enfurecido.

—¡A partir de ahora, no haga nada semejante! —exclamé—. Rebasa usted toda decencia.

—¡Y precisamente por eso me necesita! —replicó él con idéntica furia.

—¿Qué quiere decir?

—¿Qué quiero decir? —repitió en tono burlón—. Solo quiero decir lo que ya sabe: que he sido su comepecados.

Me detuve, asombrado por esa afirmación.

—¿Cómo conoce siquiera ese término? —pregunté.

—¿Cómo? Donde yo me crie, todo el mundo lo conoce.

—Bueno, es seguro que esto ha sido un pecado —dije, señalando la sangrienta escena. No estaba interesado en una discusión teológica en ese momento.

—Estas personas pecaban cuarenta veces al día —replicó Tyrone con desdén, como si le importasen un bledo sus vidas. Y con la punta de la bota empujó el pie de una de las prostitutas, que colgaba del extremo de la cama y que se balanceó levemente—. El pecado siempre se presenta. Y estoy dispuesto a cometerlo.

—Pues yo no.

Sonrió horriblemente ante mi respuesta.

—Entonces quizá debería estarlo. —Había algo en esas palabras que encontré especialmente espeluznante—. Vamos —me ordenó, cogiéndome de la chaqueta, esta vez sin encontrar resistencia. Al llegar abajo, escudriñó la calle desde las sombras del portal con el terrible cuchillo preparado—. Todo despejado —dijo, indicándome que le siguiera. Salimos del portal, se guardó el cuchillo en una funda de cuero bajo el chaleco y ambos recorrimos a toda prisa la calleja.

—¿Me quiere ahora, señor? —Era la puta que me había incitado antes—. Ahora sí parece dispuesto.

Pero no fui yo quien respondió, sino Tyrone.

—Lo estoy —dijo, sorprendiéndome—. Totalmente dispuesto. —Y por asombroso que parezca, hizo ademán de ir hacia ella.

—¿Está loco? —susurré, sujetándolo.

—No, solo hambriento —respondió con una risotada, zafándose de mí. Se acercó a la muchacha (un espécimen de esa profesión más joven que las que yacían degolladas en la habitación de arriba) y, sin el menor preámbulo, sujetándola por los hombros, dándole la vuelta y haciendo que se inclinara, se lanzó sobre ella como lo haría un perro en un jardín. Miré hacia otro lado, furioso por verme obligado a formar parte de aquello, así como por la temeridad que suponía hacerlo en ese momento.

—Aquí tienes seis chelines —le oí decir después—. Invita a las chicas de arriba a un trago. Cortesía del doctor Black —añadió, volviéndose hacia mí con una sonrisita.

—Muchas gracias a usted y al doctor, señor —respondió ella, muy contenta.

Noté que Tyrone me ponía la mano en la espalda, como diciendo que ya podíamos irnos, y eché a andar, preguntándome cuánto *tiempo habrá de pasar antes de que abandone a mi amigo al destino que le está reservado: sin duda, la soga del verdugo.*

Puse mucho cuidado —sin duda más que él— en dejarme ver lo menos posible mientras regresábamos al alojamiento que había reservado cerca de la estación de Liverpool Street. Tyrone parecía exultante por lo que acababa de hacer y deseaba ser visto.

—Vamos a Saint James's Park. Allí hay más conejillas —me informó—. Merodean entre los setos, dispuestas a retozar. —Si él no hubiera tenido la mano sobre el mango oculto de su cuchillo, lo habría reprendido con algo más que unas palabras, pero, dadas las circunstancias, lo llamé idiota usando cinco sinónimos distintos y me lo llevé prácticamente a rastras a nuestro hotel. Me aseguré, no obstante, de dar un rodeo para reducir las posibilidades de que siguieran nuestro rastro hasta ese establecimiento y de que incluso fuéramos identificados por las autoridades de su Majestad. A Tyrone parecía traerle sin cuidado la idea de que le pusieran un lazo alrededor del cuello, pero en mi caso semejante posibilidad me resultaba extremadamente desagradable.

Al llegar al hotel, el dueño nos ofreció cenar. Pero cuando mencionó que iban a servir conejo rustido, Tyrone estalló en carcajadas y tuve que darle una patada disimulada para que parase.

24 de junio de 1879

Durante días Tyrone y yo estuvimos buscando a nuestra presa. Probamos en pensiones, casas de baños y misiones cristianas. Nada. Lo único que saqué fue una rabia aún más profunda. Él estaba dispuesto a degollar a más putas, convencido de que alguna debía de dar cobijo a Florence, pero lo contuve. No sería beneficioso llamar más la atención. Y, al fin, nuestra suerte cambió.

A la tercera mañana, Tyrone vino a verme. Había pasado toda la noche fuera —yo prefería no saber dónde— y había sacado alguna información. Me dijo que esperase en el hotel y que esa noche me traería a Florence y a la muchacha del pueblo. Di gracias a Dios.

Hice lo que me había indicado y esperé con paciencia, pero, le-

jos de traerme a las dos fugitivas, volvió ayer hacia medianoche con una profunda herida en el hombro. Conseguí arrancarle que, pese a la confianza que había exhibido, su aventura había estado lejos de ser un éxito. Y desde ese momento supe que no debía creer una palabra o una promesa que saliera de sus labios. Me acosté enojado y apenas dormí.

Pero debo dar gracias a Dios una vez más.

Hacia las ocho de la mañana, me despertó el hombrecillo mugriento de la oficina de correos de la estación de Liverpool Street. Cuando le hice pasar a nuestros aposentos, vi que traía una carta.

—Señor, respecto al asunto del que hablamos —me dijo—, esta mañana han consignado esto para el primer tren de Colchester. Lleva la dirección a la que usted me pidió que estuviera atento.

En efecto, iba dirigida al señor Watkins, nuestro estimado juez de paz. Y yo conocía la letra de su hija, por supuesto.

—Ha hecho usted un buen trabajo.

—Verá, señor —dijo él, con tono inocente—, no es legal sustraer una carta del correo de su Majestad.

Suspiré.

—Este otro caballero le pagará.

—¿Otro caballero? —repitió el idiota de Tyrone, mirando alrededor.

No estaba de humor para tonterías, así que saqué mi cartera de debajo de la almohada y le di al hombre seis chelines. Pensé por un instante que era la suma que Tyrone le había dado a la ramera la otra noche.

—Ya puede retirarse —dije.

—Sí, padre. —El hombre parecía un tanto confuso. Me desagrada que la gente vulgar que no conozco se dirija a mí como «padre». Es como si tuviera un deber espiritual e incluso pastoral hacia ellos, cuando de hecho no tengo ninguno.

Abrí la carta.

—¿Florence? —preguntó Tyrone.

—Sin ninguna duda.

La leí de cabo a rabo. Explicaba allí lo que le había sucedido durante los tres días anteriores. Era una misiva divertida. Y había en ella algo mucho más importante: estaba escrita con papel de carta de un hotel.

Así pues, he conseguido su dirección sin el menor problema: el Crown Hotel, en Bishopsgate.

17

Simeon levantó la vista de las páginas que tenía ante sí y se tomó un tiempo para reflexionar sobre lo que había leído, sobre lo que había descubierto acerca de aquel sencillo pastor rural. Le vino el recuerdo de lo que Watkins le había contado sobre Oliver Hawes: que había sido expulsado del ejército por cobardía y deserción. Se preguntó si los nuevos psicólogos utilizarían esa humillación para explicar en qué hombre se había convertido. Pero ya habría tiempo para tales especulaciones; ahora solo necesitaba más información.

—El pastor dice que la carta que usted envió a su padre le informaba de lo que le había pasado en Londres, pero no incluye los detalles. ¿Me los contará usted? —preguntó.

—No me gusta pensar en eso.

—Lo entiendo. Ignoro lo que sucedió, pero debe de haber sido algo terrible. —Ella asintió—. ¿Puedo ofrecerle otra cosa, algo que la haga feliz?

—¿Como qué?

—Tal vez usted pueda sugerirme algo.

Ella pareció pensarlo.

—¿Qué ha pasado con el cuerpo de Oliver? —preguntó.

—Ahora está en la morgue del Royal Hospital de Colchester.

—¿Hará que lo entierren en la cripta familiar?

—Supongo que sí —respondió él, y, mientras lo hacía, intuyó por dónde iban los pensamientos de Florence—. ¿Tiene usted otra idea?

—Así es. Quiero que ponga en su lugar a John White. Se merece un entierro decente.

Era una petición sorprendente. Al principio, Simeon la consideró imposible, pero, después de pensarlo mejor, se dio cuenta de que no resultaría tan difícil. Él se encargaría de que metieran al pescador de ostras en un ataúd y luego acompañaría ese ataúd a la cripta. Nadie salvo él sabría quién había en su interior. De lo contrario, White seria arrojado a la fosa común.

—¿Y qué me dice del cuerpo de Oliver?

La luz de gas destelló en la seda amarilla del vestido de Florence. Era como si ella misma estuviera en llamas.

—Entiérrelo en las marismas donde encontró a John. Deje que se hunda. Y póngale un lastre para que nadie lo encuentre nunca.

Watkins se tapó los oídos.

Había una cierta justicia poética en el plan de Florence. ¿Y qué otra cosa podía ofrecerle Simeon sino un poco de justicia?

—Así lo hare —dijo. Se hizo un silencio durante un rato—. ¿Me contará ahora lo que le ocurrió?

—¿Tiene tiempo para escucharme?

—Todo el tiempo del mundo —dijo él, expectante, sentándose en el sillón del pastor.

—Recordará la nota acusatoria de Annie, la que Oliver envió a esta casa para que diera la impresión de que estaba acusando a James, y no a Oliver, de abusar de ella —dijo Florence, casi para sí—. Bueno, después me pareció una extraña coincidencia que, al mismo tiempo que llegó la nota, su hermano sufriera un accidente y que, al día siguiente, ella intentara suicidarse. Así que fui a verla para descubrir qué había ocurrido.

—Entiendo.

—Encontré a Annie muy enferma, naturalmente, y no me dijo gran cosa, pero lo poco que dijo me hizo sospechar que yo había sido injusta al acusar a James, basándome en esa nota, de estar enredado con ella. Annie, no obstante, se había callado muchas cosas. Así que, cuando supe que se había recuperado y había tomado el primer tren a Londres, comprendí que yo también debía ir allí. —Se sirvió un poco de agua de una jarra—. Antes que nada, decidí despistar a cualquier posible perseguidor. Ah, fui astuta, Simeon. Me pregunté: ¿dónde podría acabar en Londres una chica como Annie? Bueno, era tristemente evidente, ¿no? Si eres una mujer joven a la que han echado de casa o que no tiene una familia que la sostenga, acabas en la calle y en la única profesión que no requiere experiencia. Así que hice correr la voz de que me dirigía a Covent Garden, donde un gran número de esas pobres mujeres ejerce su oficio. Cualquiera que me siguiera deduciría que yo tenía motivos para creer que Annie estaba allí.

—Muy sutil de su parte.

—Así es. Pero, a decir vedad, no tenía ni idea de dónde estaba ella. Sí, podía muy bien estar en las calles, pero ¿en qué zona? ¿En Whitechapel, Camden o Mayfair? Los lugares donde se ejerce ese oficio son innumerables. Así pues, emprendí la búsqueda con la ayuda de un dinero que había cogido de la caja fuerte de James. Como primer paso, fui a un almacén e hice una adquisición que ustedes, siendo como son hombres, no aprobarían.

—¿Está segura de que no lo aprobaríamos?

—Completamente segura —respondió ella, aunque luego se ablandó un poco—. En la mayoría de los casos. Bueno, enseguida lo veremos. —Se detuvo un momento—. El dueño de ese almacén me recomendó además los servicios de un hombre que trabajaba en una oficina de una calleja del Soho. Estaba justo encima de una tienda de tabacos y, entre el humo de ese establecimiento y el aire viciado de Londres, pensé que iba a desmayarme en cualquier momento. El hombre que trabajaba allí se llamaba Nathaniel Brent. «No tengo ni idea de cuál es mi verdadero apellido. Me recogieron en Brent y me dieron este, que es tan bueno como cualquier otro», me dijo cuando lo conocí. —Florence reprodujo su acento como si fuese la golfilla más espabilada de Londres.

—¿Y quién era ese señor Brent?

—El señor Brent, o comoquiera que se llame, se describía a sí mismo como «agente de investigaciones». Básicamente, si quieres que rastreen a alguien como quien rastrea a un ciervo herido, él es la persona adecuada. Es un hombre alto y delgado. Más bien dominante. Le dije que quería localizar a una antigua criada mía que temía que se hubiera metido en un aprieto. El tipo corriente de aprieto.

»Él permaneció sentado en su silla, la única que había en toda la oficina, dejándome de pie, lo que me pareció un poco grosero. Y finalmente dijo: "Lo más curioso, señora, es que la mayoría de la gente que entra por esa puerta me cuenta una historia y luego resulta que la verdad es algo muy diferente". Me sonrojé un poco, lo que hizo que me enfadara conmigo misma. "Así pues, ¿qué le parece si me cuenta la verdadera razón de que quiera encontrar a esa Annie White? Los dos fingiremos que esa ha sido la primera historia que me ha explicado al entrar aquí". —Simeon sonrió, divertido—. Bueno, yo estaba un poco irritada, pero por lo menos él había demostrado su ingenio. Así que le conté la verdad. "Una historia diabólica", dijo él, aunque creo que lo dijo para sí. "Pobre golfa. Bien. Vuelva a su alojamiento. La iré a ver con lo que pueda averiguar. Me presentaré como señor Cooryan. Si va a verla cualquier otra persona, empiece a gritar. Recuerde: señor Cooryan".

»"Si se presenta alguien inesperado, en vez de gritar usaré esto", dije abriendo mi bolso y mostrándole lo que había comprado en el almacén aquella tarde. Era una pequeña pistola de chispa de cuatro disparos, ¿sabe? Un objeto bonito y cómodo que cabía perfectamente en mi manguito. Nadie sabría que lo tenía ahí hasta que recibiera un disparo o dos en la cabeza. —Miró a Simeon a los ojos—. Bueno, ahora dígame qué opina de ello.

—Necesidades de la vida moderna —respondió él con un encogimiento de hombros, sabiendo que ella esperaba una reacción más enérgica.

—Oh, sí. —Ladeó un poco la cabeza para dirigirse a Watkins—. Lo siento, padre. Ya sé que tú me criaste para hacer bordados, pero los tiempos cambian, ¿no?

Watkins buscó una réplica, pero no la encontró y volvió a encerrarse en sí mismo.

—El caso es que regresé a mi casa de huéspedes y esperé. ¿Sabe, Simeon? Hay todo un ejército en las calles de Londres, por si cualquier hombre o mujer lo necesita. Por poco dinero, recorren la ciudad preguntando en los hospitales, en las posadas y en las entradas de criados por cualquier nombre o descripción que usted les dé. La mayor parte de lo que averigüen serán bobadas, pero al final uno volverá con la verdad.

—No lo sabía, no —dijo él.

—Pues así es. Y, unos días después, Nathaniel se presentó con lo que yo estaba buscando. Una dirección en Saint George's Fields, en Southwark.

Saint George's Fields. Simeon comprendió en el acto. Sí, había visto ese lugar con sus propios ojos y sentía compasión por quienes residían allí.

—Deduzco la dirección a la que se refiere.

—Ya suponía que la conocería. Bien, Nathaniel me preguntó si sabía algo de esa clase de lugares. Le dije que había leído sobre ellos, pero que nunca había pensado que llegaría a visitar uno. «No, señora, no hay mucha gente que lo haga». Y, no obstante, al día siguiente estaba en Hansom dirigiéndome allí.

Simeon la interrumpió.

—El hospital Magdalena de Recepción de Prostitutas Arrepentidas —dijo—. Ese nombre no se te olvida.

—No, en efecto. Allí estaba, pues, frente a ese gran edificio de ladrillo que se parecía mucho a una prisión. —Florence deslizó la mano en el aire, como tocando la fachada del edificio—. ¿Ha entrado allí alguna vez?

—No. Pero mis colegas me han contado historias terribles.

Ella asintió.

—Está todo cerrado y enrejado, con persianas de madera en las ventanas para que nadie vea el interior. Así se impide que las reclusas ejerzan su oficio desde el propio hospital.

—Lo había oído decir.

—Al parecer, los hombres experimentan cierta excitación mirando a las mujeres caídas. Me pregunté en ese momento si James habría sentido esa excitación. —Meneó la cabeza suavemente—. Pero me estoy desviando de mi relato. Me dirigí resueltamente a la verja de entrada y les solté toda una historia, diciendo que deseaba hacer una donación al asilo, pero que primero quería recorrerlo por dentro. Hice todo lo posible para sonar como tú, padre, cuando tienes un preso en el banquillo. Imperiosa. Arrogante.

Aquí Watkins reunió los últimos vestigios de su dignidad.

—Es la ley, Florence. ¡Y hay que hacerla respetar!

Ella perdió los estribos por primera vez desde que Simeon la conocía.

—¿La ley? ¡Ja! —gritó, golpeando el cristal con la palma de la mano—. ¡Es tu ley la que me metió aquí dentro! Tu ley significa que nunca me dejarán salir. ¿No es así? Lo mismo da si estoy detrás de este cristal por locura o por asesinato, ¿verdad? Yo sigo aquí. ¡Y seguiré aquí hasta que muera!

Watkins se restregó los ojos.

—Lo lamento, hija mía —dijo—. Fui víctima de un engaño.

—Usted no fue el único, señor —intervino Simeon, intentando calmar las aguas—. Hay una larga lista antes y después de usted.

Watkins aceptó estas palabras, dándole las gracias. Ambos observaron cómo se agitaba con pasión contenida el pecho de Florence, que les dio la espalda un buen rato. Luego se volvió de nuevo con una expresión airada pero más serena.

—Voy a reanudar mi historia. Pero ya hablaremos, padre. Ya hablaremos. —Watkins miró a los ojos a Simeon—. Una celadora delgada y avariciosa (me di cuenta de que pretendía llenarse el bolsillo) aceptó mi petición y respondió a mis preguntas gustosamente. ¿Sabía que una de cada tres reclusas es menor de trece años?

—Es nauseabundo —asintió Simeon—. Lo peor de todo es que no podemos hacer gran cosa. Sus familias no tienen elección: es eso o morir de hambre.

—Hum… Bueno. Llevé la conversación hacia el castigo que sufrían aquellas reclusas que no estaban totalmente arrepentidas. La mujer me miró con suspicacia. Se suponía que no debía hacer preguntas acerca de eso.

»—Hay un Cielo y un Infierno. Dios tiene sus recompensas y sus castigos; nosotros, como instrumentos suyos, también debemos tenerlos —dijo.

»Me citó algunas sanciones menores: reducción de comida, prohibición de hablar, aumento del horario de trabajo de catorce a dieciséis horas en la lavandería girando el rodillo.

»—Todo eso suena irrisorio —dije—. Así no se cambia una mente lasciva.

»E insinué veladamente que donaría mi dinero a otra institución. Ella pareció entrar en pánico y me explicó que tenían algo llamado "la habitación de castigo". Deduje que se le había escapado, porque Nathaniel Brent me había advertido que era allí donde debía buscar.

»—¿Qué es eso? —pregunté.

»—Es a donde van las mujeres realmente horribles. Aquellas que se niegan a trabajar o cosas parecidas. Se las somete a baños fríos y permanecen allí aisladas. Solo usamos esa habitación con las que no pueden abandonar el asilo.

»—¿Por qué no pueden abandonarlo?

»—Por diferentes motivos —contestó—. Ahora hay una allí que fue sorprendida robando a su cliente. Suplicó tanto que el juez dijo que se salvaría de la soga si venía aquí y se arrepentía ante Dios.

»—Un juez muy innovador.

»—Sí, señora.

»—¿Por qué se niega a trabajar?

»—No sabría decirlo. No se está muriendo. A las moribundas las dejamos en la calle.

»Dijo esto con una tremenda insensibilidad, ¿sabe? —Simeon no se sorprendió en lo más mínimo.

»—Me gustaría verla. Me gustaría interrogarla para comprobar si su arrepentimiento es auténtico —le dije.

»Ella intentó quitárseme de encima, por supuesto, pero, ante mi insistencia, acabó cediendo y me llevó allí. Tras zigzaguear por todo el edificio, llegamos a una puerta de hierro al final de un largo corredor. Oí un sonido extraño a medida que nos acercábamos. No eran exactamente palabras ni sollozos. Y entonces, cuando la celadora abrió la puerta, vi horrorizada de qué se trataba. Annie estaba completamente desnuda en el suelo, abrazándose a sí misma, y sus dientes castañeaban de tal modo que los gemidos que salían de su boca quedaban entrecortados en breves notas, como en una especie de trino enloquecido.

»—Baños fríos —dijo la celadora. Santo Dios, estaba orgullosa de ello—. Pronto la tendremos trabajando. En el rodillo de la lavandería. —Luego le habló a Annie lentamente levantando la voz, tal como se le habla a una criatura—. Pronto te tendremos trabajando. A menos que prefieras la horca.

»Al oír eso, Annie alzó la mirada por primera vez. Tardó unos segundos en reconocerme, pero luego se quedó mirándome con incredulidad. Hizo un esfuerzo para hablar, pero no lo consiguió. Creo que no era solo porque sus dientes castañearan de aquel modo: en el curso de un mes había vivido su propio intento de matarse, la muerte de su hermano, su huida a Londres, su arresto por prostituta y ladrona y su encarcelamiento en aquella institución brutal. ¿Quién podría haber mantenido la firmeza física y mental después de todo eso? —Florence desvió la mirada hacia un lado antes de proseguir su historia.

»—Me la voy a llevar —dije; me arrodillé junto a ella y le hablé con toda la delicadeza posible—: A casa, Annie. Nos vamos a casa.

»—No entiendo —dijo la celadora—. ¿De qué está hablando?

»—La voy a llevar con su madre. A menos que quiera que escriba a todo el mundo, desde el magistrado del tribunal hasta el arzobispo de Canterbury, explicando cómo están abusando de la confianza que han depositado en esta institución, usted va a recoger sus ropas y a dármelas, y yo voy a llevarla a su casa.

Florence sonrió al recordarlo y su sonrisa revoloteó hasta la boca de Simeon.

—Bueno, eso le metió el miedo en el cuerpo. En diez minutos estábamos en la verja de la entrada. —Alzó la mirada a la hilera de ventanas de la biblioteca, como si a través de ellas pudiera divisar todo el camino hasta Londres—. Nos sentamos en Saint George's Fields, todavía a la vista del asilo, pero dándole la espalda. Ella estaba demasiado extenuada para dar un paso más. «Annie, te voy a llevar a casa», le dije. Pero lo único que podía hacer era mirarme. Y nos quedamos allí durante una hora o más, sin hablar. Le compré a un vendedor ambulante cerveza ligera y unos pasteles, y ella se lo comió todo tan deprisa que temí que fuera a sentarle mal, pero aquello pareció servir para que volviera un poco en sí. Finalmente, fue capaz de ponerse de pie y caminar conmigo. Dios mío, ojalá ese hubiera sido el final de todos nuestros problemas.

—Algo me dice que solo estaban empezando —dijo Simeon.

—Qué perspicaz es usted. Bueno, mientras caminábamos por la calle, con Annie tiritando a mi lado pese a que hacía una noche cálida, vi a un hombre al otro lado de la calle. Iba vestido de negro, con un gran sombrero calado hasta las cejas y la cara cubierta con un pañuelo. Aunque lo hubiera visto alguna vez, no lo habría reconocido. Pero no tenía ningún motivo para prestarle atención. Así que Annie y yo seguimos caminando hacia el Támesis con la intención de cruzarlo por el puente nuevo. No pude evitar volverme un momento para mirar el asilo, por horrible que sea ese lugar. Al hacerlo, vi que el hombre de negro seguía detrás de nosotras, manteniéndose al mismo paso. Mi instinto me dijo que me alejara cuanto antes, así que cogí a Annie del brazo y me apresuré a seguir adelante.

»Por encima del hombro, vi que el hombre se había detenido y miraba hacia la calle por la que había venido, lo que me pareció extraño. Entonces alzó el brazo y, de repente, apareció un carruaje que avanzaba por la calle velozmente hacia nosotras. El cochero debía de estar despavorido, dada la rapidez con la que se movía. Cuando el carruaje llegó a su altura, el hombre de negro saltó al estribo y permaneció allí colgado, esperando. No puedo explicarle lo espeluznante que fue ver cómo venían lanzados hacia nosotras.

—Seguro que debió serlo.

—Le grité a Annie que corriera y nos metimos por una calleja del lado opuesto. Si ella hubiera estado sana y en buenas condiciones, creo que lo habríamos conseguido. Pero estaba tan débil que venía a ser un estorbo para mí. Y entonces el carruaje se acercó a un metro y el hombre de negro se lanzó sobre nosotras, derribándonos a las dos al suelo. —Florence se interrumpió un momento, respirando entrecortadamente, antes de poder recomponerse y reanudar su relato—. Le dio una tremenda patada a Annie, dejándola inconsciente. El cochero, un bruto de pelo claro, saltó del carruaje sobre mí, dejándome sin aliento, y luego me ató las manos detrás y me puso una capucha en la cabeza. —Simeon sintió un acceso de rabia ante aquella imagen de un hombre amarrándola como a una presa.

»Oí que el hombre de negro gritaba: "Mete dentro a estas zorras". Sentí que me alzaban en brazos y me arrojaban en el interior del carruaje. "No se levante y no le haremos daño".

»Me gustaría decir que fui valiente y desafiante, Simeon, pero la verdad es que estaba aterrada. Pregunté quiénes eran. "Eso no le importa", fue la única respuesta que obtuve. Noté algo frío en la nuca, sin duda el filo de un cuchillo, y traté de apartarme pegándome al suelo del carruaje, pese a que íbamos dando tumbos, lanzados al galope hacia... vaya a saber. El hombre gritaba: "Más rápido, maldita sea! ¡Más rápido!", dando golpes en el techo. Estuve a punto de romperme los dientes contra el suelo. "¡Alto!", le oí gritar al fin. Y nos detuvimos bruscamente. Oí el canto de los pájaros. Quizá estábamos en el río, aunque probablemente eran imaginaciones mías. "Muy bien, ¿qué me ofrece por esta?". Creí que iban a vendernos. Estaba aterrorizada, como puede imaginarse. ¿Nos encerrarían? ¿Nos enviarían a ultramar en un barco? ¿Nos matarían? Pero entonces lo comprendí todo, porque el hombre me susurró al oído: "Y bien, señora Hawes, ¿cuánto cree que vale usted?".

—Así que andaban buscándola —dijo Simeon.

—En efecto. Y eso me aterrorizó cien veces más que si nos hubieran raptado en la calle simplemente porque éramos dos mujeres indefensas. «Mala vida va a tener, todo el día en la cama», dijo, supongo que creyéndose muy ingenioso. Le dije que podía conseguirle dinero.

»—Mi padre es rico. Es un magistrado, así que las autoridades no se olvidarán de mí.

»—¿Un magistrado, dice? Ah, ya lo sé, señora Hawes. Un juez de paz borracho. ¿A quién va a importarle?

Florence volvió la mirada hacia Watkins.

—Me pregunto si te conocía, padre.

—Ay, Florence —gimió él.

Ella rechazó sus palabras con un gesto desdeñoso.

—Nada de «Ay, Florence». Yo le repliqué que tenías amistades. «¿Amistades? ¿Watkins? ¡Ja!», fue su respuesta. Ese desprecio redobló mis temores. Obviamente le tenía sin cuidado la ley o el posible castigo, así que imaginé que nos esperaban todo tipo de sufrimientos. Además tuve tiempo de sobra para hacerlo. Esperamos allí durante lo que me parecieron horas, y no tengo ni idea de lo que ocurrió durante ese tiempo o de a qué estábamos esperando. Oía ruidos lejanos: el traqueteo de un carruaje, ladridos de perros. El tiempo es como un peso enorme cuando no hay nada más, ¿sabe? Eso lo descubrí en aquel carruaje y luego en esta celda. —Miró a su padre—. Finalmente, el hombre volvió a hablar.

»—Señora Hawes, ahora estoy listo para ocuparme de usted.

»—Por favor —dije.

»—Suplique todo lo que quiera. Me gusta.

»Sí, parecía que todo había terminado.

—Pero no fue así —dijo Simeon.

—No. Cuando ya creía que nuestro destino estaba sellado, todo volvió a cambiar.

—¿Cómo?

—Porque mientras yacía allí, amarrada, casi incapaz de respirar del terror, se produjo la explosión más ensordecedora que he oído nunca. Era como si el carruaje mismo hubiera volado por los aires. —Hizo una pausa, dejándoles que adivinaran—. Oí gritos, unos gritos de tremendo dolor. Tenía el corazón en la boca y no veía lo que sucedía. Chillando todo lo que pude, traté de liberar mis manos, pero estaban atadas firmemente. —Simeon sintió que se le aceleraba el pulso—. Luego noté que la punta de una daga (la que había sentido en la nuca, supuse) se deslizaba por mis muñecas.

»—¡No, por favor! —grité, sintiendo cómo corría la sangre por mis brazos. Pero la voz que sonó era distinta de la que esperaba.

»—Todo va bien, señora Hawes, todo va bien. Soy yo. Annie.

»Y las cuerdas que rodeaban mis muñecas saltaron de golpe. Annie me quitó la capucha de la cabeza y entonces vi el suelo del carruaje. En un lado, distinguí la cara del bruto rubio que se había abalanzado sobre mí. —Sus labios se curvaron con crueldad—. Digo que vi su rostro, pero la mitad había desaparecido. Y vi la pistola de cuatro disparos que había guardado en mi manguito. Estaba en la mano de Annie y acababa de ser disparada.

18

Simeon la miró fijamente.

—Su adquisición resultó útil.

Los ojos de Florence centellearon.

—He visto zorros destripados y no me perturba en modo alguno verlos. Me importaba un bledo aquel hombre, la mitad de cuyo rostro había salido disparada por encima de su hombro. Cuando Annie cortó las demás ligaduras, vi que en el carruaje solo estábamos ella y yo, y el hombre muerto.

—Un impresionante giro de la fortuna —dijo Simeon.

—Le pregunté a Annie:

»—¿Dónde está el otro? ¿También le has disparado?

»—No, ha huido —dijo ella, señalando la puerta abierta. Miré afuera. Estaba oscuro y nos hallábamos en un trecho desierto de tierra y matorrales junto al Támesis. No veía al otro hombre por ninguna parte. Le pregunté a Annie cómo estaba.

»—Mejor, señora Hawes. ¿Quién era esa gente?

»Le contesté que no lo sabía. Aún tenía que averiguarlo, ¿entiende? Pero sí sabía, por lo que había dicho el hombre embozado, que estaba todo relacionado con lo que había ocurrido aquí, en Ray. Así que debía descubrir la verdad.

»—Annie —dije—. La gente anda diciendo que fue mi marido quien... te deshonró. —Ella me miró inexpresivamente—. ¿Fue James?

»Annie negó con la cabeza.

»—No, señora Hawes —respondió—. No fue él. Fue el pastor el que lo hizo. —Así fue como lo supe. Así fue como comprendí que Oliver había sido quien había abusado de ella y asesinado a John.

»—Annie —continué—. Tenemos que... —Pero antes de que pudiera acabar la frase, ella me agarró del hombro.

»—¡Allí! —gritó. Me giré en redondo. El hombre del pañuelo negro estaba abriendo la puerta del otro lado del carruaje. Aún no había terminado todo. Le cogí la pistola a Annie, apunté y apreté el gatillo. Ay, ese estampido. —Florence sonrió—. Me taladró los oídos, y la pistola saltó hacia atrás y se me escapó de las manos. A través del humo del cañón, sin embargo, vi que le había dado en el hombro: su camisa estaba desgarrada y manchada de sangre. Pero yo sabía que no había acabado con él, porque sus ojos, que eran lo único que veía de su rostro, se encontraron con los míos y se entornaron con furia. Entonces abrió la puerta violentamente.

—No sintió ningún dolor, por lo que dice —comentó Simeon.

—No dio señales de ello. Solo gritaba: «¡Venga aquí!». Se subió al carruaje, pero cogí la pistola y disparé de nuevo. Esta vez esquivó la bala. Annie no paraba de gritar. Él se acercó otra vez a la puerta y yo comprendí que esta vez tenía que disparar con cuidado. Inspiré, imaginando que la pistola formaba parte de mi mano, y la alcé hacia él. Ahora apuntaba directamente a su corazón. «Esta vez no voy a fallar», le aseguré. Sus ojos se clavaron en los míos, porque se dio cuenta de que hablaba en serio. Empecé a apretar el gatillo, pero en el último momento él se lanzó hacia atrás, fuera del carruaje. Mantuve el dedo en el gatillo. Era mi última bala, no podía desperdiciarla.

—¿Qué pasó entonces?

—Oí sus pasos, como si se alejara corriendo. Esperé unos segundos y me asomé a mirar. No lo veía, así que me deslicé fuera con la pistola en ristre. Bruscamente, salió disparado de debajo del carruaje y trató de sujetarme, pero me escabullí y trepé al asiento del cochero. Él aún estaba poniéndose de pie, así que sujeté las riendas con fuerza y los caballos dieron un tirón y salieron disparados. —Sus brazos se alzaron con júbilo.

—Florence —fue lo único que pudo decir Simeon, impresionado hasta lo más hondo por el relato.

—Una victoria, sí. —Pero después adoptó una expresión más grave—. Aunque no duró.

—¿Qué sucedió?

Ella hizo una pausa.

—Será mejor que lea el resto del diario de Oliver.

Simeon bajó la vista. Tan absorto había estado con los recuerdos evocados por ella que se había olvidado por completo de las páginas sueltas que tenía en la mano.

—¿Hace falta que lo leamos todo? —exclamó Watkins—. Ese hombre era un asesino. ¿Acaso debe usted honrarle leyendo sus pensamientos?

—Creo que debo hacerlo, señor Watkins —repuso Simeon—. La verdad tiene que salir a la luz.

El magistrado gimió una vez más y bajó las manos, rindiéndose.

—Hágalo entonces. Aunque yo, por mi parte, preferiría arrojar ese libro al fuego.

—Tal vez lo haga después.

Solo le quedaban unas páginas por leer, a partir del momento en que Hawes había interceptado la carta de Florence a su padre, averiguando así en qué hotel se alojaba.

Así pues, he conseguido su dirección sin el menor problema: el Crown Hotel, en Bishopsgate. «Padre, como puede ver, estoy en un hotel de Londres por motivos que voy a revelarle», decía su carta. A continuación describía con todo detalle lo que había hecho en los días anteriores. Un esfuerzo inútil, porque yo iba a encargarme de que Watkins no se viera nunca perturbado por el contenido de aquella carta.

Pese a todo, Tyrone parecía haber fracasado en su intento de llevársela por la fuerza la noche anterior. Si por tales medios no podía atraparla a ella y a la chica del pueblo de la que Tyrone había gozado, ¿qué podía hacer para lograrlo? La respuesta, decidí, era dejar que intervinieran las fuerzas del orden de su Majestad.

El magistrado de policía de ese distrito era un hombre muy viejo que debería haberse retirado hacía muchos años, pero el suyo era un puesto ingrato y mal pagado, de manera que el ministro del Interior debía de haberse visto en un apuro para encontrar a otro magistrado que lo asumiera. Acudí a él con toda la información necesaria: mi cuñada, que como todo el mundo sabía había matado a mi hermano en un acceso de furor, se había fugado a Londres, donde, extrañamente, había sacado a una prostituta convicta del hospital Magdalena. Yo, su pastor, además de su cuñado, había sido enviado por su padre, el juez de paz local, para llevarla a casa, donde sería tratada con tanta justicia como bondad. También me llevaría a la prostituta, puesto que era de nuestra parroquia, librando así a los registros del magistrado de policía de una nueva transmisora de enfermedades.

Todo ello era completamente cierto y no entrañaba ningún falso testimonio, de manera que me sentí complacido por haber adoptado esta resolución.

Es una prueba de la sodomítica naturaleza de la capital el hecho de que todo mi alegato no provocara apenas la menor reacción en el magistrado, quien, sin arquear una ceja, emitió una orden inmediata para que un par de agentes me acompañaran al Crown Hotel de Bishopsgate para prender a las fugitivas. Él mismo se encargaría de escribirle a Watkins para advertirle de la inestabilidad mental de su hija y explicarle que ahora se hallaba bajo mi custodia y que no debía preocuparse.

Le di las gracias y regresé a mi alojamiento. En el camino de vuelta, Tyrone entró en un espantoso tugurio cerca de los muelles y salió con una botella de láudano, un embudo y un tubo de goma, aduciendo que habrían de sernos útiles.

¡Gracias sean dadas al Señor por las fuerzas policiales inglesas! Esos hombres saben lo que se hacen, razón por la cual, apenas cuatro horas más tarde, nuestras dos fierecillas eran llevadas a rastras al tren de Colchester, ambas soltando escupitajos y bufidos de tal forma que me pregunté si sería capaz de soportar todo el viaje.

«¡Te rebanaré el pescuezo, hijo de puta!». Cualquiera podría suponer que era la chica plebeya la que gritaba tales improperios, y no la hija de un magistrado, pero se equivocaría de medio a medio. Era Florence la que soltaba unos juramentos que habrían arredrado al mismísimo Lucifer. Pero no importaba, yo había ido preparado para tales muestras de rebeldía. Los leales agentes me ayudaron sujetándola bien mientras le metía el embudo y el tubo por la garganta y le administraba una dosis de láudano. ¡Maravilloso brebaje! Antes de que transcurriera un minuto, quedó convertida en una muñeca de trapo. La otra ramera causó menos problemas y aceptó la bebida sin oponer resistencia. Creo que incluso le gustó. A partir de ese momento, fueron tan obedientes como dos dulces ovejitas.

Había reservado un pequeño compartimento. El revisor pareció un poco turbado al vernos, pero mi atuendo clerical y la presencia de los agentes le tranquilizó, convenciéndole de que estaba todo en orden.

Así pues, los policías se fueron y emprendimos el viaje. Fueron unas horas previsiblemente tediosas hasta llegar a Colchester, donde alquilamos un carruaje que, a instancias de Tyrone, nos dejó en un trecho solitario, cerca del Peldon Rose. Le pregunté por qué quería despedirlo allí. Señaló a la chica del pueblo.

—Quiero disfrutarla una última vez. ¿A usted qué más le da?

—Si debe hacerlo... —dije—. Le daré otra dosis a Florence.

—Buena idea.

Me quedé en la cuneta mientras él se llevaba a la muchacha a un bosquecillo. Florence estaba a mis pies. Pasaron treinta minutos y empecé a temer que alguien pudiera sorprendernos. Al final, dejé allí nuestro equipaje y arrastré a Florence medio dormida para buscar a Tyrone.

—Por el amor de Dios —grité cuando lo vislumbré entre la penumbra—. Debemos irnos. —Pero al acercarme más, no vi por ninguna parte a la muchacha—. ¿Dónde está? —pregunté.

—Ya no la necesitamos —dijo Tyrone, cogiéndome del brazo y llevándome hacia el camino—. Está consolando a su hermano —añadió, sonriendo—. Seguramente de la única forma que sabe hacerlo.

Bueno, sin duda íbamos más ligeros sin ella y, cuando me paré a pensarlo, recordé que la carta del magistrado de policía a Watkins —que ya debía de haber llegado para entonces— no mencionaba que llevábamos también a la muchacha, así que nadie esperaba su llegada. Sí, Tyrone había vuelto a hacer las cosas bien, aunque dudo que fuese esa su intención.

Cuando llegamos a casa, mandé a buscar a Watkins y le expliqué cómo había sido detenida Florence. Conmocionada tras el ataque a James, su estado mental era obviamente muy frágil. Me suplicó que cuidara de ella y accedí, diciendo que había estado tranquila en mi compañía gracias a la maravillosa medicina que le había administrado. Durante todo ese tiempo, Florence apenas se mantenía despierta. Una o dos veces intentó hablar, pero no logró emitir una sílaba. Le aseguré a Watkins que me ocuparía de solicitar una buena supervisión médica y que ella se quedaría en mi casa.

Y así, esa noche, Florence y yo no sentamos uno frente a otro en la biblioteca. «Haré que construyan un sitio para ti —le dije. Acaricié su cabeza y estoy seguro de que, por fin, a ella le gustó—. Un sitio donde puedas vivir». Luego le di más láudano y ella se lo bebió sin rechistar. Mientras la acostaba para que durmiera, tenía en la cara una expresión de pura felicidad que juro ante nuestro Padre que nunca había tenido.

19

Simeon dejó de leer y alzó la mirada hacia Florence.

—Él me leía su diario —dijo ella—. Cada noche. Cuando llegábamos al final, volvía a empezar desde el principio. Siempre se detenía en el pasaje en el que describía la entrega de la nota de Annie que me incitó engañosamente a la violencia. Fue la mentira de Oliver la que cortó la mejilla de James, haciendo que se le envenenara la sangre y que muriera en mis brazos. Oliver disfrutaba viéndome indefensa, sabiendo todo lo que nos había hecho a los dos.

—El dolor mental es el peor de todos —comentó Simeon, comprensivamente—. No puedo ni imaginármelo.

—Dicen que con el tiempo te acostumbras a todo.

—Eso dicen.

—Pero mienten, Simeon. Cada noche yo tenía que escuchar cómo se regodeaba con mi sufrimiento y alardeaba de haberle arrebatado la vida a James. —Incluso su tez pareció ensombrecerse—. Cada noche, sentía que se me encendía la sangre. Con fuego de verdad, ¿entiende? A veces tenía fuerzas para lanzarle improperios, pero al día siguiente él me aumentaba la dosis de láudano. Si no lo bebía, no me dejaba beber nada. La sed me obligaba a tomarlo. Pero yo aún era capaz de odiar. ¿Y sabe lo que pasó con el tiempo?

Eso era obvio.

—Que se volvió inmune al láudano.

—Exactamente. Mis pensamientos se hicieron más nítidos, mis intenciones más agudas. Pero no lo dejé entrever. No dejé que supiera que estaba volviendo en mí.

—Fue muy sabia.

—Y, sin embargo, usted entendió la situación, ¿verdad?

Él asintió.

—Tardé un tiempo. La primera vez que vi este cristal —dijo Simeon, tocando el frío panel que los separaba—, vi mi propio reflejo en él, mi gemelo. Pero con el tiempo comprendí que yo no era aquí el único hombre que tenía un doble.

—¿Cuándo se dio cuenta?

—Cuando fui al Farol Rojo, siguiendo sus indicaciones. Creo que usted me envió allí para que entendiera la naturaleza de la relación entre Oliver Hawes y el señor Tyrone. Y resultó muy efectivo.

—Él mencionaba ese tugurio a veces, cuando estaba bebido. —Sus ojos llamearon. Estaba saboreando el momento.

Simeon sacó de su chaqueta una hoja con el retrato de un hombre dibujado con tinta violeta.

—Es un retrato de Tyrone que hizo la propietaria de ese lugar. Me dijo que no quería volver a verlo.

—Ah. —Florence contempló el dibujo—. Tiene talento.

Él no pudo por menos que coincidir. Mirando los ojos del retratado, percibió todo aquello que las mujeres y los hombres que lo habían conocido habían visto en ese individuo violento.

—Es extraño cómo un dibujo puede captar la esencia de un hombre —comentó—. Llegas a penetrar hasta el fondo de su alma. Esa mujer dijo que era un ser vacío. Creo que es muy cierto.

—Sí —repuso Florence—. Totalmente cierto.

Simeon se acercó a la chimenea apagada, arrojó dentro el dibujo y lanzó un fósforo encendido sin pensárselo dos veces.

—Y fue en el Farol Rojo donde comprendí cómo había matado usted a Oliver.

—Ah, no se detenga, Simeon —dijo ella, riendo—. Siga, por favor.

—Como guste. Usted no lo mató envenenándole, sino privándolo del veneno. —Ella sonrió de oreja a oreja—. Y él nunca se enteró de nada. ¿No es así?

—¿Cómo? —preguntó Watkins, completamente perplejo.

—Tintura de láudano —le dijo ella a su padre con jovialidad—. ¿Sabes lo que contiene exactamente?

Simeon se lo explicó.

—La receta normal incluye brandy, opio y ácido acético. —Él sabía a dónde quería ir a parar Florence, pero le permitió disfrutar de ese momento de placer.

—Exacto. ¿Y sabe cómo se administra? —dijo ella, incitándolo a continuar.

—Bebido. Caliente o frío.

—Pero...

—Pero hay que agitar bien la botella —apuntó Simeon—. Sí, me acordé de eso cuando fui al fumadero de opio.

—Entonces usted lo entiende —dijo ella con aprobación.

—En efecto. —Sin apartar la mirada de Florence, Simeon se dirigió a Watkins para explicarle lo que no acertaba a comprender—. Lo agitas porque el opio se queda en el fondo de la botella. De lo contrario, la parte superior es puro brandy y los restos del fondo, puro opio. —Recorrió con la mirada la cara, las mejillas, el mentón de Florence—. Hace un año, cuando él aún le permitía sentarse a su lado en la biblioteca, usted vertió una botella de láudano en su brandy. —Ella inspiró hondo, como paladeando aquel día lejano—. Al principio, eso no suponía ninguna diferencia, pero como él sacaba el licor de la parte superior del barril y el opio estaba en el fondo, a medida que apuró su contenido fue recibiendo dosis cada vez más altas.

Florence adoptó una expresión remota. Él sabía que estaba exultante al recordarlo.

—A Oliver se le habían caído los anteojos —dijo, ensimismada—, y sin ellos estaba prácticamente ciego. Mientras los buscaba por el suelo durante… diez o veinte segundos, vertí el láudano que me administraba, esperé un momento para que se dispersara y rellené la botella en el barril. —Rio entre dientes para sí misma—. Con lo cual apenas quedó opio en mi botella.

—Así, al llegar al final del barril, él estaba bebiendo opio puro —añadió Simeon, imaginándose al pastor mientras se servía su bebida—. Debió de ser víctima de una rabiosa adicción sin enterarse siquiera.

—Sin duda.

—Luego, al final del mes pasado, terminó el barril y su suministro se vio interrumpido de la noche a la mañana. Los dolores en las articulaciones, los vómitos y demás eran el clamor de su cuerpo reclamando la droga.

—Pero no podía obtenerla de ningún modo.

—No, no podía obtenerla de ningún modo —repitió él—. Aquello tal vez no lo habría matado; tal vez solo lo habría atormentado con tremendos dolores. Pero al final le falló el corazón. Y nunca habrá prueba alguna de que haya ocurrido algo antinatural.

Se hizo un momento de silencio.

—Una mujer permanece aquí día y noche —le dijo Florence—. Y tiene tiempo para entregarse a sus pensamientos. Para que se le ocurran ideas, Simeon. —Una levísima sonrisa se extendió por sus labios—. Mucho tiempo para que se le ocurran ideas.

FIN

GARETH RUBIN

RELOJES
DE CRISTAL

Traducción de
Santiago del Rey

Rocaeditorial

Penguin
Random House
Grupo Editorial

Título original: *The Turnglass*

Primera edición: junio de 2024

© 2023, Gareth Rubin
Publicado por acuerdo con Simon & Schuster UK Ltd., a través de
International Editors' Co. Literary Agency / Yáñez.
© 2024, Roca Editorial de Libros, S. L. U.
Travessera de Gràcia, 47-49. 08021 Barcelona
© 2024, Santiago del Rey, por la traducción
Versos de *Romeo y Julieta* extraídos de *William Shakespeare, Obra Completa II, Tragedias*,
edición de Andreu Jaume, traducción de Josep Maria Jaumà, Barcelona, Penguin Clásicos, 2016

Printed in Spain – Impreso en España

ISBN: 978-84-19743-83-1
Depósito legal: B-7898-2024

Compuesto en Comptex&Ass., S. L.
Impreso en Unigraf
Móstoles (Madrid)

RE43831

A Hannah

Tête-bêche (s.)

Un libro dividido en dos partes, impresas una tras otra en posición inversa.

Etimología: francés *lit.* «cabeza abajo».

En el siglo XVIII, los editores recurrieron al sistema de imprimir dos libros consecutivamente en posición inversa. A estas obras únicas las llamaron «novelas *tête-bêche*». Resulta extraño leerlas hoy en día, y el bibliófilo moderno puede encontrar desconcertante leer una historia y luego darle la vuelta al libro para leer la otra en la dirección opuesta, solo para descubrir que todo lo que creía saber era una inversión de la verdad.

G. BRUNSWICK, *A New History of the Novel*
Princeton University Press, 1922

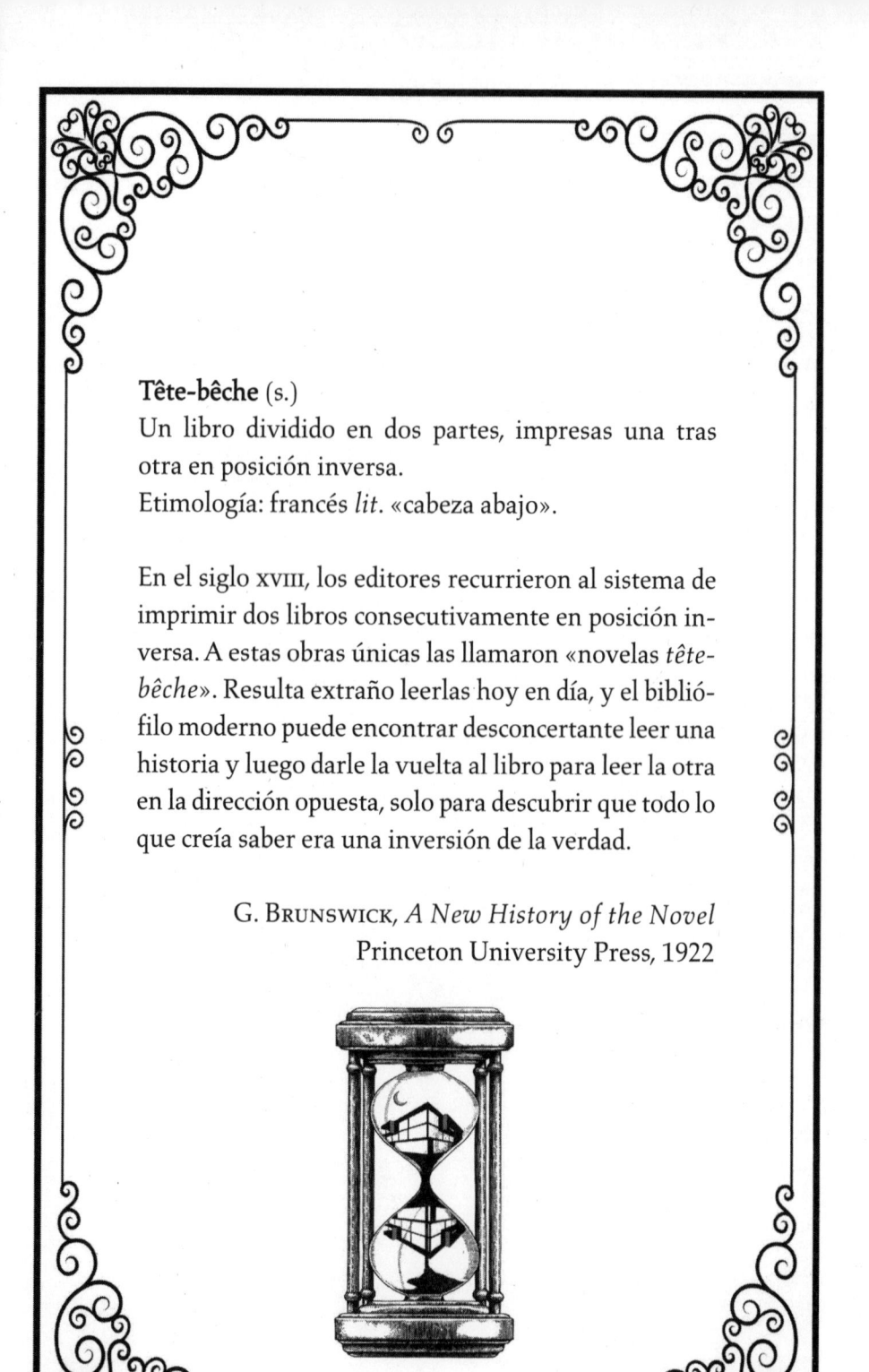

Era la alondra, la que anuncia el alba,
No el ruiseñor. Los rayos que engalanan
Esas nubes, celosos, las separan.
El día jovial apaga las candelas
Y asoma tras la niebla de esos cerros.
Si me voy, viviré, y si me quedo, moriré.

Romeo, *Romeo y Julieta*, Acto III, Escena V

1

Los Ángeles, 1939

Los ojos de Ken Kourian, de tono verde claro como la hierba sedienta, miraban fijamente la página manchada de café. Olía intensamente a café, además: no ya como si hubieran derramado unas gotas sobre ella, sino como si la hubieran dejado macerar en la taza durante doce o catorce horas.

—Se titula *El asedio de Downville*.

—Comprendo, y yo… —empezó Ken.

—Usted es un soldado que acaba de regresar de la guerra.

—¿De cuál?

—¿Cómo?

—¿De qué guerra? ¿De la Gran Guerra o…?

—La de Secesión. De la jodida guerra de Secesión.

—Vale. ¿Y yo soy confederado o…?

—¡Yanqui! Usted será un yanqui. Usted… A ver, muchacho, ¿va a leer las líneas o se las voy a tener que leer yo?

Aquella era la mejor oportunidad que había tenido en meses, y afuera había gente haciendo cola, así que adoptó un acento yanqui

y leyó las líneas. Decían más o menos que estaba herido y que quería ver a su novia por última vez antes de morir. Le pareció que estaban mal escritas, pero no quería precipitarse a hacer juicios porque nunca había participado en una película y su experiencia en un escenario se limitaba a las obras teatrales de la universidad y a un par de años de representaciones de segunda fila en la zona de Boston.

—¿De dónde es usted? —le preguntó el hombre orondo sentado tras la mesa, mirándolo como si él hubiera tenido que llevar una etiqueta pegada en la frente.

—De Georgia.

—¡Georgia! —El hombre se rascó la barriga a través de los botones en tensión de su camisa—. Entonces ¿por qué demonios lo han puesto para interpretar a un yanqui, y no a uno de esos cabrones esclavistas del sur?

—No tengo ni idea —dijo Ken, mirando el guion.

—Yo tampoco. —El hombre, ayudante de producción, tiró la colilla de su cigarrillo a un cubo de agua, donde quedó flotando y empezó a dejar un reguero parduzco—. Mire, hijo, hoy no es su día. Vuelva en otra ocasión.

—Lo haré —respondió Ken. Y lo haría. Ken Kourian no era de los que se dejan ganar por el pesimismo, porque solo tenía veintiséis años y aún no conocía el desaliento.

De niño, en Georgia, había divisado la lejana Cordillera Azul creyendo que solo esas montañas lo separaban de las guerras de Grecia y de las travesías por el mundo. Luego, al hacerse un poco mayor, las había llegado a ver como un obstáculo frente a una «vida de verdad» todavía indefinida. Y así, había emprendido aquel camino como primer miembro de la familia en ir a la universidad. Ahora, cinco años después de graduarse, estaba pagando a sus padres y a dos bancos el coste de su formación, a un ritmo de un puñado de dólares por vez.

Recogió su sombrero, le deseó suerte al hombre con la película y salió de la oficina de los estudios, todavía con el pésimo guion en

la mano. Se cruzó con dos hombres con bigotes pegados del tamaño de un gato doméstico y uniformes de la Unión. Ken no sabía si envidiarlos o compadecerlos por participar en el rodaje.

Al salir de los estudios, vio pasar un tranvía y se subió de un salto, confiando en que lo llevase hacia la playa. Después de varios meses en la ciudad, su noción de la geografía de Los Ángeles y Hollywood seguía siendo muy limitada. En su ciudad natal había más olmos que personas, y los olmos no corrían de aquí para allá, echándote de la acera con un empujón y apresurándose para llegar a un sitio donde les dirían que corrieran a otro. Cierto, también había pasado ocho años en Boston —primero en la universidad, luego dando algunas clases y trabajando un poco como actor—, pero sus pies todavía añoraban un sendero mullido sembrado de hojas. En California, de todos modos, la arena húmeda cumplía esa misma función.

—¿Este tranvía va hacia la playa? —preguntó al revisor.

—¿Cómo?

—A la playa.

—La playa está a dieciséis kilómetros en dirección contraria, amigo. Si quiere llegar allí, bájese de este tranvía y coja uno que vaya para el otro lado. Tiene que seguir ocho paradas y luego tomar otro.

Sonaba demasiado complicado.

—¿A dónde va este?

—¿Este? ¿A dónde cree usted? Al centro. Por Sunset. ¿Usted quiere ir al centro o a la playa? —Una mujer de un asiento estaba ofreciéndole al revisor un billete de cinco dólares, empeñada en que lo cogiera—. No tengo cambio, señora. La tarifa es solo de un centavo.

—Pues debería haberlo dicho antes de que subiera —replicó ella, malhumorada.

—¿Antes de que subiera? ¿Cómo iba a hacerlo? Yo estaba aquí subido, no con usted en la acera. ¿Tiene cambio o no?

—Iré al centro —le dijo Ken.

—Al centro son diez centavos. Y no tengo cambio de billetes de cinco.

Ken pagó la tarifa y se quedó a bordo.

Llevaba unos diez minutos en el tranvía, observando como subían y bajaban los viajeros, tratando de adivinar quiénes eran y si trabajaban en el cine o eran zapateros, contables, estibadores o corredores de bolsa, cuando divisó una interminable hilera de árboles.

—¿Qué es eso? —le preguntó al revisor.

—¿Eso? A usted no le importa. Usted va al centro.

—Me gustaría saber qué es.

—Es Elysian Park —rezongó el hombre—. Manténgase alejado de ahí.

—¿Por qué?

—Está lleno de negros de Lincoln Heights. Le quitarán la billetera y no se la devolverán aunque se lo pida educadamente.

—Ah —dijo él. Su padre solía contratar en la granja a jornaleros de color junto a los trabajadores blancos, y les pagaba lo mismo, pero Ken había renunciado a defender este sistema ante sus compañeros de secundaria, que lo miraban perplejos y se reían cuando lo exponía. En la universidad, algunos asentían ante la idea y decían que sí, que ese era el futuro, sin duda, pero luego resultaba que contrataban a mayordomos negros por dos tercios de lo que se le pagaba a un blanco, así que él se acababa arrepintiendo de haber gastado su saliva—. Creo que me gustaría visitarlo, de todos modos.

—Como quiera, amigo.

Y así, Ken Kourian, con su mandíbula afilada y su metro ochenta y cinco de estatura, con sus recios músculos de granjero y su título en Literatura de la Universidad de Boston, saltó del tranvía y echó a andar hacia la hilera de olmos.

El parque resultaba fresco y exuberante en un día tan caluroso como aquel, en el que parecía que fueran a derretirse los neumáti-

cos de los automóviles. La sensación de la hierba y los helechos bajo sus pies lo serenó como un bálsamo. Lo que antes le molestaba, haciendo que se le clavaran las rígidas suelas de sus zapatos de charol nuevos, desapareció en el acto, como si estuviera caminando descalzo por la espesura.

¿Cuántos árboles debía de haber allí? ¿Diez mil? ¿Cien mil? Ken agradecía aquella sombra; necesitaba relajarse después de la frustración de las últimas dos horas. Paramount estaba reclutando actores para una nueva producción épica, según le habían dicho en la entrada de los estudios. Si se anotaba, tal vez podría optar a un pequeño papel. El casting iba a ser una audición general, «en rebaño» según la jerga del cine, cosa que no sonaba muy bien, pero era mejor eso que no que le dijeran que se largara con viento fresco.

—Bueno, yo he trabajado en una granja —había dicho.

—Entonces se encontrará en su elemento.

No había conseguido el trabajo. Desde luego, era una decepción, pero ya se presentarían otras ocasiones. Según decían, las producciones eran cada vez más grandes. Y a mayores producciones, mayores elencos. Él seguiría intentándolo y, mientras tanto, trabajaba escribiendo anuncios para *Los Angeles Times*. Con eso le bastaba para pagar su modesto alquiler. Y pensaba que, si seguía rondando la sección de entretenimiento del periódico, se enteraría de las noticias sobre los nuevos rodajes y podría presentarse en los estudios con antelación y pedir que le hicieran una prueba. Sí, quizá llegase a funcionar su plan.

Caminó bajo el calor de la tarde de abril. Los pájaros de los árboles armaban una gran algarabía antes de salir volando en enormes bandadas para buscar comida y agua, o lo que fuera que buscaran en un día bochornoso de California. Se preguntó cuál era su propio plan para esa tarde. ¿Seguir caminando hasta tropezar con la ciudad propiamente dicha o volver a subir a un tranvía que le llevara a su pensión, situada junto a una tienda de comestibles que él sospechaba que vendía whisky casero clandestinamente?

Alguna vez había jugado con la idea de entrar allí y ver qué ofrecían.

Siguió caminando.

Cuando volvió a levantar la vista, había recorrido el parque entero hasta el otro extremo y los ruidos de la calle revoloteaban a su alrededor como mosquitos. Consideró la idea de girar en redondo y perderse otra vez entre los árboles, pero tenía sed y las luces de neón de un restaurante situado junto a la carretera lo invitaron tentadoramente.

Al entrar en el local, se vio metido en mitad del jaleo de la hora punta del almuerzo. El restaurante era muy popular, por lo que solo había una mesa libre. Estaba en un reservado de una esquina, revestido de un cuero de intenso tono dorado a todas luces artificial (debía proceder de una fábrica situada a miles de kilómetros del rebaño de vacas más cercano). Al acercarse, sin embargo, vio que allí ya había una chica. Estaba sentada contra la pared, fuera de la vista. Daba la impresión de que había querido pasar desapercibida.

Ken se detuvo en seco. Pero ella volvió hacia él dos intensos ojos castaños con expectación.

—¿Puedo sentarme aquí?

—Claro —respondió ella lentamente, como si hubiera cambiado de idea sobre la marcha.

Ken le dio las gracias con una inclinación y tomó asiento. La chica estaba tomándose un café con leche y hojeando una revista sobre películas sonoras. Era delgada, con una boca pizpireta que parecía fruncirse ante una bebida demasiado caliente, y llevaba un turbante de color crema y una blusa y unos ceñidos pantalones del mismo color. Ken cogió la carta que había en una jarra de cristal al borde de la mesa.

—La tarta de melocotón es la especialidad de la casa —le dijo ella, sin esperar a que preguntara.

—¿Eso significa que es buena?

—Solo que es la especialidad.

Una camarera apareció con su bloc de notas preparado.

—Tomaré la tarta de melocotón —le dijo Ken—. Me han comentado que es la especialidad de la casa.

—Desde luego —murmuró ella, anotándolo—. ¿Algo más?

—No.

La camarera señaló a la chica con su lápiz.

—¿Usted va a pagar su cuenta?

La chica vestida de color crema lo miró a los ojos. Algo en los suyos indicaba que, si no la pagaba él, nadie lo haría.

—De acuerdo —contestó Ken.

—Espero que valga la pena —musitó la camarera, alejándose.

Ken y la chica se miraron unos segundos.

—Gracias —dijo ella.

—No hay de qué.

—Pero debo agradecérselo, ¿no? Quiero decir, me acaba de salvar de tener que largarme sin pagar. Creo que este es el último local de Los Ángeles en el que no lo he hecho.

—Yo solamente llevo aquí ocho semanas. Rara vez me he ido sin pagar.

La cara de la chica se iluminó.

—¡Ah, pues es lo mejor que hay! —dijo con energía—. Es una forma de redistribución de la escasez de recursos, ¿sabe?

—¿No pagar la cuenta en un restaurante es un modo de redistribución de la escasez de recursos?

—Eso es lo que me dijo un… —La última palabra la pronunció solo con los labios: «comunista».

Ken había conocido a uno o dos en la universidad. Eran unos jóvenes muy serios, empeñados en dejarse crecer la barba y en hablar del milagro soviético. No habían sido una compañía muy divertida.

—¿Él también se largaba sin pagar? —preguntó.

—No, su familia tenía dinero. —La conversación languideció unos instantes porque no parecía haber una réplica fácil a lo que ella había dicho, así que Ken sacó de su chaqueta el guion ya inútil

de *El asedio de Downville* y lo puso sobre la mesa. Ella le echó un vistazo y sonrió—. ¡Usted es actor!

—Más o menos. —Hubo una pausa, y Ken supuso que ella estaba adivinando la verdad—. Acabo de hacer una prueba.

—¿Ha conseguido el papel?

—Seguramente no.

Ella se echó hacia atrás, con una expresión presuntuosa que se adueñó de todos sus rasgos.

—Necesita conocer a gente importante. Conocerla en sociedad. Así es como se consigue.

A él, aquel tonillo de «yo sí sé cómo funciona» le escoció por dentro, más aún considerando que iba a invitarla al café. Pero durante el poco tiempo que llevaba en Los Ángeles había llegado a comprender que esa era la actitud habitual cuando hablabas con un desconocido: era como un duelo de importancia, como dos gatos callejeros que se encontraran junto a un cubo de basura y se pelearan por su contenido.

—Evidentemente —dijo.

—¿Quiere probarlo?

—Eh…

—Porque puedo conseguirlo. —La chica se inclinó hacia delante y añadió con entusiasmo—: Mañana voy a una fiesta en la playa. Es en casa de Oliver Tooke. —Aguardó para ver su reacción—. El escritor, ¿sabe?

A decir verdad, ese nombre le sonaba vagamente a Ken, pero aún no se atrevía a aventurar una opinión.

—Vale —dijo, sin comprometerse.

—Bueno, supongo que ofrecerá una fiesta mañana. Es lo que hace la mayor parte de los días. Yo le ayudaré a colarse.

Oliver Tooke. Oliver Tooke. Ah, sí, pensó él. Ahora recordaba haber oído su nombre en la radio, en un programa de reseñas de libros. Pero ya no recordaba de qué libro se trataba ni cuál había sido la opinión del presentador.

—¿Así que usted le conoce?

—Sí, nos hemos visto —dijo ella con orgullo.

—¿A menudo?

—Nos presentaron en un nightclub.

La amistad era muy barata en aquella ciudad. Él bajó la vista hacia el guion. Había algunas migas de pan debajo.

—Iré a esa fiesta —dijo.

—Me llamo Gloria.

—Yo, Ken.

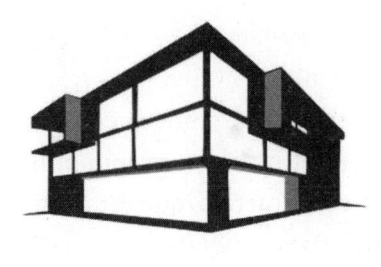

2

A la mañana siguiente, fue a buscar a Gloria a su apartamento. Ella llevaba un bulto en los brazos, con su toalla y su traje de baño atados con un lazo. Iba con un caftán verde mar, y una blusa y unos pantalones holgados del mismo tono. Los conjuntos de un mismo color parecían ser su estilo.

—¿Es para que la gente la recuerde? —apuntó Ken, señalando su atuendo.

—Debería probarlo. Hay que tener un look especial para hacer carrera.

Por doloroso que resultara pensarlo, Ken se preguntó si, en algún momento del futuro, necesitaría tener un «look». Si pudiera caracterizarse de algún modo —quizá podía utilizar su pasado en una ciudad pequeña y presentarse para papeles cursis—, ya habría puesto un pie en ese mundillo. No iba a alegar que su abuelo era un indio cheroqui, pero, si había un papel para un chico de Georgia, él se presentaría gustosamente con unas botas de vaquero y arrastraría las vocales lo suficiente como para meter una fra-

se entera entre ellas. Quizá funcionase, siempre que pasaran por alto su formación universitaria y su amor a la literatura británica del siglo anterior.

—¿Dónde es la fiesta?

—En la playa que hay detrás de la casa de Oliver —dijo ella. Ahora ya era simplemente «Oliver»—. ¡Por Dios, ese sitio me encanta! Es costa arriba, tendremos que coger un taxi.

Ken se metió bajo el brazo su propio bulto con la toalla y el traje de baño y tanteó su cartera, que estaba muy vacía.

—Será mejor que cueste menos de cinco dólares ida y vuelta, o tendremos que volver a pie —dijo.

—No se preocupe por la vuelta —lo instruyó Gloria—. Alguien nos traerá. Siempre acaba acompañándote uno u otro. —Le hizo una seña a un taxi, que se detuvo tan bruscamente que el coche de detrás tuvo que virar y meterse en el otro carril. El conductor tocó la bocina—. A Point Dume —le dijo Gloria al taxista cuando subieron al vehículo.

—Bueno, ¿y cómo es él? —preguntó Ken.

—¿Oliver?

—Sí, Oliver.

Ella reflexionó.

—Es un falso —dijo, mientras se incorporaban a la circulación—. No me gusta.

El hecho de que lo llamara falso era una especie de ironía.

—¿Falso, en qué sentido?

—Bueno, te dice una cosa, pero tú te das cuenta de que quiere decir otra. Ese tipo de falso.

—Ah, ya, ese tipo de falso.

Cuarenta minutos más tarde, el taxista salió de la autovía del litoral y tomó una carretera tan angosta que apenas se habría distinguido en un mapa. La carretera llevaba a un promontorio encaramado sobre el océano Pacífico. La punta que recibía el nombre de

Point Dume se alzaba como un lagarto arqueado y, de hecho, había algo reptiliano en su superficie: una superficie verde, escamosa, como carnívora. Si te plantabas allí y mirabas las olas que ocultaban otras criaturas de dientes afilados, probablemente sentirías que la civilización quedaba muy lejos.

Solamente había un indicio de vida en el promontorio: una gran casa de tres pisos, construida al parecer en torno al cambio de siglo. Se hallaba enclavada en un bajo acantilado, pero lo que la hacía destacar de verdad era que parecía hecha casi enteramente de cristal. Las paredes exteriores eran de cristal, y también las interiores. Las puertas eran láminas de cristal enmarcadas con unas cuantas piezas de madera. Si venías caminando desde la carretera, podías ver el océano a través de ella. Solo los paneles ahumados del nivel superior te impedían mirar a través de esa parte. En lo alto de la casa había una veleta, también de cristal, con forma de reloj de arena. Ahora giraba bajo un viento ligero como señalando su dirección, pero la dirección no dejaba de cambiar. El edificio resultaba extraordinario, aunque también anómalo en cierto sentido, pensó Ken. Había algo erróneo en su propia naturaleza.

—O sea que esto es la arquitectura moderna —dijo.

—¿Cómo? No, es la casa de Oliver —respondió Gloria. A él no se le ocurrió ninguna respuesta adecuada. Ella lo miró un momento—. Supongo que no va a decir alguna estupidez que me deje en evidencia, ¿no? Estamos hablando de Oliver Tooke, nada menos. Va a haber productores, directores…

—Procuraré no hacerlo. —Empezaba a quedar bastante claro que no encajaban. Al principio, él había barajado vagamente la idea de que ella pudiera convertirse en su novia, y sin duda era una chica atractiva, pero estaba claro que no acababan de coincidir. Junto a la puerta principal, había un timbre eléctrico y, encima, una placa de acero con el nombre del edificio: Casa del Reloj—. ¿Llamamos al timbre? —preguntó Ken.

—No, estarán todos en la playa.

Gloria lo guio hacia la parte trasera. El terreno se volvió más

árido a medida que rodeaban el edificio y llegaban a un jardín con una amplia pendiente que llevaba a la playa privada de la propiedad, una playa con forma de luna menguante. Ken estaba acostumbrado a los horizontes despejados. Desde pequeño, había acampado muchas veces frente a ese tipo de horizontes. Pero nunca, ni siquiera en Boston, había vivido junto al mar. El mar se movía, se alzaba y resonaba, tanto si estabas escuchando como si no. Comprendió por qué algunas personas no se decidían a abandonarlo.

La playa estaba animada por unos treinta jóvenes en traje de baño: algunos en tumbonas, otros chapoteando entre la espuma. La música procedía de un brioso cuarteto de jazz.

—¿Lo ve por alguna parte? —preguntó Gloria.

—No sé qué aspecto tiene.

—Ah, claro, me imagino que no. —Había una zona de bebidas, con camareros de uniforme azul celeste sirviendo cócteles y zumos. Daba la impresión de que cualquiera podía acercarse y pedir una copa. Ella recorrió el grupo con la vista—. ¿Dónde se ha metido? —Paró a una chica que pasaba por su lado con un traje de baño rosa de dos piezas—. ¿Dónde está Oliver?

—Ay, cielo, estoy tan borracha que ni siquiera sé dónde estoy yo —farfulló la chica.

Ken se tomó aquello como una invitación para escabullirse a la mesa de bebidas.

—¿Qué bebe la gente? —preguntó al barman.

—Todo el mundo está tomando un Tom Collins, señor.

—Entonces tomaré un Tom Collins. —El barman le tendió la bebida—. ¿Dónde está nuestro anfitrión? —El hombre señaló hacia el mar. A unos cien metros, Ken distinguió algo entre las olas. Era una imagen extraña: una estructura encalada, semejante a un faro, construida sobre una roca que asomaba en mitad del océano. Parecía tener varios metros de anchura y algunos más de altura. Echó un vistazo atrás. Gloria se había sumado a un grupo de jóvenes que reían estrepitosamente. No le apeteció la idea de reunirse

con ellos. En cambio, su anfitrión ausente, Oliver Tooke, parecía ser un hombre al que valía la pena conocer. Así pues, se encerró en una caseta de madera y salió al cabo de un minuto con unos shorts de baño a rayas.

—¡Ken! —le gritó Gloria. Pero él fingió no oírla y se lanzó de cabeza entre las olas. En su ciudad natal había ríos y arroyos suficientes como para que se hubiera convertido en un excelente nadador y ahora avanzó con energía por el agua, disfrutando del escozor de la sal en los ojos y en la boca, así como de la oportunidad de ejercitar sus músculos, que habían estado demasiado ociosos en Los Ángeles. Hacía un día magnífico y aquel era un tramo de costa precioso.

Mientras nadaba, Ken casi se perdió en sus ensoñaciones. Justo hasta que la corriente lo alcanzó. En cuanto entró en ella, sintió como si un túnel de agua lo arrastrara a gran velocidad hacia mar abierto. Era una corriente muy poderosa, pero con un gran esfuerzo consiguió nadar en paralelo a la playa, sintiendo todo el rato el efecto de succión que lo llevaba hacia el océano. Tras recorrer veinte metros empleando todas sus fuerzas, sintió repentinamente que la corriente se aplacaba y volvía a la normalidad. Se mantuvo un rato a flote mientras recuperaba el aliento, hasta que oyó un zumbido mecánico. Al levantar la vista, vio que se acercaba una lancha de color rojo. El piloto, vestido con el mismo uniforme que los camareros, apagó el motor y la lancha se deslizó lentamente hacia él. Ken se agarró de la escalerilla lateral y subió a bordo.

—Una corriente de resaca, señor —dijo el joven piloto—. Aparece sin previo aviso y es muy peligrosa. ¿Va usted a la torre?

Ken miró el faro en miniatura.

—Sí, creo que sí.

El joven piloto empujó la palanca hacia delante y arrancaron hacia la estructura encalada. Cuando se acercaron, Ken vio a un hombre apoyado en el marco de un estrecho umbral, con las manos en los bolsillos de unos pantalones blancos. Era alto y delgado, con una cara estrecha y un pelo oscuro engominado. No era el

tipo de hombre que fuera a ganar un concurso de belleza, pero había algo en él imposible de olvidar.

Cuando la lancha se aproximó, el piloto le lanzó una cuerda al hombre. Había un embarcadero diminuto, de apenas un metro, y Ken bajó de un salto y lo cruzó.

Ahora, más de cerca, observó que el edificio era más o menos cuadrado y que estaba construido con bloques de piedra. Con unos tres metros de ancho y seis de altura, era un poco más grande de lo que le había parecido desde la orilla. La base, asentada sobre grandes rocas oscuras, era irregular, y la parte superior estaba rodeada por una serie de ventanas, lo que hacía que pareciera aún más un faro estrujado por la acción del tiempo.

—¿Qué tal? —dijo el hombre de los pantalones blancos. No parecía sorprendido en absoluto por su llegada.

—Hola. —Ken se echó el pelo hacia atrás, escurriéndose un poco el agua salada.

—Pase.

—Gracias.

Aunque había entrado sin ninguna expectativa concreta, se quedó estupefacto al ver el interior del estrecho edificio. No era un faro, era una biblioteca comprimida, semejante a la de la universidad donde él leía novelas antiguas. Las franjas polvorientas de luz que se colaban por las ventanas cubiertas por una fina capa de sal iluminaban un millar de volúmenes que se aferraban a los anaqueles como intimidados por la masa de agua que los rodeaba.

—Esto es increíble —dijo.

—¿Esto? —El hombre pareció también sorprendido y miró en derredor como si acabara de percibir el carácter insólito del lugar—. Supongo que sí. —Le tendió la mano; en el dedo meñique llevaba un anillo blanco de sello—. Lo construyó mi abuelo, junto con la casa, pero yo lo hice mío. Soy Oliver Tooke.

—Ken Kourian —dijo él, estrechándole la mano que le ofrecía. Era una mano fría, como si la temperatura de su sangre fuera medio grado más baja que la del resto de la gente.

Oliver frunció un poco la frente.

—Kourian… ¿es un apellido judío?

—Armenio.

—¿Armenio? —Su frente se arrugó aún más—. *K'ez dur e galis im tuny?* —dijo con expresión dubitativa, como dando a entender que esperaba haberlo pronunciado correctamente.

Ken se echó a reír.

—Esto es increíble, señor. Nunca he conocido a nadie capaz de decir una palabra en esta lengua.

—Conozco a un par de armenios —dijo Oliver, como si con eso bastara para explicarlo.

—Bueno, ya que ha mencionado usted la casa… —Ken se volvió hacia el edificio de cristal que parecía posado como un pájaro sobre el acantilado—. La verdad es que es… —titubeó.

—¿Grotesca? —apuntó Oliver. Era un hombre directo, de eso no cabía duda.

—Yo no lo diría así.

—¿No? —Oliver se apoyó en una librería. Hablaba con un tono ligero, como si fuera un tema sobre el que había reflexionado largamente y alcanzado una conclusión hacía mucho—. ¿Usted no diría que hay algo feo en ella?

—¿Feo?

—Yo siempre lo he pensado.

—¿En qué sentido?

—Bueno, hay en ella algo corrupto. Maligno. —Lo dijo como si no estuviera explicando nada más que el año en el que había sido construida. Ken sintió curiosidad. Dejando aparte la exactitud (y no era un juicio inexacto), resultaba una valoración extraña del hogar de tu propia familia. ¿Una casa en sí misma podía ser corrupta? Bueno, tal vez sí. Oliver cambió de tema, señalando hacia fuera—. ¿Ha venido con alguien?

—Con Gloria —le informó él.

—Ah, ¿la chica que siempre viste del mismo color?

—Exacto.

—He hablado con ella un par de veces. Quizá tres, ya no lo recuerdo. —Ken, sin embargo, tuvo la impresión de que Oliver Tooke sabía con exactitud cuántas veces había hablado con cada persona. Probablemente era capaz de reproducir cada conversación palabra por palabra. Hubo un breve silencio—. ¿Quiere echar un vistazo a los libros?

Debía de haberle leído el pensamiento.

—Sí. Siempre me fascinan los hábitos de lectura de las demás personas.

—A mí también. —Oliver se sentó en una silla de capitán de cuero rojo que estaba situada frente a un secreter de nogal. En el lado opuesto había una chaise longue. Ken recorrió la habitación, deslizando el índice por los lomos de los libros. Los títulos abarcaban una amplia gama de temas, desde técnicas quirúrgicas hasta poesía francesa o libros de cocina. Ken se preguntó si había algo que los conectara a todos, aparte de lo que parecía una curiosidad voraz y generalizada por parte de su dueño. Quizá no fuera sano estar interesado en todo a la vez—. ¿Por qué cree que nos fascina lo que lee la gente?

—Supongo que descubres mucho más sobre una persona por los libros que lee que por el lugar donde pasa sus vacaciones o por la casilla que marca en una papeleta electoral.

Oliver pareció estar de acuerdo.

—Usted es del sur, ¿no?

—De Georgia. —Ken se sintió cohibido. El sur no siempre era popular entre cierto tipo de gente.

—Vale. Pero también ha ido a la universidad.

—Sí.

—¿Dónde?

—En Boston.

—¿No en Cambridge?

—No, en Boston.

—Me alegro, Ken. He conocido a gente de Harvard. Las personas más estúpidas que me he tropezado en mi vida.

—Yo también lo he observado. —Hubo otro silencio, y Ken volvió a examinar los libros de las estanterías.

—¿Cree que nos encaminamos de nuevo a una guerra? —le preguntó Oliver con mucha seriedad. Otro cambio de tema. Ken estaba seguro, sin embargo, de que no se trataba de un recurso socorrido. La mente de aquel hombre realmente saltaba de un asunto a otro.

—¿Con Alemania? Hitler parece un loco, pero ¿otra guerra? No lo sé.

—Los locos son los que crean las noticias. No lo subestime.

—No, no.

—Alguna gente lo hará —dijo Oliver, como si tuviera a alguien en mente. Luego cambió de tema de nuevo—. Usted es nuevo en Los Ángeles, ¿no? ¿Quiere trabajar en el cine?

Era una pregunta corriente, teniendo en cuenta que la mitad de la gente que veías en la calle esperaba conseguir unas frases en la siguiente producción de United Artists.

—Como cualquier otro paleto con el que se cruza en un restaurante.

—Seguramente. Supongo que necesita algo que lo distinga.

—Como vestir siempre de un solo color.

—Algo así.

Ken echó un vistazo al secreter. Su anfitrión estaba trabajando en algo. Había una máquina de escribir con una hoja asomando en el rodillo y una frase interrumpida a medias.

—¿Le he molestado? —dijo, señalando la máquina, que tenía la palabra «Remington» estampada arriba con letras góticas doradas; debajo decía: «Hecha en Ilion, Nueva York, EE. UU.». Pero, al mirar con más atención, vio que la hoja no era un guion o una novela, sino una carta. Iba dirigida a un convento.

Oliver se acercó, sacó la hoja de un tirón y la dejó boca abajo sobre el escritorio

—Disculpe, amigo. Es algo privado —dijo.

—Claro. —Ken se sentía avergonzado, como si le hubieran pi-

llado con la mano en el tarro de las galletas—. Debería volver y dejarle trabajar.

—Muy amable de su parte. La lancha le llevará a la playa si no quiere nadar esta vez. —Sonrió ligeramente, pero la atmósfera se había enfriado.

—Gracias. —Salieron al pequeño embarcadero.

—Pero vuelva otra vez, ¿de acuerdo? Doy una fiesta el lunes de la próxima semana. Por la noche.

Aquella noche, Ken regresó a la pensión que compartía con otros seis residentes y una casera francesa viuda que siempre iba perfectamente maquillada, mañana, tarde y noche, pese a tener al menos sesenta años.

Era una suerte que el edificio estuviera en California, porque su habitación se hallaba expuesta a las corrientes de aire por siete u ocho puntos distintos: por la ventana rota, por la pared resquebrajada y por el techo perforado. Era allí donde comía también, con un plato de estaño y una vieja navaja plegable de scout que, después de las comidas, limpiaba y guardaba en su baúl.

Había llegado cansado, así que se tumbó en la cama y entrelazó los dedos bajo la nuca. Se le había olvidado despedirse de Gloria al marcharse; la llamaría al día siguiente para disculparse: al fin y al cabo, ella le había invitado a la fiesta. Y había sido una tarde impresionante.

Tras una breve siesta, su tranquilidad se vio interrumpida por un violento alboroto que venía de la habitación contigua. Sus vecinos, una pareja de Montreal que alternaba entre gritarse implacablemente en francés e intentar matarse mutuamente con sus demoledoras maniobras en la cama, había empezado temprano esa noche. Tardó un poco en averiguar a cuál de sus dos hobbies se estaban entregando. Se alegró al comprobar que se trataba de un griterío airado y decidió dejarlos a lo suyo y bajar al salón comunitario que usaban para fumar por las noches.

La casera estaba allí, limpiando, y le sonrió cálidamente.

—Buenas noches, señor Kourian.

—Buenas noches, madame Peche.

—¿Ha salido con una joven? —Su inglés era perfecto, aunque con un pronunciado acento. Él sospechaba que lo exageraba un poco. Llevaba en Los Ángeles desde el siglo anterior.

—¿Cómo lo ha sabido?

Ella inspiró teatralmente, absorbiendo una fragancia.

—*Fleurs de Paris* —dijo—. Un perfume barato.

Él se rio. Así que se le había pegado algo de Gloria, después de todo.

—No se le pasa nada por alto, ¿verdad, madame?

Ella se encogió levemente de hombros, como una típica francesa de película.

—No cuando se trata de *parfum*.

Ken cogió una vieja revista —siempre había varias por allí, abandonadas por los residentes anteriores— y se dispuso a regresar a su habitación, con la esperanza de que el alboroto asesino se hubiera aplacado, pero bruscamente se volvió de nuevo hacia ella.

—Madame, ¿ha oído hablar alguna vez de un hombre llamado Oliver Tooke?

Ella alzó las cejas.

—Claro. ¿Por qué?

Él se sentó en un gastado sillón de cuero.

—Lo he conocido hoy. Pero no sé mucho de él.

—¿Lo ha conocido? ¿Al gobernador del estado?

—¿El gobernador? —Ken estaba perplejo. Si Oliver Tooke era el gobernador del estado, resultaba muy joven para semejante cargo. Y eso… ¿además de su carrera como escritor?—. No creo que se trate de él. El que yo le digo tiene unos veintiocho años.

—¡Ah! —El rostro de la mujer se iluminó—. Usted se refiere al hijo del gobernador. Ay, ese trágico muchacho. —Ken se quedó aún más desconcertado y aguardó una explicación—. Hace ya

mucho tiempo de aquello. No sé si usted habría nacido siquiera.

—¿Cuándo? —preguntó él, confiando en que la conversación se acabaría aclarando tarde o temprano.

La casera reflexionó un momento.

—Mi nieto acababa de nacer, me parece. O sea que debe de hacer unos veinticinco años.

—Yo tengo veintiséis.

La mujer suspiró.

—Una verdadera lástima. —Luego meneó la cabeza, como sacudiéndose el pensamiento que tenía en mente. Ken no estaba seguro de querer conocerlo—. El gobernador Tooke, sí. Aunque fue antes de que se convirtiera en gobernador… ¿Ve los cristales de estas ventanas? —Él asintió—. De la marca Tooke Glass, supongo. Fabricaba prácticamente todas las ventanas de California hace tiempo. Rico, ah, sí, muy rico. Pero eso no le sirvió de nada, ¿verdad?

—¿Por qué?

Ella sonrió tristemente.

—Porque Oliver Tooke tuvo dos hijos. Uno llevaba su nombre; el otro era… —Frunció los labios pensativamente—. Alexandre, creo. Era el más joven, Alexandre. Pero se lo llevaron.

—¿Cómo que se lo llevaron?

Ella buscó la palabra, una que no usaba a menudo, y la pronunció con desazón.

—Fue raptado. Asesinado.

—¿Cómo?

La mujer volvió a encogerse de hombros.

—No lo recuerdo. Hace mucho tiempo. ¿Usted ha conocido al gobernador Tooke? —Parecía sorprendida.

—No —dijo—. He conocido al hijo.

—Ah, sí, sí. —Madame Peche chasqueó los labios ante su olvido—. Usted ha conocido al hijo. Al que sobrevivió.

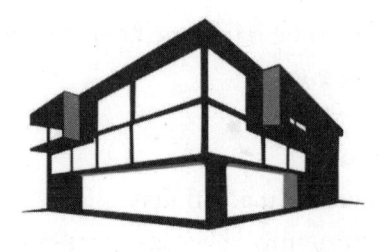

3

A la mañana siguiente, a las ocho, Ken estaba en su escritorio sudando a mares para redactar un anuncio de un jabón que aseguraba que suprimía el sudor masculino. El cliente, que tenía acento alemán, había exigido que términos tales como «transpirar», «húmedo», «mojado» y, desde luego, «sudoración» quedaran *verboten*. Ken debía hallar la manera de decir algo sin utilizar ninguna de las palabras necesarias para ello. Se centró en la palabra «brillo» como término clave que quizá —por los pelos— lograra transmitir el mensaje. Apenas percibió el timbre de un teléfono al otro lado de la oficina hasta que su jefe, un publicitario de Nueva York que había ido al oeste en busca de sol, lo llamó de un grito.

—¡Ken! ¡Teléfono!

Se levantó con esfuerzo de su mesa y cogió el pesado auricular. Rara vez recibía llamadas, y el calor y la frustración que le provocaba su tarea habían agotado casi todas sus energías.

—Ken Kourian —dijo.

—Ken. *El asedio de Downville*. Su audición fue un desastre,

pero alguien quiere darle otra oportunidad. Tiene que estar aquí antes de dos horas. ¿Entendido? —Toda esa retahíla se la ladraron sin preámbulos y sin dar un nombre.

—Sí. Perfecto. Gracias —dijo él, estupefacto. Sonó el golpe seco de un auricular contra la horquilla del teléfono—. Tengo que irme —le dijo al neoyorquino.

—¿Irte? ¿A dónde?

—A la Paramount.

—¿Tú eres publicitario o actor, Ken?

—Seguramente ninguna de las dos cosas —respondió él.

Al cabo de una hora, estaba otra vez en la oficina en la que había hecho la prueba. El ayudante de producción lo miraba como quien mira a un mono jugando con gasolina y una cerilla. Finalmente, empezó a hablar.

—¿Tiene usted amigos, hijo?

—No sé a qué se refiere.

—Amigos, hijo. En la industria. Debe de tenerlos para estar otra vez aquí.

—Que yo sepa, no. —Se devanó los sesos. A menos…

—He recibido una llamada esta mañana. A las seis. Eso no me ha molestado, me levanto a las cinco. Es la mejor hora del día. Pero, aun así, era muy temprano para una llamada de trabajo. Y me dice el productor que un amigo de un amigo ha conocido a un joven actor que estaría bien en uno de los papeles pequeños. —Ken iba a decir algo—. Solo que ya no es un papel tan pequeño. Ahora va a tener treinta y tantas líneas. Lo tendremos reescrito esta tarde. ¿Le suena todo esto?

Ken se echó atrás en su silla. Era una noticia magnífica: tenía un amigo que era un pez gordo de la industria, cosa que veinticuatro horas antes no pasaba de ser una débil esperanza.

—No quiero ni saberlo —dijo el hombre—. Bueno, tienen que verle en Vestuario. Baje allí. Es usted un oficial de la Unión.

—¿De la Unión? Pero si soy de Georgia.

—Eso es lo que les he dicho, maldita sea.

Iba a interpretar a un teniente que venía a ser la voz de la razón al lado de sus superiores sedientos de sangre, lo cual implicó que, durante los cinco días siguientes, Ken se pasó las pausas del almuerzo haciendo pruebas de vestuario y aprendiéndose sus líneas. Pero cuando por fin llegó el día —que iba a ser una jornada extenuante, porque era también el día de la fiesta de Oliver— y ya estaba preparado, esperando delante de su pensión, apareció un mensajero que no paraba de moquear y le dijo que el rodaje se había aplazado veinticuatro horas y que debía quedarse en casa.

Noqueado por los nervios y por la desilusión subsiguiente, se volvió a meter en la cama. Era un modo de desperdiciar el día libre que le habían dado en la oficina, pero, bueno, al menos podría descansar y reponerse para la fiesta de esa noche. Gloria le había llamado para decirle que irían juntos de nuevo y que debía recogerla con un taxi. Sonaba contrariada cuando le preguntó por qué la había abandonado la otra vez. Él se inventó que debía estar de vuelta en su pensión a una hora determinada, porque de lo contrario la puerta estaría cerrada. Lo cual sonaba falso, porque obviamente lo era.

—Bueno, esta vez me vas a llevar a casa —dijo Gloria.

—De acuerdo. —Ken esperaba que eso no tuviera otro significado que el estrictamente literal.

Una serie de coches se fueron deteniendo uno tras otro frente a la casa de Oliver mientras la música de jazz impregnaba el aire nocturno. Ken lo aspiró con delectación, emocionado ante la que iba a ser su primera fiesta de verdad del mundillo del cine, el tipo de fiesta que aparecía en la columna de cotilleo de *Los Ángeles Times*: piel contra piel, drogas y escándalo.

Gloria llevaba un vestido corto engalanado con más plumas de color escarlata que un loro del Amazonas. Sacudió el único traje elegante de Ken mientras atravesaban un vestíbulo ajedrezado y subían por una amplia escalera de madera que llevaba al piso superior —al parecer, un único piso de doble altura— para acceder a lo que describían como el «salón de baile». La amplia estancia estaba decorada con mármol blanco, y en un rincón había un piano blanco de media cola que atraía la atención de todo el mundo. El que lo estaba tocando, fuese quien fuese, manejaba el teclado con la misma destreza con la que un cirujano manipula un par de amígdalas.

El rincón opuesto se hallaba ocupado por una piscina interior en la que una bandada de bellezas, captando la indirecta, se habían zambullido con lo que quizá eran trajes de baño o simplemente su ropa interior. Algunas ni siquiera parecían llevar eso.

A lo largo de todo el salón, los cuerpos se apretujaban unos contra otros: bailando, arrullándose, discutiendo. Y Gloria, pese a haberle exigido que esa noche la acompañara a casa, divisó a unos amigos en cuestión de segundos y lo dejó solo en el bar. A decir verdad, a Ken no le importó.

Echó un vistazo alrededor y observó que junto a las hileras de relucientes botellas de whisky, ginebra y vermut, todas en formación para la batalla, había unas bandejitas de plata tapadas. Al levantar la tapa de una de ellas, vio una raya de polvo blanco con una pajita de metal al lado. Volvió a colocar la tapa. En la universidad ya le habían ofrecido cocaína, pero no había querido probarla y tampoco quería hacerlo ahora. Si a los demás invitados les apetecía hacer locuras aquella noche, era asunto suyo.

Cogió una copa —en esa ocasión todos tomaban martinis con moras flotando dentro— y recorrió la estancia con la mirada. Afuera, atisbó al hombre al que buscaba, bajando por la pendiente hacia la playa. Se abrió paso trabajosamente entre la multitud, pero, cuando llegó al jardín, Oliver había desaparecido.

—¡Ken! ¡Ven aquí! —Era Gloria. Estaba haciéndole señas para que se acercara al sofá cubierto de lino donde se hallaba re-

costada sobre un hombre que habría resultado atractivo de no haber sido porque tenía las mejillas caídas y unos ojos tan inyectados en sangre que resultaban visibles a diez pasos—. Ken Kourian, te presento a Piers Bellen. Es un productor de la Warner —le dijo, con un guiño que ella debió de creer muy sutil.

—Encantado de…

—Necesito empolvarme la nariz —añadió ella, frotándosela de un modo que indicaba que no pensaba ir al baño a hacerlo—. Pero no dejes que se vaya.

Y se alejó revoloteando. Ken se quedó solo con el productor, que transpiraba —o «brillaba», como diría el anuncio del *Times*— a través de la camisa, la corbata, el chaleco y la chaqueta.

—¿Cómo está, señor Bellen?

—Borracho —gruñó el hombre.

Ken dedujo que la conversación no iba a resultar fácil.

—¿Algún motivo en especial?

—He tenido hoy una reunión por el puto Código.

—¿Disculpe? —No tenía ni idea de lo que quería decir el tipo, pero ya había decidido que no iba a esforzarse.

Bellen siguió rezongando.

—El Código Hays. Van a imponerlo con dureza. Ese hombre quiere llevarnos a todos a la ruina. ¿Cómo? ¿Nada de sexo en la pantalla? ¿Ni blasfemias? ¿Ni violaciones? ¿Qué demonios vamos a mostrar entonces? El Congreso no tiene ni idea de cuál es nuestra contribución a este país.

Ken notó que ahora estaba totalmente lanzado.

—¿Y en qué consiste su contribución? —preguntó.

—En sueños. En putos sueños. Los paletos como usted deberían agradecerlo. —Ese insulto habría herido a Ken en lo más hondo si no hubiera tenido claro que Bellen era un hombre mucho menos instruido que él—. ¿Para qué demonios ha venido aquí, si no? ¿Por qué no se ha quedado en su granja?

—Yo no crecí en una granja. —En realidad no era cierto, pero Ken disfrutaba mintiendo a la gente como Bellen.

Este no se dio por vencido, sin embargo.

—Muy bien. Pero seguro que conoce a muchos que sí. Este país… es un puto sueño. ¿Qué escribió esa judía* en la Estatua de la Libertad? «Dadme a vuestras masas hacinadas que anhelan ser libres». ¿Sabe lo que significa «anhelar»?

—Sé lo que sig…

—Significa soñar. La gente necesita sueños. Pues nosotros les damos sueños. Por diez centavos. Por diez putos centavos pueden soñar que vuelan a México, que se comen diez platos o que se follan a Greta Garbo. ¿Hambre? ¿Facturas? Allí no hay nada parecido. Todo eso queda fuera de la sala de cine. Por eso nos necesitan. ¿Tiene alguna objeción?

—Muchas —respondió Ken. No estaba enfadado; simplemente se había cansado de esa conversación, aunque hubiera durado menos de un minuto.

—Entonces debería…

—Déjese de lecciones.

—¿Cómo? Pero qué…

—Mire, llevo con usted treinta segundos, y ya es más de lo que cualquiera puede aguantar. Me voy a la mesa de bebidas. Le preguntaría qué quiere tomar, pero la verdad es que me tiene sin cuidado. —Se puso de pie y se abrió paso entre la gente para volver adentro.

—Acaba de enviar a Bellen al cuerno.

Oliver había aparecido con una copita en la mano que contenía un líquido marrón claro con hielo.

Ken suspiró.

—Supongo que pensará que no ha sido una buena jugada, siendo como es un productor y demás.

Oliver dio un sorbo a su bebida.

* Emma Lazarus es la poeta estadounidense autora del soneto «El Nuevo Coloso» que figura en una placa en el pedestal de la Estatua de la Libertad. *(N. del T.)*.

—¿Todavía sigue diciendo eso?

Así que el tipo era un farsante, además de un animal.

—¿Qué es, en realidad?

Oliver lo cogió del brazo y se lo llevó por la pendiente hacia la playa.

—Un empleado.

—¿De quién?

Oliver titubeó, como decidiendo si debía revelar un secreto bien guardado.

—Lo he olvidado —dijo.

Ken no le creyó en absoluto. Pero sabía que Oliver se lo diría cuando estuviera preparado, si llegaba a estarlo. En ese momento, mientras miraban cómo rompían las olas contra la orilla como tigres blancos, quería sacar otro tema a colación.

—He recibido esta semana una llamada de la Paramount.

—Ah, ¿sí?

—Me han dado un papel en una película. Alguien me recomendó. —No hubo respuesta—. Gracias.

—No hay de qué.

—Debo dárselas, de todos modos. Es algo muy importante para mí.

Oliver se acercó a una mesa de bebidas cercana y, cuando volvió, había cambiado su copita por una botella de crémant y dos copas de flauta. Quitó el alambre y dejó que el corcho saliera disparado por sí mismo. Parte del vino espumoso rebosó por el cuello de la botella.

—Parece usted un buen tipo, Ken. Así que hice lo que pude y confío en que eso le conduzca a cosas más importantes.

—Tal vez sí. —Ken raramente se permitía soñar. Pero le gustaba la dirección hacia la que apuntaba el futuro.

Oliver vaciló un momento y luego se volvió hacia el océano y agitó el brazo. Ante su señal, la pequeña lancha se desvió del recorrido en ochos que iba trazando por el mar y se detuvo a unos metros de la arena.

—Hoy la puesta de sol es impresionante —dijo Oliver, escrutando el horizonte.

Vadearon por el agua y subieron a la lancha, que giró en redondo y avanzó a saltos por las olas teñidas de color naranja por el crepúsculo.

—Tal vez debería escribir un guion para que usted lo protagonice —gritó Oliver por encima del rugido del motor mientras se aproximaban a la torre.

—Eso ya sería pedir demasiado.

—Nunca he escrito un guion. Los libros dan más dinero. Por ahora.

—¿Hasta qué punto es importante el dinero para usted?

—Me crie rodeado de dinero, amigo. Tengo adicción a él. Si me lo quitaran, me desmoronaría.

Era una afirmación sorprendente. Desde luego el dinero había escaseado durante la juventud de Ken —en grado sumo durante aquellos años de hambre que llamaban la Depresión—, pero siempre había supuesto que quienes tenían dinero y siempre lo habían tenido lo miraban con despreocupación.

—Debe de tener lo suficiente, de todos modos.

—No existe lo suficiente para un adicto. Eso es lo que quiere decir «adicción». Más bebida, más droga. Por mucha que tengas, siempre necesitas más.

—Entonces ¿por qué no continuar en el negocio familiar? El cristal, ¿no?

—Sí, el cristal. Esta casa se construyó gracias a él. Bueno, probablemente es mejor para la empresa que yo me mantenga alejado. Tal como están las cosas, sigue produciendo paneles de cristal y generando dólares. Así, yo tengo tiempo para escribir.

La lancha los dejó en el rocoso puesto avanzado de la propiedad familiar y ambos entraron en la torre. Oliver encendió una lámpara de aceite montada en lo alto que cobró vida con un silbido y arrojó un resplandor sobre los libros.

—He estado trabajando en algo nuevo —dijo—. Algo que…

—Se interrumpió de repente, como si hubiera perdido el hilo.

—¿Qué es? —lo alentó Ken.

Oliver pareció volver de su ensimismamiento y, acercándose al secreter, sacó una llavecita y lo abrió. En su interior había un pequeño montón de libros. Algunos eran ejemplares de bolsillo modernos con las esquinas dobladas: el tipo de basura que los chicos de las escuelas privadas ocultaban a sus profesores; otros, encuadernados en cuero descascarillado, parecían bastante venerables.

Oliver cogió uno de los volúmenes, que resultó ser una novelita barata. *Él la quería muerta*, proclamaba una portada chillona en la que aparecía un detective apuntando su revólver del 45 hacia una calleja. En el suelo, había una chica rubia con la falda levantada hasta las caderas.

—¿De qué cree que trata? —preguntó su anfitrión.

—Supongo que de un detective privado que… —Ya se disponía a abrir el libro, pero Oliver se lo quitó de las manos, le dio la vuelta y se lo tendió de nuevo.

—¿Y ahora?

Ken bajó la vista, esperando encontrar una torpe descripción de la trama y del tipo duro que la protagonizaba. Pero lo que se encontró fue otro libro completamente distinto. *Ella necesitaba matar*, proclamaba la portada de este. Y ahora la pistola era una pequeña Derringer en la mano de la misma rubia, esta vez de pie y apuntando a la espalda del detective. A Ken lo dejó perplejo que el libro contuviera dos historias, y le dio otra vez la vuelta para mirar la primera cubierta.

—El formato es… fascinante, ¿no? —dijo Oliver—. Primero una historia y luego, al darle la vuelta, otra distinta, pero que es una especie de imagen en espejo de la primera. Tal vez los personajes parezcan muy diferentes cuando se miran desde un punto de vista diferente.

—Supongo que sí.

—En esto he estado trabajando. En cierto sentido. Gente que cambia al pasar de un punto de vista a otro. De un año a otro. —Miró a través del umbral las olas negras que lamían las rocas—. La gente cambia. —Había una nota reflexiva y remota en su voz.

—Bueno, no tanto.

—¿Usted cree? —Oliver hizo una pausa, al parecer perdido en sus pensamientos, antes de continuar—. Cuando yo era pequeño, estaba en una silla de ruedas: polio, un caso grave. Me han contado que tenían que atarme a la silla porque, si no, me caía. Ahora estoy perfectamente. Mi cuerpo se adaptó y creció.

—Me alegro. —Ken tuvo la impresión de que había más en esa historia de lo que Oliver estaba contándole. Señaló el libro.

—¿Lo escribió usted?

—¿Este? No, es de otro autor.

—¿Cómo se llaman este tipo de libros?

—El término es *tête-bêche*. Cabeza abajo. Son una idea bastante antigua: así es como eran en el pasado. —Cogió el primer volumen del montón y se lo pasó a Ken. La agrietada encuadernación de cuero castaño llevaba grabadas unas letras doradas que en gran parte se habían desprendido, pero que todavía podían descifrarse. La parte de delante contenía el Nuevo Testamento con una letra tan diminuta que provocaba dolor de cabeza. Al darle la vuelta, había un libro de salmos—. Entonces eran un poco más religiosos que ahora.

—Eso está claro. —Ken lo sujetó junto a *Él la quería muerta*.

—Todo un invento para los editores. ¡Dos libros por el precio de uno! Claro, si lo piensas bien no es así: te llevas el mismo número de páginas. —Oliver recolocó algunos objetos del escritorio que habían quedado desordenados.

—Me gustaría leer este —le dijo Ken, hojeando la novela de detectives.

—Adelante, amigo. De hecho, puede coger el que más le guste —respondió su anfitrión señalando el montón de libros.

Ken reparó en un volumen un poco diferente en la base: un

cuaderno de color blanco. Lo sacó del montón. En la portada figuraba el título escrito a mano: *Relojes de cristal*. Desde luego no se vendería tan bien en los quioscos como *Ella necesitaba matar*. Ken no sabía gran cosa sobre la obra de Oliver Tooke, pero sin duda una historia de detectives suponía un cierto cambio en su carrera. Bueno, tal vez quería probar algo nuevo.

Abrió el cuaderno por la primera página: «Los ojos grises de Simeon Lee asomaban por encima del...», empezaba.

Pero Oliver le interrumpió cerrando la tapa con delicadeza.

—Todavía estoy trabajando en la historia —dijo—. Aún no sé bien cómo termina. —Le cogió el cuaderno de las manos y volvió a ponerlo en la base del montón. Luego cerró el secreter.

—Sabe cómo empieza, sin embargo.

—Claro. Pero el final es mucho más importante —respondió Oliver—. Pronto se publicará. Entonces podrá leerlo.

—¿Cómo es posible, si no sabe cómo termina?

—Bueno, lo sé y no lo sé. En todo caso, a finales de junio estará en las librerías.

Eso era muy pronto si era cierto que aún no había terminado de escribirlo. Ken supuso que los plazos de publicación para esa clase de novelas eran más cortos.

—Entonces ¿es como los otros libros? ¿Le das la vuelta y hay otra historia?

—Sí, pero solo he escrito una ellas. El editor ha contratado a alguien para escribir la otra: una historia que cree que encajará con la mía. Algún día, sin embargo, me encargaré yo mismo de escribir otra historia para acompañarla. La misma, pero desde una perspectiva diferente. Como si fuera su reflejo.

—Yo podría leer el libro antes de que se publique, ¿sabe? —le dijo Ken, señalando el secreter—. Forzar la cerradura y cogerlo.

—Podría —admitió Oliver—. Pero no lo hará.

—Dígame por qué.

Oliver se metió las manos en los bolsillos.

—Porque usted respeta demasiado la diferencia entre el bien y

el mal. Y me parece que eso es lo que me convendría tener más a mi lado. En todo caso, no habrá de esperar mucho.

—Cierto. —Ahora que sus ojos se habían habituado a la escasa luz de la habitación, Ken reparó en algo inesperado oculto en un rincón. Era un caballete con un cuadro tapado con una sábana—. Veo que tiene un hobby.

—He descubierto que me despeja la mente —dijo Oliver, casi en tono de disculpa—. A decir verdad, amigo, encuentro agotadoras las fiestas y me gusta venir aquí a refugiarme un rato. La gente no parece echarme de menos cuando la juerga está en plena ebullición.

—Lo entiendo. Lo de las fiestas, quiero decir. El del anfitrión es el papel más difícil de todos.

—He acabado encajando en ese papel. —Era evidente que no estaba del todo satisfecho de haber hecho tal cosa.

Ken se lo imaginó llamando discretamente a su lancha, surcando las olas y dedicando media hora a su lienzo o su máquina de escribir… para reesbozar después su sonrisa hospitalaria y volver al fragor de la batalla que se libraba en su casa.

—¿Puedo? —preguntó, acercándose al cuadro.

—Adelante.

Ken alzó la sábana y vio un lienzo de tamaño mediano. Todavía se hallaba en la fase inicial, con más trazos de lápiz que pintura, como preparado simplemente para guiar el pincel. No obstante, parecía el retrato de una mujer frente a la casa de cristal del acantilado.

—¿Quién es?

—Nadie en particular.

Ken no estaba seguro de que eso pudiera ser cierto. Los pintores, incluso los pintores aficionados, nunca pintaban figuras aleatorias; siempre tenían a alguien en mente. Así que siguió preguntándose quién sería aquella mujer.

El resto de la velada transcurrió en una niebla de canciones, chapoteos y gente hablando a gritos para hacerse oír entre el bullicio. Ken aprovechó para explorar un poco la casa. Arriba había cinco habitaciones, una biblioteca y un par de baños. Todas tenían puertas de cristal ahumado, coloreadas de rojo, verde o azul. En un momento dado, pasada la medianoche, Gloria apareció en el salón de baile con una bandeja de plata llena de rayas de polvo blanco. Le insistió a Ken para que lo probara y él se resistió con la misma energía hasta que ella, dándose por vencida y haciendo un puchero, lo llamó maldito aguafiestas y añadió que más le valía recordar que debía llevarla a casa si no quería lamentarlo. Sin embargo, media hora más tarde, le dijo que Piers Bellen —«el productor de la Warner con el que has estado tan grosero»— iba a acompañarla, pero que había accedido amablemente a llevarlo también a él, pese a la innecesaria grosería con la que se había comportado. Ken estaba tan cansado a aquellas alturas que accedió.

Bellen ya estaba al volante cuando él subió a la parte trasera de un diminuto coche europeo de color blanco. Su asiento era más adecuado para un perrito faldero que para un ser humano. Mientras se acomodaba, reparó en los ojos del productor. Incluso bajo los débiles destellos de la casa, observó que tenía las pupilas contraídas y unas manchas blancas bajo las narinas. Rezó para que pudieran llegar a casa —o al menos cerca— sin acabar en la cuneta.

—Tengo sed. Y hambre —gritó Bellen, mientras la carretera de la costa desfilaba a toda velocidad.

—Cuánto lo siento —respondió Ken con una ironía que le pasó desapercibida a su destinatario, pero no a Gloria, que lo fulminó con la mirada.

—Quiero una hamburguesa —dijo Bellen cuando pasaron junto a una valla publicitaria de productos cárnicos—. Y una Coca.

—¡¿No cree que ya ha tomado bastante coca?! —le dijo Gloria riendo. Pero Bellen no dio señales de entenderlo.

—¿Cómo?

—Quiero decir, coca blanca. En polvo. Ya sabe, droga.

—Ah. —El tipo sonrió y luego soltó una carcajada mientras pisaba el acelerador, circulando todavía a más velocidad, y con menor estabilidad. Pero, de repente, dio un frenazo.

—¡Por Dios! —gritó Ken, estampándose contra la parte posterior del asiento de Gloria.

—¡Ahí está! —dijo Bellen, señalando con un brazo y girando el volante para entrar en el aparcamiento de una parrilla abierta toda la noche.

Después de poner el freno de mano, se bajó y corrió hacia la entrada. Ken y Gloria no tuvieron más remedio que seguirle. Mientras abría la puerta cromada, Bellen se volvió hacia ellos con la cara crispada, como si acabara de chupar un limón.

—Negros —dijo en voz alta.

—¿Cómo? —preguntó Ken.

Bellen señaló a un hombre de color que se acercaba con su chica al mostrador.

—Negros. Por todas partes.

Quería asegurarse de que todo el mundo le oyera. Desde luego el hombre de color lo había oído y le lanzó una mirada rabiosa antes de seguir hablando con la camarera.

—¡Digo que hay negros por todas partes! —gritó esta vez.

—Ay, por Dios —masculló Ken para sí. Quería marcharse, pero estaban a muchos kilómetros de la ciudad y su único medio de transporte era Piers Bellen.

Y entonces el tipo se lanzó a la carga.

—Nosotros, blancos. Ustedes, negros. ¡Tienen que esperar! —gruñó con un falso acento tribal, poniendo un brazo entre la pareja y el mostrador.

El hombre de color lo miró enfurecido y replicó:

—Nosotros estábamos antes. Usted, después. —Y le apartó el brazo con la misma fuerza. Pero él no podía saber lo que Bellen había estado esnifando y cómo afectaba eso a su cerebro. Y, de repente, el puño del productor —pesado, aunque poco entrenado, a

juzgar por su estilo torpón— cayó sobre la carne oscura del otro, y un codo más estilizado respondió impactando en su plexo solar, y la camarera ya estaba llamando a la policía y Gloria chillaba como una posesa y Ken lamentaba no haber encontrado otro modo de regresar a casa…

Dos horas más tarde, Ken se hallaba sentado en un banco de la comisaría de University Avenue, cubierto de sudor. Tenía a sus pies tres vasos de cartón con restos de café. La otra pareja había sido interrogada, fichada y puesta de patitas en la calle. Bellen estaba en el teléfono pegando gritos de nuevo.

—Un puto negro me ha pegado, Tooke. Un puto… Ahora incluso se dan ínfulas. Te lo aseguro, jamás deberían haber sido liberados. Me ha dado un puñetazo, ¿me oyes? —Hubo un breve silencio, mientras Oliver Tooke conseguía meter baza—. ¿Acaso no está claro, cabeza hueca? Vienes ahora mismo y me sacas de aquí. Pagando la puta fianza. —Otros segundos de silencio. Luego Bellen bajó la voz y cuchicheó con un tono amenazador—: Porque, si no, no tendrás lo que te he averiguado y nunca llegarás a saber lo que ocurrió. —Y por raro que pareciera, adoptó una voz chillona y zalamera de mujer—. «Ay, Ollie, mi pequeño Ollie. ¿Qué me sucedió en realidad?». —Luego volvió a su cuchicheo—. Solo que tú no podrás hacer nada porque no sabes lo que sucedió. —Y, sin más, colgó el auricular de un porrazo. Tenía una sonrisita burlona en los labios cuando regresó a donde Ken y Gloria estaban pudriéndose en el banco—. Tooke va a venir. En veinte putos minutos.

Y lo más extraño para Ken fue que Tooke acudió. En veinte putos minutos.

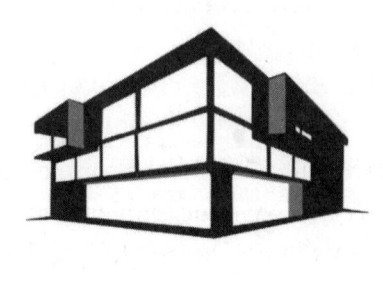

4

Ken había recibido una llamada a las seis de la mañana para participar en unos planos generales de *El asedio de Downville* y había pedido otro día libre en el periódico. Lo cual le había permitido dormir solo dos horas. En ese momento ya pasaban de las nueve, según el reloj de los estudios, y mientras se asaba con su uniforme completo, aguardando para cruzar a pie el set en una escena de grupo, su mente bullía llena de preguntas. No entendía por qué demonios había salido Oliver de su casa en mitad de la noche y pagado doscientos dólares a la policía de Los Ángeles para sacar de allí a un tipo bruto y mentiroso como Piers Bellen. Fuese cual fuese la respuesta, tenía la sensación desalentadora de que esa noche perdida tal vez había supuesto el final de su amistad con Oliver Tooke.

Con la cabeza palpitante a causa del calor, la falta de sueño y los restos de los martinis que conservaba en su organismo, se arrastró hasta el segundo asistente de dirección.

—Le ruego que me disculpe, pero ¿podría esperar en un sitio más fresco? —preguntó.

El joven asistente le miró, tratando de situarlo.

—Teniente Brooks, ¿no?

—Sí —asintió Ken con entusiasmo. Debía de ser la primera vez que alguien lo reconocía por su papel.

—Escoja usted mismo. Tiene ese banco de ahí, que está al sol, o bien el tráiler, que es de acero y viene a ser como un horno. Usted verá —dijo, echando un vistazo a un portapapeles con un montón de hojas, y se alejó sin más.

Ken fue a sentarse al banco. El sol caía a plomo sobre él como si le hubiera ofendido. Le ardía en la cara y se abría paso de algún modo para abrasarle también a través de la tela de su uniforme. Cuando se levantó, incapaz de soportarlo más, notó que le crujía la piel del pecho. ¿Era posible que el tráiler fuese peor? Se acercó y descubrió que había veinte extras y un par de miembros del elenco principal guarecidos bajo su sombra.

—Haga lo que prefiera, amigo, pero ni se le ocurra entrar ahí —le dijo un joven de voz ronca—. No saldrá vivo.

Ken se apretujó entre una chica de color que interpretaba a una astuta y peligrosa espía de la Unión y un manco que hacía el papel de tendero. El hombre ya había rodado su única escena, en la que era abatido en el fuego cruzado entre los dos ejércitos, pero le habían dicho que se quedara indefinidamente por si querían volver a sacarlo.

—¿Volver a sacarme? ¡Pero si me han matado en el primer minuto! —se quejaba—. ¿Qué clase de médicos tenían en aquella época? ¿Hechiceros?

—¡A almorzar todo el mundo! —gritó por un megáfono un chico que parecía encantado de haberse librado de su clase de matemáticas de secundaria. Aquellas eran las palabras más populares de la jornada. Mientras iba comiéndose un plato de fríjoles con un trozo de pan y una salchicha de carne inidentificable, Ken atisbó al director (un tipo bajito y efusivo, con unos bigotes que no le habrían sentado bien a nadie) saliendo del interior del tráiler, seguido al cabo de un minuto por una actriz pelirroja a la que le ha-

bían dado un pequeño papel. No se sintió sorprendido en absoluto cuando una hora más tarde corrió la voz de que la protagonista, que había aparecido drogada en el suelo de su baño, iba a ser reemplazada por la pelirroja.

—Menudo pitorreo, ¿no le parece? —le dijo una de las mujeres de más edad.

—Sí, supongo.

—¿Es su primera escena en la película?

—La primera de todas.

—Yo llevo tres este mes. Es una auténtica explotación.

—Ah, ¿sí?

—Yo he hecho Shakespeare. Y ahora me toca esto. —Agitó la mano, como resumiéndolo todo—. Pura explotación.

Los interrumpió el tercer asistente de dirección, que cogió a Ken y lo arrastró a toda prisa a la escena que estaba a punto de comenzar.

—Usted sale en esta toma —le dijo.

—Ah, ¿sí? No aparece en el guion.

—Está trabajando con el borrador equivocado. Ha seguido el verde y nosotros ahora estamos en el amarillo —dijo el asistente, plantándole la resma de hojas amarillas en el pecho.

—De acuerdo. ¿Tengo diálogos?

—Aquí. —El asistente se los señaló.

—Este no soy yo —dijo Ken, decepcionado.

—¿Cómo?

—Yo soy el teniente Brooks.

Ambos miraron las líneas adjudicadas a otro personaje.

—Ay, mierda —rezongó el hombre, y se alejó para buscar al actor correcto.

Ken consiguió aguantar mal que bien la jornada y emprendió el camino de regreso cuando acababan de dar las cinco. Entre otras cosas, había subido por la ladera de una colina mientras las cáma-

ras enfocaban en la dirección contraria. Al llegar a su pensión, encontró una nota metida bajo su puerta. Era la letra anticuada de su casera.

Señor Kourian, ha llamado el señor Tooke. Ha dicho que lamentaba los inconvenientes de anoche y que espera que se encuentre bien. Le gustaría invitarle a cenar en el hotel Plaza el viernes a las ocho. Tiene un coche muy bonito.

Esto último era cosa de ella, Ken estaba seguro, no de Oliver. Dejó el papel, una hoja de buena de calidad, sobre su mesita, se quitó los zapatos y la chaqueta, y se durmió vestido.

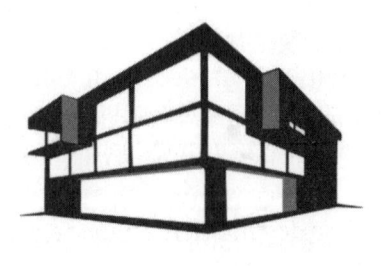

5

Durante las semanas siguientes, Ken vio a Oliver con mucha frecuencia. Solían ir a restaurantes sofisticados y Oliver apuntaba el coste discretamente en su cuenta personal. A cambio, Ken le invitaba a perritos calientes a la hora de almorzar en algún puesto callejero. Era una fórmula que funcionaba.

—¿No es mañana cuando sale tu libro? ¿La novela cabeza abajo? —preguntó Ken una noche. Tuvo que gritar, porque estaban en asientos de primera fila de un combate de boxeo y el bullicio era tan ensordecedor como el de un tren exprés.

Oliver tardó unos momentos en responder.

—*Relojes de cristal.* Sí.

El púgil de pantalones dorados lanzó un terrible gancho y envió a la lona a su oponente de pantalones negros. La multitud se puso de pie, sedienta de sangre.

—Bueno, ¿y ahora estás satisfecho con el final?

—Yo no diría… —Oliver se interrumpió. Solía medir muy bien sus palabras—. Quizá. Supongo.

—¿Me vas a contar de qué trata?

Oliver titubeó antes de responder.

—¿Te había dicho que la familia de mi padre es de Inglaterra?

—No.

—Pues así es. De un condado de la costa este. Essex. Ahí está la casa familiar. La nuestra es una copia de ella, solo que hecha de cristal. A veces íbamos de visita; se encuentra en una isla diminuta llamada Ray. Un lugar muy desolado. He situado allí la novela.

—Qué interesante. ¿Y cómo es la historia?

Oliver volvió a quedarse callado un rato antes de responder.

—Es una historia triste. —No solía hablar así, de forma emotiva. Normalmente se expresaba con un tono prosaico.

—¿A los lectores les gustará?

El gentío empezó a aullar cuando el púgil de pantalón negro, saliendo de las cuerdas, le abrió una brecha en la mejilla a su adversario.

—Sí, a muchos —dijo Oliver.

—Entonces nadie tendrá motivo para sentirse triste, ¿no?

—Yo sí.

Sonó la campana con un tintineo apremiante, concluyó el combate y el púgil de pantalones dorados fue declarado vencedor. El desenlace de la pelea pareció poner punto final a la conversación. Salieron y se fueron a cenar a un sitio que Oliver sabía que cerraba tarde; luego dieron un paseo por Sunset, ya con el ambiente más fresco, envueltos por el canto de los grillos y los gases de los coches. Una atmósfera húmeda, de opresiva desesperación, se cernía sobre Los Ángeles.

Ken la sintió claramente mientras el reloj marcaba las dos de la madrugada y los borrachos y vagabundos hurgaban entre los montones de basura.

—Tu libro estará a la venta dentro de unas horas —dijo Ken, mirando el reloj.

—Supongo que sí.

—Oye, no conozco a ningún otro escritor. Pero estoy seguro

de que la mayoría se sienten emocionados cuando aparece su nuevo libro.

Oliver se detuvo y se volvió para mirar la calle. Ahora estaba tranquila, solo había un puñado de coches circulando de vuelta a casa.

—No estoy seguro de que sea lo correcto —dijo.

—¿Por qué?

—Por la culpa. Porque me siento culpable.

Ken se sentó en un banco de hormigón que habían colocado junto a la calzada sin ningún motivo aparente.

—¿Culpable de qué?

—De estar aquí —respondió Oliver, que seguía de pie contemplando la calle.

—¿Puede uno realmente sentirse culpable de eso? ¿De estar vivo?

—A veces.

—Es absurdo. ¿Me vas a explicar qué te ha hecho pensar así en este momento?

Oliver pareció vacilar. Pero finalmente optó por no responder.

—Otro día. —Volvió a adoptar su tono ligero, como si esa parte suya que había permitido que emergiera brevemente la hubiera ocultado de nuevo. Ken lo dejó pasar. Oliver hablaría cuando estuviera dispuesto.

Caminaron charlando de cosas sin importancia hasta que sus pasos los llevaron a lo largo de Olympic Boulevard y tropezaron con una librería con el escaparate iluminado. *Relojes de cristal* ocupaba un lugar prominente.

—Y, ahora, que salga por fin todo a la luz —dijo Oliver, casi para sí mismo.

6

Fue ese fin de semana, la mañana del sábado que el calendario marcaba como el primer día de julio, cuando Ken pronunció sus primeras y últimas palabras en una película sonora. Incluso a él mismo le resultaron olvidables inmediatamente (algo relacionado con un oficial descontento con las disposiciones adoptadas para alojar al regimiento, seguido de una discusión sobre el tiempo que las tropas llevaban marchando). Pero el director aceptó la actuación sin dar señales de haberlas oído siquiera y, como era una escena de primera hora, Ken ya estaba de vuelta hacia las diez de la mañana. Mientras caminaba desde la parada de autobús, vio con sorpresa que Oliver estaba esperándole frente a la pensión, apoyado con los brazos cruzados sobre el capó de un coche grande, un Cadillac Phaeton. La casera de Ken había acertado al elogiarlo.

—¿Quieres conocer a mi padre? —le preguntó Oliver cuando se acercó.

Hasta el momento, aparte de las noticias que leía a veces en los

periódicos sobre Oliver Tooke padre, Ken solo había oído hablar de él a su casera.

—¿Por qué no?

Un chófer les abrió la puerta y Ken subió a la parte trasera. El coche se incorporó ronroneando al tráfico.

—Perdona, se me olvidaba. Seguramente tú no tienes ni idea de quién es mi padre. Papá es el gobernador del estado —le explicó Oliver. Ken no dijo nada—. Acaba de llegar de Sacramento. Normalmente vive en la residencia del gobernador que hay allí, pero ha venido para asistir a un evento y, mientras está aquí, la W2XAB va a entrevistarle para el noticiario de la noche. Papá quiere hacer todo un despliegue de viejos valores familiares en la vieja casa de la familia.

Ken raramente se había detenido a pensar que la casa de cristal de Oliver no era suya en realidad: era de su padre, y todo el mobiliario, los libros, el piano, todo pertenecía al gobernador Tooke.

—¿Qué clase de evento? —preguntó.

—Es un acto político. Va a presentarse como candidato a la presidencia el año que viene. Necesitaría conseguir la nominación republicana, y ofrece una pequeña fiesta a algunos de los organizadores locales.

—O sea, está buscando votos.

—¿Votos? No, qué demonios. Nada tan vulgar. Está buscando dinero.

La familia era rica, pero el coste de unas primarias presidenciales quedaba seguramente más allá de sus cuantiosos recursos.

Durante el camino, Ken recordó la fiesta a la que había asistido en la residencia Tooke. La noche no había acabado bien, y, si Oliver no hubiera tenido a mano doscientos dólares para pagar la fianza de Piers Bellen, aún podría haber acabado peor. Cuando ya se acercaban a la casa, preguntó:

—¿Qué tiene Piers Bellen sobre ti para presionarte?

Por un momento pensó que Oliver podía enviarlo directamen-

te de vuelta a casa por entrometerse de ese modo, pero su amigo ni siquiera pareció contrariado.

—Suponía que lo preguntarías tarde o temprano.

—¿Por qué?

—Porque eres una persona perspicaz.

—¿Y cuál es la respuesta?

Oliver lo miró de soslayo, pero no respondió.

El enorme coche paró en el camino de acceso y ambos se dirigieron a pie lentamente hacia la casa. A Ken le llamó la atención una cosa en el vestíbulo. Sobre la chimenea había un cuadro que no estaba allí antes. Lo reconoció: se trataba del cuadro que había visto en el caballete de la torre, ahora ya terminado. Era el retrato de una mujer de unos treinta años, con la casa como telón de fondo. Tenía una cabellera castaña que le caía sobre los hombros y unos ojos relucientes. Relucientes de un modo antinatural, a decir verdad, porque estaban pintados con un rayo de sol destellando en su interior. Sus ropas eran algo anticuadas, eso incluso Ken pudo advertirlo.

—¿Es alguien en particular?

—Aún no has leído mi libro, ¿verdad? —dijo Oliver con un tono de burlona reprimenda.

—Todavía no. Se ha interpuesto el rodaje de la película. Pero prometo leerlo.

—Bien. Vamos arriba.

Subieron por las escaleras, cruzaron el pasillo y abrieron la puerta ahumada verde de la biblioteca. Hasta entonces Ken solo había tenido un breve atisbo de esa estancia, que contaba con paneles de madera oscura en las paredes y parecía sumida en una atmósfera inmóvil, como si los días de verano hubieran quedado atrás hacía mucho y dado paso a un lúgubre invierno.

—Hoy se halla sentado a mi lado el señor Oliver Tooke, gobernador de California —estaba diciendo un hombre calvo con un micrófono en el regazo—. Gobernador, ¿quiere explicar a los espectadores que nos están viendo en casa qué tiene en mente ahora que nos acercamos a las primarias presidenciales?

Por encima de ellos, había en la pared un retrato de familia. El gobernador aparecía de pie con la mano firmemente apoyada en el hombro de su esposa, que se hallaba sentada: un hombre de aspecto imponente y pelo gris, una mujer hermosa de rasgos cálidos, y, delante de ellos, sus hijos. Pero a Ken le sorprendieron dos cosas de la fotografía. La primera era que no aparecían solo los dos hijos que su casera había mencionado, sino tres: dos niños menores de cinco años que se parecían como dos gotas de agua —el pelo oscuro enmarcando dos caritas redondas idénticas— y un bebé que la madre tenía en brazos. Uno de los niños estaba en una silla de ruedas, y Ken recordó que Oliver le había explicado que durante su infancia la polio lo había mantenido confinado en esa silla.

Lo segundo que sorprendió a Ken fue que la mujer de la fotografía era indudablemente la del retrato del vestíbulo: la mujer que Oliver había dicho que no se trataba de nadie en particular.

—Simplemente dos palabras, señor, dos palabras: corrupción social —fue la respuesta del gobernador. Al oírle, Ken pensó que su voz era casi idéntica a la de Oliver, solo que envejecida por el tiempo y por un excesivo consumo de tabaco, que también le había dejado al gobernador los dientes amarillos—. Y lamento decir que una de las fuentes principales de esa corrupción es la industria del cine radicada aquí en California. Yo mismo soy un gran aficionado a las películas sonoras, pero actualmente hay una gran cantidad de jóvenes que acuden a las salas de cine y ven cosas que no deberían ver.

—¿Qué clase de cosas?

«Allá vamos», pensó Ken. Sodoma y Gomorra en el centro de la ciudad. Los políticos llenaban páginas y páginas en los periódicos expresando su severa condena.

—Bueno, ven el consumo de narcóticos, ven violencia brutal, y están copiando todas esas cosas. ¿Por qué no iban a hacerlo si parece tan atractivo en la pantalla?

—Combatir el crimen violento es el gran tema de papá —susurró Oliver.

—Ya veo. Parece sincero.

—Es algo personal.

—¿En qué sentido?

—Yo tenía un hermano. —La cara de Oliver reflejaba una mezcla de emociones: tristeza y algo parecido a la rabia—. En aquel entonces yo tenía cinco años y Alex, cuatro. Lo secuestraron.

—¿Aquí?

—No, aquí no. Estábamos en nuestra otra casa. La de Inglaterra. Nunca volvimos a verlo. —Miró por la ventana—. Odio aquel lugar.

Había llegado el momento de sincerarse.

—En realidad, ya me lo habían contado.

—Normal. —Oliver se encogió de hombros—. Siempre hay alguien dispuesto a contarlo. —Carraspeó—. En todo caso, papá ha sido muy beligerante contra el crimen desde entonces.

Un productor se llevó un dedo a los labios para indicarles que se callaran.

La entrevista concluyó.

—¿Se ha enterado de lo que le ha ocurrido hoy al presidente? —preguntó el entrevistador mientras se ponían de pie.

—Me han dicho que se cayó de su silla de ruedas —repuso Tooke con una sonrisita suficiente—. Eliges a un lisiado y tienes a un lisiado. Los americanos solamente pueden culparse a sí mismos.

El entrevistador soltó una carcajada y luego propuso que filmaran una breve toma en el jardín. Tooke accedió y las cámaras lo filmaron paseando por el acantilado junto a su hijo, con el mar de fondo.

—Tu abuelo plantó estas gardenias —iba diciendo—. Sabía que, si tienes unas buenas raíces, tienes una planta robusta. Como las familias robustas. Todo lo que nosotros somos sale de él. —Era una simple bobada para las cámaras y los micrófonos. Y, aunque las flores se alineaban a su alrededor en hileras como un compacto

regimiento, Ken no pudo evitar recordar lo que Oliver le había dicho cuando lo había conocido: que había algo corrupto y maligno en aquella casa.

Con todo, se detuvieron a admirar las gardenias. Finalmente, cuando el equipo de grabación recogió sus cosas, el gobernador le preguntó si aún seguía relacionándose con los sodomitas de la industria del cine.

—Con algunos, papá. No con todos.

—Bueno, al menos ellos no pueden reproducirse.

—Supongo que no.

—Quiero liderar esta nación —dijo Tooke padre, irguiendo la espalda—. Es algo vital ahora mismo, con la situación que hay en Europa. Los demócratas nos arrastrarían a otra desastrosa guerra contra Alemania. ¿Para qué? ¿Para ver cómo masacran a otro millón de jóvenes americanos? Y el hecho de que tú invites a tomar el té a esos maricones no me favorece. La gente supondrá que yo mismo he criado a uno.

—Les diré que no vengan más.

El gobernador asintió. Al final del prado, había un cenador octogonal de hierro forjado con un asiento para dos del mismo metal situado en el centro. Sentada allí, mirando con aire impasible cómo se acercaban, había una mujer de impresionante belleza con una cabellera oscura que le llegaba casi a la cintura. Llevaba un vestido blanco y un sombrero de ala ancha que protegía su tez pálida del sol. Tenía el brazo extendido sobre el respaldo del asiento y un cigarrillo humeando entre los dedos. Cuando llegaron, dio una calada, tiró la colilla y apoyó la mejilla en el brazo.

—Hola, Coraline —le dijo Oliver. Ella volvió la mirada hacia él y luego hacia su amigo—. Este es Ken Kourian. Ken, mi hermana, Coraline.

Ken le tendió la mano y ella se la estrechó.

—¿Es amigo de mi hermano? —dijo la joven. Tenía una voz suave, como si estuviera habituada a hablar a la gente desde muy cerca.

—Me gustaría creer que sí.

Ella lo miró un momento, como si no le hubiera oído bien. Luego se volvió hacia su padre.

—¿Cuánto te ha ofrecido Fletcher? —preguntó.

—No lo suficiente —rezongó el gobernador.

—Algún día tendrás que plantarle cara. —Y luego, dirigiéndose a su hermano—: Creo que me quedaré aquí una temporada. Estoy cansada de Sacramento. —Ken habría mentido si hubiera negado que en ese momento se desataba en su interior un pequeño tumulto ante la perspectiva de que Coraline Tooke viviera en la casa de la que él había llegado a ser un visitante asiduo—. ¿Está en el mundo del cine? —le preguntó Coraline.

—Lo estoy intentando.

—Tiene todo el aspecto.

—¿Qué aspecto?

—El de alguien a punto de llevarse una decepción.

Un mayordomo apareció y le dijo al gobernador que el equipo de la televisión ya se iba y que el productor quería hablar un momento con él. Tooke siguió al mayordomo hacia la casa.

—¿Podrías enseñarle el jardín a Ken? —le dijo Oliver a su hermana—. Tengo que ir a hablar con Carmen.

—¿Quién es Carmen? —preguntó Ken, sin poder contener su curiosidad.

—La doncella —repuso Coraline—. Sí, haré de anfitriona.

Oliver siguió los pasos de su padre, y Ken y Coraline estuvieron hablando unos minutos de naderías. Del jardín, del tiempo. Del tipo de cosas de las que hablan dos desconocidos mientras esperan el tranvía. Ken volvió la mirada hacia el piso superior de doble altura de la casa, con sus dos hileras de ventanas grandes y arqueadas. Enmarcado en una de ellas, distinguió a Oliver hablando con severidad con una vieja mexicana que parecía estar llorando. La mujer desapareció y Oliver se quedó inmóvil como si le hubieran dado un puñetazo en el estómago.

—¿Monta a caballo, señor Kourian? —preguntó Coraline.

—Me crie en Georgia, señorita —repuso él distraídamente—. Si no montara, no podría ir a ninguna parte.

—Bien —dijo ella—. Estaba queriendo salir a dar una vuelta. Hoy montaremos.

Una hora más tarde, Ken, Oliver y Coraline cruzaron las verjas de unos establos situados unos kilómetros más arriba de la costa. Los tres llevaban pantalones de montar; Ken, unos viejos que le había prestado Oliver.

—Hemos guardado nuestros caballos aquí desde que tengo memoria —dijo Coraline.

—Era la amazona más competitiva que te puedas imaginar —murmuró Oliver—. Era lo único que le aceleraba el corazón por encima de las veinte pulsaciones por minuto.

—Y él, el más lento del mundo —dijo ella, adelantándose a los dos y yendo hacia la parte trasera. Un mozo se apresuró a llevarle los arreos—. Bueno, allá vamos. Este es Bedouin. ¿No cree que se parece a Oliver?

El caballo era un castrado moteado.

—Sin duda. La cara es idéntica.

—Exacto.

—Gracias a los dos —respondió Oliver—. Yo montaré a Ricky y tú puedes montar el caballo de papá, Stetson. ¿Crees que podrás arreglártelas con un semental?

—Se crio en Georgia. Si no supiera montar, no podría ir a ninguna parte —le dijo Coraline. Ken detectó un deje sarcástico en su tono.

—Creo que voy a tener que demostrarlo, ¿no?

Ensillaron las monturas y salieron al trote. Coraline espoleó a Bedouin con energía aun antes de que hubieran cruzado las verjas y bajó a medio galope hacia la playa. El angosto camino estaba lleno piedras sueltas, y era fácil que el caballo diera un tropiezo.

—Hay que seguir su ritmo si no quieres quedarte atrás, amigo —gritó Oliver, adoptando el mismo ritmo que su hermana—. Es algo que aprendí hace mucho con Coraline.

—¡Ya lo veo! —respondió Ken, riendo. Hacía varios años que no montaba, pero la excitación de galopar con su nuevo amigo y con la chica cuya cabellera oscura se agitaba al viento como un puñado de cintas lo incitó a continuar—. ¿Sales a cabalgar muy a menudo? —gritó cuando el camino desembocó en la arena húmeda. Los caballos, percibiendo en sus ollares algún rastro, se lanzaron por sí solos a galope tendido.

—No mucho. Solo cuando el instinto suicida de Coraline se impone a mi instinto de supervivencia. —Dicho lo cual, Oliver le clavó los talones en los flancos a su montura, espoleándola a despegarse del suelo para saltar por encima de un pequeño riachuelo que descendía hacia el mar.

Ken hizo otro tanto, sintiendo el júbilo de formar parte del grupo y abandonando también toda cautela. Ahora estaban los tres decididos a vivir o a morir como uno solo. La distancia que lo separaba de Oliver y Coraline fue acortándose poco a poco. El sol brillaba en lo alto, el mar espumeaba y los caballos bufaban, y entonces… Y entonces nada, porque el mundo entero se sumió en la confusión, el caos y la oscuridad.

—Muy bien no se le da, ¿no?

La voz le llegó entre las tinieblas. Cuando abrió los ojos con esfuerzo, parpadeando ante la luz y el martilleo que sentía en la nuca, empezaron a dibujarse unas siluetas. La voz procedía de alguien que lo miraba desde lo alto.

—¿Estás bien, amigo?

Vio que le tendían una mano y la asió instintivamente.

—Me siento como si me hubiera caído por el acantilado —musitó.

—Y tienes exactamente ese aspecto.

—Supongo que los caballos no deben de ser tan rápidos en Georgia —comentó Coraline.

—Los criamos para que no lo sean. Por nuestra propia integridad. —Le dolía al inspirar. Y todavía más al espirar. Trató de averiguar si se había roto algo, aparte de su amor propio.

—¿Qué tal un poco de compasión? —dijo Oliver, reprendiendo a su hermana.

—Compadécelo tú. Si no sabes mantenerte sobre un caballo, no deberías montarlo.

—Dale un respiro al pobre. Se le ha soltado la silla. —Oliver le ayudó a levantarse—. Mi hermana siempre es así. —Ken echó un vistazo a su caballo y vio que, en efecto, la silla estaba colgando de un lado—. ¿Quieres que te ayude a volver a casa?

Eso habría sido más doloroso que la propia caída.

—No, ya me las arreglo.

—¿Lo ves, hermanito? Él se las arregla. Deja de preocuparte.

—No quiero que te demande.

—¿Demandarme?

—Tú le has incitado a correr.

—Ya es mayorcito.

Pese al dolor que sentía en la cabeza, Ken encontró divertida la discusión entre los dos hermanos. Seguramente era así como se habían pasado la vida. El padre, suponía, debía de haber sido una figura distante entre su carrera política y sus negocios, y ellos debían de haberse criado entre niñeras y doncellas, apoyándose el uno en el otro más que en sus padres. Daba la sensación de que eran muy diferentes cuando estaban juntos y no con el resto del mundo.

—Sobreviviré —les dijo.

—Te voy a llevar a urgencias —insistió Oliver.

—No estoy para ir a un hospital.

—Bueno, tampoco para ver una función de cabaret.

—Quizá debería actuar en uno.

—No, de veras…

—Venga, vamos.

Fueron con el coche de Oliver al Southern California Hospital, de Culver City. Coraline los miró arqueando una ceja mientras su hermano acompañaba a Ken a la entrada sujetándolo del brazo, pero no dijo nada.

—Estoy bien. Esto no es necesario —repitió Ken mientras le daba sus datos a la enfermera de turno. En realidad, sabía que probablemente sí lo era, pero no tenía ni idea de cómo iba a pagarlo.

—Más vale prevenir que curar, amigo.

Apareció un médico, que le examinó los globos oculares, la temperatura y la tensión arterial, y que, a juicio de Ken, parecía estar abultando la factura porque sí. Al fin, le dijeron que estaba en condiciones de marcharse y le dieron un paquete de aspirinas, que salían a un dólar cada una. Al volver a recepción preguntó dónde debía pagar.

La recepcionista lo miró perpleja.

—¿Quiere pagar otra vez? —dijo, mirando hacia donde Oliver estaba esperando. Ken entendió y le dio las gracias a la mujer. No se las dio a su amigo, porque habría resultado embarazoso para ambos. Era mejor tomárselo como una parte tácita de su amistad.

7

Cuando volvieron a la casa, Ken se bajó con tiento del coche, procurando mantener a raya el dolor que sentía en el pecho. Vio que había otro automóvil en el camino de acceso y que los labios de Coraline formaban la sombra de una sonrisa.

—Nuestro abuelo está aquí —le explicó Oliver.

Mientras subían las escaleras, Ken oyó una voz cascada de acento inglés que salía de la biblioteca: «... que puedas parecer frío. Ser fuerte, sí; cultiva esa imagen. Pero no des la impresión de ser un tipo frío», estaba diciendo.

Coraline fue la primera en cruzar la puerta, seguida de su hermano. Ken iba a la zaga y vio al entrar a un hombre ya mayor con una chispa en la mirada, sentado en una silla de ruedas con una manta sobre las rodillas. Había algo en su aspecto, sin embargo, que indicaba que podría haberse levantado de un salto, si hubiera querido, y bailado un foxtrot.

El gobernador estaba detrás de su escritorio, escuchando atentamente.

—Hola, mi niña —dijo el anciano cuando Coraline se acercó a darle un beso en la mejilla

—Ken Kourian, mi abuelo, Simeon Tooke.

—Encantado de conocerle, señor —dijo él, tendiéndole la mano.

—Igualmente, muchacho. ¿Por qué está cojeando?

—Ken ha tenido un altercado con un caballo.

—Pues parece que ha ganado el caballo. Tintura de *Arnica montana*, hijo —dijo el hombre, dándole una palmada en el brazo—. Puede comprarla en cualquier farmacia. Le aliviará la inflamación y los morados que observo que le están saliendo.

—El abuelo era médico —explicó Oliver.

—Aún sigo siéndolo —lo reprendió el anciano—. Bueno, chicos, ahora tengo que hablar con vuestro padre un rato. Si quiere ser popular, debe entender un poco mejor a la gente.

—Estaremos abajo.

Dejaron a los dos hombres conversando. Mientras Ken bajaba con cuidado las escaleras, volvió a oír la voz del anciano: «Sí, la gente vota a un hombre que consigue cosas. Pero hace campaña por un hombre que les cae simpático. Debes transmitir una imagen más cálida. Y derrochar más dinero con la gente. Eso les gusta. Hace que se mantengan leales».

—Mi padre escucha más al abuelo que a cualquier otra persona —explicó Oliver—. Para ser un médico jubilado, entiende mucho de política.

—Parece buena persona.

—Lo es. Siempre ha sido muy generoso. Cuando vino de Inglaterra, trajo consigo a sus criados y mandó a los hijos a la escuela. Incluso a los nietos. —Llegaron a la planta baja—. ¿Te quedas a cenar?

—No puedo. He de volver a casa y ponerme hielo en las magulladuras.

—Está bien. ¿Quieres pasarte mañana?

Ken procuró no mirar a Coraline mientras respondía:

—Vendré sin falta.

8

Pasaron el día siguiente, domingo, pescando. Oliver le tendió la mano en el embarcadero para que se subiera a la lancha.

—Con cuidado, amigo. Después de lo de ayer, debes de estar molido.

—Qué gracioso.

—¿Piensas tomarle el pelo todo el tiempo, hermanito querido? —Coraline estaba tomando el sol con un ceñido traje de baño rojo de una pieza. Llevaba un sombrero de paja de ala ancha para mantener su rostro a la sombra.

—Solo un rato.

—Está bien saberlo. —Ken maldijo el accidente que lo había convertido en el objeto de aquellas burlas amistosas. Bueno, tal vez ella acabara cayéndose en el agua.

—El dolor casi se me ha pasado, gracias por vuestro interés —informó a ambos—. ¿Dónde están las cañas de pescar?

Encontró una junto a una nevera portátil que contenía una coctelera llena de un cosmopolitan ya preparado.

—¿Me traes uno de esos? —le pidió Coraline. A Ken no se le escapó que su voz había bajado media octava y se había ralentizado ligeramente.

—Ven a buscarlo tú misma. Yo estoy lisiado, ¿recuerdas?

Oliver estalló en carcajadas y Ken se sirvió una generosa medida. Más tarde, cuando ella hubo apurado la bebida de color rubí, le puso delante su vaso de tubo y él lo rellenó sin decir palabra y se lo devolvió, ambos poniendo atención en que sus dedos no se rozaran.

Aquel era el tipo de día con el que había soñado Ken: un grupo de amigos en medio del mar, una película rodada y a punto de aparecer en las pantallas. Cuando había hecho el largo trayecto en tren desde Boston, se había imaginado escenas como esta. También podrían haberse desarrollado en un nightclub o en las carreras, pero los elementos básicos —la excitación, la amistad— eran los mismos. Miró a Oliver. Pese al sol deslumbrante, parecía haber una sombra en su rostro.

—¿Estás bien? —le preguntó.

Oliver lo miró inexpresivamente, como si lo acabase de despertar de un sueño.

—Ah, sí. Todo bien, amigo.

—¿Alguna preocupación?

—Alguna. —Oliver miró a los pájaros que volaban en lo alto.

—¿Cuál?

Oliver tardó un rato en responder.

—¿Tú piensas alguna vez en la culpa, Ken?

Era una pregunta difícil.

—¿En la culpa? ¿Como concepto? A veces. No muy a menudo. —Era la misma cuestión que había abrumado a Oliver la noche del combate de boxeo.

—No, claro. Supongo que la mayoría de la gente no piensa en estas cosas. —Se restregó la frente—. Mi padre y yo…, bueno, tenemos mucho que decir sobre la culpa.

—¿Te sientes culpable de algo?

—Sí.

—¿Y quisieras hablar de ello con tu padre?

—Así es.

—¿Lo has intentado?

—He empezado. El libro es solamente el principio.

Los distrajo un movimiento a su espalda. Coraline se levantó, extendió los brazos y se zambulló bajo el agua. Emergió unos metros más allá y, poniéndose boca arriba, flotó bajo el sol de mediodía.

Cuando Ken volvió a mirar a Oliver, la sombra había desaparecido de su rostro. Ahora sonreía con calidez.

—He sacado unas entradas para ver *A Electra le sienta bien el luto* mañana por la noche —dijo Oliver.

—Creía que estaban agotadas.

—Me las he arreglado para conseguir unas butacas.

Ken supuso que serían de las buenas.

Volvieron a la casa a media tarde. La reunión política del gobernador estaba a punto de comenzar. Quince hombres orondos se bajaron de los sedanes negros que iban llegando uno tras otro al camino de acceso. Algunos necesitaban ayuda para bajarse.

El gobernador estaba en la cocina, leyendo unas notas antes de hacer su entrada. Alzó la vista cuando los tres aparecieron.

—Tengo una reunión aquí dentro de dos minutos —dijo.

—¿Con quién? —preguntó Coraline.

—Con Burrows.

—¿Qué es lo que quiere?

—No me interesa lo que quiere. Tengo una tarea para él.

—¿Sobre la 402?

—Exacto.

—Es una ley absurda, y ni siquiera es popular. Te dije que dejaras...

—A veces, hija mía —la cortó el gobernador—, tienes que ha-

cer cosas que no son populares. Tú entiendes la política, Coraline, pero no lo que es el deber.

—¿El deber?

—El sentido del deber. Traté de inculcártelo, pero nunca lo asimilaste. La 402 es un deber para mí y nadie va a disuadirme o desviarme de mi obligación. Ni siquiera mi propia familia.

Coraline se quedó callada.

—¿Quieres que nos vayamos?

Él reflexionó un instante.

—No, no, quedaos. Vuestra presencia contribuirá a crear la atmósfera adecuada.

A Ken no le apetecía formar parte de una maquinación política del gobernador, fuese cual fuese, y miró alrededor buscando una salida. Pero, antes de que la encontrase, entró arrastrando los pies un hombre tan grueso que los botones de su chaleco parecían a punto de reventar.

—Gobernador —dijo, a modo de saludo.

—Senador. —El obeso político escrutó a los tres jóvenes—. He pedido a mi hijo, a mi hija y a su amigo, el señor Kourian, que se queden y observen lo que sucede —dijo Tooke.

El senador Burrows hizo un gesto de desdén. Tenía un acento de otro estado. Ken pensó que quizá era de la propia Georgia. Cuando pronunciaba una palabra larga, la separaba en sílabas aisladas.

—¿Acaso cree, señor, que voy a sentirme in-ti-mi-da-do por la presencia de unos chicos?

—Soy un hombre ocupado. Vayamos al grano.

—¿Al grano? Muy bien, de acuerdo. —El senador se irguió, alzando la cabeza—. El presidente no quiere...

Tooke alzó la mano, acallándolo.

—¿Se refiere al presidente Roosevelt?

Burrows pareció desconcertado por la pregunta.

—Por supuesto. Él no quiere...

—¿Ese hombre con polio? ¿Lisiado por la polio? —Burrows se quedó consternado ante aquella descripción—. ¿Se ha enterado de

que se cayó de su silla de ruedas? Directo al suelo. Allí estaba, pataleando en el suelo como un insecto agonizante.

Tooke aguardó. Finalmente, el senador tuvo que responder.

—El presidente tiene una dolencia médica…

—No, señor. La gripe es una dolencia médica. La gota es una dolencia médica. Estar lisiado por la polio es un motivo abrumador por el que jamás debiera haber sido elegido.

Ken recordó que Oliver le había contado que, de niño, la poliomielitis lo había dejado confinado en una silla de ruedas. Miró a su amigo de reojo. No mostraba ninguna reacción.

—¿Qué quiere decir con eso? —preguntó Burrows.

—¿Qué quiero decir? Quiero decir que un hombre que no puede ponerse de pie no debería pretender liderar una nación. Una nación que tiene enemigos, extranjeros e internos. Cuenta con toda mi compasión, como cualquier lisiado. Pero debería haber tenido vedado ese cargo.

—Sus sentimientos personales sobre el estado de salud del presidente no van a cambiar nada. Él no accederá a financiar esa falsa ciencia. Es…

Tooke volvió a interrumpirlo, esta vez mirando más allá de Burrows a un hombre que estaba en el umbral. Tenía un aspecto amable y llevaba unas gafas muy gruesas y un tupido bigote que casi ocultaba un labio leporino—. Pase, doctor, pase —dijo el gobernador, indicándole que entrase—. Senador, este es el doctor Arnold Kruger. Viene de la Sociedad Americana de Eugenesia. Doctor, el senador y yo estamos debatiendo cuánto dinero podemos conseguir para contribuir a su trabajo.

—¡Gobernador! —exclamó Burrows, airado—. El movimiento eugenésico está ganando terreno en Europa, pero no permitiré que arraigue en nuestro país.

Tooke dio un paso hacia él y rugió:

—No se atreva a levantar la voz en mi propia casa. Aquí es donde vive mi familia. Si me levanta la voz, haré que lo saquen a empujones a la calle. —Burrows parecía furioso pero se mordió la

lengua—. Eso está mejor. Tiene que entender una cosa: el presidente es un hombre enfermo en un cuerpo enfermo. Jamás se le debería haber permitido llegar tan lejos. Y le diré algo. Voy a conseguir que usted apoye la 402.

Burrows ya no pudo contenerse más.

—¿Por qué iba a hacer yo tal cosa?

—Porque, si no lo hace, redistribuiré y alteraré todos los distritos electorales de este estado para asegurarme de que usted no vuelva a pisar el Capitolio. Tendrá suerte si consigue sacar unos millares de votos.

—¡Haré que lo metan en la cárcel!

—Correré ese riesgo. ¿Y sabe por qué?

El cuerpo orondo del senador empezó a temblar de rabia.

—¿Por qué?

—Porque esta ciencia que Dios nos ha dado transformará esta tierra en una nación. La gloria de Roma, señor, no fue una casualidad. Se formó con el cultivo de una progenie de hombres. Y ahora tenemos un método científico para alcanzar esa gloria. —Burrows miró al médico, cuyas pobladas cejas se arquearon por detrás de sus gruesas gafas.

Ken y sus amigos cenaron esa noche en la playa de debajo de la casa, asando una lubina que habían pescado sobre unas brasas humeantes. Sin mesa, solo con un mantel extendido sobre la arena blanda. El gobernador y su padre habían regresado a Sacramento, así que estaban ellos solos en la casa.

Tendido boca arriba, con los dedos entrelazados bajo la nuca, Ken se sentía más feliz de lo que se había sentido en mucho tiempo. Venir a Los Ángeles había sido una jugada arriesgada, y en gran parte solitaria. Pero en esta noche cálida, sobre la arena, rodeado de gente, vislumbraba un futuro para él en aquella ciudad.

—¿En qué estás pensando, Oliver? —preguntó Coraline mientras apuraban la última copa hacia las once.

—En mi nuevo libro, más que nada.

—¿Te preocupa que no se venda?

—Quizá solo estoy preocupado, sin más.

—No es propio de ti.

Él se puso de pie.

—Creo que me voy a la cama —dijo—. Ken, ¿por qué no te quedas esta noche en la habitación de invitados? Jennings vendrá a las ocho y puede llevarte a casa.

—Gracias.

—Y mañana podemos hablar de lo que me tiene preocupado. Los tres. A ti también te afecta —le dijo a Coraline.

—¿A qué te refieres? —preguntó Ken.

—Quiero tu opinión. Tu consejo.

—¿Sobre?

Oliver titubeó.

—Está relacionado con el libro. Pero va más allá.

—Podemos hablar ahora, si quieres.

Oliver se lo pensó un momento.

—No, prefiero esperar hasta mañana. Ahora quiero consultarlo con la almohada —dijo. Alzó una mano a modo de despedida y volvió a entrar en la casa.

Coraline estaba tomando un vodka martini. Una gota del turbio líquido quedó colgando en su labio hasta que lo lamió con la lengua. Ken la miraba de reojo.

—Hace calor esta noche —dijo, tumbada sobre la arena.

Él asintió.

—Así es. —Por supuesto que él deseaba atraerla hacia sí. Pero en ese momento no acababa de verlo claro—. En Georgia puede hacer aún más calor. Hasta treinta y ocho grados.

Hubo un largo silencio que ella acabó interrumpiendo.

—Me imagino que sí —dijo, y, dándose la vuelta, se incorporó y empezó a alejarse, siguiendo los pasos de su hermano—. Buenas noches.

—Buenas noches. —Cuando ella ya había cruzado el umbral,

Ken se puso también de pie y, con las manos en los bolsillos, se dirigió lentamente hacia su habitación. Tal vez debería haberse lanzado, aunque no lo hubiera visto claro.

Desde su habitación, honda y amplia, se dominaba la bahía. Se quitó la camisa y se tumbó a fumar un rato —no solía hacerlo, pero habían tomado unas cuantas copas—, preguntándose qué había ocurrido para ensombrecer el ánimo de Oliver.

Al cabo de un rato, captó un zumbido mecánico. Al apartar la cortina, vio cómo la lancha se aproximaba a la torre. Una silueta pilotaba la embarcación y otra permanecía detrás. ¿Qué sucedía? Suponiendo que fuese Oliver el que llevaba el timón, debía de haber procurado salir de la casa con mucho sigilo.

Ken volvió a la cama y, durante quince minutos, siguió evocando lo que había sucedido a lo largo del día, el aspecto que tenía Coraline en traje de baño. Pero su pensamiento no dejaba de volver a la imagen de esas dos siluetas en la lancha.

No había otro remedio. Tenía que investigar. Al salir de su habitación, sin embargo, oyó un crujido en el otro extremo del pasillo. La puerta de cristal azul de la habitación de Coraline estaba entornada.

Aguardó. No aparecía nadie, ni se oía ninguna voz. ¿La puerta se había quedado así por descuido? ¿Por la acción del viento? ¿O por otro motivo? Imposible saberlo. Se acercó. La rendija entre la puerta y el marco era de apenas un par de centímetros, pero se colaba por ella el aire de una ventana abierta.

Sus dedos tocaron como por propia voluntad el frío cristal, decididos a abrir la puerta. Pero un ruido los detuvo a medio camino. Un ruido inesperado que parecía entrañar una amenaza. Como una explosión lejana. Su eco recorrió la bahía dos veces. Ken ignoraba cuál podía haber sido la causa, pero, después de haber visto la lancha dirigiéndose a la torre en mitad de la noche, dedujo que algo estaba pasando.

Volvió a toda prisa a su habitación y miró por la ventana. La torre se recortaba toda negra contra el cielo púrpura. Corrió a la

puerta de Oliver y llamó con fuerza. No hubo respuesta. La abrió de golpe.

El interior estaba en perfecto orden y con la cama sin deshacer. Ken salió disparado y, cruzando el salón de baile de mármol, bajó a la playa y escrutó la torre de piedra, que tenía un aspecto imponente bajo el cielo iluminado por la luna. Se desvistió y se zambulló entre las olas en ropa interior.

Estaban heladas y agitadas, y a esa hora eran más altas que durante el día. Avanzó con energía, nadando en estilo crol y tomando aire brevemente cuando el oleaje lo alzaba para volver a hundirlo con violencia. Metro a metro, se aproximó al rocoso puesto avanzado. Durante todo el trayecto, ardía en deseos de saber qué encontraría en el interior de la torre cuadrada.

Los músculos empezaron a dolerle enseguida, pero ya se había alejado demasiado para volver atrás. Y, al fin, alcanzó las rocas con ambas manos. Observó que la lancha no estaba allí.

Cuando entró, todo estaba sumido en una densa negrura. Buscó a tientas la lámpara de aceite que había visto colgada de la viga, pero sus manos se agitaron en vano en el aire. Tropezó con un objeto de madera y después tocó con el pie algo que sonaba metálico: la lámpara. Encendió la llama con una caja de fósforos que encontró tanteando a ciegas por encima del escritorio. La lámpara se encendió con un silbido, arrojando una luz amarillenta por la habitación, los libros y el mobiliario; y luego sobre el cuerpo sin vida de Oliver Tooke, que se hallaba sentado detrás del escritorio, con la espalda contra la pared y el cuello destrozado por un balazo. Ken sintió que todo el aire abandonaba sus pulmones.

Ya había visto una vez un cadáver, pero era el de su abuelo, tendido en un ataúd con su mejor traje y con las manos impecablemente entrelazadas, como si pretendiera tener buen aspecto para una cita. Ken, entonces un niño de diez años, había contemplado aquel cadáver apacible con poco más que una cierta curiosidad infantil.

En ese momento contempló el cuerpo de su amigo, despojado

de vida. La sangre de la herida había salido disparada y dejado salpicaduras sobre los libros. Había un pequeño revólver sobre el escritorio, cerca de la mano que había apretado el gatillo.

—Dios mío, Oliver. ¿Qué has hecho? —dijo, deseando encontrar una respuesta. Se quedó allí durante un tiempo que podría haber sido un minuto o acaso una hora, deseando comprender por qué. Simplemente por qué.

Y había alguien más que desearía saberlo, Coraline, ahora dormida en la habitación de la puerta azul. No tenía ni idea de cómo iba a comunicarle la noticia. Lo único que podía hacer era dar media vuelta y prepararse para el penoso y gélido trayecto hasta la orilla. Lanzó una última mirada a lo que había sido en su momento un ser humano, y se volvió hacia la entrada.

Al hacerlo, reparó en una cosa: el secreter de la esquina. Ahí estaba el montón de novelas baratas con mujeres de falda corta en una portada y hombres de abrigo oscuro en la otra. Encima, se encontraba *Relojes de cristal*, el intento de Oliver de producir un libro doble similar. Precisamente el libro sobre el que había dicho esa noche que quería hablar con él y Coraline. Ahora ya nunca podría hacerlo.

Ken todavía no había tenido la oportunidad de hacerse con un ejemplar, ocupado como había estado entre el rodaje y el trabajo. Lo abrió y leyó la primera línea: «Los ojos grises de Simeon Lee asomaban por encima de…». Le dio la vuelta. Tal como le había dicho Oliver, su historia había sido emparejada con la de otro escritor: un vulgar relato de terror titulado *La cascada*.

¿Por qué necesitaba Oliver su consejo acerca del libro? ¿Y por qué no se lo había pedido en ese mismo momento? Cabía la posibilidad de que aquello fuera importante, de que la novela le diera una clave sobre el estado anímico de Oliver en los últimos días. Pero eso tendría que esperar: Coraline estaba en la casa y tenía que regresar para darle la triste noticia. Sin la lancha debía hacerlo a nado, así que difícilmente podía llevarse el libro consigo. Tendría que dejarlo allí.

Se preparó para el esfuerzo que le esperaba. Su cuerpo recordó el frío y la fuerza de la corriente, y se endureció como una piedra antes de zambullirse.

Tuvo que recurrir a todas sus reservas de energía para seguir dando brazadas y moviendo los pies hacia la orilla. Finalmente, se arrastró sobre la arena, jadeando. Con el rabillo del ojo, distinguió a unos cientos de metros a lo largo de la bahía algo que estaba seguro de que era la lancha encallada en la arena. Tal vez la había llevado de vuelta la corriente.

O bien alguien la había conducido hasta allí y la había abandonado.

Se puso los pantalones, cruzó corriendo el salón de baile y el vestíbulo, subió las escaleras de mármol blanco y se dirigió a la habitación de Coraline. Durante todo el camino, comprendió que la casa se había convertido ahora en otra diferente de aquella en la que había pasado unos días tan felices.

La puerta de Coraline seguía entornada, oscilando al viento, como si la propia habitación respirase. La empujó con la mano.

—Hola, Ken —dijo ella en cuanto entró, como si le hubiera estado esperando. Bajo la luz azulada de la luna, él vio como se daba la vuelta en la cama para mirarlo. Llevaba una prenda de seda adornada con estrellas de aguamarina. Ken no respondió, pero dio un paso adelante—. ¿Sin palabras? ¿Sin invitación? ¿Entras así como así? —Un destello de luz se reflejó en sus labios—. ¿Ken?

—Coraline, lo siento.

—¿Qué es lo que sientes?

—Ha ocurrido algo. —Se sentó en la esquina de la cama. Ahora distinguió la expresión de su rostro: inquisitiva, divertida. Coraline estaba aguardando a que continuara. Ken buscó unas palabras que pudieran suavizar el golpe que estaba a punto de recibir. Aborrecía que aquello estuviera sucediendo ahí, en ese momento, con ellos dos en semejante situación. Pero al final no tuvo más remedio que ser directo—. Oliver se ha pegado un tiro.

Incluso mientras lo decía, tenía dudas de que aquello fuera la verdad, pero no era el momento de analizarlo.

Ella se encogió como si le hubiera pegado. Luego se incorporó de golpe.

—¿Cómo? ¿Qué quieres decir?

—Está muerto. Lo siento mucho. Lo he encontrado en la torre.

Coraline apartó la colcha. Inspiró profundamente dos veces, hasta el fondo, y se puso un quimono de satén esmeralda que estaba sobre el respaldo de una silla. Luego habló con calma.

—Te has equivocado. No está muerto. Debe de ser una especie de truco.

Un truco. No, no. Ojalá fuese cierto.

—Lo lamento, pero lo he visto.

—¡No tiene motivo para hacer eso! —exclamó ella con voz sibilante. Se acercó a las cortinas y las abrió de un tirón. La luna, una pálida hoz, estaba justo enfrente, arrojando una luz lechosa sobre la torre de piedra. Ella la señaló—. ¿Aún sigue allí?

—Sí. —O sea que al menos lo había aceptado.

—Quiero que esté aquí. Quiero traerlo a casa.

—No puedo.

—¿Por qué?

—Hemos de avisar a las autoridades. A una ambulancia.

—¿De qué servirá ahora? —preguntó ella con tono gélido.

—Es lo que debemos hacer.

Ella se volvió y clavó los ojos en los suyos.

—Oliver jamás haría algo así.

Ken notaba la sal en su cuerpo, el olor a sudor.

—Voy a llamar a la policía. Hay que avisarles.

Ella miró cómo salía.

El coche de policía, un vehículo sin distintivos, tardó veinte minutos en llegar.

—Inspector Jakes —dijo un agente de aspecto huraño a modo

de presentación. Era un hombre de cincuenta y tantos, con el cuerpo echado a perder y un bigote que se iba rascando con su lápiz, como si se estuviera coloreando las zonas desprovistas de pelo—. ¿Dónde dice que está? —preguntó, sorprendido, cuando le explicaron la ubicación del cadáver. Ken, ahora ya vestido, lo llevó a la playa y le mostró la torre.

—Dios santo. ¿Cómo demonios se llega allí?

—Con la lancha motora —dijo él, señalándola.

Jakes volvió a soltar una imprecación.

—Muy bien. Hay una ambulancia de policía en camino. ¿Usted sabe manejar ese trasto?

—Claro. Pero…

—Pero ¿qué?

Algo impulsó a Ken a volverse hacia la casa. La figura oscura de Coraline estaba en una de las ventanas, con un cigarrillo entre los dedos. Luego corrió las cortinas y desapareció.

—Se lo contaré después.

—Como quiera. Vamos allá.

Se pusieron en marcha, y pronto estaban surcando las olas y luego saltando a las rocas que se habían convertido en una tumba para Oliver Tooke. Ken dejó que el inspector pasara primero. La lámpara de aceite seguía ardiendo y la habitación estaba tal como la había dejado: siniestra y ensangrentada.

Jakes inspeccionó la escena. Después se volvió alzando las cejas.

—Sí, ya sé —musitó Ken.

—¿Hizo o dijo algo que indicara que iba a hacer esto?

—Nada.

—Bueno. —Jakes se encogió de hombros—. La verdad es que pocos lo hacen. En la mayoría de los casos viene a ser: «Parecía un poco abatido, pero no tan mal como para pensar que iba a quitarse la vida». —Hizo una pausa—. Lamento su pérdida.

Era una frase vacía. Ken no creyó que el inspector Jakes lamentara en absoluto su pérdida. Era un simple formalismo, como quitarse el sombrero al entrar en una casa.

—Entonces ¿qué hacemos ahora?

—Bueno, no hay nada sospechoso, por lo que yo veo. El arma está ahí, junto a su mano. Lo llevaremos a tierra firme. Lamento su pérdida.

—Sí, ya lo ha dicho. —A Ken no le importaba sonar grosero.

—Podemos esperar a que llegue la ambulancia y volver aquí a buscarlo. Pero, para serle sincero, no será más decoroso que si nos lo llevamos nosotros mismos. Usted decide.

Ante semejante elección, parecía más respetuoso que ellos mismos se llevaran a Oliver, en vez de dejar que lo transportaran unos desconocidos que seguramente habían cargado con otros cinco cadáveres esa misma semana. Incluso ese día: aquello era Los Ángeles, al fin y al cabo.

Así pues, llevaron el cuerpo entre los dos a la pequeña lancha para volver a tierra firme.

Pero antes, mientras Jakes estaba de espaldas, Ken cogió el último libro de Oliver Tooke, *Relojes de cristal*, y se lo guardó dentro de la chaqueta. En su mente empezaban a hormiguear ciertas dudas, de manera que quería saber cuál era el contenido del libro, y no estaba seguro de que el policía fuera a entenderlo.

De vuelta en la casa, tendieron a Oliver en su cama, tapándolo con una sábana hasta la barbilla para ocultar los estragos causados por la bala. Como si eso importase ya.

Coraline estaba en un rincón de su habitación, sentada en un sillón, cuando Ken fue a buscarla.

—¿Quieres verlo? —preguntó.

Sin decir palabra, ella fue a la habitación de su hermano, miró el cuerpo y regresó otra vez a la suya.

—Inspector —empezó Ken, cuando bajaron a la cocina. Había llegado el momento de explicar lo que había visto.

Jakes estaba anotando algo en su libreta.

—¿Sí? —dijo, sin levantar la vista.

—Creo que he visto a dos personas yendo hacia allí.

—¿Qué quiere decir? —preguntó el inspector, todavía concentrado en sus notas.

—En la lancha. Cuando la vi salir, me pareció que había dos personas a bordo.

Jakes se detuvo.

—¿Le pareció? O sea, ¿está seguro?

Ken cerró los ojos y volvió a ver la imagen con toda claridad.

—Estoy seguro. Vi a dos personas.

Jakes, pensativamente, dio unos golpecitos con el lápiz en el cuaderno.

—¿Cómo? ¿Es que aquí brilla el sol por la noche?

—La claridad de la luna fue suficiente.

Jakes puso una cara como si hubiera mordido algo agrio y continuó con sus notas.

—La luz de la luna no sirve de nada.

Ken probó otro enfoque.

—Oliver nos había comprado entradas para ir al teatro mañana por la noche. ¿Cree que un hombre que está planeando poner fin a su vida haría algo así?

—No soy psiquiatra.

—Pero si…

—Escuche. —Jakes cerró su libreta—. Usted parece estar insinuando que aquí ha habido algo turbio. Bueno, oigo lo que me dice, pero no hay nada en absoluto que indique tal cosa. Usted mismo ha dicho que el señor Tooke parecía abatido anoche; así que se fue a esa torre absurda sobre las rocas (no tengo ni idea de cómo puede ser legal una construcción como esa, por cierto) y utilizó su propia arma para quitarse la vida.

—¿Cómo sabe que era suya?

—¿El qué? ¿El revólver?

—Sí.

—No hay motivo para pensar lo contrario.

—Eso no me parece suficiente.

—Y el ángulo de la bala. —Se lo demostró con el lápiz—. Atra-

vesó el cuello hacia arriba y salió por un lado. Si hubiera sido otra persona quien le disparó, tendría que haber estado sentada en el regazo de la víctima.

—De eso no puede estar seguro.

—De acuerdo, de acuerdo. —El inspector se guardó el cuaderno y el lápiz en el bolsillo interior de la chaqueta—. Digamos que mi opinión sobre este caso se basa en veinticinco años de experiencia. Porque nunca he visto en todo ese tiempo una pistola falsa colocada en la escena ni un suicidio que fuera otra cosa que lo que parecía, o sea, un hombre con los medios necesarios para acabar con todo. Y lo siento mucho. De veras. Pero no podemos alterar los hechos.

—¿Podría buscar huellas dactilares?

El inspector se quedó callado un momento.

—Mire, señor Kourian. Podríamos hacerlo. Podríamos rastrear el arma hasta el fabricante. Podríamos llamar a cada puerta desde aquí hasta Tijuana preguntando si han visto algo. Pero voy a serle sincero: no vamos a hacerlo. Porque no hay absolutamente nada que despierte sospechas.

Sonó el timbre y Ken vio al abrir que había llegado la ambulancia de la policía. El conductor se disculpó por el retraso explicando que habían tenido que parar en cada casa para pedir indicaciones porque no tenía ni idea de por dónde andaba. Luego se llevaron el cadáver, Jakes se fue con su coche y en la Casa del Reloj solo quedaron Ken y Coraline. Él la encontró en su habitación, otra vez en la cama con su camisón de seda con estrellas de aguamarina.

—Se han ido todos —dijo.

—Ya.

—¿Quieres que llame a tu padre?

—¿No crees que debería hacerlo alguien a quien haya visto más de un par de veces? —Ese modo de rechazarlo era descortés, pero, dadas las circunstancias, Ken no podía culparla.

—Voy a volver a mi pensión y te dejo tranquila —dijo.

Fue a recoger sus cosas —su cartera, sus llaves— y llamó a un taxi para que lo llevara a la ciudad. Cuando se disponía a subir al vehículo, oyó una melodía de piano y creyó por un momento que el taxista tenía puesta la radio. Iba a pedirle que la apagara cuando cayó en la cuenta de que la música venía del interior de la casa. Coraline estaba tocando el piano blanco de media cola del salón de baile. Una melodía europea y melancólica.

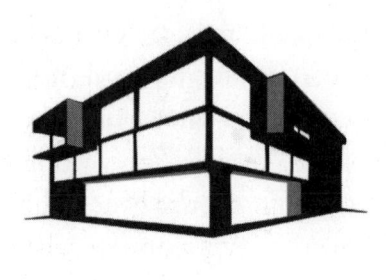

9

Se metió en la cama hacia las seis y permaneció allí mirando el techo, oyendo discutir de vez en cuando a la pareja de la habitación contigua. Estaban despiertos más temprano de lo normal. Debía de ser el calor lo que los había sacado de la cama.

El inspector, Jakes, estaba convencido de que había sido un suicidio. Ken no soportaba esa conclusión porque la idea de que su único amigo de verdad hubiera cortado su vida en seco le resultaba tremendamente amarga. Pero debía mirar las cosas objetivamente, así que trató de imaginar un motivo que explicara por qué Oliver lo había hecho. No tenía problemas de dinero, eso seguro; su obra estaba muy solicitada, y, suponiendo que tuviera deudas, podría haber recurrido a su padre.

¿Un desengaño amoroso? No había habido el menor signo de que Oliver estuviera enredado con alguien en secreto. Ni siquiera parecía demasiado interesado en las chicas... o en los hombres, dado el caso.

Todo eso dejando aparte la imagen que Ken tenía grabada en la

memoria de dos hombres saliendo en aquella lancha. Sin duda, estaba oscuro, pero lo que había visto no podía negarse. Así pues, la pregunta era: ¿quién era el segundo hombre y qué estaban haciendo los dos allí fuera?

Bueno, se había llevado una cosa de la escena que tal vez pudiera ayudarle a encontrar una respuesta. Oliver había dicho que había algo que le preocupaba, algo relacionado con su nuevo libro y sobre lo cual quería hablar con Ken y Coraline.

Relojes de cristal resultó ser una historia hipnótica sobre un médico inglés del siglo anterior que investigaba la muerte de un pariente en el condado de Essex: el condado del que Oliver había dicho que procedía su familia. La acción se desarrollaba en una extraña casa de la costa que podía quedar aislada del resto a causa de la marea y que llevaba el mismo nombre que la casa familiar de California: la Casa del Reloj. Así que debía tratarse de la mansión solariega de los Tooke. Otra conexión era que el médico se llamaba igual que el abuelo de Oliver, Simeon; y uno de los personajes tenía incluso el nombre del propio Oliver. Había mucha crueldad en esa historia, descubrió Ken. Hojeando sus páginas, le llamó la atención el sufrimiento de una mujer.

> Miré el reloj de la esquina.
> —Casi una hora. Ya no puede tardar mucho. Debe de tener el frío metido en los huesos. —Cerré el libro y me quité los anteojos para poder concentrarme mejor. El sonido de los lamentos de Florence me llegó de nuevo. Primero fueron airados, luego quejumbrosos; ahora eran abiertamente amenazadores.

Era extraño, pero incluso había una historia dentro de la historia, una lúgubre novelita titulada *El campo dorado* sobre una familia de California que vivía en una casa hecha totalmente de cristal. El narrador de ese relato estaba averiguando la verdad sobre la muerte de su madre, pero solamente aparecían unos breves fragmentos de esa parte. En ellos se describía una travesía por el

Atlántico, las dudas del anónimo narrador y, finalmente, la venganza por un crimen terrible.

Ken empezó a leer desde el principio, pero estaba todo el tiempo buscando un sentido oculto detrás del sentido aparente. Ya había leído un tercio del libro sin encontrar ningún indicio cuando su despertador sonó de un modo infernal. Eran las ocho, la hora de levantarse para ir a trabajar al periódico. No estaba de humor para hacerlo —bueno, en realidad apenas podía tenerse en pie—, pero dada la cantidad de tiempo que se había tomado libre para aparecer como actor secundario en la película, su empleo ya pendía de un hilo. Guardó el libro en la mesita.

Así pues, hacia las nueve y media —tarde, pero no peligrosamente tarde— estaba en su escritorio de la oficina de publicidad del *Times* con la mente acelerada. Pensó que había un par de aspectos extraños o directamente sospechosos en la vida de Oliver que debía investigar si quería llegar al fondo de lo que le había sucedido: uno era el motivo desconocido por el que su amigo había pagado la fianza de Piers Bellen; tendría que tratar de localizar a aquel perro ladrador. El otro era la primera tragedia que había sufrido la familia Tooke. Fue al teléfono y le pidió a la operadora interior que le pasara con el archivo. Allí conservaban las ediciones antiguas del periódico y los documentos sobre cada asunto que aparecía en las noticias.

—Archivo.

—Hola. Soy Ken Kourian. Me gustaría ver los reportajes sobre un caso de secuestro de 1915. —Dio los nombres del gobernador Oliver Tooke y de sus hijos.

—Vale. Tardaremos un par de horas. ¿En qué mesa está?

Ken sabía que aquello podía encender el semáforo rojo.

—Estoy en clasificados.

—¿Dónde?

—En anuncios clasificados.

Hubo un silencio.

—Entonces ¿para qué demonios quiere esos recortes?

Ken ya había preparado una historia.

—Un posible anunciante va a publicar un libro sobre antiguos delitos cometidos en el estado y yo le dije que le ayudaríamos. Es un contrato jugoso.

Era una historia bastante mala.

Hubo otro silencio.

—De acuerdo —accedió el interlocutor con evidente irritación—. Un par de horas.

—Gracias —dijo Ken—. Una cosa más.

—¿Ahora qué quiere?

—¿Puede mirar también si hay algo sobre Oliver Tooke, el escritor, en los archivos?

—¿De cuándo?

Ken no estaba seguro.

—De cualquier época.

El tipo del otro lado de la línea no sonó nada contento.

—¿Pretende que revise todas las ediciones de la historia del periódico?

—¿Qué tal de los últimos doce meses?

—Vale, vale.

Cuatro horas más tarde, un chico de los recados depositó una caja de cartón sobre su escritorio. Contenía las ediciones del *LA Times* de 1915 que hablaban del secuestro; la primera era del 2 de noviembre.

La policía ha iniciado una operación de búsqueda después de que el hijo pequeño del magnate del cristal Oliver Tooke fuera secuestrado de la mansión solariega de la familia en Inglaterra.

El niño, Alexander, de cuatro años, fue raptado por dos hombres gitanos que se lo arrebataron de los brazos a la madre, Floren-

ce. La señora Tooke estaba paseando por el jardín con su hijo mayor, Oliver, de cinco años, cuando la asaltaron. La policía inglesa especula que los raptores tal vez tenían cómplices. La familia está esperando la petición de un rescate o alguna otra comunicación de los criminales.

Los Tooke estaban pasando el verano en el condado de Essex junto con el padre del señor Tooke, Simeon, quien emigró a California en 1883.

El inspector Marlon Long, de la policía del condado de Essex, ha declarado que sus hombres no descansarán hasta que el niño vuelva con su familia.

Florence. Ese nombre hizo que se irguiera en su silla. No sabía que la madre se llamara así, pero había una mujer en la historia de Oliver que llevaba su nombre. Eso tenía que significar algo.

A continuación, estaba la edición de dos días más tarde.

La policía encargada del terrible caso de secuestro de Alexander Tooke ha hecho redadas en los campamentos de gitanos de los alrededores de Essex, Inglaterra, en busca del niño desaparecido.

Más de cincuenta hombres han sido interrogados, pero, aunque tres han sido acusados de delitos no relacionados con el caso, una fuente policial ha declarado que los agentes ingleses siguen ignorando el paradero del secuestrado.

Su padre, Oliver Tooke, fundador de la empresa de fabricación de cristal, ha ofrecido una recompensa de 10.000 dólares por cualquier dato que permita rescatar a su hijo sano y salvo.

La noticia iba acompañada de una fotografía familiar. Ken ya había visto esa foto: era la que estaba colgada en la biblioteca de la Casa del Reloj. Aquí, en el basto papel de periódico, llevaba el siguiente pie: «El señor Tooke con su esposa, Florence, y sus hijos: Oliver hijo, de cinco años; Alexander, de cuatro, y Coraline, de uno».

Había otras noticias en la carpeta, pero eran simples especulaciones o actualizaciones que no añadían nada. Hasta un reportaje publicado un año más tarde.

La trágica familia Tooke ha dejado Inglaterra para regresar a su hogar en Point Dume, Los Ángeles. Desde el secuestro del pequeño Alex, de cuatro años, la familia había permanecido encerrada en su casa solariega, situada en una pequeña isla del condado de Essex, en la costa oriental de Gran Bretaña, con las persianas cerradas.

Oliver Tooke ha ofrecido sumas cada vez mayores de dinero por alguna información sobre el paradero del niño. La recompensa asciende ahora a la enorme cantidad de 30.000 dólares. Pero todo ha sido en vano. Su regreso indica que han perdido la esperanza de volver a ver a la pobre criatura con vida.

Y aún había un último reportaje, una lúgubre noticia de 1920 que ocupaba toda la página con el titular: «La maldición familiar golpea una vez más a los Tooke al morir ahogada la madre».

Florence Tooke, la esposa del magnate del cristal Oliver Tooke, se ahogó mientras la familia estaba de vacaciones en Inglaterra, visitando la casa solariega de la isla de Ray, en el condado costero de Essex.

A los ojos de cualquier observador, la familia parecería ser víctima de una maldición, pues ya había sufrido el secuestro y presunto asesinato de su hijo menor,

Alexander, ocurrido en ese mismo lugar hace unos cinco años. Al parecer, la señora Tooke estaba cruzando un banco de lodo cuando se alzó la despiadada marea y la sumergió. Según los amigos de la familia, su marido se encuentra «totalmente destrozado» y está haciendo todo lo posible para consolar a los hijos restantes de la pareja, Oliver hijo, de diez años, y Coraline, de seis.

La noticia proseguía bajo una borrosa fotografía de una mujer delgada vestida para un baile, con una melena oscura sobre los hombros.

La señora Tooke —Florence De Waal, de soltera— era una belleza admirada en sociedad. Nacida en Nueva York, tenía fama de ser una excelente acuarelista de estilo impresionista, organizaba salones artísticos y se convirtió tras su matrimonio en una protectora de las artes. En los últimos años, había montado exposiciones de diversos pintores en el Western Front. Algunas de ellas resultaron polémicas y provocaron acusaciones de derrotismo y depravación moral.

En el fondo de la caja estaba la única noticia publicada recientemente sobre el joven Oliver Tooke. Procedía de las páginas de sociedad y el anónimo redactor relacionaba al «joven y apuesto escritor» con dos o tres «sensuales estrellas» en el transcurso de tal o cual fiesta.

Pero, amigos, no vayan a creer que la vida de Olly Tooke es un lecho de rosas. Tal vez recordarán el secuestro que sufrió la familia Tooke veinte años atrás: su hermano fue raptado y nunca apareció. Su madre murió unos años después de desolación, tras languidecer de pena por su hijo perdido. Así pues, ¿Olly es atractivo porque sabe escribir con ingenio, o lo es por la notoriedad de su familia y su aspecto bronceado? ¿Su estrella seguirá ascendiendo o acabará siendo expulsada del firmamento nocturno? Solo el tiempo lo dirá. ¡Pero ya saben a dónde acudir para averiguarlo!

«Por Dios, qué abusivo —pensó Ken—. No eran capaces de dejarle en paz».

Estaba tamborileando con los dedos sobre el escritorio con aire pensativo cuando reapareció su jefe.

—Eh, George. No me encuentro bien —dijo.

—¿Qué te pasa?

—Algo que he comido. Tendré que irme a casa, me parece.

—Si vas a marcharte para asistir a una de tus audiciones…

—No, no. Estoy enfermo.

George le señaló la puerta con el pulgar.

—Vale. Pero, si puedes, ven mañana temprano para recuperar las horas.

—De acuerdo.

Ken estaba poniéndose la chaqueta cuando sonó el teléfono y George atendió la llamada.

—Clasificados. —Hubo una pausa; luego George le tendió el auricular—. Para ti.

Ken lo cogió.

—¿Hola?

—Hola, Ken. —Reconoció la voz. Raramente le llamaba alguna mujer; solo alguna de las secretarias, nada más. Esa voz era de una mujer treinta años más joven que ellas. «Coraline».

Hubo un ligero titubeo.

—¿Podemos vernos?

Por alguna razón, él no supo cómo responder. Luego la educación se impuso. Al fin y al cabo, era la afligida hermana.

—Claro. ¿Dónde?

George alzó la mirada y frunció el ceño, como si hubiera captado algo que no comprendía del todo, pero que no le gustaba. Ken fingió que no se daba cuenta.

—Hay un bar en Rodeo Drive que se llama Yacht Club. Dentro de media hora.

—De acuerdo. Nos vemos allí.

Ella colgó y Ken también.

—¿Ya te encuentras mejor? —le preguntó George sarcásticamente.

—Su hermano murió anoche —respondió él. Reparó en la caja de recortes que había dejado sobre su escritorio. Confiaba en que George no la viera; de lo contrario, aquello empezaría a parecer extraño.

—Vale, vale, vete. Pero no vuelvas a decirme que estás enfermo cuando no lo estás. No soy un ogro. Hemos de cuidarnos mutuamente.

—Claro —dijo Ken, y salió sintiéndose un poco culpable.

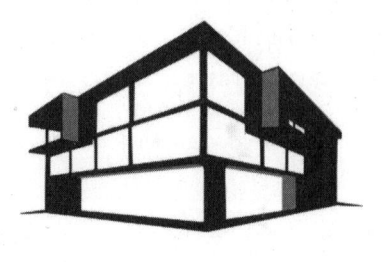

10

El bar resultó ser un local sofisticado lleno de gente del mundo del cine. Unas cuantas aspirantes a actriz se hallaban sentadas en la barra, cada una por separado, sosteniendo una copa de precio desorbitado y confiando en ser vistas.

Coraline llevaba un ceñido vestido negro y un casquete con una cinta de seda alrededor.

—Gracias por venir —dijo con formalidad.

—En absoluto. —Ken sentía el impulso de adoptar un tono menos formal, pero se contuvo y le hizo una seña al camarero—. ¿Qué ha pasado esta mañana?

—He ido a la morgue para identificarlo oficialmente. Mi padre se encargará de organizar el funeral. —Dio un trago a su vaso de tubo, que contenía un julepe de menta.

—¿Y el entierro?

Esa palabra hizo que ella se encogiera ligeramente.

—Tenemos una parcela familiar. Oliver no era religioso, ni yo tampoco, así que no importa demasiado dónde o cómo, en reali-

dad. —¿Era eso cierto? Incluso para aquellos que no se acordaban más de Dios de lo que Él se acordaba de ellos era importante dónde habían de reposar sus restos. Tras una pausa, Coraline prosiguió—. Últimamente hablaba mucho de la culpa.

—A mí también me habló de ello. ¿Qué crees que significa?

—No lo sé. Era algo que tenía en su conciencia. —Apuró su bebida y pidió otra.

Ken soltó la pregunta a bocajarro, pese a la pesada carga que entrañaba.

—¿Crees que lo hizo él?

Ella le clavó sus ojos azules claros y, dando unos golpecitos a su paquete de Nat Sherman, sacó un cigarrillo.

—¿Tienes algún motivo para pensar otra cosa? —dijo sin que le temblara la voz.

Ken tenía solamente algunos indicios dispersos que no resultaban concluyentes.

—Hay un par de cosas —dijo—. Oliver no parecía deprimido; al menos a mí no me lo pareció. ¿Tú sabías que tenía una pistola?

—No, no lo sabía.

Era algo que uno sabría de su propio hermano. Pero se guardó ese pensamiento por ahora.

—O sea que tal vez ni siquiera era suya.

Ella se bebió la mitad de su julepe marrón-dorado sin inmutarse.

—Posiblemente.

—Y yo vi a dos hombres saliendo con la lancha.

Coraline se quedó callada y se llevó el cigarrillo a los labios. Ken estudió su reacción, tratando de descifrarla.

—¿Para ir a la torre?

—Exacto.

—¿Estás seguro?

—Sí. Pero debo aclararte que al inspector Jakes no le convence. Cree que estaba demasiado oscuro para ver nada.

—¿Y tú qué dices?

—Que brillaba la luna y había luz suficiente.

Ella envolvió el cigarrillo con los labios y luego soltó el humo hacia un lado.

—No parece muy concluyente.

—No, no lo es.

—Entonces ¿debo aceptar que viste lo que dices haber visto?

—Sí, supongo que sí. —Ken miró cómo levantaba su vaso de nuevo—. He buscado las noticias que publicó el *Times* sobre tu hermano Alexander. Sobre su secuestro.

Con un destello de amargura en la mirada, ella dejó el vaso bruscamente sobre la mesa de zinc.

—Vaya, ¿así que eres un pequeño sabueso? —Enseguida se recompuso de nuevo—. Aquello sucedió hace mucho.

—¿Tú…?

—Yo tenía un año. Así que no, no recuerdo nada.

La atmósfera entre ambos se había vuelto pesada.

—Hace unos meses asistí a una fiesta en vuestra casa. Un hombre llamado Piers Bellen me llevó en coche a casa; o se suponía que iba a llevarme, porque paró por el camino en un restaurante, agredió a un hombre de color y acabamos todos en la comisaría. Oliver pagó su fianza. —Coraline escuchaba sin la menor reacción—. Pero lo más increíble es que cuando Bellen llamó a Oliver por teléfono, le dijo que más le valía acudir a la comisaría y pagar la fianza, o de lo contrario… Le dijo algo extrañísimo, como que nunca llegaría a saber lo que él había descubierto.

Coraline sacudió la ceniza de su cigarrillo en un cenicero de cristal con aire pensativo.

—Deberíamos hablar con él —dijo.

—Estamos de acuerdo.

Primero, sin embargo, habrían de localizarlo, porque Ken no tenía ningún modo de contactar con Bellen.

Pero había alguien que sí lo tenía.

—¡Me dejaste tirada con ese cerdo! —gritó Gloria a través del teléfono. Ken y Coraline estaban en la cabina del vestíbulo del bar y era asombroso que el auricular no hubiera saltado en pedazos. Él no había vuelto a hablar con Gloria desde aquella noche de pesadilla en la comisaría.

—Tú querías irte con él.

—¡No, no quería! Le vi dos veces, no, tres veces después de aquello. Nada más. Creía que era un productor de alto nivel.

—¿Y qué es, en realidad?

—¿Qué es? Trabaja para el puto gobierno —dijo ella desdeñosamente—. En el departamento de Estado, me parece. Si quieres hablar con él, llámale allí. —Y colgó.

El departamento de Estado. Asuntos Exteriores. Algo que ver con la época de la familia en Inglaterra, quizá. Con la desaparición del hermano de Oliver. Tal vez.

Tras buscar la información y pasar por dos operadoras de Washington D. C., Ken consiguió llegar a Bellen.

—¿Ken qué más? —resopló el hombre—. Ah, el de la fiesta. ¿Usted vio lo que me hizo ese negro…? —farfulló.

—¿Ya conoce la noticia sobre Oliver? —lo interrumpió Ken.

—¿Sobre Tooke? ¿Qué pasa con ese idiota?

—Ha muerto.

Un silencio.

—¿Qué…? ¿Cómo?

¿Parecía atemorizado, en lugar de consternado? Sí, tal vez.

—Murió en esa torre de piedra que hay en el mar, frente a la casa. La torre donde escribía. De un disparo.

—Jod… —Sonaba como si acabara de ver a un hombre que se le acercara con una porra en una mano y una soga en la otra.

Pero Ken no estaba de humor para paños calientes.

—Cuéntemelo, Piers.

Otro silencio. Luego una respuesta suspicaz.

—Contarle, ¿qué?

—Cuénteme qué tenía usted sobre él.

Un segundo de vacilación.

—Nada.

—¿Era sobre Alexander?

—¿Alexander? —El hombre resopló con tono burlón—. No, no era sobre Alexander. —Su forma de decirlo encerraba muchas cosas. Pero esa arrogancia fue también su perdición, porque le indicó a Ken cómo continuar.

—O sea que era sobre otra persona. Otra persona muy cercana. —Mientras hablaba, Ken se llevó la mano sin pensarlo al libro que tenía en la chaqueta y deslizó el dedo por las páginas. Había algo en él que le había dado mucho que pensar. Era el hecho de que uno de los personajes llevara el nombre de la difunta madre de Oliver. Y Bellen, cuando había hablado con este por teléfono, había fingido burlonamente la voz de una mujer asustada—. Era sobre Florence, ¿no? —Silencio. Un silencio culpable, sin duda. Ken había disparado ese dardo medio a ciegas, pero había dado justo en el blanco—. ¿Qué había acerca de ella que usted estaba utilizando contra él?

Bellen respondió con tono furioso.

—Maldito gilipollas…

—Usted tenía algo contra él relacionado con Florence Tooke. Y deduzco que lo averiguó a través de su trabajo. Así que o me dice de qué se trataba, o informaré a sus superiores de que se ha dedicado a trabajar por su cuenta en horario laboral.

Sonó un resoplido al otro lado de la línea.

—Él quería saber… cómo murió. Cómo fue exactamente.

Ken vio que Coraline se ponía rígida.

—Ella se ahogó deliberadamente —dijo Ken. Los artículos del periódico lo habían dejado más que claro.

—Pero esa es la cuestión —respondió Bellen. Ken sintió que algo estaba a punto de irrumpir a través del bar: un tren de carga sin frenos—. Se llevó a cabo una investigación forense. Hice que me mandaran una copia del informe. Y se la pasé a Tooke.

—¿Qué decía ese informe? —lo apremió Ken.

—Verá, el jurado de la vista… —Su voz se apagó.

—¿Qué sucedió con el jurado?

—Eh… —Bellen volvió a titubear, como si lo paralizase el temor de lo que acarrearía revelar los hechos.

—Continúe.

—El jurado… emitió un veredicto abierto.

¿Un qué?

—¿Qué demonios significa un veredicto abierto?

—Significa que tenían sospechas. Un testigo, el ama de llaves o algo así, declaró que la señora Tooke estaba muy contenta aquel día. Que se llevó sus utensilios para pintar. Que no daba la impresión de que fuera a quitarse la vida. —Ken miró a Coraline; confiaba en que estas palabras no resultaran demasiado duras para ella—. Así pues, el jurado creyó que podía haberse tratado de un accidente; que podía haber sido un suicidio. Que podría haber sido… otra cosa. Eso es lo que significa un veredicto abierto.

«Que podría haber sido… otra cosa». La frase quedó flotando en el aire. La única reacción de Coraline mientras escuchaba fue inclinar un poco la cabeza. Era lo más emocionada que Ken la había llegado a ver, y no resultaba muy revelador.

—¿Qué más sabe? —le preguntó a Bellen.

—Nada. Tardé mucho tiempo en conseguir esa información. Y solo quería…

Ken colgó sin más. Era evidente que Bellen había tratado de exprimir a Oliver todo lo que había podido.

Durante casi un minuto, Coraline se quedó con la mirada fija en el bar, donde había hombres del mundo del cine con chicas a las que les doblaban la edad. Finalmente, empezó a hablar.

—Hace tiempo, Oliver desapareció durante… un mes, diría yo.

—¿Crees que fue a Inglaterra?

—Al volver, estaba… distante.

—Debió de descubrir algo allí.

—Yo diría que sí.

Coraline apuntó las copas en su cuenta y salieron del club. Ken

la siguió hasta un solar vacío donde probablemente se levantaría un edificio antes de un año. De momento, era un terreno lleno de maleza y vagabundos. Prefirió darle un tiempo.

—¿Tú qué piensas? —preguntó ella al fin, sin mirarle.

—¿Tu padre nunca comentó que hubiera dudas acerca de la muerte de tu madre?

—Por supuesto que no.

—Entonces creo que hay muchas cosas que deberíamos averiguar —respondió Ken—. Y no las descubriremos quedándonos aquí.

Ella le entendió.

—¿Crees que deberíamos ir a Inglaterra?

—Sí, eso creo.

Coraline metió la mano en el bolsillo, sacó otro Nat Sherman y lo encendió con un mechero eléctrico. Dio tres largas caladas antes de volver a hablar.

—Hace mucho tiempo que no he ido allí. —Hizo una pausa—. Odio aquella casa.

—Háblame de ella.

—¿Qué quieres saber?

—Empieza por el principio.

—Mi abuelo la heredó de un pariente lejano. Él…

—Un momento, ¿es eso cierto?

—¿Qué quieres decir?

Aquello parecía tan increíble como todo lo demás.

—En el libro de Oliver, hay un médico inglés llamado Simeon que hereda la casa de su tío.

—Ah, ¿sí? No lo he leído. Oliver me pidió que no lo leyera por ahora, pero no quiso decirme por qué. Me dijo que me lo explicaría cuando estuviera preparada.

Eso en sí mismo era extraño, muy extraño.

—Háblame de lo que sucedió en la Casa del Reloj. En la de Inglaterra —dijo Ken—. ¿Realmente había un cuerpo enterrado en el lodo?

Ella lo miró con curiosidad. Debía parecerle irritante que una persona ajena al clan conociera algunos de los secretos familiares.

—Sí, en efecto. Mi abuelo nos lo contó cuando fuimos lo bastante mayores para entenderlo.

—Entonces esa es la historia. La historia de *Relojes de cristal*. Solo que Oliver cambió el apellido de tu abuelo.

Ella rio sarcásticamente al saberlo.

—Nuestra gran leyenda familiar. Pero, más que una leyenda es una historia verdadera, estoy segura. Creo que mi padre siente cierto orgullo por descender de ese linaje: todas las grandes familias tienen unas gotas de asesinato y de locura, como los papas medievales. Todo empezó con mi abuelo; después de heredar la casa, vivió en ella un tiempo y luego vino aquí.

—¿Había una mujer encarcelada en la casa que se llamaba Florence? En la novela, es la cuñada del tío de Simeon.

—Había una mujer, sí. Pero no se llamaba como mi madre. Eso fue una decisión de Oliver.

Ken asintió pensativamente. ¿Qué pretendía decir Oliver al ponerle a aquella mujer el nombre de su madre?

—He empezado a leer el libro. Necesito terminarlo. Y creo que tú también deberías leerlo.

—Lo haré durante el viaje a Inglaterra.

—De acuerdo. Solo hay un problema. —Era un modo educado de decir que él iba más corto de fondos que un franciscano.

A ella no le hacía falta la telepatía: sus zapatos gastados hablaban por sí solos.

—No te preocupes. La fortuna familiar cubrirá los gastos.

—Yo…

—No hay de qué.

De acuerdo. Ken volvió a los aspectos prácticos del viaje.

—Tenemos dos opciones.

—A ver.

—Tardaremos una semana en barco. Dos días, si volamos.

Los noticiarios habían hablado largo y tendido de los primeros

vuelos transatlánticos con pasajeros, que iban de Nueva York hasta Terranova para repostar, luego a Irlanda para volver a llenar los depósitos y, finalmente, llegaban al puerto de Southampton, en la costa sur de Inglaterra. Los vuelos se hacían con enormes hidroaviones que despegaban de los puertos costeros, no de los aeródromos del interior.

—Entonces volaremos.

—Si conseguimos asientos…

—Mi padre es gobernador de California. Los conseguiremos.

—¿Aunque el avión esté lleno?

—Harán que esté menos lleno.

—Supongo que sí. —Así que se iban a Inglaterra, donde el hermano de Coraline había desaparecido y su madre se había ahogado. Todo debía de estar relacionado con uno de esos hechos, o con ambos. Se metió las manos en los bolsillos. Aquella calle, con sus paradas de tranvía y sus viandantes yendo de compras, no era el lugar adecuado para lo que iba a preguntar, pero no tenía otro remedio que hacerlo.

—¿Qué recuerdas sobre la muerte de tu madre?

Ella miró el cigarrillo que tenía entre los dedos y lo tiró.

—Yo estaba en la biblioteca, leyendo. Algo sobre los reyes y reinas de Inglaterra. —Ken difícilmente podía imaginársela como una niña, y no como la joven elegante que tenía delante—. Mi padre entró. Caminaba muy lentamente, me acuerdo de ese detalle. Y me dijo sin rodeos que mi madre había muerto. Que había desaparecido en las marismas. Nunca recuperamos su cuerpo. —Ken aguardó un momento para que tomara aliento—. Cada año, en el aniversario de su muerte, volvíamos allí. Nos quedábamos una semana. Yo dejé de ir al cumplir los veintiún años, pero mi padre sigue yendo de visita. Es por esta época. Siempre aborrecí aquellos viajes. Como si a ella fuera a importarle que estuviéramos allí.

Tardaron treinta y seis horas en reservar los billetes. Durante el día que faltaba, no se vieron, pero Ken tenía algunas cosas que hacer. Pidió dos semanas de vacaciones sin sueldo en el periódico. Y aún tenía que leer el resto de la novela de Oliver.

Era una historia de fantasmas, en cierto modo. No había espectros, pero los espíritus del pasado volvían para atormentar a los culpables que aún seguían vivos. Esos espíritus estaban presentes por todas partes, incluso en la música.

> Se llevó los dedos al corazón y empezó a cantar otra vez aquel himno. «Ayuda al desamparado, oh, quédate conmigo». Y Simeon comprendió por qué lo cantaba una y otra vez: él mismo pudo distinguir la melodía flotando en el viento. Debía de proceder de las campanas de la iglesia de Mersea.

Ken siguió a los personajes por la desolada isla y a través de las sinuosas callejas de Londres. A través de los peligros y los reveses, de la amistad y la enemistad. Y, cuando al fin llegó al desenlace, captó toda la tristeza de la historia: nadie acababa ganando. Nadie. Ninguno de los personajes ganaba cuando la verdad era desenterrada; ninguno se alegraba cuando el culpable secreto salía a la luz. Incluso los protagonistas que aún seguían vivos en los últimos párrafos habían perdido. Descubre el pasado, decía la historia, y destruirás el presente.

Aquello le hizo reflexionar. Si Oliver había descubierto ciertos secretos y luego se había arrepentido, ¿quién podía afirmar que no debía dejarse que cayera otra vez en el olvido lo que él había averiguado? Pero el espíritu de venganza estaba demasiado vivo. Se mirase como se mirase, Oliver, su amigo, estaba muerto y Ken quería averiguar quién debía pagar por ello.

El viaje empezó con un vuelo regular a Nueva York y luego siguió con un trayecto en tren hasta Long Island para embarcar en el vuelo transatlántico que salía de Port Washington.

Tuvieron que cambiar de tren en Flushing Main Street. Esa mañana, el andén estaba abarrotado de turistas y mozos que arrastraban cajones de manzanas y harina hacia las tiendas de la zona. Algunos trenes se detenían para recoger a un centenar de pasajeros, pero la mayoría eran trenes rápidos que pasaban por la estación a toda velocidad.

La mente de Ken no había parado de dar vueltas durante toda la mañana y en ese instante se había centrado en la relación de Coraline con su padre. No lograba entenderla del todo. La joven había aconsejado a su padre que sacara dinero de sus partidarios políticos, pero desde luego su actitud hacia él no parecía muy cálida. Aunque, por otro lado, no lo parecía con nadie, salvo tal vez con Oliver.

—¿Conoces a alguien que haya volado a través del Atlántico? —le preguntó, solo para darle conversación.

—A Amelia Earhart.

—¿La conociste personalmente?

—Un poco.

—Vaya, qué interesante.

Los rodeaba un montón de gente que se apretujaba ansiosamente para subir al siguiente tren que parase en la estación. En ese momento estaba llegando otro tren rápido que la atravesaría sin detenerse. Por suerte, ellos eran de los primeros que habían llegado al andén, así que al menos conseguirían asiento cuando parase uno. Coraline miró su reloj de pulsera.

—Faltan dos minutos —dijo.

—Perfecto, yo…

De repente, Ken sintió que algo —o alguien— le golpeaba con fuerza en la parte posterior de la rodilla, doblándosela, y que le empujaba con un hombro impulsándolo hacia delante y derribándolo. Antes de que pudiera reaccionar, sus pies se despegaron del andén de hormigón y su cuerpo voló por los aires. Fue un salto aparatoso, escalofriante. Pero lo que hizo que se le parase el corazón fue la visión de los raíles y de las piedras ennegrecidas corriendo a su encuentro.

Incluso mientras estaba cayendo, vio que el tren, a solo unos veinte metros, avanzaba a toda velocidad hacia él. No había tiempo de darse la vuelta o agarrarse del andén. Lo único que podía hacer era cubrirse la cara con las manos para protegerse del impacto de la caída. Y entonces llegó el golpetazo sobre el metal y la gravilla: su cabeza se estrelló contra los huesos de sus dedos, el estómago se clavó en el raíl de acero.

El golpe lo aturdió un segundo, pero no podía perder ni un instante. La visión del tren lanzado hacia él despertó su instinto de conservación y, en el último momento, rodó hacia un lado, pegándose a los ladrillos rojizos de la base del andén. Se oyó un grito y el aullido de la sirena de la locomotora. Sintió el calor de las ruedas que se abalanzaban sobre él y percibió los gritos de pánico de la gente que miraba a un hombre a punto de morir. Pero el instinto de supervivencia es muy poderoso, y Ken se apretujó con todas sus fuerzas contra los ladrillos, como si pudiera licuarse e introducirse por las diminutas ranuras. Notó que algo pasaba rozándole la coronilla. Algo duro y caliente.

Comprendió que, si hubiera estado un milímetro más allá, un millar de toneladas de acero le habría destrozado el cráneo.

El tren ya había pasado y, con un chirrido de ruedas y frenos, se había detenido, aferrándose a los raíles como si fuera a partirlos. Alguien, una mujer, seguía chillando.

«¿Está muerto?», «¡El tren lo ha arrollado!», «¿Lo ha visto?», gritaban en el andén. «¡Que alguien lo saque de ahí!». Ken se atrevió a girar levemente la cabeza y, al comprobar que el tren estaba parado apenas un poco más allá, se desplomó de espaldas sobre la áspera gravilla.

—¡Viene otro en dos minutos!

Bien, bien. No podía quedarse allí. Eso lo entendió.

Se dobló en el suelo hasta sentarse y luego se incorporó con cuidado, de tal manera que se encontró frente a Coraline, cuyos pálidos rasgos parecían en ese momento aún más pálidos, como si los hubiera abandonado toda la sangre.

Ken no tenía tiempo para atender a la gente que le gritaba «¿Se encuentra bien?». Ahora que estaba vivo, solo deseaba saber quién le había empujado. «Llamen a la policía», gruñó mientras trepaba al andén. Estaba más que dispuesto a emprenderla a puñetazos. Estaba deseándolo.

Miró alrededor, apretando sus puños ensangrentados, por si distinguía algún rostro de expresión culpable. Había jóvenes madres, viejos, niños. Todos parecían consternados. Ninguno avergonzado o defraudado por el hecho de que aún estuviera vivo y dispuesto a devolver la coz como una mula maltratada. Durante una fracción de segundo, sin embargo, atisbó a un hombre que permanecía alejado de los demás en la boca de la salida. Era de aspecto totalmente vulgar: estatura media, complexión normal, pelo del color del barro. Pero había una expresión en su rostro de acerada determinación. Luego el gentío volvió a desplazarse y el hombre desapareció de su vista.

—¡Quítense de en medio! —gritó Ken, abriéndose paso, apartando a empujones a la gente que trataba de detenerlo diciendo que había sufrido una conmoción o que debía reposar un momento. Llegó a la salida corriendo y miró a uno y otro lado de la amplia avenida, pero no había nadie a la vista, aparte de un par de madres paseando a sus bebés en cochecito.

Apareció un policía corriendo, con la cara más roja que un tomate. Alguien debía de haberle avisado.

—¿Se encuentra bien, hijo? —preguntó, con unos jadeos que sacudían su cuerpo fofo y mal preparado.

—Estoy vivo. —Ken se secó la frente.

—Es muy peligroso ese andén cuando todo el mundo se pone a empujar —dijo el policía, quitándose una gorra tan sudada que debería haberla escurrido—. Ya he informado varias veces.

—Alguien me ha dado un empujón. Expresamente —dijo Ken con tono beligerante.

El agente lo miró atónito, como si le hubiera acusado de ser el cerebro del ataque.

—No, no. Ha sido un accidente. Aquí la gente siempre anda a empujones. No suele caerse nadie, pero…

Los interrumpió el conductor del tren, que había bajado de la cabina y acudido corriendo.

—¿Se encuentra bien, señor? —preguntó. Era solo un muchacho—. He accionado el freno en cuanto le he visto. Solo que…

—No es culpa suya.

—Ha sido solo un accidente —repitió el policía con tono tranquilizador.

—Nada de eso —replicó Ken—. ¿Usted reconoce a alguna de esas personas? —Señaló a la multitud, que murmuraba entre sí mientras presenciaba la discusión.

—¿Reconocer, dice? A algunos, supongo. —Su tono antes defensivo había pasado a ser evasivo—. Esta es mi zona. Veo a las mismas personas continuamente.

Ken se dio por vencido. Como él mismo había señalado, estaba vivo. ¿Y qué iba a decir aquel poli, de todos modos? Solo que aquella gente no era capaz de matar a una mosca. De ahora en adelante, pensó, debería estar alerta y andarse con cuidado.

—¿Quiere entrar en la oficina de la estación y hacer una declaración? —preguntó el agente. Saltaba a la vista que no deseaba que hiciera tal cosa porque eso le crearía un quebradero de cabeza burocrático.

Ken meneó la cabeza y se llevó a Coraline al interior de la estación, donde había un carrito de café sin ningún cliente. Todos se habían apretujado en el andén para ver el espectáculo. Era más barato que una película. Incluso la chica que se encargaba del carrito había dejado su puesto para estirar el cuello por encima de la gente, sin darse cuenta de que la estrella del espectáculo estaba justo a su espalda. Ken sirvió dos tazas y dejó unas monedas en la caja. No sabía si eran suficientes, pero no estaba de humor para consultar la lista de precios.

—Tú sabes que no ha sido un accidente, ¿verdad?

—Lo sé —dijo Coraline—. ¿Qué crees que deberíamos hacer?

—Si puedo elegir, soy partidario de mantenerme vivo. —Dio un sorbo de café; era horrible, pero no le importaba. La chica del carrito había reaparecido, pero se mantenía a una distancia prudencial, como si caerse delante de un tren fuese una enfermedad contagiosa—. ¿Se te ocurre quién puede haber sido?

—No —dijo Coraline.

—¿Has visto a alguien?

—No. ¿Y tú?

—He notado que alguien me derribaba. Pero cuando he vuelto a subir al andén, he visto…

—¿Qué?

—A alguien. Un tipo.

—¿Lo has reconocido?

—No. Pero había algo peculiar en él. En su forma de mirarme.

—¿Qué quieres decir?

—Como si estuviera pensando en hacerlo mejor la próxima vez.

En el puerto, aguardaron frente a un avión del tamaño de una casa que cabeceaba en el agua.

—Esta aeronave, señora —dijo un auxiliar, muy orgulloso de su puesto— es un Boeing B-314 Yankee Clipper. La aeronave más grande del mundo. De toda la historia.

—Impresionante —repuso Coraline—. ¿Sería tan amable de mostrarnos nuestros asientos?

—Con mucho gusto, señora.

Coraline le dio las gracias y los hicieron pasar a la cabina. El interior era tan suntuoso como el de un crucero de lujo, con dos cubiertas de mullidas butacas, bares bien aprovisionados y camareros con chaquetilla blanca. Los chefs habían sido reclutados en los mejores hoteles de Washington D. C., con la promesa de una clientela formada por personajes de la realeza y la perspectiva de suculentas propinas. El viaje nocturno de diecinueve horas constituía en sí mismo unas vacaciones.

La aeronave contaba en la cubierta de pasajeros con siete compartimentos, cada uno provisto de diez asientos convertibles en literas con cortinas, y todo revestido de nogal pulido.

—No está nada mal, ¿no? —apuntó Ken.

—Supongo.

—Aunque me pregunto cuánto tiempo podrá cubrir esta ruta.

—¿Qué quieres decir?

—Tu hermano y yo hablamos en varias ocasiones sobre Alemania y su nuevo canciller. Oliver creía que la guerra volvía a ser una posibilidad.

—¿Y tú no estabas de acuerdo? —dijo Coraline.

—Entonces, no. Ahora ya no estoy tan seguro. Creo que Polonia será la próxima. Y no me sorprendería que volviéramos a intervenir. ¿Tú qué opinas?

Ella reflexionó un momento.

—Mi padre fue teniente en la última guerra. Perdió a la mitad de sus hombres en un solo día y recuerda cada uno de sus nombres. Si llega a ser presidente, creo que nos mantendremos al margen, pase lo que pase esta vez.

¿Pase lo que pase? Era la receta más infalible que había oído Ken para provocar un desastre internacional.

—¿Crees que deberíamos permanecer al margen?

Coraline tardó unos momentos en responder.

—Lo que yo crea no supondrá ninguna diferencia, Ken —dijo. Llamó al barman y lo convenció para que les llevara una botella de whisky, aunque él repetía que solo podía servirse en copas. Ken empezó a servir la bebida y Coraline deslizó un billete de diez dólares en el bolsillo del barman, que fingió no darse cuenta de forma poco convincente.

Mientras bebían y fumaban, miraban por el ojo de buey cómo se deslizaban las estrellas a lo largo del fuselaje.

—¿Quién eres, Ken? —preguntó ella con aire pensativo, como si realmente quisiera saberlo.

—¿Tú creerías a un granjero de Georgia?

—No, no le creería. —Coraline exhaló una última bocanada de humo plateado de su cigarrillo.

—Pues eso es lo que soy.

—Es lo que eras.

—No podemos huir de nuestro pasado, Coraline.

—Mírame y verás —replicó ella. Y estrujó la colilla en un cenicero dorado.

Estaban sirviendo los brandis y enseguida se formó en el techo una nube de humo de puro tan densa que uno podía perderse en su espesor durante una semana.

Al fondo del gran hidroavión estaba la «suite luna de miel»: una cabina totalmente privada, ahora ocupada por un príncipe europeo y su «amiga», según les cuchicheó el camarero durante la cena. Por esa suite había pasado mucha gente que actuaba como si estuviera de luna de miel, aunque pocos llevaban anillo de boda, añadió el camarero. El tipo se quedó rondando junto a ellos hasta que Coraline le dio también un billete de diez. Esa parecía ser la tarifa.

Ken estaba deseando disponer de unas horas para descansar, pero su mente no dejaba de regresar a la noche que había pasado en casa de los Tooke, cuando la puerta de Coraline había quedado entornada. Aquel momento había sido interrumpido por unos hechos luctuosos, pero él había sentido entonces algo muy poderoso y, cuando había entrado luego en su habitación, antes de decirle lo que le había ocurrido a Oliver, había percibido todo un mundo en la mirada de ella.

Se quedaron parados junto a sus cabinas en miniatura con cortinas, sin decidirse a separarse aún.

—Esto es mejor de lo que me esperaba —dijo Ken—. Me vendría a vivir aquí.

—¿Mejor que tu pensión?

Él se echó a reír.

—Tal como Buckingham Palace es mejor que una zanja embarrada.

Coraline permaneció un momento en silencio.

—Te he encontrado una cosa.

—¿Qué es?

Un auxiliar le trajo del guardarropa su bolso de gamuza. No recibió un billete de diez por las molestias y pareció decepcionado. Coraline sacó del bolsillo lateral una carta en un sobre azul descolorido.

—Puedes leerla —dijo.

La misiva, en papel de carta de color crema, era de su abuelo, Simeon.

> Casa del Reloj, Ray, Essex
> 6 de septiembre de 1915
>
> Mis queridos Oliver, Alexander y Coraline:
>
> Ya soy un hombre viejo y vosotros apenas estáis empezando vuestras vidas. Para vosotros, soy simplemente un viejo arrugado... ¿y qué les importan a los niños los viejos arrugados? ¡Nada! Y así es como debe ser. Lo que os debe importar a vosotros es ir a pescar, jugar en el bosque y aprender vuestras lecciones. ¡Ojalá pudiera volver a tener vuestra edad! Pero, bueno, todo eso ya ha quedado atrás.
>
> Os escribo esta carta ahora que estamos todos juntos, porque quiero que me recordéis mucho después de que me haya ido. Porque yo, allí donde esté, os recordaré.

Había otras partes aún sobre lo que deseaba para ellos en el futuro, así como algunos consejos sobre la forma de relacionarse con otras personas y demás. Pero un pasaje de la carta destacaba especialmente.

> Coraline, un día serás una dama joven y elegante. Pero cuídate de no ser demasiado «refinada». Tu abuela no lo era, y fue una mujer maravillosa. Así que súbete a esos aeroplanos sobre los que

tu padre está siempre echando pestes. E incluso aprende a pilotar uno.

Alexander, sé que vas a ser un líder. Un soldado, creo yo. Quizá lo tuyo sea la marina. Pero incluso a esta edad veo que tienes además un buen cerebro. Ser artista o escritor también te cuadraría perfectamente.

Oliver. Ay, Oliver, te presento mis más profundas disculpas. Tienes un temple magnífico y, sin embargo, ese cuerpo tuyo no te responde. He hecho todo lo que se me ha ocurrido, pero escribo estas líneas sentado en mi sitio de siempre, observándote en tu pequeña habitación de cristal de la biblioteca, confiando en tener un momento de inspiración…

Y sé que no lo tendré.

Probablemente tú no sabías muy bien para qué eran todos esos análisis y exploraciones, pero durante estos últimos meses he estado estudiándote con la loca esperanza —tanto por parte de tu padre como por la mía— de descubrir una cura milagrosa para las secuelas de tu enfermedad. Pero no, mi querido nieto, no ha surgido nada prometedor. Así que me siento en el viejo sofá y miro cómo juegas con una bicicleta de juguete, cómo haces girar y girar las ruedas, sabiendo que nunca podrás montar en una de verdad. Lo cual constituye una gran tristeza para mí y para tu padre, que tantas esperanzas había puesto en ti, su primogénito.

—¿Qué quiere decir con «tu pequeña habitación de cristal de la biblioteca»?

—Mi padre tenía la idea de que Simeon podía encontrar una cura para los efectos de la polio de Oliver. No es tan descabellado como parece: mi abuelo es un médico especializado en enfermedades infecciosas y tenía cierto prestigio por su trabajo en el tratamiento del cólera. Estábamos entonces pasando un año en Inglaterra. Y Oliver tuvo que permanecer aislado mientras mi abuelo probaba algunas cosas. Ninguna funcionó, aunque después él se recuperó, como sabes.

Ken miró la fecha de la carta. Había sido escrita dos meses antes del secuestro de Alexander.

—En el libro de Oliver...

—Quieres saber más sobre la celda de cristal. La que aparece en su historia.

Así que ella también la había estado leyendo. Esa habitación ocupaba un lugar central en *Relojes de cristal,* y resultaba asombroso pensar que aquello pudo ser cierto.

—Sí.

—Claro que quieres saberlo. Bueno, la verdad es que sí: creo que eso ocurrió de verdad. Al menos, por lo que nos dijo mi abuelo.

—Increíble. —Era increíble que la historia se hubiera repetido, aunque esta vez hubiera sido Simeon el que había permanecido en el sofá, observando día y noche—. ¿Por qué volvieron tus padres allí después de que tu hermano fuera raptado? Es de suponer que el lugar debía encerrar recuerdos muy dolorosos.

—Me imagino que sí. Mis padres y mi abuelo dejaron la casa vacía durante años, pero mi padre siempre decía que aquella era la casa solariega de la familia y que los antepasados debían ser venerados. —Coraline miró a Ken alzando una ceja con expresión sarcástica, como diciéndole que los antepasados, para ella, no tenían la menor importancia—. Así que empezaron a volver allí cada verano. Hasta la muerte de mi madre. —Miró otra vez la carta—. Mi padre idolatra a Simeon. Con frecuencia dice: «Tu abuelo se sentirá orgulloso». O bien defraudado, dependiendo de lo que hayamos hecho. En todo caso, quería que leyeras esto para que veas cómo es mi abuelo realmente, en lugar de quedarte con la imagen del libro de Oliver.

—Entiendo.

Había una ventanilla junto a Coraline y el cielo nocturno parecía colarse a través del cristal. Quizá fue por el whisky o el calor, pero Ken dio medio paso hacia ella. Las luces del techo se reflejaban en sus ojos azules claros. Ella alzó la cara hacia la suya y él notó su aliento, pausado y profundo, mientras alzaba las manos

para sujetarla por la cintura y atraerla hacia su cuerpo. Cuando acercó los labios a los suyos, los ojos de Coraline parecieron desenfocarse, como si estuviera mirando a través de él. Y sus labios se apartaron. Lentamente, meneó la cabeza y miró de nuevo el cielo oscuro.

—Ahora no —susurró. Él bajó las manos.

Los dos permanecieron mirándose en silencio unos segundos, cada uno esperando a que el otro se moviera, o que el camarero los interrumpiera con un sutil carraspeo, o que el avión se desplomara del maldito cielo. Cualquier cosa. Pero no pasó nada. Ella apartó las cortinas, entró en su cabina y dejó que volvieran a cerrarse a su espalda.

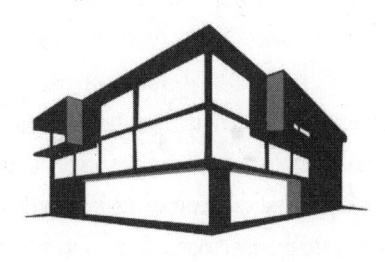

11

Se despertaron a media mañana con el denso olor a café y té. Tras lavarse y vestirse, salieron del avión al sol de un verano inglés. Aquello no era nada comparado con un verano de California; en el mejor de los casos, habría equivalido a una primavera californiana. Además, pese al lujo de la cabina, Ken no había descansado bien y aún tenía la cabeza llena de la neblina de humo de puro de la noche anterior. Así que el aire salado del puerto de Southampton, cuyo escozor notaba en la garganta, contribuyó a espabilarlo, pero no a levantar su ánimo.

Mientras cruzaban el muelle para ser recibidos por un pomposo dignatario de la ciudad y un alto cargo de Pan Am, Ken echó un vistazo alrededor. Era lo primero que veía de Europa, dejando aparte los noticiarios, y no se correspondía con lo que había imaginado. Su imagen del Viejo Continente venía a ser una combinación de leyendas medievales y novelas de Dickens. Un paisaje compuesto a medias de bosques y de casas ruinosas. Pero lo que veía ahí era un país preparándose para una guerra del siglo xx

por tierra y por mar: un enorme buque de guerra estaba amarrado en el muelle, rodeado de un enjambre de embarcaciones de suministros. En la boca del puerto, un dragaminas estaba saliendo a mar abierto. Por todas partes se veían uniformes navales azul marino, entreverados con algunos uniformes de color caqui.

«Parecen totalmente decididos frente a lo que va a suceder», pensó. Esperaba que esta vez pudieran sobrevivir sin la ayuda de Estados Unidos…, suponiendo que el gobernador Tooke llegara a ser presidente y mantuviera a los jóvenes americanos al margen de una segunda masacre en escenario europeo.

Luego tomaron el tren y la mugrienta ciudad de Londres desfiló borrosamente ante sus ojos. Ken se sentía decepcionado porque no iba a poder ver aquella gran capital, la fuente del alimento literario que le había sustentado durante toda su vida. Pero al menos ahora veía paisajes rurales y pueblecitos auténticos con iglesias de piedra y criadas en bicicleta que miraban pasar el tren a toda velocidad. Y, finalmente, fueron depositados en la ciudad de Colchester, en Essex: una antigua población erigida por los romanos, según les informó un deslucido rótulo de la estación. Aquel no era todavía su destino final, pero había algo que Ken quería averiguar primero.

—Esta es la ciudad más cercana, ¿no? —preguntó.

—¿A Ray? Sí, así es.

—Entonces debió de ser aquí donde se llevó a cabo la investigación forense.

—Supongo que sí.

En la misma taquilla de la estación les dieron indicaciones para llegar a un edificio de ladrillo que estaba a solo dos calles.

El empleado de recepción respondió que sí, que cualquiera tenía derecho a leer las transcripciones del tribunal y que, si el caballero deseaba entrar en la tercera habitación sin ventanas a la derecha, las encontraría ordenadas por fechas.

—Es aquí —dijo Coraline, cuando llevaban un rato buscando,

y abrió un armario de madera con puertas de rejilla metálica. Sacó un pesado volumen encuadernado con cartón barato que abarcaba el año de la muerte de su madre.

Lo depositó sobre una mesa y ambos se inclinaron a leer bajo la luz de una única bombilla. (Las británicas, por si fuera poco, parecían mucho menos potentes que las americanas).

Muerte de la sra. Florence Tooke. Vista de la investigación celebrada el siete de julio de mil novecientos veinte.

Ken y Coraline leyeron los datos sobre las condiciones meteorológicas del día de su muerte —cálido y despejado—, así como el testimonio de una sombrerera que la había atendido aquella mañana y que declaró que Florence parecía contenta, en modo alguno —en su opinión— en el estado mental de una mujer a punto de quitarse la vida. Estaba también el testimonio del gobernador Tooke, que declaró que sí, que su esposa había estado triste desde la desaparición de su hijo, pero que era una mujer mentalmente equilibrada. Pero luego venía la declaración realizada por la doncella de Florence, Carmen, que estaba limpiando el estudio del gobernador cuando, según dijo, vio que su señora tiraba el caballete y empezaba a vadear alocadamente por las marismas hasta hundirse en el agua. Algunos residentes de la zona confirmaron que otros habían perecido en esas marismas. El informe terminaba con las palabras:

Veredicto: Abierto.

Ken sabía que eso significaba que había algo sospechoso. Algo que no encajaba del todo. Echó un vistazo a la puerta, arrancó sigilosamente las páginas de la encuadernación y se las guardó en su mochila.

—Nadie más las va a necesitar —dijo.

—Cierto.

Al salir, se tomaron unos minutos bajo el sol de primera hora de la tarde para reflexionar sobre lo que habían leído.

—Es tal como dijo Piers —murmuró al cabo de un rato Ken, que no había descartado la posibilidad de que Bellen se lo hubiera inventado.

—Esperaba que no fuera así.

—No, ya me lo imagino.

Hasta ese momento, la muerte de Florence había sido algo muy simple. Doloroso, sin duda, pero explicable. Y ahora Coraline debía enfrentarse a la idea de que tanto su hermano como su madre hubieran muerto en circunstancias sospechosas.

No dijeron nada más mientras tomaban un taxi desde la estación de Colchester y empezaban a atravesar un paisaje llano y pantanoso. Aquello había sido para los vikingos la puerta de acceso a Inglaterra, les informó el taxista. Ken comprendió por qué: era donde el mar y la tierra firme se encontraban y se unían. Unas veces el terreno era sólido y otras veces se convertía en una serie de canales inundados. Los campos descendían hacia las aguas gélidas del mar del Norte y, aquí y allá, se alzaban como fantasmas pequeños islotes.

Finalmente, el taxi se detuvo frente a un pub. Su aspecto complació a Ken porque, si bien se había perdido la vieja ciudad de Londres sobre la que tanto había soñado, ahora se encontraba frente a una taberna que había permanecido en pie cuatro siglos y aún seguía sirviendo cerveza de baja graduación a temperatura ambiente. El rótulo estaba alabeado, pero el nombre del Peldon Rose se leía con claridad. Era una construcción ancha y baja, con toscas paredes encaladas que se inclinaban en algunos puntos por efecto del tiempo.

El Peldon Rose aparecía descrito en la novela de Oliver. El protagonista, el joven doctor Simeon Lee, se bajaba de un carruaje que había parado frente al pub en una noche borrascosa de finales del siglo XIX para indagar acerca de los turbios hechos ocurridos en la residencia de su tío, la Casa del Reloj. Ahora, en el siglo XX,

Ken se bajó de un taxi acompañado por la sombra de Simeon para investigar la muerte de Oliver en California, precisamente en una copia de esa casa.

—Ya había olvidado este sitio —dijo Coraline. Parecía turbada mientras giraba sobre sí misma, observándolo todo, para terminar mirando la islita que había enfrente. Aquello era Ray, el escenario de la investigación de Simeon Lee y también el de la muerte de la madre de Coraline y la desaparición de Alexander. De unos centenares de metros de longitud, era una porción de tierra llana y achaparrada, como el cachorro más canijo de una camada. Más allá se alzaba otra isla, Mersea, con un pueblecito aferrado a las rocas.

Ken se acercó a la ventana del pub y atisbó el interior. Vio unas vigas bajas de roble y una acogedora chimenea rinconera. Una radio emitía una pieza clásica.

—Vienen de Londres, ¿no? —preguntó una voz ronca a través del umbral.

Ken echó un vistazo a sus propias ropas. Debían de parecer forasteros para la gente de allí.

—¡De un poco más lejos! —respondió alegremente, entrando en el pub, donde había varios clientes jugando al dominó o compartiendo un periódico en la barra.

El que había hablado resultó ser el dueño del pub, un hombre flaco como un palillo que estaba sirviéndole cerveza de una jarra a uno de los que leían el periódico. Un poco de espuma rebasó el borde del vaso.

—Lo parece. ¿Son americanos? —No sonaba complacido. El tabernero del libro de Oliver era más simpático.

—Ha acertado —respondió Ken, intentando infundir un poco de cordialidad a la conversación. Coraline lo siguió al interior del pub y echó un vistazo alrededor como si estuviera contemplando su propio ataúd.

—Son los primeros que vemos por aquí desde hace un tiempo —le informó el dueño del pub—. Tuvimos a un canadiense el mes

pasado, ¿verdad, Pete? —Pete, un tipo de aspecto nervioso de cuarenta o cincuenta años, con un reluciente pelo rojizo, asintió—. Pero ellos son diferentes, ¿no?

—Les gusta creer que lo son —repuso Ken. Se hizo un breve silencio, porque no sabían qué más decir—. ¿Podemos tomarnos dos cervezas de esas? —Estaba seguro de que una cerveza tibia en un vaso gastado no era precisamente la bebida que habría preferido Coraline, pero ahora no podían andarse con remilgos. La radio seguía emitiendo su música orquestal mientras esperaban que les sirvieran las bebidas.

—¿Han venido por las ostras? —preguntó el dueño del pub, como si le asombrara recibir visitantes de tan lejos.

—Nos han dicho que son algo muy especial —mintió Ken.

Les sirvió las cervezas y ellos deslizaron unos peniques por la barra. En ese momento, una mujer de unos cincuenta años, abotonada hasta la barbilla, entró en el local, se acercó a Pete y le puso delante una pluma blanca.

—Mi hijo está en la marina —dijo— para combatir contra los nazis. Tú fuiste un cobarde en la última guerra y también eres un cobarde ahora. Igual que todos los que son como tú. Menuda iglesia la vuestra. Una pandilla de cobardes.

Dicho esto, salió airada. Pete, con las mejillas tan rojas como su pelo, se metió la pluma en el bolsillo del pantalón y fingió que seguía leyendo su parte del periódico.

Ken reanudó la conversación con el dueño del pub.

—¿Hay algún sitio donde podamos alojarnos un par de días?

—¿Una habitación? Bueno, sí, tenemos algunas aquí —dijo el hombre con un tono algo dubitativo—. Quince chelines por noche con las comidas. Diez, sin. ¿Sería una… —añadió, desnudando a Coraline con la mirada— o dos habitaciones?

—Dos. —Ken se desplazó para bloquearle la línea de visión. Ella no era su chica, desde luego, pero aun así quería pararle los pies al tipo.

El dueño del pub captó el mensaje.

Después de que les mostraran las habitaciones, que tenían todas las comodidades de un monasterio trapense y menos servicios aún, regresaron a la planta baja. Había llegado el momento de ponerse en marcha. La luz de la tarde se derretía sobre el tejado y había en el aire una fragancia a flores mojadas.

—Nos gustaría explorar un poco —le dijo Ken al dueño del pub—. ¿Podemos llegar a esas islas de enfrente?

El hombre echó un vistazo al reloj y luego a una tabla clavada en la pared.

—Ahora mismo no. La marea está demasiado alta. El Strood, que es el camino para llegar allí, está sumergido. Muchos se han ahogado intentando cruzar cuando el agua lo cubría. —Ken notó que Coraline se erizaba—. Ya habrá oscurecido cuando puedan cruzarlo. Mejor esperar hasta mañana.

Ken estaba bien informado sobre las mareas que cubrían el Strood gracias a la lectura de *Relojes de cristal* y sabía que bajaban y subían de forma inclemente.

—Preferiríamos ir esta noche, en cuanto sea seguro.

El patrón encogió sus hombros huesudos. A él le daba exactamente lo mismo si la policía tenía que ir a sacar sus cuerpos de la ciénaga veinticuatro horas después.

—Si no hay más remedio…

Mientras esperaban la hora adecuada, les sirvieron la cena. Ken vio con repugnancia que consistía en una anguila gomosa flotando en una gelatina fría y salada, acompañada de un tosco puré de patatas. Para guardar las formas, se lo comió a la fuerza, aunque aquello era más bien como tragarse un insulto y no un plato de comida. Coraline no se molestó en disimular. Picoteó un poco el puré y luego apartó el plato.

—No hace falta que me lo expliques —dijo Ken.

Para mantener la apariencia de ser unos turistas que habían decidido visitar un lugar pintoresco y apartado, se pusieron a examinar una guía de viaje del este de Inglaterra que Ken había comprado en la estación. Finalmente, el dueño del pub echó un vistazo

a la tabla de la pared y a su reloj de pulsera y les dijo que ya era seguro cruzar. Pero, añadió, ¿tenían una linterna para iluminar el camino? No, repuso Ken. El hombre resopló y sacó de debajo de la barra una linterna a pilas y, después de probarla, se la pasó. El precio desorbitado de su alquiler lo añadiría a la cuenta.

—Todo derecho por el Strood. Así llegarán primero a Ray y luego a Mersea. El pueblo de Mersea está en la costa oeste. Aunque no podrán ver gran cosa a estas horas. —Bueno, probablemente tampoco había mucho que ver de día.

El Strood era una estrecha pasarela que iba a las dos islitas, ambas aisladas de tierra firme por amplias ensenadas. El angosto y resbaladizo paso tenía quizá cien metros de longitud desde tierra firme hasta Ray. Recorría esa isla durante la misma distancia y luego seguía hasta Mersea. Con la marea baja, quedaba a apenas un metro de las olas que se agitaban a través de los canales, y, a la luz de la linterna, Ken observó que el agua se alzaba por momentos para llevarse a quien caminara por allí.

Mientras avanzaba, era consciente de que estaba siguiendo literalmente los pasos de Simeon, el protagonista de *Relojes de cristal*. Aquella novela demencial. Según la información de Coraline, toda la historia se basaba en la experiencia del abuelo de Oliver en la década de 1880, aunque resultaba difícil saber cuánto había de cierto en el libro y cuánto era producto de la imaginación de Oliver.

Ray era un pretencioso remedo de isla, de terreno bajo y llano. Su morro se adentraba en el mar con aire hosco y desafiante. Y los signos de vida que contenía eran parecidos: plantas espinosas que se aferraban a la tierra salada y unos cuantos pájaros estridentes que solo permanecían el tiempo justo para constatar que aquella isla triangular era un sitio desolado.

Desolado, dejando aparte una casa cuya mole negra se recortaba sobre el cielo oscurecido.

—Ahí está —dijo Coraline. Ken apuntó la potente luz de la linterna hacia el edificio.

Aquello era la Casa del Reloj, donde, en la novela, Simeon Lee había desenterrado un secreto, sacándolo del lodo con sus manos desnudas. Y donde, en este mundo, el hermano y la madre de Oliver habían desaparecido. La casa estaba en el extremo sur de la islita, flanqueada hacia el este por las marismas. Habría sido un sitio ideal para perder la razón poco a poco.

La voz de Coraline cambió cuando la luz de la linterna iluminó la casa. Parecía desconcertada.

—¿Qué ha pasado?

Era una buena pregunta. Una casa requiere cristales en las ventanas, puertas en la fachada y un tejado. Aquel montón de ladrillos se alzaba a gran altura, pero por encima de sus muros ennegrecidos solo había algunos trechos cubiertos de maderas y tejas, mientras que las ventanas estaban vacías.

—Un incendio —dijo Ken. A la luz de la linterna, se distinguían marcas chamuscadas sobre las ventanas.

—No tenía ni idea —dijo ella, contemplando la casa en ruinas—. Así que esto es lo que ve mi padre cuando viene aquí.

—Sí, esto es lo que ve —repitió Ken.

Echaron a andar de nuevo con cautela, como si el fuego estuviera agazapado y dispuesto a abalanzarse sobre ellos, y siguieron un sinuoso sendero que apenas se distinguía entre la áspera vegetación.

—Si estaba vacía en ese momento, quiere decir que alguien la quemó adrede —dijo Ken cuando estaban a diez metros del umbral abierto de la casa—. O eso, o le cayó un rayo, aunque sería una posibilidad muy remota.

—No la descartes. Los Tooke tenemos una suerte extraña.

Bueno, lo cierto era que los recientes acontecimientos habían demostrado que tenía razón.

Llegaron a la entrada y Ken tiró de la campana. Aunque la razón le decía que no lo hiciera, esperaba oír el mismo tintineo que había oído Simeon. Pero no se oyó nada, por supuesto. Y, de todas formas, de la puerta que se había abierto ante Simeon solo queda-

ban ahora unos trozos de madera de roble sostenidos por unos goznes herrumbrosos. Parecía la retaguardia arrasada tras una desastrosa batalla que todo el mundo prefería olvidar.

En el interior, la luz de la linterna iluminó el mobiliario volcado y chamuscado: un enorme sillón de capota, una larga mesa de palisandro que debía de haber sido una pieza refinada, una chimenea de hierro. El suelo, con un ajedrezado victoriano, tenía incrustado un delicado diseño de estrellas, aunque la mayor parte estaba cubierta de tierra. Desde las entrañas de la casa llegaba un hedor mohoso.

Coraline se adelantó, pisando astillas y tierra esparcida. Sus pies se enganchaban en el suelo. Algo se escabulló por la oscuridad.

—Así que esta es tu herencia —dijo Ken.

—Lo dicho: los Tooke tenemos una suerte extraña.

Más adelante había una pequeña sala de estar con un gran agujero carbonizado en las tablas del suelo.

—Debió de ser aquí donde empezó el incendio —le dijo Ken. Los paneles de madera de las paredes se habían convertido en combustible. En el suelo había cristales, sin duda restos de las ventanas que habían estallado con el calor. Los marcos de hierro seguían en su sitio. Ken volvió a pensar en la historia que se había desarrollado entre aquellas paredes. Casi veía al pastor Hawes, aquejado por su enfermedad, arrastrando los pies trabajosamente. Pero ¿qué otras sombras se ocultaban en los rincones? ¿Había descubierto algo Oliver cuando había venido a Inglaterra? ¿Algo que le había llevado a la muerte?

—¿A dónde vas?

Ken había empezado a recorrer el pasillo que iba a la parte trasera. Se detuvo bajo un cuadro medio quemado que colgaba torcido de la pared. Una escena de caza.

—La cocina está por aquí.

—¿Cómo lo…? —Coraline se interrumpió—. Claro. Esa maldita novela. —La luz de la linterna destelló en sus ojos.

La cocina contaba con unos enormes fogones que seguramente habrían funcionado tan bien ahora como el primer día.

—El horno es más grande que mi habitación —dijo Ken. Allí no quedaba nada más, salvo los recuerdos de los muertos—. Vamos arriba. —Ya era hora de acercarse al corazón de la casa.

Volvieron sobre sus pasos hasta el vestíbulo y alzaron la mirada hacia el piso de arriba, sobre el cual se deslizaban las nubes nocturnas y algunas gaviotas estridentes. La amplia escalinata de madera se había mantenido en buena parte intacta pese a la acción del fuego. Subieron sorteando todo un laberinto de grietas y agujeros en los peldaños. Empezó a caer una ligera llovizna que empapaba las tablas del suelo.

—Había olvidado lo demenciales que son las proporciones de esta casa —dijo Coraline cuando llegaron arriba.

—¿A qué te refieres?

—Es como la nuestra de California. Desde fuera, parece como si hubiera tres pisos. Pero en realidad solo hay dos. Esta planta tiene una altura increíble —dijo ella. Sus palabras resonaron en el espacio húmedo y vacío. Él barrió con la linterna la hilera superior de ladrillos y los últimos vestigios del techo—. Me pregunto por qué construirían una casa así.

—Para que entrara más luz, posiblemente. —Ken alzó la mirada hacia el hueco donde había estado el techo—. Bueno, alguien acabó consiguiéndolo.

Y entonces el haz de luz iluminó algo que había caído desde el tejado: una abrazadera de hierro forjado del tamaño de un hombre que sujetaba una enorme veleta de cristal con la forma de un reloj de arena. El cristal se había partido en dos. La arena ya no volvería a fluir de una mitad a otra.

—El nombre de la casa venía de esto —dijo Coraline—. Supongo que ahora ese nombre ya no significa nada.

Saltando sobre algunas viguetas de madera, avanzaron por el pasillo que recorría la planta superior hasta una puerta que conservaba aún una capa chamuscada de cuero verde. Ken dedujo lo

que había al otro lado. Ahí estaba la fuente del misterio de la novela de Oliver; de ahí había salido todo lo demás. Intentó abrir la puerta, pero estaba alabeada y permanecía rígida en el marco. Empujó con el hombro, pero no se movió.

—Voy a tener que derribarla —dijo. Le pasó la linterna a Coraline, retrocedió un paso y se lanzó sobre ella con todo su peso. La puerta aguantó durante una fracción de segundo; luego cedió, partiéndose en dos. Entonces lo vio todo con sus propios ojos, tal como Oliver lo había descrito: un millar de libros, o acaso más, alineados a lo largo de las altas paredes de la biblioteca. Había una diferencia esencial entre la novela y la realidad, sin embargo, porque en la historia aquellos eran excelentes y venerables volúmenes que abarcaban todo el espectro del conocimiento humano; ahí, en cambio, estaban carbonizados, cubiertos de liquen y rebozados de años de polvo. Ya no era una biblioteca; era una morgue de libros. Y cada uno venía a ser un cadáver anónimo.

Ken miró hacia el fondo de la estancia, preguntándose qué iba a encontrar. El haz de luz siguió su mirada —pues Coraline tuvo la misma idea—, pero fue a caer en el vacío: un espacio cubierto de cenizas, sin libros, estanterías ni mobiliario. Sin unos ojos destellando en silencio. Lo único que quedaba de aquel cuarto de observación era un montón de cristales esparcidos por el suelo donde malévolamente se reflejaba la biblioteca en un centenar de imágenes rotas. Aquella habitación había tenido en su momento un sentido terrible: el encarcelamiento de la enfermedad y la desesperación. Ahora esos fantasmas habían sido liberados.

Ken examinó una hilera de libros, deslizando el dedo por los lomos. Aquella debía de haber sido la sección de ciencias naturales, porque había tomos sobre reacciones químicas y sobre las especies de ranas de Sudamérica. Luego volvió a colocarlos en su sitio con todo cuidado. Ni siquiera él sabía por qué se molestaba, cuando podría haberlos tirado en cualquier dirección sin que el panorama hubiera cambiado en lo más mínimo.

—¿Qué creías que íbamos a encontrar? —preguntó Coraline.

—Esto no, desde luego. Esto es una sorpresa —respondió él—. Resulta inquietante estar en este lugar después de haberlo conocido en un libro. Pero lo del fuego… Sí, no me lo esperaba.

Ahora ya solo sería un hogar para los pájaros y para aquellas criaturas que merodeaban por los rincones. Pero la cuestión era si Oliver había descubierto algo más cuando había ido, algo que lo había encaminado hacia su propia destrucción. Ken sacó de la mochila su ejemplar de *Relojes de cristal* y leyó, a la luz de la linterna, un pasaje sobre aquella estancia en la que se encontraban.

> Llamó a Peter Cain. El criado llegó con las manos sucias, sujetando una pala.
>
> —Estaba enterrando a ese potro. No sirve de nada un animal cojo. ¿Quiere ayudarme a enterrarlo? —dijo con insolencia. Simeon lo envió a buscar a Watkins de inmediato y luego subió a la biblioteca. Florence estaba sentada ante la pequeña mesa octogonal, sobre la que reposaba el modelo en miniatura de la casa que los albergaba a todos, con sus tres figuritas humanas aguardando tras las puertas de colores, como actores preparados para interpretar su papel. Había fuego en la chimenea, y el resplandor de las llamas rojas bailaba por el vestido de seda amarilla que Simeon había escogido para ella. Florence canturreó una vez más un fragmento del himno: «Ayuda al desamparado, oh, quédate conmigo».

Florence. Con su novela, Oliver le había dado vida a su madre, más allá del breve y truncado periodo que había pasado en el mundo real. Ahora seguía viviendo en la ficción que él había creado. Resultaba triste leerlo.

No había nada más que ver allí, así que probaron en las demás puertas del pasillo. Dos de las habitaciones estaban vacías, dejando aparte las camas completamente podridas por la acción de la lluvia. La última puerta estaba atrancada, pero cedió sin necesidad de abalanzarse sobre ella, lo que le ahorró a Ken otro porrazo en el hombro.

—Esto era el estudio de mi padre cuando estábamos aquí —dijo Coraline, asomándose como debía de haberlo hecho de niña—. Recuerdo que me quedaba en el umbral mirando cómo trabajaba. Ahí mismo. —Un secreter de tapa corrediza y un sillón de respaldo alto dominaban la habitación. El escritorio había quedado resguardado bajo un solitario tramo del tejado y se había mantenido intacto pese a las llamas. Era como una viuda en un funeral al que no asistía nadie más.

El mapa astronómico labrado en el escritorio era tan llamativo como debía de haberlo sido siempre, pero cuando Ken revisó los cajones —que se le resistieron bastante, porque la madera estaba deformada y tuvo que abrirlos haciendo palanca— descubrió que estaban completamente vacíos.

Poco más había que examinar: algunas cajas volcadas y un juego de estanterías cuyo inventario completo decía: un jarrón roto, una cajita de cerámica y un montón de excrementos de rata. Ken se sentó en el sillón, suspirando. Pero entonces reparó en un detalle: uno de los cajones se había resistido al volver a cerrarlo y había quedado un poco abierto. Había pensado que se debía a la deformación de la madera, pero tal vez se tratara de otra cosa. Sacó el cajón del todo y tanteó el interior de la cavidad. ¡Sí, ahí! En el fondo, había algo. Lo atrapó con los dedos y lo sacó.

Era un óvalo de cerámica de unos cinco centímetros de largo. Sus dos mitades, que se abrían como una ostra, tenían adornos dorados y delicadas líneas curvas de madreperla. Aquello debía de haber costado un buen montón de dinero.

—Ya sé lo que es —le dijo Coraline en cuanto apareció a la luz de la linterna.

Pero Ken no iba a esperar a que se lo dijera. Separó las dos mitades y se sorprendió a sí mismo mirando un par de cuadritos en miniatura, ejecutados con delicadas pinceladas de acuarela que debían de haber requerido un diminuto pincel de marta. Uno era de la casa en la que se encontraban, vista desde lejos bajo un cielo nocturno, antes de que el fuego la hubiera remodelado sin mu-

chos miramientos. El otro, colocado boca abajo, era de la casa homónima encaramada en un acantilado de California a plena luz del día.

—Cuéntame —dijo Ken.

—Mi madre pintaba estos cuadritos a veces. Yo tengo uno. Este debe de ser de Oliver. No sé por qué lo puso ahí.

Era la cuestión más peliaguda.

—Tal vez para que estuviera con vuestra madre, en cierto sentido —dijo Ken, aunque no estaba nada convencido de que fuese esa la respuesta.

—Es posible.

Así pues, la habitación había albergado efectivamente un secreto. Pero no era algo que Oliver hubiera descubierto, sino algo que él había dejado.

Coraline se asomó a la única ventana de la habitación, orientada hacia el sur. Ken siguió su mirada hacia las marismas del extremo de la islita, apenas visibles bajo la luz de la luna.

—Quiero irme —dijo—. Aquí no hay nada más. —Nada, salvo malos recuerdos, podría haber añadido con más exactitud.

Se alejó para dirigirse a las escaleras. Ken la siguió, pero de repente se le ocurrió algo y se detuvo. Buscó en su mochila y sacó las hojas del informe de la investigación que había arrancado de los archivos.

—Espera —dijo.

—¿Para qué?

—Aquí hay algo. —Hojeó el informe—. Sí, aquí —añadió, señalando una página con el dedo. Leyó rápidamente la declaración del gobernador Tooke, en la que aseguraba que su esposa no sufría ningún desequilibrio mental la mañana de su muerte, y luego el testimonio de la sombrerera que había ido a la casa, según el cual Florence Tooke parecía contenta. Luego llegó a la declaración de su doncella.

—Mira. Esto es lo que dijo Carmen al tribunal.

—¿Y?

—Quédate aquí. Voy a ir a las marismas.

—¿Cómo?

—Te haré una señal con la linterna. Grita cuando la veas. —Dicho esto, salió a toda prisa, dejándola en aquella habitación iluminada únicamente por la débil claridad de la luna.

Armado con la linterna, bajó con cuidado las escaleras y salió por la entrada principal. Apuntó el haz de luz hacia el suelo. El terreno estaba cada vez más empapado y el lodo le salpicaba en las piernas. Redujo la marcha, porque sabía perfectamente lo que ocurriría si se metía por un tramo peligroso, si se le caía la linterna y empezaba a hundirse…

Al diablo todo eso. Ya había pasado por demasiadas cosas como para acabar igual que Florence. Pensaba seguir adelante, averiguar qué le había ocurrido a Oliver y hacer que pagara el que tuviera las manos manchadas de sangre, fuese quien fuese.

Al final, el terreno ya no era de tierra, sino de un lodo gélido. La luz de la linterna iluminó un tramo parduzco que podía corresponder a la orilla o al mar embarrado. Dio tres pasos y sus pies se hundieron. Uno más, para asegurarse. En ese momento el lodo le llegaba hasta las rodillas. No podía arriesgarse a dar un paso más. Se volvió hacia la casa y movió la linterna de izquierda a derecha y de derecha a izquierda; luego arriba y abajo, completando una cruz.

—¡Coraline! —gritó. El eco resonó en el aire, pese a que no parecía haber nada donde pudiera rebotar. Rebotaba en la pura desolación. Hizo señas y volvió a gritar.

Entonces oyó la voz de ella, muy lejos.

—¡Sí!

Ken trazó la cruz una vez más, sacó sus pies entumecidos del lodo y regresó a la casa. Al subir las escaleras y cruzar el pasillo, fue dejando un rastro de mugre hasta el estudio.

—¿Qué has visto? —preguntó nada más verla. Coraline estaba sentada junto a la ventana.

—Nada.

Justo lo que él esperaba.

—Lo suponía. Carmen le dijo al tribunal que estaba aquí y que vio a tu madre vadeando por las marismas. Un poco difícil cuando resulta que la ventana mira en la otra dirección. —Ken vio que ella fruncía los labios—. Háblame de Carmen.

—Ha estado con nosotros durante toda mi vida.

Bueno, eso quería decir que conocía mejor los secretos de la familia que todos sus abogados y banqueros.

—Hemos de hablar con esa mujer cuando volvamos. ¿Te fías de ella?

Hubo un silencio.

—¿De quién puede una fiarse?

Sí, eso era cierto.

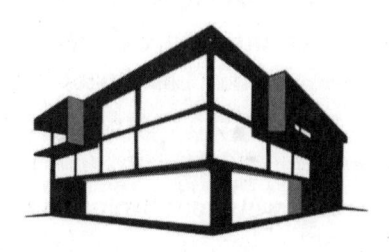

12

—Me pregunto qué harán aquí para divertirse por las noches —dijo Ken.

Estaban sentados en un rincón del Peldon Rose.

—Matar a una vaca, enterrarse vivos. Qué sé yo.

Coraline debía de sentirse muy turbada por las mentiras que estaban descubriendo.

—¿Te apetece hacer algo para distraerte un poco?

—¿Como qué?

—¿Una partida de cartas? Aquí creo que juegan al *crib*.

—¿Qué es eso?

—Un juego en el que se anotan los puntos con clavijas, creo.

—O sea que ninguno de los dos sabemos cómo se juega.

—No. ¿Gin rummy?

Ella aceptó encogiéndose de hombros. Ken le pidió prestada una baraja al dueño del pub y repartió. Consiguieron llamar la atención de unos cuantos lugareños, que preguntaron cómo se jugaba y se unieron a la partida. Al final, acabaron formando parte

de la parroquia habitual del local y todos trataban a Ken como a un amigo y a Coraline, con respeto. Aunque se sintiera culpable por ello, Ken disfrutó aquellas horas en el Viejo Continente en compañía de Coraline y de aquellos nuevos amigos. Y notó que el fuego parpadeante de la chimenea y el alboroto de los lugareños la habían reconfortado un poco. Los chistes que soltaban le arrancaron alguna sonrisa y se bebió casi una pinta de la ginebra del pub. Era una ginebra tan aguada que habría hecho falta un barril entero para emborracharse un poco, aunque Ken sospechaba que, incluso si hubiera sido ginebra pura, apenas le habría afectado.

Por la noche, se despertó con un sobresalto. Las imágenes del sueño todavía inundaban su retina: Coraline con el bañador rojo que llevaba en la lancha de Oliver el día que habían pasado pescando despreocupadamente en el océano. Solo que esta vez sus dedos no sujetaban un cóctel: estaban manipulando los cordones que le ataban el bañador por la espalda. Y entonces los cordones se desanudaban por sí solos como serpientes y se le enroscaban a él en las muñecas, amarrándoselas.

En la oscuridad de su habitación, con el pecho todavía agitado, extendió las manos.

—Dios mío —musitó para sí mismo.

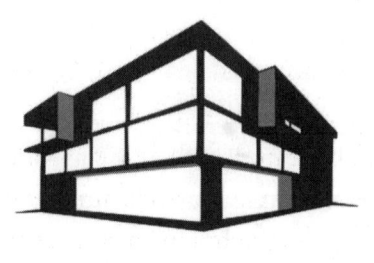

13

Ken se despertó antes de las ocho. Era demasiado temprano para el desayuno, así que sacó el libro de Oliver y empezó a releer la historia con calma. Había en ella mucho más de lo que se apreciaba a primera vista, eso seguro. Le llamó particularmente la atención cómo el personaje de Simeon descubría una novela titulada *El campo dorado* sobre un californiano que viajaba a Inglaterra para averiguar la verdad sobre su madre. Era un reflejo de la propia investigación de Oliver: una deducción nada difícil para cualquiera que conociera la historia de la familia. Sí, el libro de Oliver era un mensaje para aquellos a los que había dejado atrás.

Ken siguió leyendo atentamente, sopesando de nuevo cada palabra por si se le había escapado algo, mientras le llegaban desde la planta baja los ruidos del dueño del pub barriendo y moviendo sillas. Cuando llegó a la descripción de los primeros días de Simeon en la casa de Ray, algo resonó en su mente. Hojeó las páginas anteriores para buscar un pasaje sobre los criados y finalmente lo encontró. Era un eco en la ficción de algo que había oído en la

vida real: de algo que había oído decir en el pub. Cerró el libro, soltó una risotada y lo tiró sobre la cama. Luego fue a toda prisa a la habitación de Coraline.

—Ven abajo conmigo —dijo—. Hay alguien con quien tenemos que hablar.

Ella miró su reloj de pulsera.

—¿El cartero?

—Tú ven conmigo. —Bajaron al pub. El dueño estaba contándole un chiste verde al camarero que le ayudaba a ordenar el local y no se interrumpió al ver a Coraline—. Anoche había aquí un hombre —dijo Ken, cuando se hubo terminado el chiste—. Pelirrojo. Se llamaba Pete.

—¿Pete Weir? —preguntó el dueño con recelo.

—Supongo. Es un cuáquero, ¿verdad? Un objetor de conciencia.

—¿Cómo lo sabe? —Ahora se notaba incluso más que antes que no le gustaba la gente que andaba haciendo preguntas, y menos aún unos americanos que decían haber ido por las ostras, algo tan poco creíble como si hubieran dicho que habían ido por el paisaje.

—Aquella mujer le dio una pluma blanca y dijo que todos los de su iglesia eran unos cobardes.

—Es cuáquero, sí —admitió el dueño—. No tiene nada de malo.

Un buen cuáquero que frecuentaba los pubs, pensó Ken, aunque no iba a señalar esa contradicción. Dio un golpe en la barra, satisfecho por haberlo confirmado. Aquello tal vez podría ponerlos sobre una pista que resultara fructífera, en lugar de no llevar a ninguna parte, como los demás indicios que habían seguido hasta el momento.

—Nos gustaría hablar con él.

—¿Sobre qué?

—Nada importante. —El dueño arqueó las cejas con evidente escepticismo—. ¿Dónde puedo encontrarle?

El hombre restregó pensativamente con un trapo el mugriento mostrador de madera, como decidiendo si era prudente darles información a unos forasteros que estaban allí por algún motivo oculto y no para tomarse simplemente unas vacaciones en un lugar remoto.

—Su casa está en The Hard. En Mersea.

—Gracias. ¿Cómo podré saber cuál es?

—Afuera hay un cartel anunciando la venta de ostras. —Ken volvió a darle las gracias y el dueño le lanzó una mirada al camarero, que se encogió de hombros, como diciendo que no había quien entendiera a los americanos. Cuando Ken ya se iba hacia la puerta, el dueño dijo—: Ahora no estará allí.

—Ah, ¿no?

—Debe de estar en su bote, pescando. Las ostras no salen caminando del mar.

—Claro. ¿Sabe cuándo estará de vuelta?

—A las cuatro o las cinco, seguramente.

Aquello era frustrante, pero poco podía hacerse.

—De acuerdo. Gracias.

El hombre asintió con un gesto.

—¿A qué viene todo esto? —preguntó Coraline, llevando a Ken aparte.

—Hay un criado en el libro —le explicó él—. Peter Cain. Es un cuáquero pelirrojo aficionado a la bebida. Igual que Peter Weir. Me parece toda una coincidencia; una coincidencia excesiva, diría yo. Quizá Oliver lo hizo conscientemente, o quizá inconscientemente, pero lo cierto es que incluyó a Pete Weir en *Relojes de cristal*. Hemos de averiguar qué sabe. Lo lograremos cuando vuelva.

Así pues, se comieron el desayuno —un plato de caballa con un pan amazacotado— y volvieron a la Casa del Reloj. Tenía mejor aspecto de día, aunque tampoco demasiado.

—El fuego le causó grandes daños —dijo Ken.

—Ojalá la hubiera arrasado por completo.

Era cierto, la casa parecía estar reclamando un buldócer más que cualquier otra cosa. Volvieron a explorarla. La luz del sol les iluminaba mejor que la linterna de la noche anterior, pero no encontraron nada nuevo y salieron con las manos vacías.

Media hora más tarde, habían atravesado Ray y llegado a su hermana mayor, Mersea. Esta última tenía algunos árboles y arbustos, lo que hacía que pareciera el jardín del paraíso en comparación con el paisaje pelado de Ray. El terreno se elevaba un poco más por encima del nivel del mar, por lo que resultaba lo bastante extensa como para dar la impresión de ser un pueblecito. Había un par de iglesias, una calle corta de tiendas deprimentes y una playa, The Hard, como la llamaban allí escuetamente, como para ahorrar sílabas. Era un trecho de guijarros lo bastante amplio como para atracar botes de pesca y con un puerto que había sido reforzado con una escollera.

Frente a la playa se alineaban una serie de casitas de pescadores, donde había hombres trajinando de aquí para allá con tarros y redes. Algunas tenían carteles afuera ofreciendo diversas mercancías, pero solo una ofrecía ostras: una construcción de un solo piso protegida con tablones frente a las inclemencias del tiempo. Esa era la de Pete Weir, pero no había nadie en ese momento, tal como el dueño del pub les había indicado.

¿Qué hacer para matar el tiempo? No había mucho donde elegir, así que optaron por pasear por el pueblo y visitar las iglesias. Miraron cómo salían y regresaban los botes de pesca y volvieron de vez en cuando a la casa de Weir, pero siempre sin éxito.

—Yo me crie junto al océano —dijo Coraline mientras se sentaba en un banco de hormigón—. Entonces lo encontraba reconfortante. Ahora no tanto.

—Lo entiendo.

Cuando avanzó la tarde, decidieron que ya era hora de volver a la casa de Weir.

—¿Estás seguro de esto? —preguntó Coraline.

—¿Qué quieres decir?

—Bueno, que estás dándole mucha importancia a un simple detalle del libro de Oliver.

Él había estado pensando mucho en ese libro, incluso mientras permanecían sentados frente a la playa mirando cómo descargaban las capturas de los botes.

—Lo llaman un *roman à clef*, una novela con una clave. El propio libro desvela la verdad. Y ahora acabo de darme cuenta de otra cosa.

—¿De qué?

—El personaje del «agente de investigaciones» (el equivalente de un detective, supongo) se hace llamar Cooryan cuando quiere utilizar un alias. Solo puedo deducir que es una alusión a mi apellido. Creo que Oliver lo incluyó como una especie de señal para mí, por si le sucedía algo. Quería que yo revelara la verdad, si él mismo no podía hacerlo.

Coraline permaneció un momento reflexionando.

—¿Tú crees que sabía lo que le esperaba? —preguntó.

—Creo que sabía que era una posibilidad. ¿Cómo te sientes al pensarlo?

Ella contempló el mar.

—Responsable.

Esta vez, cuando se acercaron a la casita vieron que las cortinas estaban descorridas. A través de un cristal resquebrajado, Ken atisbó a Pete Weir en una mesita de la esquina, con un vaso de leche y un plato de pescado en escabeche. Había una sola habitación con algunos muebles diminutos y una zona con cortinas para delimitar un espacio donde dormir. Weir empujaba el pescado por el plato con el tenedor con aire desganado. Cuando Ken dio unos golpecitos en la ventana —temiendo que fuera a romperse—, el hombre se incorporó de golpe, mirando a derecha e izquierda, asombrado por aquella interrupción. Con aire receloso, les indicó que entraran.

La habitación tenía un penetrante olor marino.

—Usted es Pete, ¿no?

El hombre asintió con cierta suspicacia. No estaba habituado a que nadie fuera a buscarlo.

—Me llamo Ken Kourian. ¿Le importa que le haga unas preguntas?

Weir rezongó algo, al parecer asintiendo.

—Gracias. Dígame, ¿usted ha vivido toda su vida en Mersea?

Él asintió de nuevo.

—Eso es importante. En el país del que nosotros venimos, la gente siempre está trasladándose de un sitio a otro. Debe de estar bien tener un hogar y saber que esa es tu casa.

—Así es, señor Kourian. —Weir parecía algo desconcertado por aquel extraño apellido y lo pronunciaba con mucho cuidado. Pero daba la impresión de que poca gente charlaba con él, y, ahora que empezaba a calmarse, parecía deseoso de mantener una conversación.

—¿Están aquí de luna de miel?

Coraline estalló en carcajadas. Ken reprimió una sonrisa. Weir los miró desconcertado.

—Disculpe, señora Kourian. ¿Quizá he…?

—Señorita Tooke —dijo ella.

La expresión del hombre se transfiguró. Lentamente, abrió la boca y la movió como si estuviera masticando.

—Señorita…

—Tooke. Coraline Tooke. Me parece que mi apellido le suena. —Weir miró en derredor, al parecer inquieto por la posibilidad de que alguien estuviera escuchando—. Sí, ya veo que sí.

—¿De qué le suena, Pete? —preguntó Ken.

El hombre extendió sus dedos curtidos hacia el vaso de leche; luego se lo pensó mejor y retiró la mano. Ken se preguntó si el vaso contenía algo más que leche.

—Yo trabajé para su familia —musitó Weir.

—¿Se acuerda de mí? —preguntó Coraline. Él se encogió de

hombros, como si eso fuera a sacarle del apuro—. Diría que sí. —Hubo una pausa—. ¿Recuerda a mi hermano Oliver? —Weir alzó los párpados y enseguida volvió a bajarlos—. Ha estado aquí, ¿no? —Otro silencio mortal entre ambos—. ¿Qué le dijo?

—¿Pete? Cuéntenoslo, por favor.

Un larguísimo silencio. Finalmente, el hombre respondió.

—Me preguntó sobre su madre.

Ken sintió una descarga eléctrica. Ahí estaba, la encrucijada que iba a llevarlos de «ninguna parte» a «alguna parte».

—¿Qué le preguntó sobre ella? —dijo Coraline. Esta vez, Weir cogió el vaso y apuró su contenido—. ¿Pete?

—Por favor. No quiero verme involucrado.

Ken miró a los ojos a Coraline. Iba a decir algo cuando ella se metió la mano en el bolsillo, sacó su cartera y, cogiendo un billete de cinco libras, lo dejó sobre la mesa. Para Weir, aquello debía de representar una semana de trabajo. El hombre suspiró.

Bastó con aquellas cinco libras. Probablemente habría bastado con mucho menos.

—No se trata de lo que él dijo, ¿entiende?, sino de lo que dije yo. De lo que vi.

Ahora la verdad estaba al alcance de la mano.

—¿Qué fue lo que vio?

—No debería decirlo.

—Creo que ahora tiene que hacerlo —replicó Ken.

Weir giró nerviosamente el vaso entre sus dedos.

—Fue después de que dijeran que se había ahogado. —Miró un momento a Coraline y luego bajó la mirada, avergonzado—. Al día siguiente.

—¿Qué sucedió? —preguntó Ken.

—Yo estaba en el Peldon Rose.

—¿Y? —dijo Ken tratando de alentarle.

—Paró un coche fuera. Un coche grande. No lo reconocí.

—Siga.

Y entonces el golpe final:

—Vi a Carmen, la doncella de la señora, cargando cosas en el coche.

Ken empezó a entender.

—¿Qué clase de cosas?

—Vestidos. Los vestidos de la señora. Y otras cosas. Sus objetos de tocador. No todas sus pertenencias. Solo lo esencial. —Sus ojos se volvieron una vez más hacia los de Coraline—. Si se había ahogado, ¿a dónde iban? Dígamelo usted.

Dígamelo usted. Ken pensó en las continuas visitas del gobernador Tooke a Inglaterra y miró a la hija de una mujer ahogada que aún necesitaba sus vestidos. Una mujer cuyo cuerpo nunca había aparecido en la orilla arrastrado por las olas. Una mujer cuya leal doncella había mentido ante el tribunal forense diciendo que había presenciado su muerte.

—Está viva —jadeó Coraline.

Ken pensó en el papel que también jugaban los vestidos de Florence en la novela de Oliver, devolviéndola un poco a la vida. Tal vez Oliver había pensado tanto en los vestidos de su madre que habían acabado apareciendo en las páginas de su libro.

—He pensado mucho en ello —musitó el hombre para sí.

—Yo aún más —le dijo Coraline.

—¿Se lo contó a alguien? ¿Habló de aquello con alguna persona? —preguntó Ken.

—Nunca dije una palabra. —Weir parecía sinceramente contrito—. Eran cosas de la familia. Yo no pintaba nada. Hasta que su hermano vino a preguntar.

Ken lo sondeó un poco más, pero el hombre ya no dijo nada útil. Al fin, a media tarde, salieron de la casa.

—¿Dónde crees que está ella? —preguntó Coraline mientras regresaban.

—No lo sé. Creo que Oliver lo sabía. Pero mira, tu padre venía una vez al año. Y no era para visitar el lugar de su muerte, sino para verla a ella todavía viva. O sea que podemos suponer que aún sigue en Inglaterra, en Londres probablemente, para que a él

le resultara más fácil. Y la han tenido allí retenida, podemos suponer también. —De nuevo pensó en el libro. Lo sacó del bolsillo de su chaqueta y buscó entre sus páginas. Sabía cuál era el capítulo que quería encontrar. Ahí se describía una cacería por las calles de Londres, un encarcelamiento y un secreto finalmente revelado.

—Pues así es. Y, unos días después, Nathaniel se presentó con lo que yo estaba buscando. Una dirección en Saint George's Fields, en Southwark.

Saint George's Fields. Simeon comprendió en el acto. Sí, había visto ese lugar con sus propios ojos y sentía compasión por quienes residían allí.

—Deduzco la dirección a la que se refiere.

—Ya suponía que la conocería. Bien, Nathaniel me preguntó si sabía algo de esa clase de lugares. Le dije que había leído sobre ellos, pero que nunca había pensado que llegaría a visitar uno. «No, señora, no hay mucha gente que lo haga». Y, no obstante, al día siguiente estaba en Hansom dirigiéndome allí.

Simeon la interrumpió.

—El hospital Magdalena de Recepción de Prostitutas Arrepentidas —dijo—. Ese nombre no se te olvida.

—No, en efecto. Allí estaba, pues, frente a ese gran edificio de ladrillo que se parecía mucho a una prisión.

—Ken, ¿estás diciéndome…?

—No lo sé. El nombre es demencial, pero no sé si se trata de un sitio real o si Oliver se lo inventó. Valdría la pena intentarlo.

—¿Cómo?

—Bueno, debe de haber un servicio de información telefónica en este país.

Volvieron apresuradamente al pub, donde el dueño les señaló un teléfono en un rincón. Seguramente era el único en muchos kilómetros a la redonda. Ken metió unas monedas en la ranura. Coraline observó cómo hablaba por el auricular, cómo esperaba

unos segundos, volvía a hablar y luego aguardaba un rato, antes de dar las gracias a su interlocutor y colgar.

—No aparece ese nombre en la guía de Londres. Pero podría ser que se llamara de otro modo.

—¿Y?

—No podemos ir esta noche. Pero mañana nos vamos a Londres a buscar.

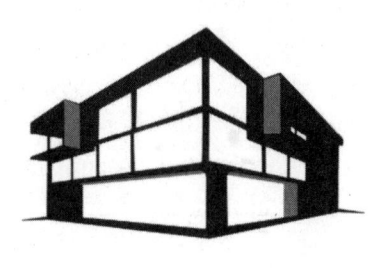

14

Estaban hablando del viaje a Londres mientras desayunaban su plato de caballa cuando el dueño del pub entabló conversación con ellos con aire informal.

—Bueno, ¿de qué querían hablar con Pete?

Ken no deseaba que nadie lo supiera.

—De nada en particular —dijo, intentando llevar la charla a un punto muerto.

—¿No era sobre los Tooke?

Ken tragó un bocado de pescado. Era inútil tratar de evitar el tema.

—Sí, en efecto.

—Y, entonces, ¿usted es la señorita Tooke? —dijo el dueño mirando tranquilamente a Coraline. Ella asintió con un parpadeo, aunque Ken pensó que la expresión de su rostro podría haber arredrado a un curtido marinero.

Al ver su respuesta, el dueño decidió sentarse a su mesa.

—Recuerdo bien a su familia —dijo—. Mi padre trabajó para ellos de vez en cuando. También mi abuelo, ahora que lo pienso.

—Se acarició la barbilla con una mano húmeda—. Una mujer guapa, su madre. —Hizo una pausa—. Lástima, aquello. Fue todo por su hermano, ¿no?

El hombre era tan sutil como un martillo de bola.

—Tal vez haya sido así —dijo Ken—. Estamos aquí para averiguar lo que podamos.

—¿Para averiguar? ¿Para sacar a la luz todo aquello?

—Para sacar a la luz todo aquello —confirmó Coraline.

El dueño fue a la barra, donde cogió un par de platos con expresión pensativa.

—Han oído hablar de Charlie White, ¿no?

¿Si habían oído hablar de él? Charlie White aparecía en *Relojes de cristal* como un joven brutal de veinte años. El destino funesto de sus primos, John y Annie, jugaba un papel central en la historia. A veces resultaba fácil olvidar que los hechos descritos allí se basaban en lo que le había ocurrido al abuelo de Oliver casi sesenta años atrás. ¿Aquellos hechos estaban relacionados con lo que le había sucedido a la familia en 1915? En ese momento, Ken estaba dispuesto a apostar la camisa a que así era.

—Sí, he oído hablar de él —contestó.

—A Charlie lo citaron en relación con... ¿cómo era su nombre? ¿Alex?

—¿Quién lo citó? —preguntó Ken, aunque ya se lo imaginaba.

—La policía.

—¿Por qué?

El dueño se dirigió a Coraline.

—Fue visto cerca de su casa cuando desapareció su hermano. No tenía motivo para estar allí. Dijo que había ido a dar un paseo. ¿Quién va a dar un paseo por Ray? Eso me huele mal, si quiere mi opinión. —Se apoyó en la barra—. Pero ¿quién soy yo para decirlo? Fue hace mucho tiempo.

—¿Aún está vivo? ¿Sigue viviendo aquí?

—Charlie White no va a irse a ninguna parte, salvo al infierno —masculló el dueño—. Yo que ustedes no me acercaría a él.

—Imposible.

El hombre suspiró.

—Ya. Bueno, ahora debe de tener casi ochenta años. Lo último que supe de él fue que vivía recluido con Mags Protheroe. Tiene una linda casita en Mersea.

Si la casita de Charlie White había sido «linda» alguna vez, debía de haber sido hacía mucho. Ahora era un cuchitril desdentado, al que le faltaban al menos la mitad de las ventanas y cuya puerta principal había sido derribada y tapiada chapuceramente con tablones. Más de una vez, a juzgar por su aspecto.

Cuando se acercaron a la entrada, salió de su interior un olor hediondo, seguido de una mujer de sesenta y tantos años con una cofia de lino mugrienta que los miró con hosquedad.

—¿Quiénes demonios son ustedes? —graznó.

—Estamos buscando a Charlie White. —El acento o el tono de Ken la detuvo en seco. La mujer lo miró y luego se volvió hacia la casita.

—¿Para qué?

Ken interpretó aquello como lo más aproximado a una invitación que iban a obtener y se dirigió hacia la puerta.

—¿Charlie White? —gritó.

Un hombre que debía de haber sido corpulento pero que ahora tenía toda la piel colgando apareció tambaleante en el umbral, frunciendo el ceño y escupiendo.

—¿Le conozco? —preguntó.

Charlie White no era ninguna lumbrera, pero tenía pintada en la cara una astucia animal.

Valía más ser directo, pensó Ken. Así pues, dijo quiénes eran. Su expresión astuta se agudizó. Abrió la boca mostrando una hilera de recios dientes torcidos.

—¿En qué puedo servirles? —preguntó con una mueca.

Fue Coraline la que respondió.

—La policía habló con usted en relación con la desaparición de mi hermano. ¿Por qué?

—¿Por qué no? Yo estaba en las «imediaciones», como ellos decían. Hace un montón de tiempo de eso, muchachita.

—¿Había alguien más allí? ¿Alguien sospechoso?

—Ni una rata. —White cruzó los brazos. Estaba divirtiéndose.

—¿Qué dijo la policía?

—Tendrá que preguntárselo a ellos, ¿no?

—Probablemente ya estén muertos.

—Esperemos que sí.

—Usted debe de saber algo.

—Sé un montón de cosas. Pero eso no significa que vaya a contárselas.

—¿Por qué estaba allí?

White, en lugar de responder, se apoyó en el marco de la puerta con una sonrisita desdeñosa.

—¿Sabe? Se me acaba de ocurrir una cosa. Usted nunca vivió aquí. Nunca ha vivido aquí. Así que todo lo que ha oído sobre aquello se lo ha oído contar a él.

—¿A quién?

White pronunció el nombre como si mascara un tabaco barato.

—A Simeon Tooke. —Los observó un momento entornando los ojos—. ¿Qué sabe realmente sobre su abuelo, jovencita? Quiero decir, realmente.

—Mucho más que usted.

Él se echó a reír.

—¿Sí? Pues mire, soy yo quien va a decirle algo sobre él.

—Adelante.

—Era un embaucador. —Su cara se crispó en algo que venía a ser lo más parecido a una sonrisa que era capaz de esbozar—. ¿Sabe que él siempre quiso esa casa? —Señaló hacia Ray—. Eso es lo que me dijeron, en todo caso. Jugó allí de niño y luego, de mayor, la codició. La consiguió por las buenas o por las malas, dicen. Por las buenas… o las malas. Se cargó a su tío o su primo, o lo

que fuera, para hacerse con ella, dicen. Sin importarle quién saliera malparado o empobrecido.

Coraline entornó los ojos. Era una revelación terrible, suponiendo que lo fuera. En todo caso, no se parecía en nada a la historia de Oliver.

—¿Quién «salió malparado», según usted? —preguntó Ken.

—¿Quién? —White volvió a hacer como si masticara tabaco—. Mi primo John. ¿Ha oído hablar de él?

—Fue mi abuelo quien lo encontró —respondió Coraline.

—Ya, ya. Curioso que estuviera justo allí en el momento oportuno. Que encontrara a alguien donde dijo que encontró a John. Curioso, ¿no?

—¿Está diciendo que él tuvo algo que ver? Mi abuelo ni siquiera conocía a su primo.

—Ah, ¿no? Eso fue lo que él dijo. ¿Cómo sabemos que era cierto? —La expresión de White se ensombreció aún más—. Bueno, ya basta de esta historia. Lárguense. —Abrió su mugriento chaleco para mostrar el mango de madera de un cuchillo metido en el cinturón.

Analizaron la situación mientras hacían el camino de vuelta al pub. El asunto se estaba volviendo más turbio que las aguas alrededor de Ray. ¿Qué era lo que Oliver había descubierto? ¿Qué había tratado de decir con su novela? Demasiados secretos familiares: Alex, Florence, Oliver, Simeon. Aunque quizá todos se reducían al mismo secreto. Era una idea que valía la pena considerar.

Al entrar en el Peldon Rose, el dueño les hizo una seña para que se acercaran.

—Una cosa —dijo—. ¿Ustedes tienen amigos por aquí?

—¿Amigos? —preguntó Ken—. No. —Ya de entrada, no le gustaba hacia dónde iba la conversación.

—Vaya. —El hombre cruzó los brazos—. Pues alguien ha estado preguntando.

—¿Sobre nosotros?

—Sí. Sonaba como un yanqui también. Ha venido hace una hora y ha preguntado si sus amigos estaban aquí, porque decía que había perdido el nombre del pub donde se alojan. Un cuento chino. Aquí solo hay un pub en muchos kilómetros a la redonda. Yo le he dicho que nunca había oído sus nombres. No sé si me ha creído, pero se ha largado.

—¿Qué aspecto tenía? —Ken se hacía una idea bastante precisa del aspecto que debía de tener.

El dueño se encogió de hombros.

—Pelo marrón. Alto como yo, creo. De aspecto corriente.

—¿Y sabía nuestros nombres?

—Sí.

Ken llevó a Coraline aparte. Aquello no era una buena noticia. Ese «yanqui» se parecía mucho al hombre que lo había empujado a las vías del tren antes de que tomaran el avión.

—¿Qué hacemos? —preguntó ella.

—Atenernos al plan y marcharnos directamente a Londres.

Cogieron un taxi a Colchester y luego el tren de Londres, llevándose algunas cosas por si debían pasar allí la noche. A Ken no le abandonaba la idea de que estaban rehaciendo los pasos de Florence en *Relojes de cristal*. Cuando llegaron a la estación de Liverpool Street, casi le pareció ver a un funcionario de correos sobornable con la mano tendida para recibir unas monedas y a un pastor vestido de negro bajándose del tren.

Siguiendo el rastro de Florence, cogieron un taxi a Saint George's Fields, en Southwark. La zona aún existía, pero había cambiado mucho con el tiempo, y no para mejor. Ya no había muchos campos en Saint George's Fields; solo una serie de calles mugrientas transitadas por autobuses y chavales desnutridos con cara de sicario. De forma incongruente, sonaban en el aire unas notas musicales y Ken, sin darse cuenta, no pudo evitar tararear unas palabras sagradas y esperanzadas.

Coraline sí se dio cuenta.

—¿Qué haces? —preguntó.

Él advirtió entonces lo que estaba haciendo. El melódico tañido de campanas de una iglesia le había traído el recuerdo de una canción, y esta se había apoderado de su mente.

—Nada. Vamos a preguntar por aquí.

La primera persona a la que preguntaron —un tipo que vendía fruta con una carretilla— nunca había oído hablar del hospital Magdalena de Recepción de Prostitutas Arrepentidas. De hecho, soltó una risita al oír el nombre y le lanzó una mirada lasciva a Coraline, lo que le granjeó unas duras frases de Ken. Varios viandantes más —un ama de casa que contaba sus monedas frente a un estanco, un borracho apoyado en la puerta de una tienda, una chica que arrastraba a un perro sarnoso— resultaron también de poca utilidad. Mientras preguntaban al último, Ken volvió a oír los tañidos: era el reloj de la misma iglesia que marcaba cada cuarto tocando un compás de la melodía.

Se tomaron un descanso en el café de una esquina. Les sirvieron unos «pasteles de té» —que eran poco más que pan tostado con unas pasas solitarias a modo de decoración— junto con unas tazas de café flojo. Sorbieron el café y comieron en silencio, como si temieran que decir algo pudiera darles mala suerte en su búsqueda. Luego volvieron a la calle y empezaron otra vez a preguntar a la gente, que los miraba como si estuvieran chalados. Una pareja enfurruñada, una vieja que no sabía qué día era, una familia que se disculpó por no tener ni idea. Un hombre que estalló en carcajadas y parecía hablar en griego, un par de personas más que negaron con la cabeza y, finalmente, un viejo patizambo que sí sabía algo.

—Es eso. Bueno, era eso —dijo con un acento tan cerrado que resultaba asombroso que alguien pudiera entenderlo. Estaba señalando una hilera de edificios del siglo XVIII—. Pero ahora ya no. Ahora son viviendas. Llevan ahí cincuenta años o más. —El asilo de la historia de Oliver había sido reconvertido en apartamentos

hacía medio siglo. Difícilmente podía estar allí su madre. Otro callejón sin salida.

—¿Se trasladó? —preguntó Coraline.

—¿El hospital?

—Sí.

El hombre se acarició la barbilla.

—Ahora que lo pienso, sí, sí. Pero cambió, además.

—¿En qué sentido?

—Ahora es un colegio. Un colegio de niñas. Y cambió de nombre, claro. —Bueno, eso no debió de provocar mucho debate—. Se trasladó a Streatham, creo.

Coraline, exasperada, soltó una maldición. Su madre tampoco podía estar allí.

Ken estaba escuchando la conversación, pero una parte de su mente seguía fija en otra cosa: en la melodía que flotaba en el aire. Sí, era un tañido de campanas. Siguiendo su compás, repasó mentalmente la letra del himno. «Ayuda al desamparado, oh, quédate conmigo…». Y, al final, las palabras empezaron a aflorar a sus labios. Coraline lo miró fijamente, pero él siguió cantando sin hacerle caso. Alzó la cabeza, aguzando el oído. Los tañidos parecían envolverlos. No, venían de la calle de enfrente. Aquella no era una canción cualquiera, era el himno que Florence, en la historia de Oliver, tarareaba una y otra vez para sí al oír cómo lo tocaban las campanas de la iglesia. Y ahora lo estaban tocando las campanas de una iglesia cercana.

—¡Por allí! —gritó, caminando resueltamente hacia aquella calle. La campana estaba tocando el último cuarto y sus tañidos se interrumpirían enseguida. Coraline le lanzó una mirada, como si creyera que había perdido el juicio, pero le siguió.

Ken dio veinte pasos y se detuvo en seco. La tonada estaba llegando a las últimas notas. Dobló a la derecha y se metió por una calleja donde solo había una pareja de viejos que lloraba abrazada. La melodía concluyó mientras él recorría la calle con la mirada.

—¿De dónde demonios viene? —le preguntó a Coraline cuando ella apareció a su espalda.

—¿Cómo?

—Esa… —Y entonces sus oraciones se vieron atendidas, porque las mismas campanas dieron la hora con doce tañidos. Ken los siguió por un húmedo pasaje que llevaba a otra calle. Y entonces, finalmente, vio dónde era—. Allí. Ella está allí.

Al fondo, había unas verjas de hierro frente a una pequeña parcela. Los muros del edificio estaban cubiertos de madreselva amarilla y una vieja placa metálica decía que aquello era el convento hospital de las Hermanas de Santa Inés de Jerusalén. El lugar tenía un aire misterioso, como si estuviera esperando despertar de un sueño.

A través de los barrotes de hierro forjado, observó que era un edificio desigual, compuesto por un batiburrillo de estilos distintos. Al menos parecía bien conservado. Se preguntó qué estaría pensando Coraline al mirarlo, sabiendo que probablemente su madre estaba allí dentro. De vuelta de entre los muertos, o, mejor dicho, de nuevo entre los vivos.

Como en la Casa del Reloj de Ray, la verja contaba con una antigua campanilla y Ken le dio un fuerte tirón. Debió de sonar en alguna parte, porque una joven con un hábito de monja simplificado salió rápidamente.

—¿En qué puedo ayudarle? —Su acento no podría haber resultado más irlandés aunque lo hubiera intentado. Ken siempre había pensado que los irlandeses solo podían ser borrachos, policías huraños o monjas, aunque no acertaba a entender qué clase de país podía producir únicamente esas tres categorías de personas.

—Venimos a ver… —empezó.

—… a mi madre —dijo Coraline. Al fin y al cabo, pensó Ken, se trataba de la familia de ella, no de la suya—. Florence Tooke.

La joven monja la miró inexpresivamente.

—Aquí no hay nadie con ese nombre —dijo, meneando la cabeza.

Ken vio que las mejillas de Coraline se encendían.

—Sé que está aquí. Lléveme ante ella o tendrá que vérselas con la policía.

La monja parpadeó con nerviosismo.

—Le prometo que aquí no hay nadie con ese nombre. Si quiere avisar a la policía puede hacerlo, pero…

—Si me obliga, lo haré.

—Será exactamente lo mismo. Le doy mi palabra.

Ken le puso a Coraline la mano en el hombro. Había algo en la expresión de la joven que le impulsaba a creerla. Todo el trayecto que habían hecho a través de polvorientos registros, aguas gélidas y caminos embarrados venía a desembocar ante aquella verja de Londres. La decepción era un trago duro y amargo.

—¿Qué? —dijo Coraline.

—Creo que está diciendo la verdad.

—Entonces ¿dónde demonios está? —La monja no dejaba de observarlos con expresión confusa.

—No lo sé. Vámonos. Será… —Se interrumpió de golpe porque se le acababa de ocurrir algo. Las palabras exactas de la monja. «Aquí no hay nadie que se llame así». Y lo que implicaban—. Se supone que ella está muerta… ¡Claro! ¡La registraron con otro nombre!

—¿Cómo dice? —preguntó la monja, desconcertada.

—Ella está aquí. En algún rincón del convento, hay una mujer de unos cincuenta años que lleva en este lugar desde 1920.

—Bueno… Tenemos muchas pacientes que llevan en el convento todo ese tiempo. —Ahora sonaba más nerviosa, como si temiera que no fueran unos simples lunáticos.

—Pero hay algo único en esa mujer —dijo él—. Tiene acento americano. —La monja abrió mucho los ojos y echó un rápido vistazo hacia el edificio—. Estoy en lo cierto, ¿no?

La joven titubeó; luego acabó cediendo y asintió.

—¿Es su madre? —le preguntó a Coraline.

—Sí, es mi madre y quiero verla.

Ken vio que mantenía la calma, pero tuvo la impresión de que a la monja no le convenía dilatar la situación demasiado.

—Yo la conozco como Jessica. Pero… —Su voz se apagó.

—Déjese de peros. —Coraline pegó la cara a los barrotes de hierro—. No voy a volver a decírselo.

Amenazar a una monja era un recurso extremo, pero no había otro remedio y pareció surtir efecto.

—Yo… debo hablar con la madre superiora.

—Lo que tiene que hacer es abrir la verja.

Ken intervino.

—Vaya a hablar con ella —dijo, intentando calmar los ánimos—. Sospecho que la madre superiora conoce el verdadero nombre de la señora Tooke. Dígale por favor que la hija de la señora Tooke está aquí. Supongo que cualquier familiar tiene derecho a ver a sus seres queridos, ¿no?

—Bueno, sí —tartamudeó la monja. Tragando saliva, se escabulló hacia el edificio.

—Voy a matar a mi padre —masculló Coraline entre dientes—. ¿Cómo se atreve a hacer algo así?

—No nos precipitemos a sacar conclusiones —le advirtió él. Intuía que las cosas quizá no resultaban tan evidentes como parecían. Y, mientras los ánimos estuvieran tan caldeados era mejor mantener la cabeza fría.

Mientras aguardaban, Coraline se fumó dos cigarrillos hasta la boquilla.

Al fin, la joven monja reapareció. Pero no venía sola. Una mujer gruesa con una gran toca enmarcándole el rostro caminaba hacia ellos.

—Buenas tardes —dijo, aunque su tono dejaba entrever que no eran buenas.

—Buenas tardes —respondió Ken, antes de que Coraline pudiera usar el lenguaje más grosero que seguramente tenía en la punta de la lengua—. Hemos venido a ver a Florence Tooke, o «Jessica», como la llaman ustedes. Esta es su hija, Coraline.

—¿Y usted es…?

—Un amigo de la familia. Ken Kourian.

—¿Abogado? ¿Médico?

—Ninguna de las dos cosas.

—Entonces ¿por qué voy a molestarme en hablar con usted? —Sin aguardar respuesta, se dirigió a Coraline—. No vamos a permitir que hable con ninguno de nuestras pacientes. Para empezar, ni siquiera tengo una prueba de que usted sea quien dice ser.

Coraline abrió su bolso tan violentamente que casi lo rompió. Sacó su paquete arrugado de Nat Sherman y lo arrojó con rabia, de tal modo que fue a parar a las plantas espinosas que crecían al pie de la verja; al fin, encontró su talonario de cheques. La monja joven se agachó y recogió discretamente el paquete de cigarrillos. Coraline sostuvo ante ellas el talonario.

—Aquí figura mi nombre —dijo.

La monja mayor lo cogió a través de los barrotes y lo examinó atentamente, como si fuera capaz de detectar algún indicio de falsificación; luego se lo devolvió con una mueca, como diciendo que estaba manchado.

—Me está mostrando un talonario bancario. Americano. No puedo saber si es suyo.

—¿Y tu pasaporte? —sugirió Ken.

—Está en mi maleta, en el Peldon Rose.

—Muy bien —dijo la monja—. Si usted es quien dice ser, puede escribir al convento hospital y nosotras le responderemos a la dirección indicada. Eso suponiendo que la mujer que usted asegura que es una de nuestras pacientes se encuentre aquí.

—Usted sabe perfectamente que es así —masculló Ken.

—Entonces no tendrán ningún problema, ¿verdad? —repuso ella con una sonrisa distante—. Vamos, hermana Julia. —La aludida, que permanecía junto a la verja, siguió a la monja. Pero, cuando ya se volvía, dejó caer algo de la mano con la que se agarraba al barrote de hierro. El paquete de cigarrillos.

—Malditas sean —dijo Coraline en voz baja—. No les importa lo más mínimo.

—No —respondió Ken, mirando el paquete.

—Mi madre podría morirse ahí dentro sin que me dejaran entrar a verla.

Él seguía con la vista fija en el paquete de Nat Sherman.

—Espera un momento. Mira.

—¿Qué?

Ken se agachó y, metiendo la mano entre los barrotes, recogió el paquete. Era de un intenso tono verde y llevaba el nombre de la marca en cursivas doradas. Pero, por debajo del logo, habían escrito algo a lápiz: «Puerta este. Una hora».

—Creo que nuestra joven amiga tiene una conciencia menos estricta que la de su superiora —dijo, enseñándoselo a Coraline.

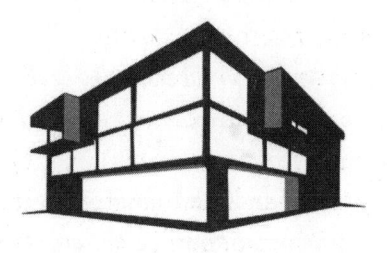

15

—¿Recuerdas algo de tu madre? —preguntó Ken mientras esperaban frente al portón de la pared este.

—Recuerdo que era buena. —Coraline hizo una pausa—. No por un acto en particular, sino por algo que la envolvía. Supongo que en eso consiste ser madre.

Contempló un pino, cuyas ramas verdes resplandecían bajo la luz cálida del mediodía.

—Sí, supongo que sí.

Aguardaron hasta que oyeron un ruido metálico detrás del portón. Estaban quitando un pesado cerrojo. Cuando se entreabrió el portón, la hermana Julia se asomó con cautela. Al ver que estaban solos, se hizo a un lado sin decir palabra. Con rapidez y gratitud, la siguieron por el jardín, pegados a los árboles y arbustos, hasta llegar a un tosco anexo conectado al edificio principal a través de un pasaje cubierto. Venían ruidos de allí. La monja se sacó del hábito un manojo de llaves y los condujo por el pasaje encalado. Allí los ruidos se concretaron en una combinación de cánticos y tarareos.

—Es la hora de la oración vespertina —susurró la monja a modo de explicación.

—¿Quién reza? —preguntó Ken, aunque ya se lo imaginaba.

—Las pacientes. Piden misericordia a Dios.

Los ojos de Coraline relampaguearon.

—¿Dónde está mi madre? —preguntó.

La monja los guio doblando por una esquina y pasando frente a una serie de puertas con gruesos cerrojos y números atornillados en la plancha de madera. Todas estaban pintadas con una delgada capa de blanco. La hermana Julia se detuvo ante la que llevaba el número cinco. Desde su interior, les llegó un murmullo acelerado, como el de una persona que tuviera algo urgente que decir pero no dispusiera de tiempo para hacerlo. La monja escuchó un momento y luego introdujo la llave en la cerradura.

Ya se disponía a girarla, pero se detuvo.

—Por favor, tengan presente que lleva aquí mucho tiempo. Está muy diferente de cómo ustedes la recuerdan. —La hilera de luces eléctricas zumbaba por encima de sus cabezas.

—Yo tenía seis años cuando me dijeron que había muerto.

La joven monja trató de responder, pero el asombro la había dejado muda. Renunciando a decir algo, llamó a la puerta.

—¿Jessica? —dijo. Y luego, titubeando—: ¿Florence?

El susurro se interrumpió. El aire parecía gélido pese al calor que hacía fuera.

—Florence, he traído a alguien que quiere verla. Unas visitas.

Los susurros se reanudaron, ahora más deprisa que antes.

La llave giró en la cerradura y la puerta se abrió por su propio peso. Estaban ante un cuarto pequeño semejante a una celda religiosa. Una luz de color ámbar entraba por una única ventana situada a gran altura, casi junto al techo. El haz de luz, cargado de motas polvo, iluminaba una pared cubierta de imágenes de Cristo crucificado, con el costado atravesado y la frente desgarrada por la corona de espinas. La cara del Salvador, de tono ceniciento, hablaba del sufrimiento del hombre que cargaba con todos los pecados

del mundo. Y también del dolor de la mujer que había cubierto las paredes con su imagen.

Esa mujer estaba arrodillada en el suelo de cemento, vuelta hacia un crucifijo de madera colgado por debajo de la ventana. La luz hacía que su vestido amarillo cobrara un resplandor ardiente. Con la mano derecha sostenía un rosario cuyas cuentas se arrastraban por el suelo. Lo único que veían de ella era su espalda encorvada.

—Jess… ¿Florence? —dijo la monja. El bisbiseo de la mujer empezó de nuevo, ahora más despacio, mientras sus dedos pasaban las cuentas, una a una.

—«El cuarto misterio de dolor. Jesús con la cruz a cuestas».
—Las palabras rebotaban por todo el cuarto. Ni siquiera las paredes las querían.

—Florence, estamos aquí.

—… «llena de gracia. El Señor es contigo…».

—Mamá.

Esa palabra cayó como una piedra en el agua.

Todos aguardaron. La mujer arrodillada en el suelo se puso rígida. Se llevó al pecho la mano que aferraba el rosario.

—¿Quién me llama? —Tenía acento neoyorquino.

—Yo, mamá.

La mujer irguió la espalda y alzó la cabeza. Su pelo debía de haber sido de un intenso tono castaño, pensó Ken, pero ahora estaba todo gris.

—Coraline. —Esta vez ya no susurró, aunque hablaba con voz baja y cautelosa.

—Sí. —Coraline dio un paso.

Entonces su madre volvió la cabeza. La cara de Florence Tooke, antaño tersa y delicada gracias a las comodidades de una vida opulenta, ahora estaba más fláccida y arrugada por los efectos de la edad y los pesares. Pero sin duda era la misma que había aparecido en su momento en los periódicos. Sus ojos oscuros se deslizaron por las paredes hasta llegar a las tres personas que tenía detrás,

pasando sin interés por la joven monja y por Ken, para detenerse en su hija pequeña.

—Coraline —repitió. Y lo hizo con satisfacción, como si hubiera esperado toda una vida para decir aquellas sílabas.

Las caras de Jesús los escrutaban a todos. Florence alzó el rosario, lo besó y se lo colgó del cuello, sin apartar la mirada de los tres intrusos que habían interrumpido sus oraciones.

Finalmente, se volvió del todo hacia ellos. La luz de la ventana la rodeaba de una niebla amarilla, como si estuviera envuelta por las ascuas de una hoguera. Cuando abrió los brazos, la niebla se derramó por el suelo.

—Le he rogado a Él que vinieras —dijo. Coraline se acercó sin temor—. ¿Quieres darme un beso?

La joven solo acertó a coger las manos de su madre. Pero había una pregunta que no podía esperar siquiera el tiempo que le llevó hacer ese gesto.

—¿Por qué estás aquí?

Florence sonrió, como si esa fuera la única reacción que había esperado.

—Sí, sí. ¿Por qué?

—¿Fue padre quien te metió aquí?

Florence se volvió hacia el crucifijo de la pared.

—En cierto sentido.

Entre las imágenes de Jesús, Ken vio una fotografía. Era una copia del retrato de la familia. Lo había visto antes en dos ocasiones: una vez colgado de la pared de la casa familiar y otra vez en una reproducción granulosa de un periódico.

—¿En qué sentido? ¿Te metió aquí a la fuerza?

La mujer se alisó el pelo. Lo llevaba perfectamente arreglado y peinado, como si hubiera dedicado a ello un gran esfuerzo.

—¿A la fuerza?

La hermana Julia intervino.

—Creo que usted no lo entiende.

—¿Qué quiere decir?

—Su madre no está retenida en el convento. Está aquí voluntariamente. Como todas las demás pacientes.

Florence se dirigió hacia la cama que había en un rincón. Mientras caminaba, Ken captó un ruido extraño, como un traqueteo metálico que no supo identificar. Ella se sentó sobre la cama, con decoro y serenidad, como si la paciencia fuese algo que hubiera aprendido con los años.

—He pensado en ti todo el tiempo —dijo con aire soñador—. Le pregunté a Alexander por ti.

Su hijo secuestrado. Así que hablaba con los muertos. Eso no era un buen signo.

—¿Hablaste con Alexander? —dijo Coraline con delicadeza, alentándola a proseguir.

Florence volvió la mirada hacia el retrato familiar de la pared. Allí estaban todos: el gobernador, ella, sus tres hijos. Pero, más allá del ámbito de aquella fotografía, dos de esas personas estaban muertas y una confinada.

—Él vino a verme.

—¿Cuándo fue eso?

—¿Cuándo? —La mujer adoptó un tono etéreo—. Ah, la semana pasada. El año pasado. El tiempo parece volar aquí.

Sí. No tener un reloj o un calendario llevaba a eso. Ken miró a la monja, pero ella no parecía conocer la respuesta.

Coraline se sentó en la cama junto a su madre.

—Alex murió, mamá. Hace más de veinte años.

Esa revelación sería la única de los dos golpes que habría de recibir, pensó Ken. La noticia de la muerte de su otro hijo se la ocultarían durante un tiempo; dársela en ese momento podía tener graves consecuencias.

—¿Hay algún médico con el que podamos hablar sobre su estado? —le preguntó a la monja en voz baja.

—Ahora no. Vendrá mañana.

—¿Qué estás diciendo? —le preguntó Florence a su hija.

—Alex murió. Cuando tenía cuatro años.

Florence se irguió y sonrió débilmente.

—No, querida. Vino el mes pasado. Estuvimos hablando. Hacía mucho que no lo veía.

—Él ya no está con nosotros, mamá.

—¿Por qué dices eso? —La alegría estaba abandonando su expresión.

—Lo siento, es la verdad.

—Estuvo sentado donde tú estás ahora.

Coraline titubeó.

—No, no lo creo.

—Te digo que estuvo aquí.

—¿Cómo supiste que era él, mamá?

—¿Cómo supe que era Alexander?

—Sí.

—Una madre conoce a su propio hijo —respondió la mujer con tranquila convicción.

A Ken se le ocurrió algo al oír eso. Podía ser que la mujer hubiera reconocido a su propio hijo, pero no al que ella creía.

—Señora Tooke —dijo—, ¿no podría haber sido Oliver, su otro hijo, quien vino a verla? ¿No le parece posible?

Ella alzó la mirada hacia él.

—Oh, no. No era Oliver. Era Alexander. Seguro.

—No, mamá.

—¿Está tomando alguna medicación? —le preguntó Ken a la monja.

Florence respondió relajadamente, orgullosa de sí misma.

—Me dieron pastillas durante un tiempo. Pero me costaba pensar.

—Dejó de tomarlas —dijo la hermana Julia—. Nos pareció más seguro no obligarla.

—¡Más seguro! —rio Florence—. ¡Para vosotras!

Las noticias que Ken había leído la describían como una mujer de sociedad a la que le gustaba pintar acuarelas. ¿Había sido siempre esa esfinge de dulzura, o desde el principio había tenido aque-

lla llama oscura en su interior? Y su insistencia en que su hijo muerto había ido a verla podía ser, según como se mirase, la manifestación de una profunda fe religiosa o de una monomanía igualmente profunda.

—Los médicos quieren ayudarla.

—Basta de médicos —exclamó la mujer con aire trastornado—. Ellos me metieron aquí. Ellos están detrás de todo esto. Maquinando. —Deambuló furiosamente hasta la esquina opuesta de la habitación, acompañada por el leve traqueteo metálico.

—Es un delirio común —dijo la monja, procurando bajar la voz.

—¿Tú qué sabes, niña? —le espetó Florence con mirada aviesa—. ¿Qué sabe cualquiera de vosotros?

—Su médico…

Florence la interrumpió.

—Sí, el médico. Pregúntele a él. Él está detrás de todo esto. Estaba confabulado con mi marido.

—¿Qué médico? —preguntó Ken.

Ella se enfureció aún más.

—El del labio roto. Le hablé a Alexander de él. De la inyección.

Ken se volvió hacia la hermana Julia.

—¿Sabe a quién se refiere?

Ella negó con la cabeza.

—¿Está un poco confusa, Florence?

La madre de Coraline ignoró la pregunta. Desplazó su peso de una pierna a otra y volvió a oírse aquel extraño sonido metálico, como si alguien diera golpecitos en una lata.

—¿Qué es ese ruido? —preguntó Ken a la monja.

Pero fue Florence quien respondió.

—Es mi pecado —susurró—. Un recordatorio de mi culpa.

—¿Cómo?

Por toda respuesta, Florence se agachó, cogió la tela de su vestido y empezó a alzarlo, mirándole a los ojos.

—¡Mamá!

—Cállate, niña. —La tela de algodón ascendió dejando a la vista la pantorrilla y luego la carne rosada del muslo—. Ahora vais a ver mi culpa. —Levantó aún más el vestido. La monja bajó la cabeza, como si supiera lo que se avecinaba y no quisiera admitirlo. El dobladillo subió por encima de un aro de metal repleto de púas aguzadas, todas vueltas hacia dentro, que se clavaban en la piel enrojecida atravesándola y formando puntos ensangrentados—. Mortifico mis carnes para expiar todos mis pecados. —Miró con alegría el artilugio—. Y, recordando mis pecados, me sentaré a la mesa del Señor. —Los recorrió con la mirada, uno a uno—. Vosotros también deberíais expiar los vuestros.

—¿Qué demonios es eso? —le preguntó Ken a la hermana Julia. Estaba tan asombrado como enfurecido, pero la indignación acabó imponiéndose.

—Un cilicio. Ella tiene razón desde el punto de vista religioso. Pero…

—Pero ¿qué?

—No los usamos con las pacientes. Solo son para los miembros de la orden. —Se llevó la mano a su propio muslo y Ken comprendió—. Nos suplicó que le diéramos uno. Y, al final, la madre superiora dijo que si ella quería vivir como un miembro de nuestra orden no había motivo para avergonzarse. Así que consiguió lo que quería.

Florence se llevó el rosario a los labios otra vez y empezó a canturrear para sí.

—«El primer misterio de dolor…». —El fuego que tenía dentro pareció retirarse mientras volvía a encerrarse en sí misma.

—A veces es lo que quieres lo que acaba matándote —dijo Coraline, mirando a su madre—. Veamos. Si no está retenida aquí, puede marcharse, ¿no? Ahora mismo, si quiere.

La monja pareció arrepentida de haber hablado. Tal vez debería haber previsto cuál sería el primer pensamiento que le vendría a la cabeza a una hija.

—Bueno, sí, pero no estoy segura de…

Coraline no iba a permitir más interrupciones.

—Mamá, ¿te gustaría marcharte de aquí?

—¿Podemos hablar un momento en el pasillo, por favor? —dijo la monja con tono apremiante.

Salieron las dos, dejando a Ken solo con Florence. La mujer le dirigió una sonrisa y él no dejó de percibir algo que se extendía por sus labios: el atisbo de una coquetería largamente olvidada, como el perfume que queda flotando en el aire después de una fiesta. No era algo que resultara agradable mirar.

—¿Cómo te llamas? —preguntó Florence.

—Ken —dijo él—. Ken Kourian.

—¿Vas a llevarme contigo, Ken? —dijo ella, con voz entrecortada—. ¿Solos tú y yo? —Se quedó mirándolo bajo el haz anaranjado del sol de la tarde. Él se preguntó si aquel había sido un rasgo de su carácter en el pasado. Eso los periódicos jamás lo habrían reflejado, porque la clase alta siempre cerraba filas frente a cualquier escándalo. La mujer se acercó—. ¿Estaremos tú y yo solos? —Ken echó un vistazo al retrato familiar y ella siguió su mirada—. Todo eso ya no existe.

Se acercó aún más. Él alzó una mano para detenerla.

—No creo que sea buena idea —dijo.

—Será bueno para los dos.

—No.

—¿Por qué no? —Florence hizo un mohín moviendo hacia fuera el labio inferior, como una mala actriz que finge irritación.

—Aquí está segura.

Hubo un silencio; luego ella volvió a hablar.

—Ken dice que va a llevarme a con él. Solo nosotros dos.

Él dedujo lo que ocurría. Giró la cabeza y vio que Coraline y la monja habían vuelto a entrar.

—¿Qué le ha dicho usted? —preguntó la monja, sin disimular un tono de acusación.

—Nada —respondió Ken. No tenía sentido tratar de explicar lo que había ocurrido y, además, habría resultado de mal gusto.

Florence se sentó sobre la cama, todavía con la sonrisa en los labios.

—Salgamos —dijo Coraline. Los tres fueron al pasillo a deliberar—. Quiero llevármela a casa.

—Pero será un shock espantoso para ella —respondió la monja—. Es difícil saber cómo reaccionará.

—Eso es cosa nuestra.

—Tiene que hablar con la madre superiora.

Coraline reflexionó un momento.

—Quiero saber quién es el médico del que ella hablaba.

—No tengo ni idea. Lo lamento.

Oyeron que Florence empezaba otra vez a bisbisear rápidamente.

—Podemos intentar localizarlo —dijo Ken—. Pero ¿estás segura de que quieres llevártela? ¿Ahora mismo?

—Si espero, y mi padre descubre que estamos aquí, quizá me lo impida. Tal vez la traslade a otro sitio y nunca podamos encontrarla.

Ken no estaba tan seguro. No sabía cuál era la decisión más acertada y no quería hacer nada que luego, volviendo la vista atrás, pudiera parecer un desatino.

—No sabemos aún por qué la trajo aquí.

—Sea cual sea el motivo —dijo Coraline, clavándole la mirada—, ella estará mejor sin tener que pasar el resto de sus días rodeada de esas imágenes. Si no estaba fuera de sus cabales antes de venir aquí, ya será suficiente para que se recupere. Se viene con nosotros.

Antes de que él pudiera responder, sonó en el pasillo otra voz que hizo temblar las paredes.

—¡No es usted quien puede tomar esa decisión! —La madre superiora caminaba rápidamente hacia ellos. Alguien la seguía por el angosto pasillo, pisándole los talones.

—¿Y quién puede tomarla? —preguntó Coraline.

El hombre que venía detrás de la madre superiora, un hombre

al que Ken había visto dos veces al otro lado del Atlántico, alzó la voz con una furia gélida mientras adelantaba a la monja y se acercaba a grandes zancadas.

—Soy yo quien puede decidirlo —bramó—. Sácala de aquí y se cortará las venas. O se ahorcará. O se internará vadeando en el mar, y esta vez lo conseguirá.

—Me has mentido durante veinte años —le recriminó Coraline.

El gobernador Tooke, todavía a diez pasos, se acercó rápidamente.

—Te oculté algo que te habría causado más dolor del que puedas imaginarte. —La superiora, que debía de haber enviado a buscarlo a algún lugar cercano, parecía tan furiosa como él—. Yo, en cambio, he tenido que vivir con esto. —Miró a Ken con una expresión asesina—. Mi hijo lo introdujo en mi casa. Y ahora descubro que está hurgando en los asuntos de la familia. Lárguese de aquí antes de que haga que lo detengan.

Ken iba a mandarlo al cuerno, pero Coraline se le adelantó.

—Él está conmigo, padre. Y tú tienes aquí tanta jurisdicción como un mozo de cuadra.

—Por favor —suplicó la hermana Julia, tratando de interponerse entre ellos—. Por favor, cálmense. Este alboroto va a perturbar a su madre y a nuestras demás pacientes.

—¡Ya han armado bastante escándalo! —gruñó la superiora.

El gobernador les lanzó a los dos una negra mirada y luego entró en el cuarto de su esposa y cerró de un portazo. Los susurros de Florence cesaron en el acto.

—Hola, querida —oyeron que decía él—. Me temo que tengo que darte una muy mala noticia. —Y acto seguido le dijo algo en voz demasiado baja para que ellos lo captaran. Hubo un silencio y después sonó un grito. Coraline abrió la puerta, pero su padre le cerró el paso, la apartó de un empujón y volvió a cerrarla violentamente.

El olor a cerrado del pasillo les inundó las narinas mientras aguardaban fuera, reflexionando sobre lo que habían hecho. La

hermana Julia retrocedió unos pasos, alejándose discretamente de ellos. Ken no la culpaba. Había hecho lo posible para actuar correctamente y ahora toda la responsabilidad recaería sobre ella. La madre superiora los miraba con furia a ambos.

—Quiero una copa —dijo Coraline.

—Ya somos dos.

Durante los siguientes minutos, oyeron voces amortiguadas y distinguieron alguna que otra palabra: «Oliver», «funeral». Y luego más silencio.

Finalmente, el gobernador salió de la celda con una lúgubre expresión en la cara.

—Seguidme —les ordenó.

Coraline no le hizo caso y pasó rozándole al interior del cuarto de su madre. Florence estaba sentada sobre la cama, mirando fijamente la imagen labrada de Cristo en el crucifijo, con gotas de sangre pintadas en la frente. No pareció advertir en absoluto la presencia de su hija. Su vitalidad parecía haber menguado, como si la noticia de la muerte de Oliver le hubiera arrebatado la poca que le quedaba.

Coraline se sentó también sobre la cama y la rodeó con sus brazos. No lo había hecho desde que tenía seis años, pensó Ken. Ahora debía de ser para ella como abrazar a una desconocida. Y, sin embargo, lo hizo y apoyó la mejilla en la de su madre.

—¿Quieres saber por qué la convencí para que viniera aquí? —dijo el gobernador Tooke, enderezándose la corbata. Estaban paseando por los jardines del convento. La intensa fragancia de la madreselva flotaba en el aire. Su arrebato de antes había dado paso a un gran cansancio.

—Procura que sea una buena historia, padre —le advirtió Coraline.

—Ah, no me hace falta adornarla, niña. —El gobernador se sentó sobre un árbol caído y estiró el cuello—. Tú siempre te has

creído muy lista. Bueno, veremos. Ya lo veremos. —Hizo una pausa, como evocando una época que había desalojado de su memoria hacía mucho—. Cuando Alexander fue secuestrado, tu madre dijo a la policía que dos hombres gitanos se lo habían quitado de los brazos en el jardín de la Casa del Reloj y habían huido a tierra firme.

—Ya lo sé —respondió ella—. Me sé toda la historia.

—Eso crees tú.

—¿A dónde quieres ir a parar?

Él no hizo caso de su pregunta.

—Pero ¿lo has pensado bien? ¿Cómo? ¿Llegaron a la casa sin que ninguno de nosotros o de los criados los viera y se largaron tan campantes mientras tu madre gritaba a voz en cuello? —La cara de Coraline se nubló con aire pensativo, como si captara lo que pretendía sugerir su padre—. Ah, sí, ya veo. Ahora estás empezando a pensar. Resulta que ya no eres tan lista, ¿no? Dime una cosa: ¿por qué lo hicieron? —Alzó las manos en el aire—. Un crimen gratuito, por el puro placer de hacer daño, dijeron. Siempre estaban hablando de ese tipo de crímenes, incluso en aquel entonces. Un crimen gratuito. —Meneó la cabeza con irritación—. Una completa sandez. A veces hay algún chalado suelto, desde luego, pero la mayoría matan a su madre de un hachazo, no planean raptar al hijo pequeño de un hombre rico. Y no actúan de dos en dos. Ni recorren todo el camino hasta Ray para hacerlo. —Ahora el cansancio parecía haberse apoderado de él por entero—. No, no me creo esa explicación bienintencionada fraguada por unos policías que no tenían ni una sola pista y por una pandilla de periodistas de poca monta que pretendían vender más ejemplares de sus publicaciones apestosas. Una lástima, en cierto sentido, porque habría sido más fácil para todos que se hubiera tratado de un desconocido enloquecido sobre el que no hubiéramos tenido que volver a pensar. —Escogió con cuidado las palabras—. Yo albergaba esperanzas, claro. Esperaba que uno de esos gitanos se emborrachara y acabara confesando, o que fuera detenido por otro delito.

En ese caso, yo mismo habría atado la soga. Pero no creo que vaya a suceder. No, no lo creo. —Se quitó la chaqueta, acalorado, la dobló pulcramente a su lado sobre el tronco y se la quedó mirando.

—Suponía que lo habían raptado por dinero —apuntó Coraline.

—Entonces ¿dónde estaba la petición del rescate? —Su exasperación estalló como si la hubiera mantenido encerrada veinticinco años—. Esperamos durante semanas. Si secuestras a alguien por dinero, lo lógico es que lo pidas. Incluso si algo hubiera salido mal y Alexander hubiera muerto, habrían enviado la petición con un trozo de su ropa y nosotros habríamos pagado con la esperanza de recuperarlo. Pero no hubo nada de eso. Así que ¿cuál pudo haber sido el motivo?

Coraline permaneció un rato callada. Luego entrelazó los dedos y habló lentamente.

—Tú crees que mamá tuvo algo que ver —dijo. Su tono delataba un temor que no estaba presente antes.

—Francamente, no lo sé. —El gobernador suspiró. Ken no pudo evitar compadecerle, por mucho que antes hubiera pretendido amedrentarlos—. Se había mostrado… inestable desde hacía un tiempo. Y entonces ocurrió aquello y la policía no encontró ningún rastro.

—¿Qué te hizo pensar que te saldrías con la tuya escondiéndola de este modo?

Él alzó la mirada y pensó un momento antes de responder.

—Tu abuelo me enseñó que un hombre debe hacer lo que cree correcto. Aun cuando todos los demás le digan que se equivoca. He vivido con ese peso. Toda mi vida.

Ken miró al gobernador, un hombre al que le habían arrebatado a sus dos hijos. ¿Quién era capaz de salir de semejante trauma sin ninguna cicatriz? No muchos.

—Ella dice que Alex vino a verla —dijo Coraline.

—Santo Dios —musitó Tooke—. Las cosas que llega a creer. Antes estaba mejor… en algunos aspectos.

—¿Qué quieres decir?

El gobernador sacó un pañuelo del bolsillo y se secó el cuello.

—Cuando tomaba la medicación, estaba… un poco lenta. Pero no tenía ideas descabelladas. Ha empeorado. Los médicos me dicen que no es algo insólito.

Permanecieron callados un rato, escuchando a los pájaros del jardín y mirando hacia el bloque en el que había mujeres encerradas en una serie de cuartos con barrotes.

—Ella quiere volver a casa, padre. Ya es hora. Podría ayudarle. El escándalo ya ha pasado. Si se hallara bajo supervisión durante las veinticuatro horas, estaría más segura. Quizá incluso la recuperaríamos.

—No, no será así.

—Tal vez sí.

Él titubeó.

—¿Cómo podría llevarla a casa siquiera?

—No has infringido ninguna ley, al menos en nuestro país. Y puedes hacerlo discretamente.

—Ni siquiera tiene pasaporte.

—Pues ve a la embajada y pide uno. Lo único que sabrán los funcionarios es que una mujer americana, la esposa del gobernador de California, necesita un pasaporte nuevo. No harán ninguna comprobación; y, aunque la hagan, no van a causar problemas. Eres un hombre poderoso. Podrías estar a bordo de un avión en cuarenta y ocho horas. Hazlo, padre.

—¿Y luego qué?

—¿Luego? Una casa de reposo privada. En un sitio tranquilo.

—No hay ningún sitio tan discreto.

—Tiene que haberlo en alguna parte. Ya nos ocuparemos de eso cuando llegue el momento. Si no lo haces tú, lo haré yo misma. Lo cual provocará mucho más alboroto.

Tooke volvió a secarse el cuello.

—Está bien. De acuerdo. Supongo que ya es hora.

—Creo que a tu padre le importa tu madre. Y también Oliver —dijo Ken. Estaban en el vestíbulo del hotel Savoy, en el Strand. El gobernador, que ya tenía reservada una suite, les había dicho que tomaran un par de habitaciones allí mientras él se quedaba en el convento para tramitar el alta de su esposa. Cuando estuviera todo solucionado, volverían a Peldon para recoger su equipaje. Un conserje con uniforme de terciopelo verde y unas relucientes medallas de guerra se había llevado los dedos a la gorra cuando habían entrado en el hotel, y así Ken había podido apreciar al fin los modales anticuados de Londres, aunque no estuviera de humor para disfrutarlo.

—¿Sabes lo que solía decir? —repuso Coraline—. «Un hogar sólido se construye a base de generaciones». A Oliver le dijo que él sería quien habría de seguir sus pasos y completar lo que nuestro abuelo había empezado: el ascenso de nuestra familia hasta lo más alto. Por eso le puso a Oliver su nombre.

El recepcionista estaba rellenando el impreso de su estancia.

—No es algo insólito —dijo Ken—. Muchos hombres quieren que sus hijos sean como ellos.

—Padre quiere ser presidente. Y, si él no puede, quería que lo fuera Oliver. ¿Ahora qué le queda? Los Tooke morirán con él.

Ken sentía de hecho cierta compasión por el gobernador, un hombre que había puesto el nombre de su familia por encima de todo. Sentía más compasión por su esposa, sin embargo, cuya mente había quedado destrozada por la pérdida.

—Fue Oliver quien vino a verla —dijo—. Y ella creyó que era Alex.

—Lo sé.

Lo cual les sugería algo.

—Coraline —continuó Ken, volviéndose para mirarla a los ojos—. No creo que fuera una coincidencia que tu hermano descubriera que vuestra madre estaba viva y que luego muriera.

Ella se humedeció los labios con la lengua.

—No, yo tampoco.

Hubo un largo silencio. Un cliente estaba quejándose por el ruido de los aviones sobre la ciudad. El conserje trató de explicarle que cabía la posibilidad de una guerra, cosa que el otro desechó como una mala excusa.

—¿Alguna vez has pensado en tu abuelo y en esa casa de Ray? —dijo Ken.

—¿En qué sentido?

Él se pasó la mano por el cuero cabelludo.

—Hay algo que no puedo sacarme de la cabeza.

—¿Qué es?

—La sensación de que todo lo que ha ocurrido, a ti, a tu hermano, a nosotros, es como una fila de fichas de dominó. La primera cayó en 1881; la siguiente en 1915; y luego en 1920. Y ahora estamos en la última.

—¿Te das cuenta de que suena demencial?

—Desde luego. Pero también creo que es cierto.

El recepcionista se encargó de que les subieran los bolsos a sus habitaciones y ellos fueron al bar americano a tomar unos martinis. El barman los depositó en la barra de zinc.

—Voy a serte sincero —dijo Ken, después de que hubieran apurado tres copas cada uno en silencio—. He soñado con venir a Londres durante la mayor parte de mi vida.

—¿Y qué te parece?

—Bueno, no es lo que creí que sería. —Observó a un grupo de soldados que pasaban apresuradamente frente a la ventana. Gran Bretaña era un país más frenético de lo que él se había imaginado siempre. Bullía con una mezcla de firmeza y de temor al futuro. Había pasado por una guerra terrible veinte años atrás y no esperaba con alegría la llegada de otra.

—¿Cómo creías que sería?

Él miró a los soldados, y los coches que tocaban sus bocinas como gansos enloquecidos.

—Más tranquilo.

Siguieron bebiendo. Unas horas más tarde, cuando ya se ha-

bían encendido las luces eléctricas, recibieron el mensaje de que el gobernador Tooke había regresado y requería su presencia. Apuraron sus copas y se dirigieron al ascensor. Ken notaba que el alcohol y el tiempo para meditar habían vuelto a excitar la rabia que Coraline había reprimido en el convento. Había una hosca expresión en sus ojos que se endureció aún más mientras subían una planta tras otra.

Un botones los acompañó a la suite real, decorada para un rey con mejor gusto del que la mayoría de ellos exhibía. El gobernador estaba hablando por teléfono. Hablaba lentamente, levantando la voz, y Ken supuso que la llamada estaba cruzando los cables tendidos por el fondo del Atlántico.

—… claro que puedes. Adelante. —Un silencio—. Ah, nada importante. Solo que mi secretario ha recibido una llamada de un viejo amigo suyo que trabaja en el *Globe* para preguntarle si sabía algo de un accidente de automóvil en Florida. —Hizo una breve pausa; luego su tono se volvió más confidencial—. No me gustan esta clase de maniobras, Sam. Pero si vas a ponerte contra mí… —Volvió a callarse, esta vez esperando una respuesta, y Ken oyó un leve chirrido que salía del auricular, aunque no pudo distinguir las palabras—. No, no, claro que no vas a hacerlo. Bueno, eso es una excelente noticia. Y le daré instrucciones a mi secretario para que le asegure a ese amigo suyo que la chica está mintiendo: solo tenía un par de magulladuras, nada más; es todo una exageración, no merece la pena que un periodista pierda el tiempo. Sí, estamos de acuerdo. En noviembre. Un placer hablar contigo, Sam, como siempre. Y dale recuerdos a Beatrice de mi parte.

Colgó el auricular y se puso de pie con aire pensativo; luego fue a sentarse en un sillón orejero de cuero y aguardó a que Coraline hablara. Era obvio que el ambiente ya no era el mismo que cuando los tres se habían sentado en el jardín del convento y Tooke había dado la impresión de estar arrepentido, casi avergonzado por lo que había hecho.

Coraline tardó en tomar la palabra. El asunto era grave.

—Padre, ¿cómo pudiste hacer algo así?

Él sirvió bourbon para los tres.

—Tenía una familia en la que pensar —dijo, mirando la botella.

—Ella es tu familia.

—No toda. Tengo antepasados, y algún día espero tener descendientes. También tengo un deber hacia ellos.

—¿Un deber? —El bourbon de Coraline seguía intacto.

—Sí, mi pequeña. Un deber. Has escupido la palabra como si estuviera sucia. Y no lo está.

—¿Vas a repetirme que por eso quieres ser presidente?

Él pareció irritado, pero mantuvo la calma.

—Sí, ese será un deber para con nuestro país.

Coraline se quitó lentamente sus guantes azules de cabritilla. Un modo, notó Ken, de ganar tiempo para pensar.

—Hablemos simplemente de madre y de los preparativos para llevarla a casa.

Media hora después, Ken se desplomó sobre su mullida cama y repasó todo lo que sabía y lo que no sabía. Había más cosas en la segunda lista. Oliver había sido asesinado, de eso estaba seguro. Lo más probable era que su muerte estuviera relacionada con el confinamiento de su madre en el asilo, donde ella, obsesionada por sus propias culpas, había experimentado una monomanía religiosa; pero ¿por qué motivo eso había impulsado a alguien a matar a Oliver? ¿Y si…?

De repente, captó algo con el rabillo del ojo.

El picaporte de su puerta estaba descendiendo lentamente y fuera sonaba un crujido en el entarimado. Observó cómo se movía el picaporte. Podía tratarse del hombre que había estado indagando sobre ellos en el Peldon Rose. O podía ser ella. Aquella ocasión durante el viaje en avión en la que habían estado a punto de besarse había seguido resonando en su interior como una orquesta de fondo.

El picaporte se detuvo, ascendió de nuevo y regresó a su posición. Él aguardó. Le llegó un leve sonido, como una respiración. Y luego unos pasos casi inaudibles en el pasillo.

Entonces oyó que el intruso probaba el picaporte de la habitación contigua, la de Coraline.

Se levantó de la cama, descalzo y sin camisa, quitó el cerrojo y abrió la puerta. No había nadie, pero aquello no habían sido imaginaciones suyas. Llamó a la puerta de Coraline. Nada. Ningún movimiento en el interior de la habitación. Echó un vistazo a la escalera y llamó de nuevo, ahora con más fuerza.

—Coraline —dijo.

Entonces oyó movimiento, un murmullo de ropa. La puerta se entreabrió apenas y, por encima de la cadena de latón, aparecieron sus ojos. Él sabía que eran de color azul claro, pero en aquella penumbra parecían más negros que el carbón.

Iba a explicarle que alguien había tratado de entrar en su habitación —y luego en la de ella— y que tal vez no fuera nada o tal vez sí. Pero no lo hizo, esperó a que Coraline dijera algo.

Ella no pronunció palabra. Quitó la cadena y la dejó caer.

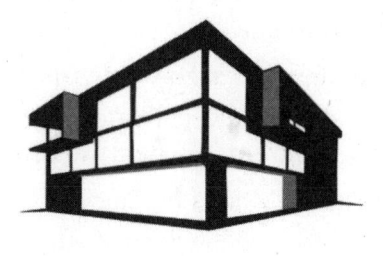

16

Permanecieron dos días en Londres y regresaron a Peldon a recoger su equipaje, para luego volver a cruzar en avión el Atlántico y volar a continuación a Sacramento, donde tomaron un tren vespertino a Los Ángeles. Las luces de los pueblecitos solitarios desfilaban a toda velocidad por detrás de la persiana, creando una secuencia acelerada de siluetas y sombras. Luego, a medida que se adentraron en las tierras desérticas del oeste, se fueron volviendo menos frecuentes, más remotas, hasta desaparecer por completo. Allí había pocas casas o granjas. California era un estado formado por ciudades. El cine estaba ahí por la luz natural; los actores, por la fama. Simeon Tooke había llegado hacía medio siglo impulsado por el optimismo. Todo el mundo miraba al futuro en California.

Llegaron a Central Station, seis días después de salir de Peldon, cuando ya estaba poniéndose el sol.

—¿Vamos a hablar ahora con Carmen? —preguntó Coraline.

Ya sabían por qué la doncella había mentido en la investigación, diciendo que Florence se había ahogado, pero Ken deseaba

descubrir qué le había dicho a Oliver aquel día, cuando los había visto hablando (precisamente el día en que él había conocido a Coraline). Fuese lo que fuese lo que hubieran hablado, los había alterado a ambos.

Miró su reloj de pulsera.

—Es tarde. Hablaremos con ella mañana.

Se despidieron y Ken tomó un tranvía para volver a su pensión, donde consiguió pasar una noche en su propia cama por primera vez en varias semanas.

Durmió como un tronco y, cuando se despertó, ni siquiera le hizo falta un café para dirigirse rápidamente a casa de los Tooke.

Coraline estaba aguardándole en la biblioteca, donde reinaba la misma atmósfera lúgubre de las otras veces, como si estuviera esperando malas noticias. Mandaron a buscar a Carmen y la mujer se presentó con aire incómodo. Los criados debían de haberse enterado ya de que los secretos de la familia estaban empezando a salir a la luz.

—Mi madre está viva —dijo Coraline tras un larguísimo silencio. Carmen se mordió el labio y se miró las manos—. ¿Tú lo sabías? —La anciana asintió mientras sus ojos se llenaban de lágrimas—. Siempre lo has sabido.

—El gobernador me lo contó a mí y a nadie más —susurró—. A veces yo tenía que enviarle cosas a la señora. Ropas, pequeños recuerdos. —Alzó su mirada llorosa—. Solo quería cuidarla, señorita. He cuidado de todos ustedes.

Coraline, dándole la espalda, se acercó a las ventanas que miraban al jardín.

Ken intervino.

—Oliver lo descubrió, ¿verdad? —La mujer volvió a asentir—. Y se lo dijo a usted.

—Sí, señor.

—¿Le dijo algo más?

—Me pidió las viejas fotografías de la familia. De toda la familia —dijo subrayando «toda». No quería mencionar por su nombre a Alexander, el niño desaparecido. Ese nombre era tabú en aquella casa, eso empezaba a estar claro.

—¿Y nada más?

—No, señor. Solo eso, y algunas preguntas sobre él mismo cuando era pequeño. Lo que yo recordaba de él; si era un niño feliz; si se sentía desgraciado en su silla de ruedas.

—¿Y qué le dijo usted?

—Entré en la familia después de que Alex… —Lanzó una mirada nerviosa a la espalda de Coraline—. Después de que desapareciera. Así que no conocí a Oliver cuando era más pequeño. Pero ningún niño puede ser feliz en una silla de ruedas.

Le dijeron que podía retirarse. Ken compadecía a aquella mujer, que había sido obligada a participar en un complot que no entendía y del que no sacaba ningún provecho.

Tamborileó con los dedos sobre una estantería.

—Tu madre aludió a un médico. «Él está detrás de todo esto. Estaba confabulado con mi marido». Eso fue lo que dijo. —Se puso a reflexionar. Había sido siguiendo los pasos de Simeon en *Relojes de cristal* como había llegado a Florence. Oliver había ido dejando miguitas por el bosque. Así pues, ¿a qué otro sitio había ido Simeon?—. Un médico con… —Se interrumpió, recordando algo—. Con el labio roto —prosiguió, más para sí mismo que para Coraline—. Déjame tu ejemplar del libro de Oliver.

Ella fue a su habitación y volvió con la novela. Ken buscó el pasaje: Simeon en los muelles neblinosos de Limehouse.

Simeon reparó en otro hombre tendido en una litera. A diferencia de los demás, no estaba fumando opio, sino sorbiendo de una botella verde. Tenía un labio leporino, por lo que el líquido le resbalaba por la barbilla.

—¡Aquí! —exclamó Ken. Leyó las líneas en voz alta.

—¿Quiere probar un poco, señor? —preguntó, sonriendo y dejando a la vista una boca desprovista de dientes. Su acento, sin embargo, era distinguido. Un universitario, cabía suponer—. A la gente de baja estofa de este establecimiento le gusta perseguir al dragón. Yo prefiero ahogarlo en brandy.

—Ya veo —repuso Simeon—. Pero el láudano es igual de adictivo, debería saberlo.

—Ah, no hace falta que me lo diga, señor. Soy miembro de pleno derecho del Colegio Real de Cirujanos.

—¿No recuerdas a nadie que encaje con esta descripción? —preguntó Ken.

—¿Debería?

—Un médico con un labio leporino. —La cara de ella permaneció inexpresiva—. Aquel médico que tu padre trajo aquí para intimidar al senador Burrows justo antes de que mataran a tu hermano… tenía un labio leporino. No puede ser una mera coincidencia. Oliver lo incluyó en la historia porque jugaba un papel en lo ocurrido. Y tu madre dijo que el médico que estaba detrás de todo lo que le había sucedido tenía un labio roto; y algo sobre unas inyecciones también.

Ella asintió.

—El médico que padre trajo aquí se llamaba Kruger.

—Bien, podemos tratar de localizarlo. Y acabo de darme cuenta de otra cosa.

—¿De qué?

—Todo esto sale del libro. Pero los escritores redactan muchos borradores de sus libros.

—¿Y?

—¿Y si Oliver redactó una primera versión de la novela? —Lo dijo con excitación, cada vez más entusiasmado—. Un borrador que recortó para que tuviera el número de páginas adecuado o algo así. Ahí podría haber más detalles que nos ayudaran.

—Es posible.

—Sí. Pero antes intentaremos localizar al doctor Kruger.

Una llamada al colegio de médicos del estado les confirmó que había alguien con ese nombre que tenía una licencia para ejercer. Y, por supuesto, podían darle la dirección y el número de su consulta. Ken dio una palmada triunfal en la pared.

—Consulta del doctor Kruger. —Era una voz agradable y maternal de acento sureño la que sonó al otro lado de la línea.

—Quería concertar una cita —le dijo Ken.

—Claro, señor. ¿Podría decirme su nombre?

Él le dio uno falso.

—¿Cuándo sería lo más pronto que podría verme?

—Puedo darle hora mañana a las dos. ¿Le parece bien?

—Esperaba poder verle antes.

—Lo lamento, está ocupado hasta entonces.

—Entiendo. De acuerdo, resérveme esa hora. —Le dio una falsa dirección, ella anotó la cita y Ken cortó la llamada.

—¿Crees que sacaremos algo de ahí? —preguntó Coraline.

—Quizá sí, quizá no. Ahora quiero ver si podemos encontrar otras versiones del libro.

Según la página de créditos del ejemplar de Coraline, debían contactar con Daques Publishing; sus oficinas estaban en Los Ángeles, así que fueron allí en coche. Resultó ser una joven compañía que no disimulaba sus ambiciones, a juzgar por el tamaño de sus oficinas. Después de hablar con el recepcionista, y luego con el jefe de recepción, explicando el motivo de su visita, los llevaron a una sala de conferencias con relucientes sillones de cuero plateado en torno a una mesa larga y con las paredes llenas de estanterías con libros. Al otro lado de la mesa, con un montón de hojas delante que iba marcando con un bolígrafo rojo, un hombre con un brillo sarcástico tras los cristales de sus gafas escuchó su petición. Era el editor de Oliver, Sid Cohen, según les habían dicho.

—Señor Kourian, señorita Tooke, estoy ante una especie de dilema —dijo Cohen, arrellanándose en el sillón y juntan-

do las yemas de los dedos—. Verán, lo crean o no, ustedes no son los primeros que vienen aquí pidiendo casi exactamente lo mismo.

—¿Cómo? —exclamó Ken. Aquello era una sorpresa, y no precisamente agradable.

—De hecho, ni siquiera son los primeros en pedir casi exactamente lo mismo en las últimas setenta y dos horas.

Coraline lo fulminó con la mirada.

—¿Qué nos está diciendo? —preguntó Ken.

—Un tipo vino aquí hace tres días alegando que representaba a la familia Tooke y pidió educada pero también firmemente que le entregara cualquier borrador del último libro de Oliver.

—Mi familia no ha autorizado a tal persona —dijo Coraline con acritud—. ¿Quién era ese tipo?

Cohen dio unos golpecitos a su bolígrafo pensativamente.

—Mi problema, señorita, es que, si hay aquí alguna especie de engaño, ¿a quién debo creer? Antes de que viniera ese hombre, recibí una carta anunciándome su visita que llevaba el encabezamiento de una conocida firma legal. Podría haberse tratado de una falsificación (algo bastante sencillo, de hecho, porque yo no estaba en guardia y no me molesté en comprobar si eran ellos quienes le habían enviado), pero también podría haber sido una carta auténtica. Así que este es mi dilema: ¿era él el representante auténtico o lo son ustedes?

—¿Quiere que le enseñe mi permiso de conducir? —le soltó Coraline. Ken notaba que, tras el incidente del convento, ella empezaba a estar harta de tener que demostrar su identidad ante personas que solo tenían una relación muy superficial con su familia.

—Sí, creo que con eso bastará.

Coraline abrió su bolso de mano, cogió la cartera y, sacando su permiso y una fotografía, los empujó a través de la mesa. Cohen cogió el permiso de conducir, luego la fotografía y, tras examinarlos, se los devolvió respetuosamente. Ken atisbó la foto: era una

instantánea de ella con su hermano, rodeados de flashes y cogidos del brazo en una fiesta.

—La creo. Pero me temo que no va a servirle de mucho, porque creí al otro tipo y le entregué los borradores previos que Oliver me había enviado.

—¿Qué aspecto tenía ese hombre? —preguntó Ken.

Cohen se encogió de hombros.

—Fue hace días, así que no lo recuerdo tan bien. Pero tenía un aspecto… corriente.

—¿Corriente?

—Sí. Aunque eso era lo llamativo. Que era tan corriente que resultaba surrealista.

—¿Y hay copias de esos borradores? —preguntó Ken. Sabía quién era el hombre del que estaban hablando.

—No, lo siento.

—¿Recuerda algo de esos borradores? ¿Algún cambio importante?

—Voy a serle sincero. Trabajo con diez libros a la vez. Apenas recuerdo los títulos, no digamos ya los cambios en el texto. Así que lo lamento, pero no puedo ayudarle. —Chupó pensativamente el bolígrafo como si fuese un cigarrillo—. ¿Por qué quiere saberlo?

—Ya no importa. Gracias por su tiempo.

Volvieron al coche.

—Un muro infranqueable —masculló Ken, enfadado, mientras abría la puerta de un tirón.

—Eso parece.

—Maldita sea. Bueno, que le den a esperar hasta mañana. Estoy furioso. Vamos a la consulta de Kruger ahora mismo.

—Como quieras.

Había un trayecto de solo quince minutos hasta la consulta del doctor Kruger, que estaba en una calle acomodada junto a Olym-

pic Boulevard, un barrio donde resultaba difícil que nadie necesitara atención médica, a menos que fuera por los efectos de una dieta demasiado copiosa. Se detuvieron enfrente.

—¿Qué piensas decirle? —preguntó Coraline, sin tratar de disimular su escepticismo.

—Le preguntaré si ha tratado a algún miembro de tu familia.

—Seguramente te mandará al cuerno.

—En ese caso, no habremos perdido nada.

Mientras hablaban, emergió de la consulta un hombre con gafas, de aire bondadoso, que sujetaba un maletín negro. Ken lo reconoció y empezó a cruzar la calle, pero el hombre alzó una mano para parar a un taxi. El coche se detuvo a su lado y, en cuanto él subió, se alejó sin más.

—Sube —gritó Coraline.

Siguieron al taxi a través de un tráfico ligero, manteniendo la distancia. No resultaba difícil a aquella hora del día. Y al fin se detuvieron frente a un edificio de oficinas terminado tan recientemente que no debía de tener todavía ningún problema de parásitos. Una placa de latón atornillada en la pared anunciaba que allí tenía su sede una asociación médica: la Sociedad Americana de Eugenesia. Ken había oído hablar de una institución nacional que propugnaba que las personas física o mentalmente «defectuosas» fueran eliminadas de la población. Pensó en Florence, en cómo había sido confinada.

Kruger estaba subiendo rápidamente los escalones. Ken se bajó del coche y lo llamó.

—¡Doctor Kruger! —El hombre se detuvo y miró en derredor. Al acercarse, Ken volvió a ver el labio leporino en el que Oliver había reparado—. No sé si me recuerda, pero nos vimos brevemente en otra ocasión.

—Ah, ¿sí?

—Fue en casa del gobernador Tooke.

Kruger alzó las cejas con escaso interés, un poco desconcertado por haber sido abordado de aquella manera en la calle.

—Ah.

—Él me ha dicho que hablara con usted de un asunto.

El médico bajó las cejas, entornando los ojos con suspicacia.

—¿El gobernador Tooke le ha enviado para hablar conmigo?

—Sí.

—¿Por qué? —Lo preguntó con brusquedad. Su actitud cordial se había desvanecido por completo.

—Por cómo trató usted a la señora Tooke. —Kruger lo evaluó sin decir palabra—. Mi esposa padece el mismo trastorno.

—Ah, ¿sí? —Era una respuesta cauta que no revelaba nada.

—Quizá tenga que internarla en una institución.

—Pues hágalo —dijo Kruger con tono terminante—. No soy el tipo de médico que necesita. Así que ¿por qué no vuelve a hablar con el gobernador Tooke, si es que ha sido él quien le ha enviado, y se lo pregunta de nuevo? —Dicho esto, se dirigió resueltamente hacia la entrada del edificio. Un enorme guardia de seguridad que estaba apoyado en la jamba de la puerta parecía prestar mucha atención a la escena. Daba la impresión de estar deseando utilizar sus puños con contundencia.

—Doctor Kruger…

—No tengo nada más que decir.

—¡Espere, doctor!

Ken lo siguió, pero el guardia de seguridad se adelantó y le puso una gruesa palma en el pecho.

—Atrás, amigo —le advirtió.

Ken le apartó la mano y pasó por su lado.

—Kru… —El nombre se le atascó en la garganta bruscamente cuando un brazo musculoso le rodeó el cuello por detrás. Instintivamente, agarró el brazo con ambas manos, pero el otro lo sujetaba con tal fuerza que notó que iba a derribarlo. Vio que Kruger, sorprendido, soltaba su maletín.

Ken se dio cuenta de que el tipo que lo sujetaba era muy robusto, pero no estaba de humor para héroes, así que le dio un fuerte codazo en la boca del estómago y logró zafarse de él. Giran-

do sobre sí mismo, le propinó un puñetazo en el esternón que lo dejó sin aliento. Luego empezaron a forcejear. Ken se sentía impulsado por una tremenda furia.

—¡Ustedes dos, ya basta! —dijo una voz acostumbrada a dar órdenes. Al cabo de un instante, un agente de policía se interpuso entre ambos—. ¿Qué demonios pasa aquí?

Kruger volvió sobre sus pasos desde la entrada.

—Este hombre me estaba acosando —dijo, señalando a Ken con un dedo tan delgado como un palillo.

—Ah, ¿sí? ¿Cómo?

—Haciéndome preguntas.

—¿Lo conoce?

—En absoluto. Manténgalo alejado de mí.

Ken sabía que no iba a sacarle ninguna respuesta al médico, pero al menos podía causarle algún problema.

—Solamente quiero saber qué le hizo a Florence Tooke —dijo, frotándose la garganta. Ya se estaba hartando de recibir golpes en nombre de otra persona—. Es la esposa del gobernador Tooke —añadió, dirigiéndose al policía. Siempre era útil sacar a relucir un contacto político si querías que la policía te hiciera caso.

—Yo nunca la traté —declaró Kruger.

—¿De veras? —Ken tiró de ese hilo como si fuera un sedal—. Entonces ¿por qué acaba de decirme que sí la trató?

—No he dicho tal cosa. —Kruger parecía nervioso. Aquello era lo último que esperaba que le ocurriera ese día.

—Ya, seguro.

—Ya basta. Agente, este hombre me estaba acosando. Quítemelo de encima, por favor.

—¿Quiere que lo detenga?

—Sí, vamos a convertirlo en un asunto oficial —dijo Ken, extendiendo las muñecas para que lo esposaran.

Kruger abrió la boca pero enseguida titubeó, como dudando si quería que el incidente cobrara más importancia.

El agente movió los omóplatos bajo su uniforme. La situación

se estaba complicando más de lo que él deseaba y ahora entrevió una salida.

—En ese caso —le dijo a Ken—, quiero su nombre y dirección, y luego se va a largar de aquí.

Él le dio sus datos y el agente lo acompañó hasta la calle, sujetándolo firmemente por el hombro para dejar bien claro que le convenía marcharse.

Coraline, cuando llegaron a su altura y vio a Ken con semejante escolta, alzó una ceja.

—Pues sí que ha ido bien —dijo.

17

Ya en su pensión, con el cuello magullado, Ken encontró un mensaje que había dejado su jefe por teléfono preguntando si pensaba volver al trabajo o debían despedirlo sin más. Lo estrujó y lo tiró al suelo. No, no pensaba volver.

Se dio un baño mientras escuchaba la radio. Emitían una obra de teatro sobre un hombre harto de la delincuencia en su barrio que reclutaba a sus amigos para formar un grupo de vigilancia. Solo que la corrupción acababa alcanzándolos y se volvían peores que los criminales a los que pretendían combatir. Luego vino un programa de noticias que informaba de más preparativos militares en Europa y una alerta meteorológica para las costas de California. Estaba formándose en el mar una tormenta tropical que podía alcanzar el litoral en las próximas horas. Aseguren las compuertas, decía el locutor, porque podría ser una de las buenas.

Ken pasó unas horas reflexionando sobre cuál debía ser su siguiente paso. Florence estaba expiando un pecado que solo ella conocía. Pero, si estaba relacionado con la desaparición de Alexan-

der Tooke, sería conveniente saber sobre su secuestro un poco más de lo que había podido sacar de unos cuantos artículos de periódico.

Fue a una cabina y llamó a la casa de los Tooke.

—¿Hola? —respondió una voz suave.

—Soy yo. —Se sentía totalmente decidido.

Un silencio.

—Me lo imaginaba.

—Quiero ir a verte.

—Ven a las siete.

Oyó de fondo otra voz, la de un hombre preguntando: «¿A dónde, señorita Tooke?». «Al Yacht Club», respondió ella, separándose del auricular. Debía de ser el chófer de la familia.

—¿Ken? —dijo, volviendo a la conversación.

—Sí.

—¿Tú qué crees que ocurrió en 1915 con Alex?

—Da la impresión de que tu madre fue la responsable. Y Kruger estuvo implicado en la operación para confinarla después. Supongo que tu padre prefirió hacerlo en Inglaterra porque allí había menos gente que la conociera y nadie que pudiera intervenir. Es lógico, si te paras a pensarlo.

«Da la impresión».

«Supongo».

«Si te paras a pensarlo».

Lo único que había allí nítido como el blanco y negro era el suelo ajedrezado del vestíbulo de los Tooke.

—A las siete —repitió ella. Y colgó el auricular sin más, dejándolo con el zumbido de la línea.

Muy turbias, aquellas aguas. Y no resultaba difícil admitir que él apenas conocía a Coraline, de igual modo que al resto de la familia. Lo que ella sentía, lo que estaba pensando, era solamente lo que permitía que él viera.

Esa noche, justo cuando la manecilla de las horas de su reloj marcaba las siete y la de los minutos alcanzaba las doce, se bajó de un taxi y caminó hacia la casa de cristal. Las luces estaban apagadas, de manera que en las paredes centelleaban los destellos del mar. Aquella no era una casa adecuada para la familia Tooke. Era demasiado transparente, lo cual permitía ver su interior a todo el mundo, mientras que quienes vivían allí hacían todo lo posible para ocultar sus vidas a los demás.

Tiró de la campanilla, que resonó dentro sin que acudiera nadie. Coraline debía de haber salido y se había retrasado, pero hacía una noche magnífica, así que dio un rodeo hasta la playa para sentarse en la arena a esperarla.

Mientras deambulaba por la orilla, recreándose en el calor de California después de padecer el frío de Europa, contempló la torre, que se alzaba en el mar como la última debutante en un baile de verano. ¿Se había encargado alguien de cerrarla y de llevarse todos los libros de Oliver? Eso vendría a ser como recoger los restos de la vida de un hombre. Se volvió hacia la casa. Hacía solo unos meses que bailaban allí las parejas y sonaba una música de trompetas; ahora quizá ya no volvería a suceder aquello nunca más. Le llamó la atención un detalle: la puerta trasera no estaba del todo cerrada.

Se acercó a mirar.

—¿Coraline? —No hubo respuesta. Abrió la puerta con cautela. Bajo la intensa luz cobriza, las paredes de cristal se habían convertido en espejos tintados y el fulgor del sol se reflejaba por todas partes creando un bosque de discos rojos. El mar azul y ondeante aparecía debajo de cada uno de esos discos, de manera que daba la impresión de que el salón estuviera aislado de tierra firme: igual que la otra casa, la más antigua. Por un momento, Ken compadeció a Oliver, encerrado y atrapado toda su vida entre aquellos cristales.

El murmullo de las olas sonaba a su espalda mientras se colaba en el interior. Pero había algo más por encima de ese sonido. Mú-

sica. Unos violines tocando una composición clásica. Vivaldi, pensó. Alguien, en algún rincón de la casa, estaba oyendo un disco, o tal vez la radio. Llamó otra vez a Coraline, pero nadie respondió.

Rodeó el piano de media cola, cruzó el salón y entró en el vestíbulo. Se detuvo para escuchar. La música sonaba ahora con más fuerza; sin duda venía del piso superior. La escalinata de mármol blanco relucía débilmente. Los violines atacaron un enérgico crescendo mientras subía los peldaños.

—¿Coraline? —dijo una vez más. Empezaban a aumentar sus sospechas de que algo iba mal.

Sus zapatos resonaban sobre el mármol, como una base de tambor por debajo de los violines. No era posible precisar de dónde venían exactamente. La primera puerta, la roja, daba a la antigua habitación de Oliver, que miraba a poniente. Ahora, la intensa luz del crepúsculo iluminaba los desechos de una vida: una cama; ropa colgada en el armario; unos prismáticos sujetos de un gancho junto a la ventana. Allí no había nadie.

La siguiente puerta, la verde, era la de la biblioteca, una estancia venerable para recordar a los visitantes que aquella era una familia venerable, aunque contenía también un teléfono y una máquina de teletipo en un rincón, que acreditaban la riqueza y la modernidad de los Tooke.

Quedaban dos habitaciones de invitados y la de la propia Coraline. La música fue aumentando de volumen a medida que avanzaba por el pasillo. Llegó a la puerta de cristal ahumado azul, detrás de la cual sonaba la música de cuerda. Llamó con los nudillos. Nadie respondió.

—Coraline. —Nada aún. Pero entonces captó otro sonido: una especie de crujido. Giró el pomo y entreabrió un poco la puerta. Una franja de luz salió por la rendija—. ¿Estás ahí? —Otra vez el crujido. Abrió del todo la puerta y el mar pareció inundar su campo visual: una hilera de ventanas miraba directamente al océano, con un sofá de cuero blanco frente a ellas. Los violines se alzaban por encima del ruido de las olas y de los gemidos de la madera.

Pero había algo que interrumpía la vista del mar, algo que colgaba del techo y que giraba agitado por la brisa que entraba por una ventana abierta: un pie descalzo, una delgada silueta cubierta por un vestido de algodón y, por encima de los hombros, una cabeza caída hacia delante.

—¡Coraline! —Corrió hacia allí, derribando una mesita auxiliar. Los frascos de perfume que reposaban sobre ella se rompieron en pedazos, formando charcos de líquido dorado en el suelo.

El cuerpo colgaba de una cuerda atada a una lámpara; estaba de espaldas, con la cabeza inclinada y el cuello roto. Le sujetó las piernas con la loca esperanza de que aún conservara algo de vida. Debajo, en el suelo, había caído un zapato de cuero. Pero, cuando agarró con fuerza las pantorrillas y levantó la mirada, un solo vistazo al rostro que se alzaba sobre él le reveló dos amargas verdades.

La primera era que la vida que en su día había brillado con intensidad en aquel cuerpo se había extinguido y ya no podría regresar, por muchas plegarias que se rezaran y por muy expertos que fueran los médicos que acudieran. Se había apagado como la luz de un día acabado.

La segunda verdad que se abrió paso en su mente, dejándolo sin aliento, era que aquella mujer, la mujer cuyo cuerpo giraba bajo la brisa, no era la inescrutable Coraline Tooke.

No. La pobre mujer que él sujetaba era su madre, Florence. La trágica, maltratada, arrepentida Florence era la que colgaba de una cuerda blanca para atar tablones o amarrar botes.

La soltó. El artilugio metálico que se hincaba en la carne de su muslo, como penitencia por sus antiguos pecados, tintineó con el movimiento. No le había servido de mucho. Dios no se había puesto de su lado; nunca había estado del lado de la familia que vivía en aquella casa. Una casa que ya había presenciado dos muertes.

Y entonces le asaltó un pensamiento: «Que solo sean dos».

Cruzó corriendo el pasillo y entró en las dos habitaciones de

invitados y luego en la del gobernador, echándoles una simple ojeada; luego bajó a la cocina. Pero Coraline no aparecía por ninguna parte. Allí no había nadie. Así que, al volver a la habitación donde estaba colgada Florence, comprendió que solo estaban ellos dos en la casa de cristal de los Tooke. Se acercó a la radio del rincón y la apagó. Los violines enmudecieron, y solo se oyó el crujido de la cuerda.

No se podía hacer nada más, aparte de llamar a la policía y explicarles que se había producido otra muerte en la Casa del Reloj. Dejaría que ellos la descolgaran; le parecía más respetuoso hacerlo así, aunque no habría sabido decir por qué. Fue al teléfono del vestíbulo, concentrándose en las palabras que iba a emplear: «He venido a casa de mi amiga. He encontrado a una mujer que se ha colgado».

Pero se detuvo un momento. ¿Realmente se había colgado? No podía saberlo con certeza. En el caso de los Tooke, cuanto más sabías, menos seguro estabas de nada.

Sin embargo, no había ningún signo de que nadie más hubiera estado allí. Y, si a ello se añadía que la desaparición de Alex parecía indudablemente haber sido obra de Florence y haber pesado en su conciencia, solo cabía llegar a una conclusión. El pecado y la culpa la habían consumido durante décadas hasta el punto de que había creído que su hijo muerto había ido a visitarla. En tales circunstancias, ¿quién no habría deseado acabar de una vez por todas?

Alzó el auricular del teléfono del vestíbulo.

—Operadora —dijo una vocecita.

—Con la policía. Es una emergencia.

—Espere.

Oyó una serie de clics. ¿Cuánto tiempo tendría que…?

Se quedó paralizado. Sonaron unos pasos fuera, y luego una llave en la cerradura. Y entonces entró Coraline. Antes de que pudiera decir nada, la detuvo.

—Coraline —empezó con voz apremiante. Pero luego suavizó su tono—. Tengo que decirte una cosa.

Ella lo miró con expresión inescrutable, como ocultando algo. Siempre parecía reservarse muchas cosas.

—¿Cómo has entrado? —preguntó.

Él desechó la pregunta con un gesto.

—La puerta trasera estaba abierta, pero escucha…

—La dejé cerrada.

—Escucha. Entré y encontré… —Ella esperó—. He encontrado a tu madre.

—¿A mamá? ¿Está aquí? —Coraline se acercó—. Padre la trajo hace unos días. Dijo que la mantendría en un lugar seguro.

Ken le cerró el paso.

—Coraline, lo siento.

—¿Qué es lo que sientes?

—La he encontrado muerta.

Ella dio un paso atrás y lo miró a la cara, como tratando de descubrir alguna clave en su expresión.

—¿De qué estás hablando? —dijo.

«De la culpa —pensó él—. Estoy hablando de la culpa».

Le puso las manos en los hombros, como para sujetarla. Era la segunda vez que tenía que darle la noticia de la muerte de un allegado. La segunda vez que era él quien encontraba el cuerpo.

—Se ha colgado.

Se hizo un silencio. Luego ella pronunció una sola palabra, casi un gélido suspiro más que un sonido.

—¿Dónde?

—En tu habitación.

—¿Aún está allí?

—Sí. He entrado hace solo unos minutos. —Le puso la mano en el brazo con un gesto compasivo que no provocó más reacción en ella que si hubiera estado hecha también de cristal.

Coraline dejó su bolso sobre la mesa de caoba que había junto a la puerta y, sin mirarle, como si hubiera olvidado su presencia, subió a la habitación. Ken vio como se detenía en el umbral y permanecía así unos momentos, mirando hacia donde él sabía que el

cuerpo seguía girando bajo la cuerda; luego, cuando entró en la habitación, la perdió de vista. La dejó unos minutos a solas con su madre antes de reunirse con ella.

Era una escena terrible.

—Tenemos que bajarla —dijo Coraline inexpresivamente.

—Sí.

Ken observó los pliegues de la ropa de Florence, su pelo alborotado. A medida que la cuerda giraba, su rostro se volvió lentamente hacia él. Había sido hermoso en su momento; ahora estaba envejecido por los años e hinchado por la muerte. Sujetó la tela de algodón del vestido para inmovilizarla.

—¿Qué pasa? —preguntó Coraline. Su voz resonó en la habitación.

—Está caliente.

—Lo cual significa…

—Hace un día caluroso. No sé muy bien cómo funcionan estas cosas; quizá eso podría suponer una gran diferencia. Pero sí. —Ken entendía lo que ella quería decir y la miró a los ojos—. No creo que lleve mucho tiempo muerta.

Coraline se sentó en el sofá de la esquina y apoyó los codos en las rodillas.

—O sea que, si hubiéramos llegado unos minutos antes, habríamos podido mantenerla con vida.

—No debes pensar así.

—Ah, ¿no? ¿Quién demonios eres tú para decirme lo que debo pensar? —exclamó Coraline, en un arrebato de rabia poco frecuente en ella—. Quiero bajarla.

—Lo sé. Pero… —Lo interrumpió el timbre de la puerta principal. Ella giró la cabeza hacia el vestíbulo—. ¿Quién es?

—No lo sé.

El timbre volvió a sonar. Luego oyeron unos golpes y una voz áspera.

—Policía. Abran, por favor.

En cuanto abrió la puerta, Ken reconoció al policía. Era Jakes,

el inspector que había acudido cuando apareció el cuerpo de Oliver.

—Inspector —murmuró, con sorpresa.

—¿Qué sucede? —dijo Jakes, yendo al grano.

—Una mujer se ha quitado la vida. —No comprendía por qué Jakes se había presentado allí antes de que él hubiera podido avisar a la policía. Pero esa pregunta la dejó para después.

—¿Aquí? —Hubo solo un leve destello de sorpresa en su rostro. Era un hombre que ya había visto de todo, sin duda.

Ken lo guio arriba.

—Jesús, María y José —masculló para sí el inspector al ver la cuerda y el cuerpo colgando—. ¿Quién es?

—Mi madre —respondió Coraline.

—¿Su madre? —Jakes volvió a mirar el cuerpo, ahora inmóvil. La cálida brisa había cesado.

—Estaba en un sanatorio mental de Inglaterra. Mi padre acababa de traerla otra vez a casa.

El policía pareció comprender la situación. No, aquel no era su primer suicidio.

—¿Le comunicaron la muerte de su hermano, señora?

—Sí.

Jakes suspiró con tristeza.

—Me lo figuraba. Lamento decirlo, pero ya he visto esto otras veces. Ninguna madre debería tener que enterrar a su hijo. ¿Ha sido usted quien ha llamado?

—¿Cómo? —dijo ella.

—Alguien ha llamado a la centralita hace media hora. Ha dicho que me necesitaban aquí con urgencia. No ha explicado por qué.

Así que alguien, pensó Ken, había avisado a la policía antes de que él entrara en la casa.

—¿Quién era? —preguntó.

—Ni idea. —Jakes miró a Coraline—. ¿Seguro que no ha sido usted?

—Ya le he dicho que no.

Él alzó la mirada hacia el cuerpo.

—¿Cree que habrá sido ella?

—¿Cómo iba a saber ella su nombre? —respondió Ken.

—Difícil decirlo. Pero tampoco es imposible. Yo fui el inspector que intervino en la muerte de su amigo. —La cuerda crujió—. Vamos a descolgarla.

Ken sujetó el cuerpo por el torso mientras Jakes desataba la cuerda y lo depositó en el suelo. Coraline permaneció todo el rato en el sofá, con los codos en las rodillas. Ken se preguntó si aquella capa gélida que la envolvía formaba parte de ella o si se la ponía cada mañana para protegerse.

—Voy a avisar —dijo Jakes. Cuando ya iba a salir de la habitación, se detuvo—. Lo lamento, señora, ninguna familia debería verse expuesta a tanto dolor. —Luego bajó las escaleras y lo oyeron llamar a comisaría para pedir una ambulancia policial.

Los tres esperaron en silencio, contemplando a ratos el mar.

Cuando llegó la ambulancia, dos agentes entraron respetuosamente, examinaron el cadáver y montaron una camilla.

—Alguien tiene que avisar a tu padre —dijo Ken.

—Yo le llamaré. Ya lo hice la otra vez.

—¡Inspector! —Uno de los agentes que estaban colocando a Florence sobre la camilla y que se hallaba arrodillado a su lado llamó a Jakes, que estaba anotando algo en su cuaderno.

—Un momento. Estoy ocupado.

—Tiene que echar un vistazo a esto. —Ken se acercó al cuerpo—. Por favor, apártese, señor.

—¿Qué pasa? —preguntó Jakes.

—Mire. —El agente alzó las muñecas del cadáver.

Jakes se puso en cuclillas y retiró las mangas de algodón. Asintió a su compañero, que volvió a colocar los brazos de la muerta a los lados del cuerpo.

—Señor Kourian —dijo el inspector—, usted encontró el cadáver de Oliver Tooke, ¿verdad?

—Ya sabe que sí. —A Ken no le gustaba que el policía le hiciera preguntas cuya respuesta ya conocía.

—Y dijo que él estaba muerto cuando usted llegó a la escena.

—¿A qué se refiere?

—Bueno, ahora también asegura que la señora Tooke estaba muerta cuando usted llegó, ¿no?

—Así es. —Ken sintió como si un tornado se le viniera encima.

—¿Le ha abierto alguien la puerta?

—No. He entrado por la puerta trasera. Estaba abierta.

—Abierta, ¿eh? ¿Es eso normal? —Miró a Coraline, pero no aguardó a su respuesta—. Y usted dice que la señora Tooke se ha colgado.

—Ella…

El tornado le alcanzó ahora de lleno.

—Entonces, si se ha colgado, ¿quiere explicarnos cómo es posible que tenga abrasiones de cuerda en las muñecas? —Jakes dejó la pregunta flotando en el aire; luego alzó los brazos de Florence, retiró la tela y mostró las ronchas rojas que tenía alrededor de las muñecas; en algunos puntos incluso había brotado sangre—. ¿Quiere decirnos dónde está esa cuerda?

Ken había pensado desde el primer momento que quizá Florence no se había quitado la vida por sí misma, pero no había relacionado esa idea con su propia presencia en la casa, con su entrada subrepticia por la puerta trasera y con la llamada anónima a Jakes. Nada bueno podía salir de todo aquello.

—Alguien quiere hacerle creer que yo la he matado —dijo.

—Pues ese alguien lo está haciendo muy bien. ¿Alguna persona sabía que usted iba a venir aquí esta noche?

Ken rebuscó en su cerebro, que ahora funcionaba aceleradamente ante la posibilidad de ser acusado de un doble asesinato. Aparte de a Coraline, no se lo había dicho a nadie.

—No. Pero podrían haberme seguido.

Jakes se incorporó y dio medio paso hacia él.

—¿Seguirle? ¿Y entrar en la casa, matarla y salir corriendo sin que usted lo viera? Parece una maniobra muy rápida.

Tenía razón, desde luego. Pero Ken siguió pensando sobre la marcha.

—De acuerdo, pero quizá no iban a por mí. Quizá estaban intentando incriminar a Coraline. —Todos se volvieron a mirarla.

—¿Sabe de alguien que podría haber hecho eso? —preguntó Jakes.

Ella negó con la cabeza.

—Mire, inspector —dijo Ken—. Usted no sabe si esas marcas se han producido mientras ella estaba agonizando. Podría ser que ya las tuviera. O quién sabe, tal vez sí la han asesinado, ¡pero no he sido yo!

Jakes le miró a los ojos.

—Recibo una llamada en la que me piden que venga de inmediato. Y, cuando llego, lo encuentro a usted muy sorprendido por mi presencia y descubro que esta mujer está muerta. ¿Cómo cree que puedo interpretarlo?

—¡Como un montaje!

Jakes prosiguió como si no le hubiera oído.

—Y hay algo más que me ha llamado la atención desde que he llegado.

—¿El qué?

—Esa mesa volcada, con todo su contenido roto por el suelo.

Ken miró la mesa de los perfumes que había derribado al entrar y ver ahorcada a Florence.

—¿Qué quiere decir?

—Es lo que nosotros llamamos «signos de lucha». Me despierta muchas sospechas. —Le apuntó al pecho con el dedo índice—. Usted se viene conmigo a comisaría.

—Ni hablar. —Ken estaba furioso; también asustado. No podía negar las apariencias.

—Entonces le detengo como sospechoso.

—¿Sospechoso de qué?

—Ya sabe de qué.

Los otros agentes estaban detrás de Jakes, mirando fijamente a Ken. Uno de ellos —debía de tener unos veinte, tal vez veinticinco años— se adelantó, como si quisiera causar una buena impresión, y lo sujetó del brazo. Ken le apartó la mano. El agente se le plantó delante; Ken estaba cada vez más encendido.

—Más vale que retroceda, agente —gruñó.

—¿O si no? —El policía le empujó, retándole a pelear.

—He dicho…

—¿O si no…? —dijo el otro, dispuesto a empujarlo otra vez.

Pero a Ken ahora le hervía la sangre y, cuando el agente lo empujó con el pecho, soltó el puño derecho trazando un arco desde la cadera y se lo estampó bajo la mandíbula, haciendo que cayera de rodillas. El agente se incorporó de un salto y lo agarró del cuello, pero, antes de que la cosa se complicara más, Jakes se interpuso entre ambos y los separó.

—Calma —les advirtió a ambos—. Que ninguno haga nada que me obligue a escribir un informe.

Por un instante, Ken consideró la idea de salir corriendo por la puerta, que estaba a su espalda. Dos homicidios implicarían una sentencia de muerte, no cabía duda. Podía cruzar la carretera, internarse en el bosque y esconderse. Pero ¿luego qué? ¿Vivir entre la maleza? No, por ahora tenía que seguir el juego.

—Muy bien. Adelante —masculló. Le esposaron y se lo llevaron. Mientras lo sacaban de la habitación, se fijó en la cara de Coraline. Era como si ella lo estuviera viendo por primera vez.

Cuando llegó un furgón policial, lo metieron dentro y lo sentaron en un banco metálico atornillado en un lado. Un panel de acero separaba la cabina de la parte trasera donde estaba encerrado.

—Vigílelo bien —le ordenó Jakes al conductor.

—No llegará lejos con las esposas puestas —respondió este. El joven agente que le había plantado cara subió a la cabina.

—Usted no le quite ojo —dijo Jakes, que subió a su propio coche y abrió la marcha.

Con un rugido de motores, los dos vehículos salieron a la carretera. En el panel de separación se abrió una mirilla y apareció la cara del joven agente.

—¿Alguna vez ha subido a una montaña rusa? —preguntó con una sonrisita. No aguardó a que respondiera—. Espero que le guste.

La mirilla volvió a cerrarse y, acto seguido, Ken notó que el furgón cambiaba bruscamente de carril, mandándolo con el hombro por delante contra el otro lado del vehículo. No había nada donde poder sujetarse. Inmediatamente, el furgón revirtió la maniobra virando hasta el primer carril. Ken sintió como si el suelo desapareciera bajo sus pies y cayó hacia atrás, golpeándose la parte posterior de la cabeza contra el banco de acero. Estuvo a punto de desmayarse del dolor. Al cabo de un segundo, el furgón viró nuevamente y él se golpeó el pómulo contra una de las esposas, aunque apenas tuvo tiempo de notarlo, porque pasaron por un bache de la carretera tan profundo que salió despedido por los aires para estamparse enseguida contra el suelo. Sin previo aviso, el conductor frenó en seco, lanzándolo directamente contra el panel divisorio. Ken sintió un crujido en el interior de su nariz y luego notó que algo cálido le resbalaba por la mandíbula. Mientras el furgón volvía a arrancar, oyó risas en la cabina.

«Reíros todo lo que queráis —se dijo a sí mismo—. Un día os encontraré y os llevaré yo a dar una vuelta».

Finalmente, los gases y los ruidos airados del tráfico le indicaron que habían llegado a la ciudad. Ahora cada indicio podía constituir una señal de alarma y él se los tomaba muy en serio. Sabía que era inocente, pero tampoco sería el primer acusado sin motivo que acababa encerrado de por vida en una celda. Se acurrucó contra un lado del furgón, con la cara hecha un guiñapo.

Aquello parecía demencial. Hacía solo unas semanas estaba viviendo su sueño: actuaba en el cine, salía en lancha con sus amigos. Ahora su cara saldría en las pantallas de todo el país, pero se-

ría en un noticiario y él estaría atado a una silla esperando los vapores letales que habrían de acabar con su vida.

Al cuerno con eso. Se negaba a hundirse en la autocompasión. Alguien pagaría por aquellos crímenes. Y de ningún modo iba a permitir que fuese él.

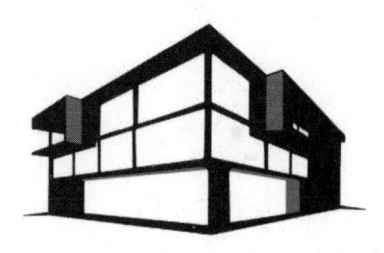

18

En la comisaría, Jakes reparó en sus pómulos magullados y miró a los dos agentes que lo habían traído. No parecía complacido. Tras embadurnarle los dedos de tinta para sacarle las huellas, llevaron a Ken a una sala de la parte trasera donde solo había una mesa y cuatro sillas, todas atornilladas al suelo. Jakes se plantó frente a él con los brazos cruzados.

—Quiero un abogado —dijo Ken.

—Ahora dice que quiere un abogado. Creo que ha hecho algo y que por eso necesita un abogado.

—Buen intento, pero quiero contar con uno.

Jakes apoyó los nudillos sobre la mesa.

—Si es inocente, le conviene aclararlo todo cuanto antes.

—Quie-ro-ver-a-un-abo-ga-do. —Lo dijo lo bastante lentamente como para que el policía más lerdo lo entendiera. Y Jakes no parecía nada lerdo.

El inspector maldijo entre dientes y salió. Ken permaneció allí durante una hora, sentado o deambulando. No tenía nada que ha-

cer, excepto pensar. ¿Alguien había intentado incriminarle adrede? La llamada a Jakes señalaba sin duda en esa dirección. Cabía la posibilidad de que alguien, un vecino o un transeúnte, hubiera oído gritos en la casa y avisado a la policía, pero en ese caso habría dejado su nombre.

Finalmente, Jakes hizo pasar a la sala a un hombre de tez oscura, un tipo grueso con manchas de comida en la camisa y una bolsa de lona repleta de papeles.

—Su abogado —dijo Jakes—. Tiene dos minutos para hablar con él. Luego volveré para interrogarle.

En cuanto cerró la puerta, el abogado, que dijo llamarse Vincenzo Castellina, empezó a hablar como una ametralladora.

—No me diga si lo ha hecho o no. Me tiene sin cuidado. Soy su abogado y haré todo lo que pueda para sacarle de aquí.

—No lo he hecho —le dijo Ken.

—Acaba de infringir la primera norma. De ahora en adelante, siga mis instrucciones. ¿Entendido?

—Entendido.

—¿Ha sido la policía quien le ha hecho esto? —dijo el abogado, señalando su cara reventada.

—Más o menos. Dos agentes y un furgón de diez toneladas.

—Me lo figuraba. Un viaje accidentado. No puede hacer nada al respecto. —Castellina continuó casi sin tomar aliento—. Me han dicho lo que tienen contra usted. Seguramente no es suficiente para presentar cargos. Pero primero tenemos que pasar el interrogatorio. No se preocupe, estando yo presente no se pondrán violentos.

—¿Suelen hacerlo?

—¿Ponerse violentos? Claro. Normalmente con los drogadictos y los maricas. Con los negros, todavía peor. Usted, un joven blanco íntegro, está a salvo. O sea...

Cerró la boca al ver que volvía a entrar Jakes.

—¿Ya han tenido tiempo suficiente para hablar? Bien. —Tomó

asiento al otro lado de la mesa—. ¿Por qué lo ha hecho, Ken? ¿Qué tenía contra ella?

—Después de pedir consejo legal, mi cliente se acogerá al derecho a guardar silencio de acuerdo con la Quinta Enmienda —dijo Castellina con autoridad—. Él no ha cometido ningún crimen.

—¿Es eso cierto, Ken?

—Después de pedir consejo legal, mi cliente se acogerá al derecho a guardar silencio de acuerdo con la Quinta Enmienda.

—Usted puede hablar por sí mismo, ¿no?

—Después de pedir consejo legal, mi cliente se acogerá al derecho a guardar silencio de acuerdo con la Quinta Enmienda.

Era evidente que aquella muralla constituía la táctica favorita del abogado y seguramente le había permitido salir airoso de centenares de interrogatorios similares. Volvió a utilizarla una y otra vez durante la siguiente hora. En un momento dado, otro agente entró en la sala y le pasó una nota a Jakes.

—Hemos hablado con el gobernador Tooke —dijo el inspector, tras leerla atentamente, sin dar la menor muestra del cansancio que acusaban para entonces los dos rostros que tenía delante—. Dice que apenas le conoce. Usted, sin embargo, ha pasado últimamente mucho tiempo con su familia.

—Después de pedir consejo legal, mi cliente se acogerá al derecho a guardar silencio de acuerdo con la Quinta Enmienda. —Incluso la voz de Castellina mostraba signos de agotamiento después de pronunciar esas mismas palabras una y otra vez.

Jakes dobló la nota y se la guardó en el bolsillo.

—Usted y su hijo. ¿Había algo entre ustedes? ¿Entre usted y él? ¿Tuvieron una riña? ¿Y qué me dice de la madre? ¿Lo intentó con ella? ¿Para que todo quedara en familia? ¿Le pareció una mujer fácil?

Ante esto, Ken explotó.

—Mire, inspector —dijo—. Yo no he tenido nada que ver con la muerte de Oliver o de Florence Tooke.

—No diga nada —le ordenó Castellina.

Ken no hizo caso.

—Alguien está intentando incriminarme.

Castellina alzó los brazos, dándose por vencido, y Jakes se lanzó al ataque.

—Ya. ¿Y por qué no dio el aviso cuando, según dice, la encontró? Se quedó de brazos cruzados.

—Estaba llamando, pero entonces llegó Coraline. Y luego apareció usted.

—Ah, eso sí que no se lo esperaba, ¿verdad? Es gracioso, usted apenas conocía a la familia y, de repente, encuentra muertos a dos de sus miembros. Usted solo, cuando no había nadie más —dijo Jakes bajando la voz con tono amenazador.

—No tiene ninguna gracia.

—Y ya que estamos aquí charlando, ¿quiere contarme qué sucedió con el señor Tooke? Con el muerto.

Ken había estado esperando la ocasión de plantear una idea. No era así como lo había imaginado, pero daba igual.

—Muy bien, se lo voy a explicar —dijo—. Creo que Oliver tenía previsto encontrarse con alguien aquella noche. Si ese otro hombre hubiera venido a la casa, Coraline y yo le habríamos oído entrar, o sea que Oliver debió de reunirse con él fuera. Y creo que debía de confiar en él de alguna manera, de lo contrario no lo habría llevado a la torre.

—Claro. Era todo parte de un plan para matarlo, y él siguió el juego sin saber que era la víctima.

—No, no creo que ese fuera el plan.

—Explíquese, ¿por qué no?

—Porque, en ese caso, ¿no le parece que el asesino lo habría hecho de un modo menos melodramático? Por ejemplo, noqueándolo mientras estaban en la lancha y arrojándolo por la borda para que pareciera un accidente. No, no creo que estuviera previsto que la cosa fuera a acabar así. Lo que supongo es que hubo algún tipo de negociación que salió mal.

—Una negociación… —repitió Jakes con un tono que bordeaba la burla.

—Algo así. Luego el otro hombre volvió con la lancha y se fue. La lancha estaba en la playa; supongo que si Oliver no la había amarrado pudo haber sido arrastrada hasta allí, pero en ese caso lo más probable es que la marea la hubiera llevado a un punto de la costa mucho más alejado.

—Ah, ¿sí?

—Sí.

—¿Es usted marino?

—No.

—Entonces ¿cómo demonios sabe cómo actúa la marea?

—No soy idiota. Y, hablando de medios de transporte, aún hay otra cosa.

—Seguro.

—Para ir esta noche a la casa cogí un taxi. El taxista puede decirle que llegué allí unos minutos, solo unos minutos, antes de que llegase usted. Desde luego no el tiempo suficiente como para hacer lo que usted sospecha que he hecho. Encuentre a ese taxista.

—Quizá lo hagamos, o quizá no.

Ambos jadeaban, como si estuvieran peleando de verdad.

Castellina intervino.

—Inspector, ¿tiene alguna prueba que relacione al señor Kourian con cualquiera de los dos crímenes? Quiero decir, alguna prueba real, no simples conjeturas vacías de contenido.

—Conjeturas vacías, ¿eh? —Jakes dio unos pasos hasta el otro lado de la sala y cruzó los brazos—. ¿Ahora mismo? No.

—En tal caso…

—Pero tenemos lo suficiente para retenerle mientras investigamos.

—¿Qué quiere decir con eso? —le preguntó Ken a Castellina.

El abogado pareció contrariado.

—¿Va a meterlo en el calabozo? —dijo, mirando de soslayo el pómulo magullado de Ken.

—El mejor hotel de Los Ángeles. Sin ningún coste. ¿Y sabe una cosa, Ken? Cuando encontremos esas pruebas, será un firme candidato a la cámara de gas.

Sus palabras mostraban la confianza de una predicción.

Jakes dio un golpe en la puerta y un sargento de guardia se llevó a Ken.

Cruzaron la recepción, donde una riña de bar había hecho que se congregara un ejército de borrachos pendencieros, y se adentraron en las entrañas de la comisaría. El suelo apestaba a lejía, como si tuvieran que desinfectarlo cinco veces al día. Allí no entraba la luz natural; toda la iluminación procedía de una serie de bombillas enrejadas, e incluso estas parecían haber conocido tiempos mejores. De vez en cuando, alguno de los mosquitos que volaban en derredor tiraba la toalla, aterrizaba sobre la bombilla y acababa frito.

El sargento le hizo cruzar una puerta y Ken se encontró con una luz tan intensa que lo deslumbró por completo. Tardó unos segundos en comprender que había al menos una docena de lámparas enfocadas hacia él. Unas manos lo empujaron al interior de una celda, donde se desplomó sobre un banco de madera cubierto con una sábana manchada que olía a excrementos humanos.

Estaba en la celda central de una hilera de tres situada en un lado de una sala más grande. Una docena de agentes lo miraban fijamente, inmóviles como una bandada de buitres. Uno de ellos, un tipo fornido de tupidas patillas, se dirigió a él.

—Se ha metido donde no debía —dijo, mirando los barrotes de arriba abajo, como si los viese por primera vez—. A los animales hay que encerrarlos en una jaula. —Ken percibió un hedor nauseabundo. Había un cubo a su lado que apestaba como una cloaca—. Lo vamos a vigilar toda la noche. —Dicho lo cual, deslizó su porra por los barrotes y se alejó. Sus pasos resonaron por el corredor hasta desaparecer; los demás agentes, uno a uno, volvieron a atarearse con sus papeles, o a leer el periódico y hurgarse los dientes.

La calma antes de la tormenta. ¿Dónde demonios terminaría?

—Eh, muchacho —susurró una voz. El que había hablado, un viejo con una mata de pelo plateado y una tez morena que indicaba que tenía sangre india, estaba sentado en el mugriento banco de la celda de la izquierda—. ¡Estos tipos te la tienen jurada! —dijo, y se echó atrás contra los barrotes, riendo histéricamente y dejando a la vista una hilera de huecos ennegrecidos. Uno de los agentes los miró y se rio también.

Nadie le ofreció algo de comer o beber, y él no lo pidió. Se tumbó sobre el banco, procurando no pensar en los usos que le habían dado a la sábana. «Se ha metido donde no debía», era lo que había dicho el policía. ¿Se refería al hecho de que hubiera estado en casa de los Tooke aquella noche, o más bien quería decir que a alguien no le gustaba que hubiera estado indagando desde la muerte de Oliver?

¿Qué estaría haciendo Coraline? ¿Iban a presentar cargos contra él? ¿Podría su abogado sacarlo de allí bajo fianza? Había un montón de preguntas y ni una sola respuesta.

Pasó el tiempo. El número de agentes se redujo poco a poco hasta quedar solo un viejo que apestaba a ajo y deambulaba lentamente frente a la celda, como si exhibir su propia libertad fuera su único entretenimiento. Ni siquiera una radio podía funcionar allí abajo, y aquel vejestorio no parecía la clase de tipo que disfruta con un buen libro. A las diez, apagaron las luces. Al cabo de un par de horas, la mente de Ken dejó de barajar ideas sobre Inglaterra, médicos, novelas en clave y lanchas abandonadas, y el sueño se apoderó de él.

No estaba seguro de qué lo despertó. Podía haber sido el aliento que le echaban en la cara, o las manos que le sujetaban las muñecas y los tobillos. Probablemente fue el brazo que le rodeaba el cuello, impidiéndole respirar.

Todo su cuerpo se sacudió como si le hubiera caído un rayo, pero el peso de los hombres que tenía encima lo inmovilizaba, estrujándolo contra el banco de madera. Tenía los ojos abiertos, pero

solo veía unas sombras oscuras sobre él. Torció el cuello e intentó gritar, soltar un juramento o pedir socorro, pero le habían metido en la boca algo húmedo con sabor a gasolina y no podía mover la lengua. Y entonces sonó el crujido de un impacto en un lado de su cabeza. Acto seguido recibió un puñetazo en el estómago. Gimió de dolor, pero no llegó a emitir ningún ruido a través del trapo húmedo. Forcejeó con todas sus fuerzas, consciente de que luchaba por su vida, y logró liberar un puño y lanzar un golpe a ciegas que impactó contra un tejido blando. Alguien soltó un gañido, como el de un perro apaleado, pero enseguida volvieron a sujetarle el brazo y se lo inmovilizaron sobre el banco.

Entonces algo se enroscó como una serpiente alrededor de su cuello. Era algo áspero que le rascaba la piel a medida que se iba tensando. Una cuerda.

—Se ha metido donde no debía. —El murmullo sonó claramente en el aire inmóvil. Ken sentía la presión de la serpiente en torno a su cuello. En cualquier momento le apretaría tan fuerte que la sangre ya no podría circular. Aquel sótano hediondo iba a ser su tumba—. Pero pronto dejará de importar.

Notó que la sangre de sus venas se resistía contra la cuerda, que su pulso quedaba estrangulado. Su cerebro, privado de oxígeno, funcionaba cada vez más despacio. La oscuridad se volvía más negra. ¿Qué podía hacer? Solo iba a poder inspirar dos o tres veces antes de perder la conciencia. Era su última oportunidad. Con un gran esfuerzo de voluntad, se concentró. Tenía que darle un vuelco a la situación. No podía hablar ni quitárselos de encima. Pero podía despistarlos. Así pues, dejó de forcejear, se quedó completamente fláccido y, conteniendo el aliento, se desmoronó sobre el banco y dejó que su cabeza cayera de lado. Hubo un silencio; luego se produjo un cambio entre los hombres que lo sujetaban.

—¿Qué ha pasado? —oyó que alguien susurraba—. ¿Ha tenido un ataque al corazón o algo así?

Las manos que lo inmovilizaban siguieron en su sitio —los polis no eran idiotas—, pero se aflojaron. Y luego hubo unos cautos

movimientos sobre él: una mancha negra deslizándose sobre un fondo gris. Oyó una respiración más cerca. Olió a sudor, a comida mal digerida. Aún más cerca, lo suficiente para pegar el oído y comprobar si todavía respiraba. Reuniendo todas sus fuerzas, Ken se incorporó y lanzó su frente hacia delante como un martillo para estamparla directamente contra la cara del tipo. Con un rugido de dolor, el policía retrocedió tambaleándose.

—¡Matad a este...! —chilló. Justo entonces la sala se inundó de una intensa luz que los deslumbró a todos.

—Ya basta —ladró Jakes desde el umbral, todavía con la mano en el interruptor.

—Acaba de... —gimió el policía, sujetándose la cara como si fuera un huevo roto.

—Ni una palabra más —le ordenó Jakes. El otro lo miró con expresión asesina—. He dicho que basta.

Los demás hombres mascullaron, escupieron en el suelo y se apartaron. Ken alzó el brazo, se quitó la cuerda del cuello, que estaba retorcida en un nudo, y la arrojó a los pies del agente al que había embestido con la cabeza: el tipo fornido de patillas gruesas.

—Sí, bueno —dijo este—. No importa. Ahora o en otro momento. —Y salió pavoneándose de la celda, seguido por los demás. Cada uno fue a sentarse a su sitio, sin dejar de vigilarlo, como si todo aquello fuese lo más normal del mundo.

—Usted puede irse —le dijo Jakes a Ken, señalándole el corredor con un gesto—. Pero ya volverá. No hemos localizado a ese taxista, y algo me dice que no lo encontraremos. —Ken se incorporó trabajosamente. El estrangulamiento lo había dejado aturdido y tenía que hacer un esfuerzo para caminar. Cuando pasó por su lado, Jakes añadió—: Más vale que me diga ahora lo que hizo; quizá la próxima vez yo no esté aquí. —Ken meneó la cabeza. Era inútil buscar la menor comprensión.

Al llegar al corredor, oyó que uno de los agentes gritaba:

—¿Quiere presentar una denuncia?

Los demás se rieron a carcajadas.

Los polis eran corruptos, haraganes y a menudo estúpidos. Eso ya lo sabía. Pero, mientras salía de la comisaría, no conseguía que le entrase en la cabeza el hecho de que todo un escuadrón hubiera estado dispuesto a matarlo. ¿Tenía algún sentido denunciarlos? Ninguno. Lo único que lograría si hacía una declaración ante los altos mandos sería situarse en los primeros puestos de su lista negra.

No, lo mejor que podía hacer era terminar lo que había empezado. Alguien le había lanzado la jauría encima. Tenía que averiguar quién sujetaba la correa.

Cuando llegó a su pensión, se sentía como si le hubieran sacado la sangre. Los polis habían decidido ingresar todo el dinero que guardaba en la cartera en su fondo de pensiones, de manera que había tenido que hacer el trayecto entero a pie, entre los borrachos y delincuentes que se apoderaban de Los Ángeles por la noche. Lo único que deseaba era tumbarse en la cama y dormir. Quizá ni siquiera se quitaría la ropa. En el vestíbulo, su casera, impecablemente arreglada y maquillada como si fuese más temprano, y no plena madrugada, le cerró el paso. Salía música de su habitación y, a través de la puerta entornada, se veían las piernas de un hombre sentado.

—Señor Kourian, parece como si fuera a caer redondo —dijo.

—He tenido un día muy duro, madame Peche. —Por suerte, la penumbra ocultaba sus contusiones, que ahora estaban hinchándose, y no quería verse obligado a justificarlas.

—Ha estado trabajando demasiadas horas. ¿O quizá es que ha encontrado una amiguita? —Hubo un destello en sus ojos.

Bueno, mejor que siguiera fantaseando.

—Demasiado trabajo.

—Ay, qué lástima. —La mujer se retiró a sus aposentos y él subió las escaleras. Cada peldaño parecía más pronunciado que el anterior. Cuando ya iba a meter la llave en la cerradura de su ha-

bitación, se detuvo. Le pareció que había oído un ruido dentro. Algo moviéndose sobre las chirriantes tablas de madera. Aguzó el oído. Ahora nada. Tanteó el picaporte, que giró normalmente, pero la puerta estaba cerrada como debía. Relajándose, metió la llave y ya iba a abrir, pero volvió a detenerse. Esa vez el ruido era inconfundible: algo deslizándose por el suelo de madera. Abrió de golpe y recorrió la habitación con la mirada. Estaba tan ordenada como la había dejado, pero con la ventana abierta. Se acercó corriendo y se asomó. Al principio no vio nada, solo los edificios y tejados colindantes iluminados por las farolas y las luces de las casas. Luego miró hacia abajo. Su ventana daba a un pequeño patio donde madame Peche guardaba muebles rotos, cajas de ropa de invierno y cosas similares. Y agazapada allí, pegada a un recoveco, vio la silueta de un hombre iluminada por una farola. Llevaba un traje ligero y una gorra de fieltro con una visera que ocultaba sus rasgos. Pero justo en ese momento se aventuró a mirar hacia arriba, dejando a la vista una cara que resultaba extraordinaria por su impersonalidad: como si hubiera sido creada para que nadie pudiera describírsela a un dibujante de la policía.

Al ver a Ken, el hombre se encaramó al borde del edificio y saltó al suelo; luego salió corriendo hacia la calle principal.

Durante una fracción de segundo, Ken pensó en saltar por la ventana y correr tras él, pero desde aquella altura probablemente se habría roto un tobillo o tal vez el cuello, y no estaba dispuesto a hacerle al tipo ese favor. Así pues, bajó disparado por las escaleras.

—Señor Kourian, ¿qué…? —oyó que decía alarmada su casera cuando pasó junto a ella. Llegó a toda velocidad a la calle y miró en ambas direcciones.

¡Allí! En la acera de enfrente, caminando deprisa pero sin correr, había un hombre con un traje de gabardina gris claro. Ahora sin gorra; seguramente la había tirado.

—¡Eh! —gritó Ken, mientras cruzaba corriendo. El hombre empezó también a esprintar y se metió por un largo pasaje entre

dos altos edificios. Ken lo siguió a la carrera, con el corazón latiéndole más deprisa que el tambor de un regimiento.

El pasaje estaba lleno de basura, y sonaron los chillidos de un nido de ratas cuando pasó de un salto por encima. El hombre se movía a gran velocidad, pero en lugar de seguir hasta el otro extremo del pasaje, se metió por el umbral de un edificio de madera en ruinas que parecía completamente podrido.

Ken llegó a la entrada y se detuvo. El tipo podía estar armado (en Los Ángeles se vendían en ese momento más armas que helados) y allí no había ningún testigo. Pero ahora el enfrentamiento había llegado hasta su propia casa y no iba a detenerse, confiando en que pasara el peligro.

Avanzó con cautela. Era un edificio muy grande; debía de haber sido un almacén o una fábrica. Unos trozos de cristal crujieron bajo sus pies cuando entró. Todas las ventanas estaban rotas o cubiertas de mugre, y solo entraba un leve resplandor desde la calle. En un lado había una enorme maquinaria cubierta con una lona y, en el otro extremo, un umbral vacío que parecía llevar a una escalera.

Ken se detuvo y aguzó el oído. Se oía algo que podía ser el silbido del viento a través del edificio o la respiración jadeante de un hombre. Siguió adelante sigilosamente; sus pasos apenas se oían. Tenía que haber al menos otra salida, y lo que quería era atrapar a aquella rata. Se acercó al umbral del fondo, pero, cuando ya estaba a punto de alcanzarlo, se detuvo en seco. Había captado un leve murmullo, como un movimiento de ropa. Se volvió hacia la maquinaria tapada. Lentamente, regresó hacia allí. Debía de medir siete u ocho metros de lado y dos de altura. La lona roñosa que la cubría estaba desgarrada aquí y allá. Ken cogió una piedra del suelo, una de las que los chicos del barrio debían de haber usado para romper los cristales de las ventanas. Serviría como arma.

¿Estaba oculta su presa dentro de la máquina? Sujetó la lona y dio un tirón, pero no se movió. Cuando alzó los ojos, una sombra se precipitó sobre él, bloqueándole la vista. Iba armada con una

pesada herramienta de metal y le asestó un golpe en la sien que lo derribó en el suelo. El agudo dolor lo dejó paralizado unos momentos. Cuando amainó lo suficiente como para poder levantar la cabeza, lo único que vio fue la silueta del hombre que se alejaba corriendo.

Habría podido incorporarse con un esfuerzo, pero no estaba en condiciones de iniciar otra persecución. Permaneció tendido boca arriba sobre los cristales rotos del suelo y dejó que las oleadas de dolor se fueran apagando.

Se le pasó por la cabeza la idea de informar a Jakes de todo aquello, pero ¿acaso le creería? Ni por un segundo.

Ya en su habitación, después de cerrar la persiana y esperar unos minutos para asegurarse de que nadie aguardaba para irrumpir allí de improviso, se agachó y metió la mano bajo el somier. Había dejado un objeto atado a la tablilla central y ahora lo sacó de ahí debajo. Era el pequeño óvalo de porcelana, con delicadas incrustaciones de madreperla, que había encontrado en la casa de Ray y en cuyo interior había dos cuadritos en miniatura pintados por Florence. Lo abrió con mucho cuidado y contempló las dos imágenes: la casa de Essex y la casa de California, una al derecho y la otra cabeza abajo.

Saltaba a la vista el talento de la artista. Le dio la vuelta, de manera que las casas invirtieron su posición. Pero, al hacerlo, oyó algo que no había advertido hasta entonces: un leve repique, como el de una uña sobre una lámina de madera. Le dio la vuelta otra vez y volvió a oírlo. Había algo escondido detrás de uno de los cuadritos.

Con el borde de una cuchara, levantó delicadamente el cuadrito de California del marco de cerámica. Ahí no había nada. Hizo lo mismo con el otro cuadro. Esa vez, cuando desprendió la imagen de la casa de Ray, apareció algo: un diminuto caballo tallado en madera de un centímetro de largo. El tipo de objeto que un crío

podía tener entre sus juguetes. Alrededor del caballo había una delgada tira de papel. Ken la desenrolló.

Oliver, hermano. Duerme bien.
Alexander

Alexander. Él había escrito aquello.

Y lo que resultaba indiscutible era que estaba escrito con una pulcra letra inclinada. Aquellos no eran los garabatos de un niño de cuatro años. La nota la había escrito un adulto.

Ken cogió el caballito de madera entre el índice y el pulgar y lo sostuvo ante la luz eléctrica. La madera era de un tono marrón rojizo y tenía un ligero aroma a manzana. ¿Qué era lo que se decía de un potrillo en el libro de Oliver? Sacó su ejemplar del baúl. Sí, habían librado a un potrillo de sus sufrimientos y le habían mostrado los restos a Simeon.

—Cojo de nacimiento. Era lo mejor para él —dijo Cain.

Ken contempló la miniatura largo rato. Ahí estaba la verdadera explicación, el motivo por el que había muerto Oliver. Y empezaba a vislumbrarlo.

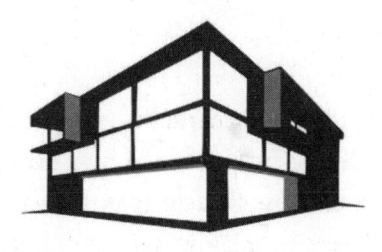

19

Mientras desayunaba, la radio sonaba de fondo alternando estridentes números musicales con una alerta del temporal que se acercaba. Según las previsiones, la tormenta tropical que estaba formándose a muchos kilómetros en el mar llegaría esa noche. Nadie sabía hasta qué punto iba a ser importante, pero el servicio meteorológico anunciaba a cada hora que estaba volviéndose más y más violenta. Se recomendaba a la gente que cubriera las ventanas con postigos de tormenta. Los niños debían quedarse en casa y los adultos solo debían salir si era absolutamente necesario. Todo lo cual no resultaría muy popular.

Ken terminó su tostada con mermelada y reflexionó sobre las consecuencias de haber presentado su dimisión —bueno, por así decirlo— en el trabajo. No lo iba a echar de menos, pero lamentaba no poder acceder ya al archivo del periódico. Quería revisar las historias que había leído acerca de la tragedia familiar que se había abatido sobre los Tooke. Mejor dicho, necesitaba revisar aquellas historias.

Después de recoger y lavar los platos, se dirigió a la oficina. Procuró mantenerse ojo avizor por si aparecía alguna de las personas con las que había trabajado y cuestionaba su presencia en el edificio. Tuvo la suerte de poder entrar y bajar por las escaleras al archivo sin ver a nadie y sin ser visto.

—Usted me trajo algunos recortes sobre un caso de secuestro de 1915 —le dijo a un tipo desnutrido con una visera verde.

—¿Viene a quejarse? —respondió el hombre, que tenía frente a su escritorio una hilera tras otra de estanterías, cada una repleta de grandes cajas—. Vamos cortos de personal. No podemos conseguirlo todo. Si quiere recortes de otros periódicos, tiene que pedirlo expresamente y esperar.

Ken se animó ante aquel dato inesperado.

—¿Quiere decir que quizá habrá más en otros periódicos?

—Claro. Tenemos números atrasados del *Examiner*, del *Press* y del *Express*.

—¿Puede conseguírmelos?

—¿Cómo? ¿Todos?

—Si es posible… Solo de 1915. No, también del 16.

—Mire, yo tengo otras cosas que hacer.

—De acuerdo. Lo haré yo.

El hombre de la visera verde señaló las estanterías con el pulgar.

—Sírvase usted mismo.

Necesitó mucho tiempo solo para encontrar los volúmenes correctos. El *Press* y el *Examiner* no contenían más detalles que los que había proporcionado el *Times*. Pero el *Express* se había empleado realmente a fondo. Había enviado a un reportero a hablar con todas las personas relacionadas con el caso y había vuelto sobre él una y otra vez con cualquier excusa. Y en el texto de uno de sus artículos aparecía un nombre que Ken reconoció. El artículo formaba parte de la remesa de 1916, después de que la familia hubiera regresado de Europa. Había una fotografía de los Tooke llevando a Oliver en silla de ruedas hacia unas oficinas que también reconoció.

Al fin una buena noticia para la trágica familia Tooke. Tras el terrible trauma del secuestro de su hermano, el pequeño Oliver ha sido llevado a la consulta del famoso doctor Arnie Kriger [el reportero había escrito mal el apellido, pero estaba claro a quién se refería]. Kriger es un experto en enfermedades infantiles. Un miembro de su equipo ha explicado al *Express* que la polio del niño ha mejorado extraordinariamente durante su estancia en Europa y que quizá sea capaz de caminar pronto, aunque tal vez con alguna dificultad. ¡Desde el *Express* rezamos para que así sea!

Ken se preguntó qué enfermera o recepcionista habría recibido unos billetes arrugados a cambio de esa información. Volvió a colocar las cajas en su sitio y regresó a casa para pensar en lo que significaba aquella historia. Le dejó a Coraline un mensaje para que le llamara. Tenían que hablar.

La tormenta llegó aquella noche.

Las cortinas de lluvia azotaron las calles, derribando árboles y destrozando los cristales de las ventanas. Los que habían sido sorprendidos fuera de casa —por no haber oído los mensajes de la radio ni leído las alertas de los periódicos— se refugiaban en los portales de las tiendas, tratando de buscar una escapatoria. Cuando intentaban comunicarse a gritos entre sí, apenas conseguían entenderse.

Ken permaneció en su habitación. Su casera había corrido por toda la casa repartiendo tablones para que los colocaran por dentro de las ventanas, por si llegaban a romperse: ya era tarde para clavarlos por fuera. Cuando se cortó la luz, Ken había salido a tientas al rellano y había encontrado una vela.

Estaba pensando cuál sería el mejor modo de afrontar la situación cuando sonaron unos golpes frenéticos en su puerta. Alguien sacudió el picaporte, pero estaba echado el cerrojo.

—¿Quién es? —preguntó. No esperaba a nadie y, tras la última visita inesperada que había recibido, se mantenía en guardia.

—Coraline.

Quitó el cerrojo. Al abrir, vio que la joven tenía la ropa completamente empapada y que el agua le goteaba por todas partes. Su aire sofisticado había desaparecido, dejando a la vista su belleza natural.

—Pasa.

—No. Tienes que irte. Ahora mismo.

Él se irguió. Había sufrido los suficientes percances como para saber que las amenazas que lo rodeaban no eran vanas.

—¿Por qué?

—La policía. Me ha llamado Jakes. Tienen un testigo que te vio llegar a casa con mi madre. Me han preguntado si yo podía explicarlo de algún modo.

—Es mentira —gruñó Ken. La arrastró dentro de la habitación y cerró la puerta—. Debería haber previsto algo así.

—Ya sé que es mentira. Pero me han dicho algo más.

—¿Qué?

—Han encontrado una navaja en casa; una navaja plegable. Estaba debajo de un mueble, dicen. Y tenía fibras blancas que parecían haberse desprendido al cortar una cuerda como la que utilizaron… para matarla.

—Bueno… —Iba a decir que esa navaja no era suya, pero de repente se le ocurrió algo. Fue al baúl donde guardaba sus pertenencias y hurgó en su interior.

—¿Qué estás buscando?

Él volvió a sentarse sobre la cama. Ahora cobraba sentido el allanamiento de su habitación.

—Yo tenía una navaja de ese tipo. La usaba para comer. Se la han llevado. —Una sombra escéptica cruzó el rostro de Coraline—. No hace falta que me lo digas. Sé lo que parece. Unos policías intentaron matarme anoche.

—¿Cómo? —Incluso pese a todo lo que había sucedido, Coraline parecía atónita.

—Quizá solo querían asustarme por golpear ayer a aquel poli. No lo sé. En todo caso, en la comisaría me sujetaron y me pusieron una soga en el cuello. No fue nada divertido. —Se frotó la garganta—. Podría ser que estuvieran a sueldo de alguien.

—Todo el mundo está a sueldo de alguien —dijo ella. Tras una pausa, preguntó—: ¿Esa navaja tiene tus huellas?

—Está cubierta de ellas.

—Debemos irnos. Ahora. Tengo el coche de Oliver.

Ken cogió su impermeable y salió con ella precipitadamente, haciendo lo posible para no llamar demasiado la atención entre los demás residentes, que iban de aquí para allá con faroles y tablones de madera. Madame Peche, cargada con un montón de ropa de cama que se había empapado por completo, lo detuvo en la escalera.

—Señor Kourian, no puede salir en medio de este temporal —le dijo.

—No tengo más remedio.

La mujer miró a Coraline arqueando una ceja.

—Ya veo. Bueno, la puerta estará cerrada cuando vuelva esta noche. Si es que vuelve.

—Lo comprendo.

Salieron bajo la lluvia torrencial, que caía a plomo como una masa de agua gélida de las nubes negras que se habían congregado sobre Los Ángeles. La corriente estaba cortada en todas partes y solo quedaba la luz de las farolas de gas y el resplandor de los relámpagos.

—Se ha ido la electricidad —gritó Coraline.

—Deben de haberse averiado las líneas. Y en ese caso se cortocircuita la red de toda la ciudad —respondió él, también a gritos—. ¿Dónde está el coche?

Coraline señaló hacia el otro lado de la calle, donde se hallaba

el Cadillac frente a una licorería. Al cruzar, resbaló en la riada que bajaba por la calzada y Ken se apresuró a sujetarla.

Se encerraron dentro del coche justo cuando caía en mitad de la calle la rama de un árbol, seguida de otros desechos: un periódico, un embalaje, un cartel que ya no convencería a nadie para que comprara polvo dentífrico Johnson & Johnson.

Coraline arrancó el motor. Debía de estar caliente por el trayecto que acababa de hacer, aunque la cantidad de agua que caía amenazaba con griparlo.

Ken se metió la mano en el bolsillo, sacó el óvalo de cerámica y se lo mostró.

—¿Recuerdas que lo encontramos en la casa de Essex?

—Claro. Son los dos cuadritos de mi madre. A saber por qué Oliver quiso dejarlo entre aquellas ruinas. A saber por qué querría nadie meterse allí.

Ken abrió el óvalo y levantó el cuadro de la casa desolada de Ray. El caballito estaba encajado detrás. Lo cogió y lo sostuvo a la luz.

—Creo que tiene que ver con esto. Lo encontré anoche. Al principio, creí que era un caballo.

—¿No lo es?

—No exactamente; es un potrillo.

No le mostró la tira de papel que había encontrado alrededor de la talla. El papel que decía:

> Oliver, hermano. Duerme bien.
> Alexander

—¿Y cuál es la diferencia?

—En el libro de Oliver, aparece un potrillo que acaba muerto. Se me había olvidado hasta que encontré esto. Parece algo insignificante cuando lees la historia, así que solo ahora me estoy dando cuenta de lo que significa. Oliver era astuto. Hay un montón de mensajes sutiles en su libro. Pero algunos son tan

sutiles que solo pueden entenderlos las personas a las que van dirigidos.

—Explícame el significado de este —dijo Coraline.

—Antes tenemos que averiguar otra cosa. Pero lo haremos mañana. Ahora mismo, debemos ocultarnos.

Arrancaron. Las farolas de gas les permitían orientarse, pero la capa de agua de quince centímetros que cubría el asfalto ralentizaba la marcha. Pasaron frente a restaurantes y comercios cerrados y ateridos. Solo habían avanzado unas calles cuando Coraline empezó a volver la cabeza.

—¿Qué pasa? —preguntó Ken, aunque ya se lo imaginaba.

—Hay solo tres coches en la calle esta noche —respondió ella—. Y creo que el que viene detrás estaba aparcado frente a tu pensión.

Ken se giró y vio un Desoto Sedan verde que avanzaba con celeridad. Alguien iba a por él, eso estaba claro. Podía tratarse de la policía o del hombre de aspecto corriente con el traje de gabardina que ya le había hecho una visita.

—¿Estás segura?

—No.

Aun así, Ken no le quitó ojo al vehículo durante dos calles más, hasta que Coraline viró bruscamente, lanzando una oleada de agua sucia sobre la acera, y el otro no hizo ningún intento de seguirles. No podían saber si lo habían despistado o si se habían imaginado una amenaza inexistente.

—Bueno, nosotros seguimos huyendo —dijo ella.

—Escucha. Sean quienes sean, me buscan a mí, no a ti. Yo me puedo bajar aquí. Ya me las arreglaré. Y tú estarás a salvo.

Ella volvió a girar y aceleró.

—Lo dudo.

Siguieron adelante, sacudidos por las rachas de viento. Los postes de las cercas salían volando y se hacían trizas en el suelo. Los coches aparcados se estremecían sobre sus ruedas y los cristales de las ventanas sin protección se hacían añicos.

—Deberíamos encontrar un sitio donde refugiarnos —dijo él—. Dobla a la derecha por la siguiente. Hay algunos hoteles baratos por esa zona.

—Perfecto —respondió Coraline.

Giraron a la derecha, recorrieron varias manzanas y llegaron a una hilera de hoteles de mala muerte cuyos nombres prometían unos lujos que ni tan siquiera podían fingir: The King's Hotel, Shangri-La, Excelsior Rooms. Normalmente habrían estado iluminados, pero con el suministro eléctrico interrumpido tenían aspecto de cementerio.

Pararon en uno que ofrecía aparcamiento, un edificio estrecho de ladrillo con una salida de incendios inacabada. No quedaba claro si el hotel seguía abierto o ya había cerrado, pero probaron suerte.

Detrás del mostrador de recepción, había un hombre dormido sobre un colchón, con unas gafas metálicas todavía en la nariz. Estaba todo débilmente iluminado por una lámpara de queroseno. Ken tocó la campanilla y el portero nocturno, que desprendía un fuerte olor a bourbon, se levantó con un gruñido.

—Un pavo cincuenta por noche. Agua caliente extra. Firme aquí —farfulló—. ¿Tiene coche?

—No —contestó Ken, por si el tipo se sentía obligado a salir y anotar la matrícula.

—Muy bien. En efectivo.

Ken le pagó. El portero no reparó en que no traían equipaje, o bien le traía sin cuidado, y les dio un farol mugriento. Subieron por unos empinados escalones a la habitación.

Era un cuartito de tres metros cuadrados, una trampa mortal en caso de incendio. La cama contaba con dos sábanas que a duras penas la cubrían juntas.

—¿Qué te parece, Ken? —dijo Coraline.

De su pelo chorreante caían delicadas gotitas en el suelo. Y la llama del farol iluminaba sus ojos de tal modo que él vio la habitación reflejada en ellos. Resueltamente, como diciendo «al diablo»,

Ken se acercó, la sujetó de los hombros de manera que su boca se elevó hacia la suya y la besó con fuerza. Ella cedió unos momentos con calor; luego se apartó, secándose la boca con la manga.

—Lo siento —dijo Ken.

—No lo sientas —respondió ella en voz baja—. En otro momento habría sido…

—Sí. Lo sé.

—Supongo que soy de las que tienen mala suerte.

—Me parece que los dos lo somos —dijo él, contemplando la calle oscura.

Justo cuando estaba durmiéndose, Ken oyó una voz que llegaba desde recepción.

—Hola, Mick.

—Hola —dijo el portero nocturno.

—Hemos recibido un aviso. Estamos buscando a una pareja. Veintitantos. Buen aspecto. Podrían ir en coche. ¿Ha llegado alguien en las últimas horas?

Ken se incorporó en la cama.

—¿En las últimas horas? Las he pasado durmiendo.

—¿Seguro?

—Seguro.

Hubo una pausa.

—Bueno, avisa si aparecen.

—¿Hay recompensa?

—¿Recompensa? Claro. La recompensa es que no te pegaremos un tiro.

Las voces enmudecieron. Luego sonaron crujidos en la escalera. Alguien estaba subiendo. Ken se levantó de golpe. Había barrotes en la ventana, así que tendría que plantar cara. Los pasos se detuvieron frente a la habitación. Él contuvo el aliento, preparándose para la irrupción del policía. Pero fue la voz del portero la que sonó.

—A la puta calle. Yo no les he visto. —Las escaleras crujieron de nuevo mientras el hombre volvía a su puesto.

Ken se puso otra vez la chaqueta. Devolvieron la llave, corrieron al coche y atravesaron el río lleno de mugre en el que se había convertido Los Ángeles. Encontraron un solar vacío y oscuro donde aparcar unas horas y esperaron temblando en el asiento trasero. El portero del hotel se quedó con su dinero.

20

El viento siguió soplando toda la noche y no dio tregua por la mañana. Las densas nubes de la tormenta tropical —que ahora amenazaba con transformarse en un huracán, según un excitado locutor que oyeron en la radio del coche— hacían que toda la ciudad estuviera envuelta en un manto gris oscuro y que se viera azotada por una lluvia torrencial. A media mañana daba la impresión de que era la hora del crepúsculo y los pocos coches que circulaban a duras penas con los faros encendidos parecían insectos demoniacos. Por la calle bajaba una corriente de agua embarrada. Ken aparcó el coche en un hueco desde donde pudiera ver a su objetivo.

—¿Cuánto tiempo hemos de esperar? —dijo Coraline.

—Hasta que llegue.

Ella encendió un Nat Sherman. Las ráfagas de viento se llevaban el humo en cuanto se aproximaba a la ranura de la parte superior de la ventanilla.

Sin pensarlo, se pegaron el uno al otro para darse calor. Resul-

taba imposible vislumbrar el sol. Solamente por sus relojes sabían que debía de estar en lo alto del cielo.

—Ahí viene. —Ken señaló a través del parabrisas, pese a que la lluvia que resbalaba sobre el cristal enturbiaba la visión. Ella asintió. El cansancio de la noche se reflejaba en su rostro.

Ken bajó del coche y esperó a que el hombre que venía por la otra acera abriera su consulta. Entonces cruzó la calle rápidamente, se coló tras él por el umbral y, empujándolo hacia un amplio pasillo, cerró la puerta a su espalda.

—Pero ¿qué…?

Ken lo acalló de un puñetazo. El médico dio un chillido de dolor y se derrumbó contra la pared, con una mano en la boca.

—No haga ruido —le advirtió Ken. Kruger alzó el brazo en señal de rendición—. Quiero que me hable de la familia Tooke.

—¿Qué… qué quiere saber?

—La madre. ¿Cuál era su estado mental después de que secuestraran a su hijo?

El médico tartamudeó al principio, incapaz de articular bien las palabras.

—No soy un experto en dolencias mentales.

—Haga una jodida conjetura. —Ken volvió a alzar el puño.

—¡De acuerdo! —suplicó Kruger—. Estaba alterada. Como es natural. Su hijo había desaparecido.

—La culpa la consumía, doctor. Y usted sabe por qué. Usted sabe lo que ella hizo.

—No lo sé. No lo sé —protestó el médico.

Ken lo sujetó por la camisa, retorciéndola con el puño, y lo empujó contra la pared.

—Y los niños… ¿cómo eran?

Kruger pareció sentir alivio al poder cambiar de tema.

—Eran… Alexander era un niño sano. Oliver padecía una grave poliomielitis.

—¿Cuál era el pronóstico?

—¿Eso qué importa? —exclamó el médico.

—¡Responda a la pregunta!

Kruger alzó las manos, dándose otra vez por vencido, y fingió hacer todo lo posible para recordar unos hechos ocurridos veinticinco años atrás.

—Probablemente sería un lisiado de por vida.

—¿Y qué tratamiento recomendó usted? —El hombre parpadeó nerviosamente. Pero aquello era la clave de toda la historia. Era ahí donde todo se había torcido, pensó Ken: para Oliver, para Alexander, para Coraline, para él mismo. Y, antes que permitir que Kruger se tragara la verdad, prefería hacer que dejase de respirar para siempre—. Dígamelo ahora o le partiré el cuello de diez maneras diferentes.

Unos minutos después, Ken salió del edificio. Fue a una cabina telefónica que había al fondo de la calle e hizo una llamada. Cuando Jakes respondió, le resumió la historia.

—El libro de Oliver —dijo luego, al volver a subir al Cadillac—. Todo está allí si lo examinas con atención.

—¿El qué?

—Todo.

—¿A dónde vamos?

—Otra vez a tu casa.

Ken arrancó el motor y se metió en la calle inundada. El agua que levantaron las ruedas se estrelló en una oleada contra el lateral del vehículo. La ciudad estaba ahogándose bajo el pálido resplandor ámbar de las farolas de gas.

—Hay un coche detrás de nosotros —dijo ella. Su voz casi se perdía bajo el fragor de la lluvia.

—¿El mismo?

—Sí.

Ken echó un vistazo por el retrovisor y distinguió un Desoto verde que aceleraba a su espalda. Esta vez había luz suficiente para ver al hombre que iba al volante. Llevaba una bufanda, pero sabía quién era.

—Creía que lo habíamos despistado —masculló—. Bueno, vamos a ver qué tal conduce.

Pisó el acelerador y el coche se embaló, dando patinazos.

—Nos sigue de cerca —dijo Coraline, volviéndose para mirar al otro coche. Ken dobló por una esquina con un volantazo tan brusco que las ruedas del otro lado se despegaron unos centímetros del suelo para volver a caer con una fuerte sacudida que estremeció toda la carrocería. El Cadillac contaba con un motor más potente que el Desoto y enseguida le sacó una ventaja considerable. Pero las condiciones de la calzada implicaban que no podía salir disparado y el Desoto empezó a recortar las distancias.

—¿Qué es lo que quiere? —preguntó Coraline.

—A nosotros.

De repente el coche verde se aproximó rugiendo, como si hubiera encontrado todavía un margen para acelerar, y embistió con su parachoques al Cadillac, que zigzagueó sobre la masa de agua hasta que Ken logró enderezarlo.

—¿Qué ha sido eso? —dijo Coraline.

—Está tratando de mandarnos a la cuneta.

El Desoto ganó terreno de nuevo y volvió a embestirlos. Solo que esta vez los dos parachoques se engancharon y ambos vehículos quedaron entrelazados formando una imponente máquina. Ken pisó y soltó el acelerador alternativamente, pero el Cadillac arrastraba una pesada carga. Viró a izquierda y derecha, tratando de zafarse del otro, pero no sirvió de nada. Y en ese momento estaban acercándose a una intersección.

Cuando le enseñaron a montar a caballo, Ken había aprendido que al tomar una curva debes inclinarte de ese lado y clavar los talones en el flanco del animal para que redoble la marcha. Si no, puedes salir despedido. Con un automóvil era exactamente lo mismo. Tomar una curva exigía más aceleración, así que cuando llegó al cruce pisó a fondo. El motor aulló, pero el coche de detrás todavía seguía frenándolos. Volvió a pisar a fondo, esta vez con la fuerza suficiente como para atravesar el suelo con el pedal. Y en-

tonces, en el último momento, giró el volante a la derecha, dando un inesperado viraje.

Sonó un estrépito metálico y el Cadillac salió disparado. La aguja marcaba más de ochenta por hora, y cuando Ken volvió la cabeza vio que el otro coche daba vueltas sobre sí mismo, impulsado por la fuerza de torsión y la potencia del Cadillac. Derrapando por el asfalto mojado, se deslizó hacia la intersección, hacia el tráfico que venía de frente. Los coches frenaron con un chirrido y quedaron atravesados en la calzada, pero el Desoto continuó derrapando. Y, finalmente, las dos ruedas de la izquierda impactaron con el bordillo y el vehículo salió despedido por los aires a casi un metro de altura, se estampó contra una farola y la partió en dos, para acabar cayendo sobre la acera, donde quedó tumbado de lado.

Ken levantó el pie del acelerador y pisó el freno. Los neumáticos chirriaron, dejando marcas en la calzada, y se detuvieron unos treinta metros calle abajo. Él se apresuró a bajar, abrió el maletero y cogió una pesada llave inglesa de la caja de herramientas. Corrió hacia el Desoto destrozado, esgrimiendo la llave. Veinte metros, quince, diez. Tardó solo unos segundos en recorrerlos. Al acercarse, vio al conductor a través del hueco que había ocupado el parabrisas. Tenía sangre en la cara y, durante unos momentos, no tuvo claro si estaba vivo o muerto. De la farola rota salía gas, de manera que el aire olía a podrido.

El torso del hombre había quedado derrumbado sobre los dos asientos.

—¿Quién es usted? —gritó Ken, arrancándole la bufanda que le tapaba parcialmente la cara. La boca ensangrentada se movió con torpeza, como intentando decir algo, y luego volvió a cerrarse—. ¡Dígame! ¿Quién es? —Alzó la llave inglesa, amenazando con hacerle más daño si no respondía.

Los ojos del hombre se entornaron. Se echó hacia delante, hacia Ken, empujando la puerta, que estaba entreabierta, con la mitad inferior desprendida por el impacto, dejando solo unas costillas metálicas retorcidas. Pero no se abría del todo. Una de las

costillas de acero rozó contra otra con un chirrido. El hombre lo intentó de nuevo con todo su peso y, cuando las dos barras metálicas volvieron a rozarse una con otra, saltaron unas chispas en el interior del vehículo.

Ken arrojó la llave inglesa y retrocedió rápidamente, comprendiendo que el peligro no estaba en el conductor, sino en lo que iba a suceder. Hubo otro chisporroteo, y entonces ocurrió. El gas que flotaba en el aire se inflamó repentinamente y él se lanzó al suelo mientras el coche, apenas a cinco metros, quedaba envuelto en una bola de fuego. Si el sol hubiera caído del cielo, no habría ardido con más resplandor. Hubo una abrasadora ráfaga de aire, como si se hubiera desatado un nuevo vendaval, y, cuando Ken levantó la cabeza, vio una gran llamarada que ascendía desde la farola hacia el cielo oscuro.

Volvió a apoyar la cabeza en el suelo. El hombre del coche ya no representaba una amenaza. Notó en la cara la cálida humedad de la sangre. Tenía un profundo corte en el pómulo. Había sido como si, por unos momentos, el mundo entero se hubiera desmoronado. Lo único que podía hacer era seguir respirando trabajosamente.

—¿Se encuentra bien, señor?

Era una mujer, que se sujetaba un sombrero sobre la cabeza.

—¿Le ha alcanzado la… la…? —Buscó inútilmente una palabra para describir lo que acababa de presenciar.

—No —susurró él, notando un silbido en sus pulmones—. No me ha alcanzado.

Se pasó la manga por la cara, embadurnándola de cenizas. Luego volvió al coche renqueando. Coraline se bajó, con expresión consternada.

—¿Ese hombre era el que mató a Oliver y a mamá?

—Probablemente.

—¿Pretendía matarnos?

—Ahora ya no importa.

21

El coche cruzó las verjas de hierro de la Casa del Reloj. A través de las paredes de la casa se veía la tormenta en el mar.

La doncella, Carmen, abrió la puerta y se encogió al verlos, instantáneamente cohibida, consciente de que había revelado los secretos ocultos de la familia en la última conversación que habían mantenido.

—¿Dónde está mi padre?

—En la biblioteca, señorita. Pero están entrevistándole para la radio...

Ignoraron su advertencia y subieron arriba. El gobernador Tooke estaba sentado en un sillón orejero de terciopelo rojo, con un micrófono y un equipo de grabación delante. Un joven locutor se hallaba frente a él con su propio micrófono.

—... la KQW hablando con el gobernador Oliver Tooke, el candidato favorito para la nominación presidencial republicana. Gobernador, aunque la tormenta esté desatada a nuestro alrededor, América tiene un gran futuro por delante, ¿no cree?

—Estoy de acuerdo, señor Willett. Y lo estoy porque…

—Padre, tenemos que hablar contigo. —Coraline le miró directamente a los ojos sin vacilar ni parpadear.

—Querida, estoy hablando…

—Es sobre Oliver. Y Alex.

Tooke la miró como si fuese un escorpión.

El tipo de la radio intentó continuar.

—Señor, ¿podemos…?

—Creo que mi hija y yo tenemos que hablar.

Aunque parecía contrariado, el locutor aceptó la situación y salió de la biblioteca.

Coraline fue a la ventana, sacó del bolso un paquete de cigarrillos, encendió el último y permaneció de espaldas, contemplando la tormenta. El gobernador miró a Ken.

Este pensó en el triste y accidentado camino que habían recorrido. En su caso, la historia había empezado con un amigo. Un amigo al que le habían arrebatado la vida. Pero todo había comenzado antes, con la simple desgracia de un niño.

Se acercó al gobernador y ocupó el asiento del presentador de la radio.

—Tenemos que mantener una conversación difícil, ¿no es así, señor Kourian?

—Así es.

—Bueno, ha tardado en llegar, pero era inevitable. ¿Quiere una copa?

—¿Una copa? No, no, gracias, gobernador.

—Es muy pronto, ya lo sé. Pero creo que yo me tomaré una.

Se acercó a un gran globo terráqueo y alzó la mitad superior, dejando a la vista una serie de botellas relucientes. Sacó un par y las dejó en la mesita auxiliar, pero no abrió ninguna de las dos. Parecía inseguro. Debía de resultar desconcertante para él sentirse así. Finalmente, volvió al sillón sin una copa.

¿Por dónde empezar?

Ken decidió hacerlo por el libro.

—Leí el último libro que escribió Oliver. Es una obra extraña. Realmente única.

—Mi hijo era una decep…

Ken lo cortó en seco.

—Su hijo era muy inteligente, eso es lo que era. Me ha costado desentrañar las claves de su libro.

—Ilústreme —dijo el gobernador Oliver Tooke, de nuevo con expresión de desagrado. Le lanzó una mirada a su hija. Ella se la sostuvo.

—Así lo haré. En esencia, se trata de una historia sobre la identidad. Sobre el hecho de ser dos personas a la vez, de no saber quién eres. Y también sobre un potrillo cojo que es sacrificado en un establo. —Esos detalles deberían habérselo dicho todo. Pero la verdad era tan insólita que… ¿quién podría habérsela imaginado? Ken miró por la ventana. Parecía como si fuera la lluvia de Essex la que resbalaba por el cristal. Al fin, ya no pudo esperar más y preguntó—: ¿Por qué lo hizo?

—Por qué hice… ¿el qué? —Tooke mantenía apretada la mandíbula. El humo del cigarrillo de Coraline ascendió lentamente y se deslizó entre los libros.

Era como si las palabras más duras de condena no se estuvieran formando allí, sino afuera, bajo la lluvia torrencial.

—Señor Tooke, he tenido que soportar muchas cosas. Y ahora ya no me importa nada. Usted hizo que un hombre acabara con la vida de su hijo mayor, lisiado por la polio. Y crio a su otro hijo en su lugar, convenciendo a todos durante veinticinco años de que él era el hermano mayor. ¿Por qué?

Tooke volvió a la mesa donde estaban las botellas. Escogió una de whisky y sirvió la mitad del líquido pajizo en dos vasos bajos de cristal. Le ofreció uno a Ken, que lo rechazó.

—Bueno —dijo el hombre, volviendo a dejar uno de los vasos sobre la mesa—. Ha llegado el momento. —Se desplomó en el sillón orejero y dio un largo trago. Lo suficiente para emborrachar a cualquiera en un abrir y cerrar de ojos—. Por qué, por qué, por

qué. —Apuntó a Ken con un dedo escuálido—. ¿Sabe una cosa? Los tiempos están cambiando, he ahí el porqué. Antes, un hombre era elegido presidente por sus pares, por otros hombres inteligentes que sabían lo que era mejor para su país. Que sabían leer y escribir y pensar. Hombres que conocían el comercio y la ley, y qué derechos debía tener la gente. Pero ahora eso ha cambiado. —Creía lo que decía, saltaba a la vista. Era una persona de firmes convicciones—. Ahora que el voto se ha extendido a todos los hombres y mujeres capaces de poner una cruz en una papeleta, el presidente es aquel que ofrece el mejor aspecto en los noticiarios, el que habla mejor que nadie en la radio. No es elegido por su cerebro o sus capacidades; se le escoge como a un actor de esas películas en las que usted tanto desea aparecer. Y esa es una situación peligrosa para un país.

—Ah, ¿sí?

—Sí, ya lo creo. —Tooke casi se echó a reír. Ahora hablaba rápidamente—. Pero yo defiendo unos valores. Defiendo la mejora de este país, el bien colectivo de su pueblo. —Entrelazó las manos para ilustrar la unión de la sociedad—. Y una nación no es más que su pueblo; así que debemos hacer que el pueblo mismo sea más fuerte. Que sea mejor tanto mental como físicamente. —Ken evocó la imagen de Kruger entrando en la sede de la Sociedad Americana de Eugenesia. Ese edificio estaba lleno de hombres que pensaban como el gobernador Tooke y que ahora se habían visto alentados por los hechos ocurridos en Alemania para proclamar sus ideas abiertamente—. Y no voy a ser un hipócrita. No, no voy a serlo. Así que tuve que poner en práctica lo que predico. —Dio otro largo trago.

—¿Y entonces?

—Y entonces. —El gobernador se perdió un momento en sus propios pensamientos—. Y, entonces, hice que se llevaran a mi querido niño y dejé que mi hijo menor ocupara su lugar y asumiera su nombre. —Era la vindicación más amarga que pudiera imaginarse, y quedó flotando unos momentos en el aire. Ken cre-

yó percibir sus ecos en la biblioteca—. Como Abraham, sacrifiqué a mi hijo. Y sí, muy pronto Alexander empezó a creer que era Oliver. Era un niño de cuatro años, y a esa edad llegas a creer rápidamente cualquier cosa. Enseguida olvidó que lo hubiéramos llamado nunca de otro modo. —Hizo girar el vaso entre sus dedos—. Quizá en el fondo de su mente quedó siempre un recuerdo parcial, no lo sé.

Se hizo un silencio. El fragor de la tormenta contra las paredes era lo único que se oía. Hasta que Coraline tomó la palabra. Ken notó que su odio se había vuelto gélido.

—Siempre has estado muy seguro de ti mismo, padre. Moralmente. Como si la seguridad te saliera por los poros. —Fue a la mesa de las bebidas, cogió el vaso de whisky descartado y se bebió la mitad sin mirar a ninguno de los dos.

—¿Fue Kruger quien se llevó al niño? —preguntó Ken.

—Era lo más piadoso para él.

—¿Cómo demonios puede suponer eso? —A Ken le parecía increíble que estuvieran comentando tranquilamente la muerte de un niño y que Tooke hablase de ello como si no hubiera sido más que un desagradable deber.

—Vivir como un lisiado no es vida. —Volvió a girar el vaso entre sus dedos—. ¿Le gustaría probarlo? ¿Ver cómo los demás tienen que empujarlo a todas a partes? ¿Vestirlo? ¿Llevarlo al baño? ¿Ver a su hermano corriendo en un campo de deportes que usted nunca podrá pisar?

Todavía parecía convencido de cada una de sus palabras.

—¿Y mamá?

Tooke miró a Coraline.

—Ella se negaba, claro. Hizo falta mucha mucha persuasión.

—Que la volvió loca.

—Hice todo lo posible por ella. La interné en un sitio donde la cuidaban bien. La visitaba cuando podía. —Por primera vez, Ken captó en su voz un ligerísimo tono avergonzado. El gobernador se llevó el vaso a los labios y luego lo dejó sobre la mesa.

Pero no lo hizo con cuidado y el vaso se volcó. No se molestó en enderezarlo.

—Por Dios —musitó Coraline.

—¿Y por qué el engaño? —dijo Ken.

—¿A qué se refiere?

Le asqueaba preguntarlo, como si la mecánica de los actos del gobernador fuera lo que importase, y no su resultado.

—Cuando Kruger se llevó al niño, ¿por qué fingió que era su hijo menor el que había sido raptado? ¿Por qué no decir que había sido el mayor, enfermo de polio, el que había desaparecido?

El viento volvía a arreciar. La lluvia salpicaba sobre la ventana, sacudiéndola, amenazando con atravesarla.

—Dígamelo usted, señor Kourian.

Él había analizado esa cuestión durante horas. Y solamente había una respuesta que encajara.

—Creo que fue porque sus ideas sobre la eugenesia eran bien conocidas. Si su hijo lisiado hubiera desaparecido en extrañas circunstancias, las sospechas habrían recaído sobre usted. Aun cuando no hubiera podido demostrarse, eso habría implicado el final de su carrera política. Mientras que de este modo…, de este modo se ganó la compasión de la gente. —El gobernador no dijo nada. Ken comprobó con repugnancia que tenía razón. Por eso su amigo Oliver se había referido a la culpa que sentía: porque su vida formaba parte de la muerte de su hermano—. Pero todo cambió cuando apareció el libro de Oliver. Usted lo leyó y comprendió que él había localizado a su esposa y lo había deducido todo. ¿No es así?

Tooke tardó unos momentos en responder.

—En realidad, no acierta del todo —dijo.

—Ah, ¿no?

—No del todo. Pese a toda su sagacidad, se le escapa algún matiz.

—¿Cuál?

El gobernador resopló desdeñosamente.

—Mi hijo era mi última oportunidad para que hubiera un hom-

bre que continuara nuestro linaje. Pero no era mejor que los maricas con los que se juntaba. —Miró hacia un lado, como buscando una explicación para entender cómo su propio hijo se había convertido en una vergüenza para él—. Y luego, cuando descubrió lo que descubrió y reunió toda su energía para enfrentarse conmigo, ¿qué fue lo que hizo? Se pasó de la raya. Jugó demasiado fuerte.

—¿Qué demonios está diciendo?

Tooke miró a Ken de arriba abajo, como si estuviera evaluando a un animal.

—Estoy diciendo, señor Kourian, que el maricón de mi hijo me amenazó.

—¿Cómo?

El gobernador alargó una mano pálida hacia el cajón de su escritorio, que se abrió con un gemido, y le mostró un ejemplar de *Relojes de cristal*. Luego lo arrojó al suelo como si fuera contagioso.

—Me dijo que esto era solo una muestra de lo que iba a venir. Cuando me presentara para la Casa Blanca, él acudiría a la policía con toda la historia. —Agitó el dedo índice mientras la furia inflamaba su voz—. Creía que iba a verme con unas esposas. ¡Ahora precisamente! Justo cuando estaba a punto de salvar a esta nación de una guerra devastadora contra un país amigo y admirable. No podía permitir tal cosa.

La lluvia resbalaba por el cristal de la ventana.

—Así que usted envió a un hombre para intimidarle y cerrarle la boca. Pero las cosas se desmandaron; quizá él se resistió y acabó muerto. —El gobernador fue a coger el vaso volcado, pero sus dedos lo hicieron rodar por la mesa y, finalmente, cayó al suelo y se hizo trizas—. ¿Quién era el hombre al que envió? —preguntó Ken.

—¿Acaso importa? —La furia se había desvanecido.

—Probablemente no. Creo que nos lo hemos encontrado esta noche.

—¿Y?

—Ya no volverá a verle.

—Entiendo. —Tooke miró los cristales del vaso de whisky—. Su familia había trabajado para nosotros. Su abuela aparecía incluso en el libro de Oliver. El ama de llaves. Siempre fueron leales y yo procuré que siguieran siéndolo. —Pareció que se le ocurría algo—. No es que importe ya realmente, pero ¿qué ha hecho con Kruger? —Una repentina racha de viento sacudió la ventana. La esquina del cristal se había resquebrajado en una telaraña de grietas y la lluvia se filtraba a través de ella.

—He llamado a un policía que conozco —le informó Ken.

—¿Van a venir aquí?

—Sí.

El gobernador suspiró con cansancio, como si llevara meses sin dormir. El reloj de la esquina marcó otro minuto.

Coraline rompió el silencio.

—El abuelo te habría matado con sus propias manos si hubiera sabido lo que te proponías.

—Ah, ¿sí, querida? —dijo Tooke con acritud—. Bueno, ahí hay otra cosa que no creerás. ¿Sabes quién estaba detrás de lo que hice, en realidad?

—Dime.

—Tu propio abuelo.

Ken se quedó consternado.

—¿Simeon? —exclamó.

—Mire, sé lo que Oliver escribió sobre nuestra pequeña intriga familiar del pasado siglo —prosiguió Tooke—. Pero hágase una pregunta: ¿de dónde sacó toda la historia? De mi padre, por supuesto. ¿Y acaso cree que él contaba la verdad sobre lo que realmente sucedió? Ah, no. Yo tengo mis dudas al respecto. Usted ha leído la historia. ¿La cree? ¿Esa mujer que recorre Londres como una heroína? ¿El viejo que deja todas sus posesiones mundanas a un muchacho al que acaba de conocer? ¿No lo encuentra un poco forzado? No, no. Mi padre necesitaba dinero para su investigación sobre el cólera y le cayó en las manos una oportunidad para conseguirlo. Unos días de tratamiento con Dios sabe qué y la heren-

cia estaba a su disposición. ¿Quién iba a cuestionar luego su versión de los hechos?

A Ken se le vino el mundo abajo. El libro, pese a todas sus tretas, había sido para él un tesoro de verdades indiscutibles. Pero ¿lo era realmente? Tal vez contenía otra capa de mentiras que había que sacar a la luz.

Tooke prosiguió con calma.

—Ya lo ve, señor Kourian. Lo que mi padre hizo en aquella casa antes de que yo naciera me mostró lo que debía hacer si quería seguir su ejemplo. Porque los hombres buenos hacen lo correcto sin que les importe lo que vayan a decir los demás. Como mi padre, como Abraham.

Ken lo observó unos momentos. Había una luz detrás de los ojos de aquel hombre que empezaba a flaquear.

—Abraham no llegó hasta el final —dijo.

—¿Cómo?

Le sostuvo la mirada al gobernador.

—Él no llegó hasta el final. El ángel del Señor descendió y detuvo su mano. Isaac siguió viviendo. Era solo una prueba. Una prueba de fe.

Se oyó el ruido amortiguado del motor de un coche que estaba parando fuera.

Tooke apretó un puño.

—Bueno, eso está bien para las Sagradas Escrituras. Pero en este mundo —dijo echándose hacia delante para subrayar sus palabras— la mano del hombre está manchada de sangre.

A Ken le traía sin cuidado el orgullo endeble y pueril del gobernador. No significaba nada.

—¿Sabe? Creo que acabo de entender de qué trata la historia tal como la escribió Oliver —dijo. Ahora había movimiento en el interior de la casa. El ruido reverberó en los cristales resquebrajados de la ventana. Unos pasos sobre el suelo de mármol se aproximaban—. No es simplemente sobre usted o sobre su hijo, ni siquiera sobre su padre. De lo que trata, en realidad, es de que el

pasado tiene voluntad propia: una voluntad de vindicación. De
venganza, supongo. El pasado siempre busca eso. —Las hojas del
libro de Oliver tirado en el suelo gélido se agitaron levemente
bajo una corriente de aire—. De manera que puedes enterrarlo
tras una pared de ladrillo o de piedra, o en el fondo de una ciénaga;
pero cuando haces tal cosa, gobernador, no consigues más que
postergar esa voluntad.

Ken observó cómo la telaraña de grietas se extendía por todo el
cristal. «Y ahora, que salga por fin todo a la luz», pensó.

FIN